भालचन्द्र नेमाड़े

भालचन्द्र नेमाड़े का जन्म महाराष्ट्र के सांगवी, जिला जलगाँव में 27 मई, 1938 को हुआ। उन्होंने पुणे तथा मुम्बई विश्वविद्यालय से एम.ए. और औरंगाबाद विश्वविद्यालय से पी-एच.डी. की उपाधि प्राप्त की। औरंगाबाद, लन्दन, गोवा तथा मुम्बई विश्वविद्यालय में अध्यापन किया। मुम्बई विश्वविद्यालय के गुरुदेव टैगोर चेयर ऑफ कम्पैरेटिव लिटरेचर में प्रोफेसर तथा विभाग प्रमुख रहे। सन् 1998 में सेवानिवृत्त हुए।

उनकी प्रकाशित कृतियाँ हैं—'कोसला', 'बिढार', 'हूल', 'जरीला', 'झूल', 'हिन्दू : जीने का समृद्ध कबाड़' (उपन्यास); 'मेलडी' तथा 'देखणी' (काव्य); 'साहित्याची भाषा', 'टीकास्वयंवर', 'साहित्य संस्कृति आणि जागतिकीकरण', 'तुकाराम', 'द इनफ्लुएंस ऑफ इंग्लिश ऑन मराठी : ए सोशियोलिंग्विस्टिक एंड स्टाइलिस्टिक स्टडी', 'फ्रैंज काफ्का : ए कंट्री डॉक्टर', 'हाउ मच स्पेस इज एन इंडियन राइटर नीड?' (आलोचना)। जर्मन, हिन्दी, उर्दू, कन्नड़, असमिया, पंजाबी, बांग्ला, उड़िया तथा गुजराती भाषाओं में उनकी रचनाओं के अनुवाद हुए हैं।

उन्हें महाराष्ट्र साहित्य परिषद के 'ह.ना. आप्टे पुरस्कार', 'यशवंतराव चव्हाण पुरस्कार', 'कुरुन्दकर पुरस्कार', 'साहित्य अकादेमी पुरस्कार', 'कुसुमाग्रज पुरस्कार', महाराष्ट्र फाउंडेशन के 'गौरव पुरस्कार', 'कुसुमाग्रज जनस्थान पुरस्कार', 'एन.टी. रामाराव नेशनल लिटरेरी अवार्ड', 'बसवराज कट्टिमणि नेशनल अवार्ड', 'महात्मा फुले समता पुरस्कार', 'ज्ञानपीठ पुरस्कार' से पुरस्कृत और 'पद्मश्री' से अलंकृत किया जा चुका है।

गोरख थोरात

गोरख थोरात ने पुणे विश्वविद्यालय से एम.ए. तथा पी-एच.डी. की उपाधि प्राप्त की है। हिन्दी में उनकी कई पुस्तकें प्रकाशित हैं। भालचन्द्र नेमाड़े के उपन्यास 'हिन्दू : जीने का समृद्ध कबाड़' के अनुवाद के लिए उन्हें महाराष्ट्र राज्य हिन्दी अकादेमी द्वारा 'मामा वरेरकर अनुवाद पुरस्कार' से पुरस्कृत किया गया है। फिलहाल सर परशुरामभाऊ महाविद्यालय, पुणे के हिन्दी विभाग में प्राध्यापक हैं।

राजकमल से प्रकाशित लेखक की अन्य कृतियाँ

उपन्यास

बिढार

हूल

जरीला

हिन्दू : जीने का समृद्ध कबाड़

कविता

देखणी

चांगदेव चतुष्टय : 4

झूल

भालचन्द्र नेमाड़े

अनुवाद

गोरख थोरात

राजकमल पेपरबैक्स

मूल मराठी संस्करण पहली बार 1979 में पॉप्युलर प्रकाशन, मुम्बई से प्रकाशित

राजकमल पेपरबैक्स में
पहला संस्करण : 2023

राजकमल पेपरबैक्स : उत्कृष्ट साहित्य के जनसुलभ संस्करण

राजकमल प्रकाशन प्रा. लि.
1-बी, नेताजी सुभाष मार्ग, दरियागंज
नई दिल्ली-110 002
द्वारा प्रकाशित

शाखाएँ : अशोक राजपथ, साइंस कॉलेज के सामने, पटना-800 006
पहली मंजिल, दरबारी बिल्डिंग, महात्मा गांधी मार्ग, प्रयागराज-211 001

वेबसाइट : www.rajkamalprakashan.com
ई-मेल : info@rajkamalprakashan.com

मुद्रक : यश प्रिंटोग्राफिक्स
नोएडा-201 301 (उत्तर प्रदेश)
द्वारा मुद्रित

मूल्य : ₹299

JHOOL
Novel by Bhalchandra Nemade
Translated by Gorakh Thorat

ISBN : 978-81-19159-00-0

सर्वज्ञ कह गए : बहन : यह समूची पहाड़ी खोखली है :
यहाँ कोई आना-जाना नहीं जानता :

लीळाचरित्र : पूर्वार्द्ध

चांगदेव चतुष्टय : 4

झूल

गाड़ी नर्मदा के पुल से गुजरने लगी। गरजती, धड़धड़ाती, एक-एक खम्भा पीछे धकेलती हुई आगे सरकती रही और नामदेव भोले बेहद बेचैन मुद्रा में पुल के नीचे नर्मदा के धीमे और विशाल पाट की ओर देखकर दिलोदिमाग से ऐंठता गया। ये भयानक आवाजें बचपन से ही उसके विस्थापन के साथ जुड़ी हुई हैं। यहाँ पहुँचने पर हमेशा उसे महाराष्ट्र की सरहद की अधीर प्रतीक्षा बनी रहती है। यह विंध्य, फिर सतपुड़ा, फिर इसी तरह ताप्ति का एक भव्य पुल और फिर महाराष्ट्र। हर बार नए गाँव जाने की विवशता। कभी कृष्णा के उस पार तो कभी गोदावरी के। कभी, अतीत में, भेड़ें चरानेवाले खानदेश के वीर पूर्वज हाथों में तलवारें लिये होलकरों की सेना के साथ सतपुड़ा लाँघकर उत्तर में गए थे और शौर्य दिखाया था। अब बड़े-बूढ़ों से ये कहानियाँ सुनना ही शेष रह गया है। और शेष है खंडोबा, जबान पर मराठी भाषा और जातिभेद से सड़े-गले महाराष्ट्र में गाँव-गाँव नौकरी के लिए घूमना।

अँधेरे में पीछे दौड़नेवाले फासले की ओर देखते-देखते वह उग्र बनता गया। परसों, माँ की अस्थियाँ नर्मदा में बहाते समय उसे लगा कि हिन्दू धर्म की लाखों पीढ़ियों की परम्परा का वह भी एक कट्टर धर्माभिमानी है। उसे यह भी लगा कि मेरा बुद्धिवाद, नास्तिक दर्शन, पश्चिमी शास्त्रों का अध्ययन-अध्यापन—सब कुछ

कहीं ढकोसला तो नहीं। परन्तु पिंडदान करते समय का अनुभूत एहसास उसे सत्य लगा कि वह एक अनाकलनीय प्रदेश की सरहद पर खड़ा है। इसी विवशता में वह सारी विधियाँ करता रहा। वह सोचता रहा कि हम जैसे इतने पढ़े-लिखे युवा भी इस देश की प्राचीन संस्कृति के एंटेना हैं। यह सनातन संस्कृति नया-नया ज्ञान तलाशने के लिए हमारा ही इस्तेमाल करती है। हम सभी बुद्धिजीवी विचारक इस विशाल लोक समुदाय की रफ्तार की व्यावहारिक बलि भी हो सकते हैं। हम मात्र एंटेना हैं, यानी तिलचट्टे की मूँछें।

माँ स्वभाव से अत्यन्त धार्मिक थी। उसके मायके—सतपुड़ा के गाँव कुसुम्बा में अत्यन्त धार्मिक माहौल था। वह हमेशा रामायण-महाभारत की, पुराणों की कथाओं का बानगी की तरह इस्तेमाल करती थी। मृत्यु के दिन भी वह सुबह उठी। स्नान किया। बाल बनाए। माथे पर सिन्दूर सजाया। गाय को कुंकुम लगाकर उसकी पूँछ को अपने सिर से लगाया। फिर घर के भीतर गई। मुट्ठी-भर ज्वार दोने में डाला और चल दी। बड़े दरवाजे की ओट में पहले से निकालकर रखा मिट्टी के तेल का कनस्तर और माचिस की डिबिया साथ ली। गाँव के बाहर मन्दिर में पहुँची, खंडोबा के पैरों पर माथा रगड़ा, चूड़ियाँ चढ़ाईं। फिर तेजी से नीचे नदी पर गई और फिर...जरा देर बाद तो लोगों की चीख-पुकार ही सुनाई दी। लोग बोले, हम दौड़ते हुए पहुँचे तब तक बुढ़िया पूरी तरह से सुलग चुकी थी। राम-राम कह रही थी। कोई बोला, बुढ़िया में विरक्ति आ गई थी। कोई बोला, बुढ़िया ऊब गई थी। बुढ़िया ने तिल-तिल खटकर भोले कुनबे का घर खड़ा किया था। चौदह साल की लड़की जब दुल्हन बनकर यहाँ आई थी, उस समय ये धनगर लोग पूरे जंगली थे। उसने हमारे घर को अपने मायके की खेती का ढंग सिखाया। वे जंगली दिन अभी भी दिमाग से नहीं जाते। उस दौरान लगभग सारे पुरुष गर्मी में चार-चार महीने दूसरे इलाकों में ठेके पर कुएँ खोदने के लिए जाते। उनके भाई-बहन भी उनके साथ भेड़ें चराते। फिर बरखा में पुरुष लौट आते। पुराने जमाने की जागीर में मिली बंजर जमीन थी। हमारे घर आते ही माँ ने मेहनत से इस पथरीली जमीन को सींचने लायक बनाने की ठान ली। घर के सभी लोग पहाड़ तोड़कर पत्थर बीनने में लग गए। कुआँ खोदा। मेरे बचपन में बाल-बच्चों समेत सभी लोग इसी बंजर जमीन में मेहनत करते थे। उसमें धूप लगने से ताऊजी चल बसे। चाचाजी को भी साँप ने काटा और वे मर गए। बड़ी चाची थक गई। माँ हमारे घुमन्तू घर में अपने मायके से खेती का खानदेशी पागलपन ले आई थी। भेड़ें कम होती गईं।

कम्बल बुनने का करघा भी बन्द हो गया। बाद में चाचाओं के ब्याह होते गए। नई दुल्हनें घर आईं। माँ थक गई। घर में उसकी बड़ी दुर्गत होने लगी। इसीलिए बीते साल उसने मुझे ब्याह के लिए विवश किया। बड़ा भाई क्या चल बसा, वह पस्त-सी हो गई। बार-बार कहती रही, मुझे पंढरपुर ले चलो। पर ऐसे घरों में बूढ़ी स्त्रियों की बड़ी उपेक्षा होती है। मेरे पैर भी कहीं जम नहीं रहे थे। और अब तो वह चली ही गई...।

तार पाते ही भोले गाड़ियाँ बदलता हुआ गाँव पहुँचा। अभी-अभी उसके लड़का हुआ था। इस कारण पत्नी को साथ लाना सम्भव नहीं हुआ। माँ भी पोते का मुख नहीं देख पाई। लोगों ने शव को ढककर रखा था। माँ का चेहरा भी पहचाना नहीं जा रहा था। इन्दौर के आसपास के दस-बीस देहातों की सारी मराठी बस्तियाँ इस हादसे से सन्न रह गई थीं। गाँव के मराठा मुखिया ने अपना लोग समझकर पुलिस वगैरह के झंझट निपटा दिए थे। वहाँ बोरखेड़ा में तेरह दिन बिताकर आज निकलना जरूरी था। माँ तो चली गई, अब लौटकर इस गाँव आना ही नहीं। यह घर भी नहीं चाहिए और वह बंजर खेती भी नहीं चाहिए। बूढ़े बाप से साथ चलने को कहा तो उसने इनकार कर दिया। स्वदेश सम्बन्धु त्याज्य। सम्बन्धियों का सम्बन्धु तो विशेषत: त्याज्य। यह घर अब समाप्त हुआ।

उस समय घर में कुल बीस लोग थे। भोजन के समय पहले पुरुष और बच्चे खा लेते, बाद में अपने-अपने पति और बच्चों की जूठी थालियों में बचा-खुचा परोसकर औरतें खा लेतीं। यह थी हमारी संस्कृति। आम का रस बनने पर तो पुरुष मंडली सुड़क-सुड़ककर सारा रस खत्म कर देती। औरतों के लिए कभी कुछ बचता ही नहीं। फिर मैंने ही एक तरकीब ढूँढ़ निकाली। अपनी कटोरी में बहुत ज्यादा रस परोस लेना और बाद में खूब जूठन छोड़ देना। वह बचा-खुचा रस बाद में माँ को मिल जाता।

माँ...माँ...माँ...ऽ कहकर नामदेव भोले ने दोनों हाथों से अपना सिर थाम लिया। बाद में उसे बेचैनी भरी झपकी आ गई।

धड़धड़ाने की भयानक आवाजों के कारण पुल पर दुबारा थर्राहट होने लगी और नींद से जागते हुए नामदेव भोले बोला, ताप्ति! महाराष्ट्र आ गया। मेरे पूर्वजों का प्रदेश। मेरी भाषा का प्रदेश। मेरे खंडोबा का प्रदेश। उदेऽ उदेऽ। जिसमें गोते लगाते-लगाते मैं अपना वजूद बरकरार रखता आया हूँ, ऐसे गरममिजाज, झगड़ालू,

जातिवादी मराठी लोगों का प्रदेश। हमारे पूर्वज अपना शौर्य दिखाने के लिए ये नदियाँ और पर्वत लाँघकर ऊपर गए, और हम इस भाषा के बन्धनों में फँसकर इधर ही कीचड़ में हाथ-पाँव मारते रहे। नामदेव भोले का चेहरा बिलकुल स्याह पड़ गया। बचपन से जारी यह इधर से उधर की दौड़धूप खत्म होने के कोई आसार नहीं। मेरी ऐसी स्वतंत्र सोच, ऐसा अध्यवसाय और ऐसा साहस, फिर भी इस भँवर से बाहर निकलना सम्भव नहीं हो रहा है। कितने गाँव...कितने साल...गाँव में चौथी कक्षा तक की स्कूली पढ़ाई पूरी होते ही उम्र के नौवें साल में माँ ने अगली पढ़ाई के लिए मामा के पास कुसुम्बा रवाना कर दिया। तब से बोरखेड़ा छूट ही गया। वहाँ से लेकर आज तक कितने गाँव...कितने सफर? दो आधी खाकी चड्डियाँ और दो सफेद कुर्ते लोहे के पुराने बक्से में ठूँसकर कहाँ से कहाँ। हर साल इस रिश्तेदार के घर से उस रिश्तेदार के घर कबाड़ की तरह पड़े रहना। परीक्षा पास करते रहना। हरदम कहीं भी जाने को तैयार रहना। सभी कहते, लड़का होशियार है, आगे पढ़ाना चाहिए और ऐन समय पर कोई जुगाड़ हो जाता। सातवीं फाइनल तक मामा के पास कुसुम्बा में रहा। वहाँ पर गुजारे वे खुशहाली भरे दिन कभी भुलाए नहीं जा सकते। बाद में उन्दीरखेड़ा में मौसी के यहाँ अंग्रेजी स्कूल का प्रबन्ध हुआ। फिर चाची के मायके भड़गाँव में। उसके बाद बरहानपुर के धर्मादाय बोर्डिंग में। बाद के दो साल सावदा में—बहन के पास। वहाँ का दो कमरोंवाला घर। रात की पढ़ाई लकड़ी के रिफे लगे बाहरी कमरे में इतनी-सी मिट्टी के तेल की ढिबरी के उजाले में। जो मिल जाएँ वही किताबें पढ़ना। बहन और बहनोई भीतर का कमरा बन्द कर लेते, फिर सुबह तक बाहरवाले कमरे में। चाहे जितनी ठंड हो, रात भर वहीं पढ़ते रहना। यहाँ से मेरी आदतें बदल गईं। सुबह जल्दी उठकर खुद पानी भरना, खुद ही छाछ ले आना। बच्चे चिढ़ाते, परेशान करते, परन्तु उस पूरे दौर में गर्दन झुकाए रहना—प्रतिकार का यही सबसे बड़ा शस्त्र हमेशा काम आता। इस कारण स्कूल में किसी लड़के पर गुर्राना तक कभी सम्भव नहीं हुआ। तरह-तरह की घुटन सहनी पड़ती। हमेशा पराएपन का जहर महसूस करानेवाले वे साल। छुट्टियों की राह देखते-देखते पढ़ाई करते रहना। फिर सिर पर फिरनेवाला माँ का प्यार भरा हाथ। माँ के अरमान बहुत ऊँचे थे। लेकिन मैं कुछ भी खास नहीं कर पाया। बस यही कि तेजी से पढ़ता गया। उसी समय बड़े भैया की इटारसी में रेलवे में नौकरी लग गई और मैंने भी मैट्रिक में पहले बीस में से पन्द्रहवाँ स्थान पाया। वजीफा मिलता था। कॉलेज के दो साल भैया के कमरे में अच्छे बीते।

फिर हैजे से उसकी मौत हो गई तो इटारसी छोड़ना पड़ा। बोरखेड़ा के एक मराठा सज्जन अमरावती में प्रिंसिपल थे। बोले, "तुम बुद्धिमान हो, हमारे यहाँ चलो।" फिर उनके बँगले के बाहर बगीचे के एक छोटे-से कमरे में दो साल। उनके घर पर फुटकर काम करके दिन-रात पढ़ाई। पहले दर्जे में बी.ए.। फिर प्रिंसिपल साहब ने नागपुर में एम.ए. का प्रबन्ध किया। एम.ए. के दौरान चार रूम पार्टनर। उनमें से एक अब सांसद है। जबरदस्त पढ़ाई। समाजशास्त्र खूब भाया। वहाँ भी पहला स्थान पाया। पी-एच.डी. करना था, लेकिन वहाँ मेरी जाति आड़े आ गई और मैं वजीफा पा न सका। धीरे-धीरे महाराष्ट्र के जातिवाद का एहसास होने लगा। वहाँ से महात्मा जोतिबा फुले का भक्त बन गया। फिर पूरे महाराष्ट्र भर में प्राध्यापक की नौकरी के लिए दौड़धूप शुरू हुई। उसमें कभी चैन नहीं। माँ को इधर लाना था, लेकिन नहीं हो पाया। ब्राह्मण, मराठा, महार—सारे जातिभेदों की आग में झुलसता हुआ एक धनगर प्राध्यापक।

कहते हुए उसने सीट पर पैर फैलाए और अपने आप से बुदबुदाता हुआ लेट गया। नींद नहीं आ रही थी, लेकिन फिर भी आँखें मीचकर वह लेटा रहा। फिर उसे झपकी आ गई।

मुरझाए चेहरे का एक सुन्दर युवक तेजी से डिब्बे में दाखिल हुआ। ट्रंक, जैसे-तैसे बँधा गद्दा और अटैची वगैरह को उसने शौचालय के पास रख दिया और वहीं शौचालय से टिककर खड़ा रहा। नामदेव भोले की अपनी प्रकृति के अनुरूप किसी समवयस्क साथी से गपशप करने की खूब इच्छा हो रही थी। उसे लगा यह युवक अन्दर आकर यकीनन मुझे उठाएगा। इसलिए वह लेटा रहा। लेकिन गाड़ी चल पड़ी फिर भी वह युवक बीड़ी सुलगाए डिब्बे के दरवाजे से बाहर ताकता हुआ शौचालय के पास ही निर्विकार खड़ा था। तभी दो-तीन आदमी आकर भोले के पैरों के पास बैठ गए। डिब्बे में कोई खास भीड़ नहीं थी, पर भोले को पता था कि एक-दो स्टेशन गुजरते ही गाड़ी में खड़े रहने के लिए भी जगह नहीं मिलेगी। लेकिन साफ किन्तु साधारण-से सूती कपड़े पहने, स्वास्थ्य की अनदेखी करने से कृश हुआ लेकिन ऊँचा और नाक-नक्श से एकदम आकर्षक लगनेवाला यह युवक था कि हमेशा खड़े रहने के इरादे से शौचालय से टेककर खामोशी से बीड़ी पी रहा था।

फिर भोले के जेहन में विचार कौंध गया कि जनतंत्र और नागरिकों के अधिकारों पर जब देखो तब भाषण ठोंकनेवाले मुझ जैसे समाजशास्त्र के प्राध्यापक को इस तरह पूरी सीट हथियाकर सोना शोभा देता है? और सहसा उठकर उस बीड़ी पीनेवाले युवक से वह चिल्लाकर बोला, "आइए जीऽ इधर, मालिक! बैठिए। आगे भयानक भीड़ बढ़ेगी। आ जाइए।"

लेकिन अपनी तन्द्रा भंग करके भी वह युवक भीतर ताकता हुआ वैसे ही खड़ा रहा। किसी को मेरी वजह से तकलीफ न हो जैसी अत्यन्त मासूम सोचवाले चेहरे के इस युवक को देखकर भोले उद्विग्न हो उठा। एक तो झुलसकर पूरी कोयला बन चुकी माँ की छोटी-सी लेटी देह उसके दिमाग से जा नहीं रही थी। ऐसी बेचैन मनोदशा में क्रूर विचार करते-करते अकेले रात बिताना मुश्किल था। और इधर छोटी-सी जगह पर खड़ा यह युवक इतना सहिष्णु, सज्जन और मासूम लग रहा था कि भोले खीजकर उस पर चिल्ला उठा, "अरे, आ जाओ न यार... कहाँ जाना है तुम्हें?"

फिर अपनी विचार-शृंखला को तोड़कर वह युवक उसकी तरफ देखने लगा। उसकी अत्यन्त खुशनुमा आँखें देखकर भोले का उसके प्रति क्रोध पल भर में तिरोहित हो गया। फिर भोले आजिजी से बोला, "मैंने कहा बैठ जाइए...मुझे भी वहीं उतरना है। शायद आपको पता नहीं मालिक, रात भर का सफर है। आइए, सामान रहने दीजिए वहीं पर। गपशप ही तो करनी है रात भर। कहीं आप जल्दी सोने के आदी तो नहीं हैं?...वाह! बैठिए आराम से।"

युवक प्रसन्नता से हँसता हुआ जरा-सी जगह पर भोले के पास बैठ गया। बीड़ी पीते-पीते ही थैंक्यू बोला। भोले भी सिगरेट सुलगाते हुए बोला, "दरअसल होना तो यही चाहिए था कि आप ही मुझे उठाते। क्यों, डर गए मुझसे? मेरी ये मूँछें वगैरह देखकर? ह-ह-हऽ, मैं हूँ नामदेव भोले। समाजशास्त्र का प्राध्यापक हूँ। आप क्या काम करते हैं? क्या नाम बताया आपने?"

"मैं चांगदेव पाटील। अंग्रेजी पढ़ाता हूँ। अब पुराणिक कॉलेज ज्वाइन कर रहा हूँ।"

भोले अचानक ताली पीटता हुआ चिल्लाया, "वाहऽ! मालिक! दो ताली। मैं भी एक साल से पुराणिक में ही हूँ। परसों मेरे गाँव जाने से पहले तक आपकी अंग्रेजी की इस पोस्ट को लेकर काफी कुछ चल रहा था। यानी आखिरकार ऑर्डर भेज ही दिया। चलो अच्छा हुआ एक नया आदमी आ रहा है। पहले ही हमारे

यहाँ सिफारिशी टट्टू जमा हो गए हैं। सुना है आपका इंटरव्यू बहुत मजेदार हुआ? वेणुगोपाल बता रहे थे। अच्छा हुआ कि यहीं हमारा परिचय हुआ। अभी आप कौन-सा कॉलेज छोड़कर आ रहे हैं?"

फिर उन्होंने एक-दूसरे का इतिहास तुलनात्मक पद्धति से साझा करना आरम्भ किया।

भोले ने कहा, "पुराणिक में मेरा एक साल पूरा हो चुका, अब यह दूसरा है। इससे पहले येवला में एक साल—इस्तीफा। उससे पहले अलिबाग में दो साल—इस्तीफा। उससे भी पहले सावन्तबाड़ी—डिसमिसल। उससे पहले नागपुर से एम.ए.। उससे भी पहले—खैर छोड़ो। जब मैं ही ऊब जाता हूँ, तब आप तो ऊबेंगे ही। आपको भी ऐसा लगता होगा न कि कहाँ फँस गए इस धन्धे में? मेरा भी लगभग यही हाल है। मैनेजमेंट से अनबन। प्रिंसिपल से झगड़ा। जातिभेद की राजनीति। गुटबाजी। इस्तीफे—ऊब गया हूँ। हर साल यह डर कि कहीं गाँव न छोड़ना पड़े। उसमें मेरी आदत ऐसी कि जहाँ जाएँ वहाँ फूलों के चार गमले आसपास रोप देना। खिड़की से नजर आने लायक सहजन जैसे तेजी से बढ़नेवाले पेड़ बरसात में रोपना। लेकिन हर साल ये सब छोड़कर जाना पड़ता है साला। सहजन की बुआई ही कर रहे हैं हम पूरे महाराष्ट्र भर में!"

चांगदेव पाटील ने कहा, "यानी आप आन्दोलन वगैरह सामाजिक बखेड़े भी खड़े करते होंगे हर जगह?"

"अरे, आपको कैसे पता?"

"आप अपने आसपास के परिसर को सुन्दर बनाना चाहते हैं! यह तो आपकी प्रकृति में ही होगा। मेरा बिलकुल इसके उलटा है। मैं ऐसा प्राणी हूँ जो शायद ही कभी अपने कमरे के बाहर झाँकता हो। आपका समाजकार्य वगैरह...?"

"मनुष्य-स्वभाव का बड़ा जबरदस्त अध्ययन लगता है आपका। वाह! मान गए! वैसे मैं बहुत ऊधमी आदमी हूँ, मालिक! चलिए, चाय पीते हैं। इन्दौर से बैठे-बैठे बोर हो गया हूँ। चलिए।"

चाय पीकर ये दुबारा आकर बैठ गए। चांगदेव अपने अनुभव सुना रहा था। भोले उस पर टिप्पणियाँ कर रहा था।

भोले ने कहा, "प्राध्यापक को लेकर कैसी-कैसी कल्पनाएँ होती हैं हमारी छात्र जीवन में। नई गुलामी है जी ये। मैं अपने प्राध्यापक संघ का अध्यक्ष हूँ।

पिछले महीने हम दिल्ली से प्रधानमंत्री को निवेदन देकर लौटे हैं। हमारे एक सांसद प्रधानमंत्री के बहुत नजदीकी हैं। आधा घंटा मिल गया बातचीत के लिए। मैंने देवीजी से कहा कि बैंकों की तरह इन निजी संस्थाओं का भी नेशनलाइजेशन होना चाहिए। हमारे संघ का भी यही प्रस्ताव है। इन मैनेजमेंट वालों की गुलामी कितने दिन सहेंगे? हमारी प्राध्यापकों की यूनियन को और ज्यादा आक्रामक बनना चाहिए, मालिक।"

चांगदेव मुँह बनाता हुआ बोला, "यानी आप सम्पन्न लोगों की ट्रेड यूनियन के अध्यक्ष हैं।"

"और नहीं तो क्या? क्यों चलने देंगे ये तानाशाही? अब आपका ही मामला लीजिए। पता है, इंटरव्यू के बाद इतनी देर क्यों हुई आपको ऑर्डर भेजने में? आपकी जाति कौन-सी है इस पर हमारे माठूराम और मुरलीमोहन में मतैक्य नहीं हो रहा था! आपकी जाति की छानबीन करते हुए गाँव भर में घूम रहे थे ये बुढ़ऊ। मुझसे भी मिले। ये जातिवाद की फसल इन निजी शिक्षा संस्थाओं ने ही बोई है। इसे नेस्तनाबूद करना चाहिए। मैं तो पिछले दो-तीन सालों से लगातार व्याख्यान देकर, लेख लिखकर यही समझा रहा हूँ। प्रस्ताव भी पास किया है और दे भी आया हूँ शिक्षा मंत्री और इन्दिरा जी को।

"आप कम्युनिस्ट वगैरह हैं क्या?"

"कम्युनिस्ट तो नहीं हूँ, पर यह पोंगापन्थी जनतंत्र भी मुझे पसन्द नहीं है। कोट-टाई जैसा अनुकरण करनेवाला जनतंत्र नहीं चाहिए हमें। मैं ऐसे जनतंत्र का पक्षधर हूँ जो हमारे देश के लिए उचित हो। वैसे मैं जनतंत्र का कट्टर समर्थक हूँ। इस गुलाम देश में यह जादू जनतंत्र के कारण ही सम्भव हुआ है मालिक कि बचपन में भेड़ें चरानेवाला, छप्पन पीढ़ियों से ज्ञान के स्पर्श से भी अनजान मुझ जैसा लड़का आज प्राध्यापक बनकर आजाद सोच रखता है। लेकिन आज के प्रजातंत्र में अभिव्यक्ति-स्वातंत्र्य के नाम पर जो जातिवाद को बढ़ावा देनेवाले अखबार और बुनियादी अधिकारों के नाम पर जो स्मगलिंग चल रही है, वह हमें नहीं चाहिए।"

"कैसे रोकेंगे इन्हें आप? यह जहर पचाने की ताकत हरेक में आनी चाहिए।"

"आप भी व्यक्ति-व्यक्ति के द्वारा जहर पचाने की कैसी पश्चिमी गप्पें हाँक रहे हैं, मालिक? बीसवीं सदी खत्म होने को आई है, लेकिन न्यूनतम सुधार तक नहीं हुए हैं हमारे देश में। यही तो मैं कह रहा हूँ कि केवल थियरी से यहाँ का जनतंत्र नहीं चलेगा। कोई भी सरकार जो देश को आगे बढ़ाना चाहती है, उसमें

नकेल कसने की ताकत भी होनी चाहिए। व्यक्तिगत स्तर पर इन भीषण दानवीय शक्तियों से लोहा लेना, सत्रहवीं सदी की अवधारणा है। आज तो व्यक्ति बिलकुल लोहा नहीं ले सकता। असम्भव है यह। अब उन्नति की भी कोई विशिष्ट रफ्तार होनी चाहिए। ये देखिए, इस डिब्बे में लोग कैसे जानवरों की तरह ठुँसे नजर आते हैं? उधर कुछ लोग पूरे सीट हथियाकर सो रहे हैं, लेकिन उन्हें जगाने की हिम्मत इन खड़े-खड़े ऊँघनेवाले डरपोक मुसाफिरों में नहीं है। और वो नीचे बैठकर ऊँघ रही बुर्का पहनी मुसलमान स्त्री पेट से है, ऊपर से उसके हाथों में इतना-सा कीड़े जैसा बच्चा, पास ही पिनपिना रहे तीन-चार बच्चे भी उसी के हैं। कब आएगी इसमें वह लोहा लेने की ताकत—जब तक उसके गँवार पति को खस्सी नहीं कर दिया जाता, तब तक जिन्दगी-भर बेचारी की यह परेशानी जारी रहेगी। किसी ने वहाँ कै कर रखी है, और लोग उसी को रौंदकर लगातार इधर से उधर घूम रहे हैं। शौचालय भी नहीं जा सकते, क्योंकि किसी ने उसमें उलटा पाखाना कर दिया है। यहाँ सीट के नीचे भिखारियों के कच्ची उम्र के दो बच्चे सोए हैं। वो शायद टी.बी. का मरीज सीधे सीट के नीचे ही बलगम थूक रहा है। देखें तो यह इतना-सा डिब्बा भी नरक है! उस दरवाजे के पास सूप और परातों समेत बड़ी-बड़ी गठरियाँ बाँधकर वो कोरकू परिवार हमारे इधर के मध्य प्रदेश से त्रस्त होकर उधर कहीं जा रहा है। कहीं काम, कहीं फुटपाथ पर भी जगह मिलेगी या नहीं इन्हें, और वो बड़ी-बड़ी छातियोंवाली जवान स्त्री, शहर में क्या होगा उसका—आज किसी को कुछ पता नहीं है। ऊपर सोए मारवाड़ियों ने अभी थोड़ी देर पहले एक मवाली को दस-दस रुपये देकर ऊपरवाली बर्थ ली और सो गए। कहाँ से लाए ब्राह्मणों के समारोहों और अखबारों जैसा व्यक्तिगत उत्तरदायित्व और व्यक्ति-स्वातंत्र्य! इस देश में ध्वस्त करने लायक बहुत कुछ है। उसके बाद ही कुछ आधुनिक बनाया जा सकता है। सौभाग्य से हमारे देश को अब अच्छी प्रधानमंत्री नसीब हुई हैं। देवी जी यकीनन काफी कुछ ठीक कर देंगी। देश मार खाए भी तो कब तक? एक-एक आदमी कितनी गन्दगी उलीचेगा, मालिक? बड़े और पुराने देश की सरकार को सख्त होना ही चाहिए। आजादी का उपभोग करो कहनेवाली तानाशाही जब तक स्थापित नहीं होती, तब तक यहाँ किसी को आजादी नहीं मिलेगी!"

चांगदेव ने कहा, "यह काम राजनेता ही करे, जरूरी तो नहीं।"

भोले ने कहा, "मेरा तो राजनीतिक सत्ता पर पूरा भरोसा है। दो सौ साहित्यिक और विचारकों से जो नहीं हो सकता, ऐसा कार्य एक नेपोलियन या कमाल पाशा कर

दिखाता है। एक मंत्री ने फीस में रियायत दी, इसलिए हम जैसे लँगोट पहननेवालों के बच्चे एक ही पीढ़ी में ऊपर तक आ पाए हैं, नहीं?"

"लेकिन कोई हिटलर किसी को हमेशा के लिए गड्ढे में भी झोंक सकता है।"

"ऐसा नहीं है कि अच्छा-बुरा तानाशाही में ही होता है। पर करना कुछ भी नहीं और केवल जनतंत्र का नारा लगा रहे हैं, ऐसी बेढंगी सरकार भी तो देश को गड्ढे में ही झोंक देगी। हमें तत्काल से कुछ करना चाहिए। रफ्तार चाहिए, मालिक, रफ्तार। एक्शन।"

"कुछ बातें ऐसी होती हैं जिनका शॉर्टकट नहीं होता, उनका धीरे-धीरे होना ही ठीक होता है।"

"मुझे यह दर्शन मंजूर नहीं है। धीरे-धीरे यानी पचास साल या पाँच हजार साल? तो यह भी कहो न कि इस देश में समानता पाँच हजार सालों से धीरे-धीरे आ ही रही है। मेरा तो ऐसे धीरे-धीरे वालों से हमेशा झगड़ा होता है। वैसे मैं बहुत झगड़ालू आदमी हूँ। दो मील दूर गाँव ही क्यों न जाना हो, फिर भी कंडक्टर से लेकर दस लोगों से मेरी तू-तू मैं-मैं हो जाती है। लेकिन मैं भी अब धीरे-धीरे ठंडा होने लगा हूँ। अब शादी हुई, एक बच्चा भी हुआ। हार्मोंस कम होने पर कहीं सारी दृष्टि बदल तो नहीं जाती? पता नहीं। सारी ऊर्मि ही नष्ट हो जाती है। इसी कारण पुराणिक में इस साल भी टिका रहा। फिर भी मेरा नाम लेने पर माठूराम, ठोसर वगैरह लोगों के माथे पर बल पड़ते हैं। मुरलीमनोहर वगैरह एक-दो सेक्युलर विचारों के लोग भी हैं हमारी संस्था में। इसीलिए तो हम—गोपाल देशपांडे, चिपलूनकर, शेंडे वगैरह मंडली के लोग उन सब पर भारी पड़ते हैं। कल ही मुलाकात होगी आपकी देसाई वगैरह सभी लोगों से। हम पास के शोभा होटल में हमेशा अड्डा जमाते हैं। स्टाफरूम में कभी नहीं बैठते। वहाँ तो बस एक-दूसरे की बुराई चलती रहती है।"

इसके बाद एक स्टेशन पर चाय पीकर दोनों एक-दूसरे के बारे में, कॉलेज के बारे में और मित्रों के बारे में बतियाते रहे। चांगदेव का इतिहास सुनकर भोले काफी खुश हुआ। बोला, "कुल मिलाकर आपका पेंदा स्थिर नहीं है, मालिक। मेरा भी यही हाल था। लेकिन देखिए, शादी हुए बिना ये दौड़धूप नहीं थमती। अभी आप कुँवारे हैं; यानी हमारे चिपलूनकर, गोपिया, शेंडे, देसाई वगैरह के साथ आपकी खूब जमेगी। सभी आपकी तरह खुले दिलवाले हैं। मैं भले ही गृहस्थ हूँ, लेकिन

प्रकृति से कुँवारा ही हूँ। वैसे शादी का मुझ पर कोई खास असर नहीं हुआ है। घर के काम नियत ढंग से कर दो, फिर हम आजाद। मेरा अनुभव तो ये कहता है कि शादी के बाद ही मनुष्य दरअसल ज्यादा आजाद हो जाता है, मालिक। पत्नी आपको पूरी तरह से आजाद कर देती है। जब इधर-उधर घूमनेवाले इन जवान कुँवारे लोगों को देखता हूँ तो मुझे अपने समाज के स्वास्थ्य की चिन्ता होने लगती है।"

"एक तरह से यह अच्छा भी है। क्योंकि इससे हमारी पुरानी हिन्दू स्थितिशीलता नष्ट हो रही है। हमारी ही पीढ़ी में यह घुमक्कड़ी शुरू हुई। हमारे-आपके पूर्वज कितना घूमा करते थे, लेकिन फिर भी अपने गाँव में उनकी जगह कायम होती थी। हमारी नहीं है।

"हमारे पूर्वज खाद के लिए खेतों में भेड़ों का पड़ाव डालते-डालते इस गाँव से उस गाँव घूमते थे। यों कहिए कि उनमें और हममें कोई खास फर्क नहीं है।"

"कोई फर्क नहीं है। उलटा वह ज्यादा उपयोगी था। इस घूमक्कड़ी में मेरी हालत सनीचरी जैसी हो गई है।"

"आप बेवजह संवेदनशील बनते दिखाई देते हैं। मेरा अनुभव अलग है। वैसे मेरी कहीं भी किसी के साथ नहीं पटती है। लेकिन हर गाँव में जान न्योछावर करनेवाले चार दोस्त मिल ही जाते हैं, बस यही एक नखलिस्तान। बाकी सन्त तुकाराम की तरह दिन-रात युद्ध माहौल से घिरे...अब चार कॉलेज बदलकर यहाँ आया, लेकिन इस दौरान भी मेरा पढ़ना-लिखना लगातार जारी था। पर सिस्टेमैटिक कुछ भी नहीं। आर्कियोलॉजी से लेकर मार्क्सिज्म तक जो चाहे पढ़ते रहते हैं हम। अब मुझे एक बार आसन जमाकर अपने सारे पुराने प्रोजेक्ट लिख डालने हैं। समाजकार्य को अब अलविदा। ऊब गया हूँ।"

"मैं तो कुछ भी नहीं कर पाया हूँ, अपने सिवा। और वह भी ठीक से नहीं।"

"वही सही है, मालिक। अब मेरी बात देखिए न। प्राध्यापकों के संगठन बनाओ, धिक्कार सभाएँ आयोजित करो, विरोध-प्रदर्शन करो, समान विचारोंवाले लोगों को इकट्ठा कर बहस के लिए मंच बनाओ, महिला मंच स्थापित करो—एक गाँव में तो इस महिला मंच के कारण मुझ पर पिटने तक की नौबत आई थी। हमें क्या जरूरत ऐसी मध्यवर्गीय छुई-मुई छोकरियों के चक्कर में फँसने की? लेकिन क्या करें, यही प्रकृति ही है हमारी। छोटे बच्चों के लिए खेल का आयोजन करो, ग्राम-पंचायत के पीछे पड़कर सांस्कृतिक कार्यक्रम, व्याख्यानों का आयोजन करो, वाचनालय खुलवाओ—ऐसे कुछ सामाजिक काम किए बिना मुझे चैन नहीं आता।

और आखिरकार हर गाँव से हम पराए की तरह निकल पड़ते हैं। न उस इलाके के निवासी बन पाते हैं और न उनमें से किसी जाति के। शायद मैं अपनी जाति का पहला प्राध्यापक हूँ। बाकी सभी भेड़ें चरानेवाले, कुएँ खोदनेवाले हैं। इस देश में पूरी उथल-पुथल होनी जरूरी है, मालिक। दवाई की बोतल हिलाने जैसी...इतना करने के बाद भी यूनिवर्सिटी के एक चुनाव में खड़ा हुआ तो सबसे कम वोट मिले मुझे। पहली बार एहसास हुआ कि हमारे देश में जातिवाद की जड़ें कितनी गहरी धँसी हुई हैं। आजकल जब भी एक जाति के दो आदमियों को एक साथ देखता हूँ, तो दिमाग भन्ना जाता है मेरा!"

"आप जैसे लोगों की तादाद बढ़नी चाहिए।"

"कैसे बढ़ेगी, मालिक?...मैंने इस इलाके में कितने सारे काम किए। प्राथमिक अध्यापकों का संगठन बनाया, माध्यमिक अध्यापकों का जबरदस्त संघ तैयार किया। दिन-रात खपा हूँ, मालिक। लेकिन मराठों के वोट मिले कांग्रेस के मराठा प्राध्यापक को और ब्राह्मणों के वोट मिले संयुक्त समाजवादी पार्टी के ब्राह्मण प्राध्यापक को। मुझ धनगर को कौन वोट देगा? खैर, लेकिन इस बहाने पहचान हुई। समाज की नस हाथ आई। वैसे इस गाँव में मेरी अच्छी-खासी प्रतिष्ठा है। और यह लाभ भी तो कम नहीं कि जी-तोड़ मेहनत करते रहने के कारण अपने माठूराम-ठोसर की तरह बेचैन मायूसी हमें घेर नहीं पाती है। लेकिन एक बात पक्की समझ गया हूँ कि मामूली मरहम से यह समाज सुधरनेवाला नहीं। सर्जिकल ऑपरेशन चाहिए, मालिक। और यह राजनीति से ही सम्भव है। इस विषय पर दस-बारह लेख लिखने की सोच रहा हूँ, लेकिन अभी तक साफ-साफ चिन्तन हुआ नहीं है। चिन्तन के लिए भी तो समय चाहिए न, मालिक। साला, यहाँ पुराणिक में इतने सारे काम पीछे लगा देते हैं और इतनी सारी चर्चाएँ करते हैं ये माठूराम वगैरह लोग कि बोर हो जाएँगे आप भी। एक दिन छोड़ लगातार स्टाफ मीटिंगें। संसार में शान्ति कैसे स्थापित होगी, जैसे विषयों पर रात-रात भर प्राध्यापकों को बोर करते हैं साले। लेकिन कोई समाधान नहीं। केवल ब्राह्मणवाद। निष्कर्ष शून्य। सन्त तुकाराम कह गए हैं—विवाद से स्वानन्द बेकार हो गए ब्रह्मवृन्द!"

"यानी कुल मिलाकर झंझट ही है यहाँ।"

"झंझट! अजी, फिजूल का सरदर्द कहिए। आजकल मैं महात्मा फुले को बहुत मानने लगा हूँ। ब्राह्मणों को कुछ करना होता नहीं है, बस विवाद। दोस्त कहते हैं कि मैं दिन-ब-दिन बहुत कसैला बनता जा रहा हूँ। लेकिन जो महसूस होता

है, उसे कहे बिना मुझे चैन नहीं आता। परसों की मीटिंग में तो मेरी बरखास्तगी के लिए वोटिंग हुई थी मैनेजमेंट में! पर असल वजह थी, मेरा एक पर्चे पर दस्तखत करना।"

"कैसा पर्चा?"

"दरअसल, हम दो-तीन लोगों ने ही वह पर्चा जारी किया था। हमारे कॉलेज की एक ब्राह्मण लड़की ने एक मुसलमान लड़के से शादी कर ली। दरअसल भाग गई थी उसके साथ। हमने इस शादी के समर्थन में एक पर्चा जारी किया। इतनी-सी बात पर मुझे बरखास्त करने चले थे साले कॉलेज से। लेकिन संस्था में दो-तीन लोग प्रगतिशील सोच रखनेवाले भी हैं। साथ ही मेरा पढ़ाना और बाकी काम, सब ठीक-ठाक होता है। सो बरखास्त करना वैसे भी आसान नहीं था। वरना इस चिन्ता में नींद हराम हो गई थी कि पत्नी और नन्हे बच्चे को लेकर कहाँ जाएँ... बाद में उस लड़की के बाप ने जबरदस्ती उसकी शादी दूर के किसी हिन्दुत्ववादी आदमी से कराकर उसे उधर ही कैद करने जैसा भेज दिया और मामला ठंडा हो गया। वरना दंगा ही होनेवाला था।"

"बहुत दर्दनाक स्थिति है इस देश में औरतों की।"

"लेकिन अब मैं ये सारे झमेले छोड़कर अनुसन्धान पर ही ध्यान दूँगा, मालिक। दो-तीन किताबें छपवाता हूँ। प्राध्यापक संघ का यह काम भी छोड़ दूँगा। बहुत हो गया त्याग। इस तरह हमारी खस्सी कर डालते हैं ये लोग।"

"जहाँ त्याग की कद्र होती है, उसी समाज में त्याग वगैरह की बातें ठीक हैं। वरना आप करते रहेंगे त्याग और आपकी नौकरी छूट जाने पर आपके पत्नी-बच्चे सड़क पर भीख माँगने लगेंगे तो कोई कौड़ी की भी मदद नहीं करेगा।"

"बिलकुल मेरे दिल की बात छीनी है आपने। यह दर्शन यकीनन गन्दा है। बैल का है। लेकिन है यथार्थ। यह देश है या भूतों का डेरा?"

बाद में दोनों झपकियाँ लेते रहे।

फिर अचानक बीच पटरी पर गाड़ी रुक गई और सभी लोग झाँककर बाहर देखने लगे। डिब्बे की बेशुमार भीड़ मानो अपनी सहनशीलता की सरहद को लाँघकर रात भर मरियल की तरह समय बिताते हुए फासला नाप रही थी। बीच में ही गाड़ी के रुकने से सब परेशान हो उठे।

काफी देर तक गाड़ी हिलने का नाम नहीं ले रही थी। फिर कुछ लोग नीचे उतरकर इंजन तक हो आए। एक-दो आदमी यह खबर ले आए कि कोई जवान लड़की गाड़ी के नीचे आ गई है। पंचनामा हुए बिना गाड़ी आगे नहीं बढ़ेगी।

दूसरा बोला, "पन्द्रह-सोलह की कच्ची उम्र की लड़की है जी। बच्ची को पहले से ही काटकर पटरी पर फेंक दिया गया है।"

कुछ लोगों ने राम-राम कहा। कुछ ने बीड़ियाँ सुलगाईं। कुछ लोग परेशान होकर दुबारा ऊँघने लगे।

चांगदेव को जगाता हुआ भोले बोला, "कुछ तो बोलो यार। समय काटना मुश्किल हो गया है।"

लेकिन चांगदेव बस बीड़ी पीता रहा। फिर भोले और बेचैन होकर आँखें मीचे बैठा रहा। बीते हुए सारे दिन, इस तरह नरक जैसा रेलगाड़ी का सफर, नए गाँव, गाँव में पहली बार दाखिल होना और आखिर में मुँह कड़ुवा बनाकर चल देना, गाँव-गाँव की सड़कें, दुकानें, होटलें, चौक, घर, मित्र, गाँव के बाहर के चरागाह, टीले, पेड़, स्टेशन, बस अड्डे, गाड़ियों की सीटियाँ, गाड़ी पकड़ना, भागदौड़, अस्पताल में एड़ियाँ रगड़-रगड़कर मरा भाई—अब माँ—।

और आँखें खोलकर उसने अपने आप से कहा, यदि यह सारा कोलाहल इकट्ठा हो गया तो मैं पागल हो जाऊँगा।

जरा देर बाद गाड़ी चल पड़ी। कौन थी वह कच्ची उम्र की लड़की, किसने उसे मारकर पटरी पर फेंक दिया, क्यों—सब अजीब था। फिर गाड़ी ने रफ्तार पकड़ी।

जरा देर बाद अपनी घड़ी देखते हुए भोले ने कहा, "उठिए मालिक, अपना गाँव आ रहा है...ये लाइटें अपनी ही हैं। आप ठहरेंगे कहाँ? आज सुबह ही गोपिया, चिपलिया मेरे पास आएँगे। उन्हें मैं आपके लिए कमरा ढूँढ़ने के लिए कह देता हूँ। इस गाँव में महीने-डेढ़ महीने की दौड़धूप के बिना रहने की जगह नहीं मिलती। चलिए, अब मेरे घर पर ही रुकिए। फिर तय करेंगे कहाँ जाना है।"

चांगदेव बोला, "इंटरव्यू के समय जिस होटल में रुका था वह मुझे बहुत अच्छा लगा। वहीं रहूँगा जगह मिलने तक। वहीं जाऊँगा। दोपहर को कॉलेज में मिलेंगे।"

बिजली की रोशनी से मीलोंमील दूर तक जगमगाता अपना गाँव देखकर चांगदेव खुद को भूल गया। वह कह रहा था, मेरे हृदय में जाने के लिए एक जगह हमेशा

होती है। लेकिन अब यहाँ पैर जमाना है। डाँवाडोल नहीं होने देना है। भीतरी-बाहरी किसी चक्रव्यूह में नही फँसना है। बिलकुल बैल की तरह रहना है। लेकिन उसी में ज्यादा चुनौती है।

दूसरे दिन भोले देर से ही कॉलेज आया। देखा तो देसाई और चांगदेव स्टाफरूम के दरवाजे पर ही खड़े थे। देसाई चांगदेव से अन्दर बैठे सभी का परिचय बुलन्द आवाज में करा रहा था। ई है मिस जोसी—बहुत बन-ठनके आवे है और किलास के छोकरों को अलग-अलग जम्फर दिखावे है। ऊ कुलकर्नी—चमकीले बालोंवाला! ऊ मोटा देशपांडे—ठोसर की कचेरी में रोज साम को जाके बैठ जावे है। ठोसर हमारी संस्था की बॉडी पर होवे हैं न—*दैनिक समाजवाद* नाम से अखबार चलावे हैं। हाँ! ई कुलकर्नी तो बहोत हिन्दुत्ववादी होवे है। बारा हजार रुप्या दहेज लेवे है परसो शादी में। ई बोटनी का अत्रे—इसको कभी पैसा उधार देना नईं, वापस नहीं देवे है। ऊ कुलकर्नी और अलग है—ई मतलब इसने ठोसर के रिश्ते की लड़की से सादी करके नौकरी पाई है। ई गुंडेचा सर—बहुत सरीफ आदमी होवे। ई कहत रहे कि प्राध्यापक बनकर इन्होंने बहुत त्याग किया है। वरना एक लारी ब्लैक के चावल ले आवे बोर्डर से तो चालीस हजार रुपे का नेट प्राफिट होवे है इनका। इनका भाई बहुत बड़ा बेपारी होवे है। हर साल ग्रीस्म में भाई के पास से पूरे साल-भर का अनाज और परचून का सामान थोक रेट में विस्वविद्यालय के गाइड के घर पहुँचा देवे है। इससे इनका विस्वविद्यालय में एम.ए. के किलास पढ़ाने को मिल जावे हैं। इस तजुर्बे पर हो इस साल इनका ऊपरी ग्रेड मिलनेवाली है। ऊ देसपांडे, काला-कलूटा, दँतुला—एक टेक्स्टबुक खुद लिखे है ये पिछले साल और सिलेबेस में लगाने के वास्ते विस्वविद्यालय के एक प्रोफेसर का नाम भी छाप देवे है अपने साथ खुसी से। ई जवाहरलाल—बड़ा सोहदा होवे है। हमेशा लड़कियों के चक्कर में रहे है। ई उर्दू का मुसल्ला फरूकी—भल्ला का घर इसके कारण ही बने है। कभी हम उनको कभी अपने घर को देखते हैं...ह ह ह...। ऊ बाहर गया न, ऊ एक और कुलकर्नी ही होवे है—ऊ जायदाद के लिए बिना भाई की बदसूरत लड़की से सादी किए है। ई जो आया न, ऊ जोसी—ई अभी चाय पीकर आया है। ई साला अकेला चुपचाप जाकर चाय पी आवे है। इसके उधर ऊ बुजुर्ग आदमी भी जोसी ही है—खुद के बारे में एक-डेढ़ घंटा बिना रुके बोल

सके है ऊ। उधर अंग्रेजी पेपर पढ़ रहा है न, ऊ कुलकर्नी होवे है एक और—आते ही ऊ अंग्रेजी अखबार हथियाकर बैठ जावे है। ई अपनी पत्नी को भी अंग्रेजी में यानी आपके ही डिपार्टमेंट में चिपका दिए है। ऊ उधर गोरा-चिट्टा जोसी। बहोत रोमांटिक होवे है ऊ। रोमांटिक जोसी ही बोले है उसको। और उधर ऊ डॉक्टर मुसा—बहुत अच्छा आदमी है, पी-एच.डी. होवे है फिर भी ऊपरी ग्रेड नहीं दे रहे है उसे, ऊ मुसलमान है ना! ऊ याज्ञिक—चलो बहोत हो गया अब। ऊ भोले साब खड़े हैं कब से। चाय पीकर आवेंगे। चिपलूनकर और शेंडे आपके लिए जगह देखने गए हैं। ऊ भी उधर शोभा में ही आवेंगे।

शोभा में चिपलूनकर और शेंडे पहले से आकर बैठे हुए थे। भोले, देसाई, गोपाल देशपांडे और चांगदेव के आने पर सभी ने चांगदेव की जगह को लेकर खूब माथापच्ची की। चांगदेव सुबह में आया था, तभी से जगह की चर्चा चल रही थी।

शेंडे बोला, "पाटील को कमरा वगैरह नहीं, बड़ा फैमिली ब्लॉक चाहिए। कम-से-कम तीन कमरे तो होने ही चाहिए। फालतू में चक्कर हुआ।"

भोले बोला, "सही है। शादी के बाद भागदौड़ करने से अच्छा है पहले ही...।"

चांगदेव बोला, "वैसे भी मुझे बड़ी जगह ही भाती है। छोटी-सी जगह में तो सिर चकराने की नौबत आती है भाई।"

देसाई बोला, "ई गाँव में ब्लोक मिलना बहोत मुस्किल है। नौकरियाँ धड़ल्ले से बढ़ गईं, बीस कॉलेज और विस्वविद्यालय बना लेकिन घर कहाँ बनावे है कोई उतने? बड़ा ब्लोक मुस्किल है।"

भोले बोला, "बड़ा यानी कितना बड़ा? किराया जबरदस्त होगा, मालिक।"

चांगदेव बोला, "चाहे आधी तनख्वाह चली जाए। रहने के अलावा हम और किस चीज पर खर्च करेंगे?"

चिपलूनकर बोला, "पाटील का ये अच्छा लगा मुझे, सुबह ही उसने बताया। सही है। खाने-पीने की बजाय रहने पर ज्यादा खर्च करना चाहिए। साल-भर से मैं भी अच्छी जगह की तलाश में हूँ, लेकिन नहीं मिल रही है। खाना-पीना तो क्या घंटा-डेढ़ घंटा। मकान में तो चौबीसों घंटे रहना होता है।"

गोपाल देशपांडे बोला, "तेरा मामला अलग है बे। बिना वजह मुँह मत खुलवाओ। वही ब्लॉक अच्छा है बेटा तेरे लिए। लेकिन तुझे दूसरे काम के लिए चाहिए।"

भोले बोला, "इतना किराया देना ठीक नहीं। लेकिन यदि आप तैयार हैं तो हमारे पोफले बँगले का एक हिस्सा बनकर तैयार हो रहा है। पूछकर देखता हूँ आपके लिए। लेकिन किराया जबरदस्त होगा—यजुर्वेदी है हमारा मकान मालिक। सौ से ऊपर ही माँगेगा बुढ़ऊ।"

गोपाल देशपांडे बोला, "साथ ही पड़ोस में कोई रेडियो पर मराठी भावगीत सुननेवाला न हो। वरना, सुधीर फड़के और गीत रामायण, यानी जीना दुश्वार।"

भोले बोला, "ऐसा कुछ भी नहीं है हमारे आसपास। हम तो गलती से भी कभी मराठी रेडियो स्टेशन नहीं लगाते। ऊपर पोफले के यहाँ भी नहीं। पिछवाड़े में वैद्य रहते हैं, उनके पास तो शायद रेडियो भी नहीं है।"

चांगदेव बोला, "फिर आता हूँ मैं दो-एक दिन में देखने। आप पूछकर देखिए कल मालिक से।"

शोभा में वे दो-एक घंटे गप्पें हाँकते बैठे रहे। बीच में ही उन्हें ताजी पकौड़ियों की खुशबू आई। फिर एक के बाद एक सभी ने खूब पकौड़ियाँ खाईं। बिल तेरह रुपये हो गया। सभी ने गाँव की अनेक गतिविधियाँ बयान कीं। इन लोगों की यहाँ की बैठक आम तौर पर गाँव की अलग-अलग जातियों के अलग-अलग कॉलेजों के बखेड़ों की चर्चा से ही खत्म हो जाती थी। इस पूरे गाँव में सम्पूर्ण महाराष्ट्र के सांस्कृतिक संघर्ष तीव्रता से केन्द्रित होते थे। हर जाति का अपना-अपना एक, इस तरह गाँव में बीसेक कॉलेज थे। ब्राह्मण-ब्राह्मणेतर, मराठा-अमराठा, महार-मराठा, महार-मातंग, मुसलमान-हिन्दू—सभी तरह के सामाजिक संघर्ष यहाँ खुलेआम होते रहते थे। इस कारण घंटे-भर की चर्चाओं में इन विभिन्न जातियों के कॉलेजों की गतिविधियों के सभी प्रवाहों का आदि-अन्त पता चल जाता।

भोले बोला, "सभी कहते हैं कि हमारे पुराणिक कॉलेज के शुरू होने से पहले यहाँ जातिगत मनमुटाव इतना नहीं था। ब्राह्मण छात्र सभी ओर बिखरे हुए थे। यह कॉलेज बनने के बाद सभी ब्राह्मण एक हो गए। पेशवाशाही ही बन गई यहाँ तो। फिर जातियों का ध्रुवीकरण शुरू हुआ।"

गोपाल देशपांडे बोला, "कम-से-कम हम अपनी संस्था को तो सेक्युलर बनाएँगे। साले, बहुत गन्दगी फैला रहे हैं ये माठूराम-ऋग्वेदी बुढ़ऊ। जल्द ही हम संस्था की मेम्बरशिप पाकर गवर्निंग बॉडी पर जाएँगे। फिर काफी कुछ कर पाएँगे हम।"

चिपलूनकर बोला, "तुम देखना, वे हमें मेम्बर भी नहीं बनने देंगे।"

गोपाल देशपांडे बोला, "कोर्ट में जाएँगे। साला, परसों विश्वविद्यालय के इंटरव्यू के बाद हमारे ठोसर ने, पता है, फोन पर वहाँ के रजिस्ट्रार से क्या पूछा? मैंने अपने कानों से सुना है। पूछा, हमारे कुल कितने लिए गए? हमारे! यानी ब्राह्मण। और इनके पुराणिक कॉलेज में अन्य कितने लिए गए, कोई पूछे तो?"

पापय्या देसाई हँसकर बोला, "मैं तो हूँ ही इतना बड़ा लिंगायत दिखाने के वास्ते, और हमारा मुसा एक मुसलमान भी होवे है दिखाने के वास्ते। अब एक चांगदेव पाटील भी लिया है। सरनेम देखकर तो कोई भी सोचेगा कि ई मराठा होवे है। काफी होवे है इतना। और!"

भोले बोला, "मैं तो कहता हूँ कि अपने-अपने लेने में भी कोई हर्ज नहीं, लेकिन थोड़ी-बहुत मेरिट तो होनी चाहिए न प्राध्यापकों में।"

देसाई बोला, "अरे किसी एक में भी मेरिट नहीं होवे है, उलटा पुराणिक में हर कोई ई समझे है कि हम बामन यानी मेरिट होवे ही है हमरे पास।"

चिपलूनकर बोला, "लेकिन पुरुषोत्तम देशपांडे ने इस पर भी मात दे दी परसों! वह बोला कि मेरे पास मेरिट वगैरह कुछ नहीं है। सो माठूराम के पैर पकड़ने के अलावा मेरे सामने दूसरा रास्ता नहीं! ऐसे उस्ताद हैं सभी चापलूस लोग!"

चांगदेव बोला, "पुरुषोत्तम देशपांडे कौन? वो मोटा?"

शेंडे बोला, "अरे वो दँतुला मोटा यानी पी.पी. देशपांडे, ये पुर्शा यानी पी.वाय. देशपांडे है। दूसरा एक और मोटा ढब्बू देशपांडे भी है, वो जी.जी. देशपांडे।"

चिपलूनकर बोला, "धत् तेरी की, अरे ये पूछ रहा है उस एल.टी. देशपांडे के बारे में, वो मोटा...।"

चांगदेव बोला, "लेकिन इन सबको पहचानेंगे कैसे?"

देसाई बोला, "एक यू.आर. देसपांडे भी होवे है, और एक आय.एम. देसपांडे भी! हू हू हू! देसपांडे का तो फिर भी ठीक है, लेकिन ई कुलकर्णी को पहचानना और भी मुश्किल होवे है। और जोसी तो आठ-नौ होवे हैं माँ के जने। कौन क्या होवे हैं, मेरे तो कुछ पल्ले नहीं पड़ता। फिलहाल तो मैं बस ई गोपाल देसपांडे को जाने हूँ।"

चांगदेव बोला, "अब हमें ही कोई दूसरी तरकीब निकालनी पड़ेगी इसके लिए। क्यों न हम अपने इस देशपांडे को अच्छा देशपांडे कहें?"

चिपलूनकर बोला, "मान गए। चलो, चाय पीकर निकलते हैं। आज का दिन पाटील के लिए जगह ढूँढ़ने में ही निकल गया।"

गोपाल देशपांडे बोला, "अरे उलटा अच्छा हुआ। हम तो आज माठूराम और ऋग्वेदी दोनों के चंगुल में फँस गए थे स्टाफरूम में! साले फालतू में आकर बैठते हैं और जो मिले उस प्राध्यापक को चार-चार घंटे सवाल पूछकर परेशान करते हैं कि डेमोक्रेसी के बारे में आपका क्या विचार है और एजुकेशन के बारे में आपको क्या लगता है? सालों को और कोई काम ही नहीं। दूसरे कॉलेजों में शायद नहीं होंगी भैया ऐसी झंझटें।"

शेंडे बोला, "अरे बाहर कोई पूछता तक नहीं इनको। शाहू कॉलेज में चेयरमैन शिन्दे को किसी ने देखा तक नहीं है। उनके चेयरमैन और सेक्रेटरी बड़ी-बड़ी सियासतों में फँसे होते हैं। उनके पास कहाँ समय होगा स्टाफरूम में आकर बैठने का।"

चिपलूनकर बोला, "दरअसल, रोज शाम को काला देशपांडे नवसमाज कॉलोनी में जाकर रिपोर्ट देता है कि स्टाफरूम में कौन क्या बोला।"

चांगदेव ने पूछा, "ये नवसमाज कॉलोनी क्या है?"

गोपाल देशपांडे बोला, "महारबाड़ा है ब्राह्मणों का। हमारे ठोसर, ऋग्वेदी वगैरह सभी लोग वहीं रहते हैं। एक भी ब्राह्मणेतर के लिए जगह नहीं है वहाँ। हमारे आधे प्राध्यापक शाम को उधर ही ठोसर के पास पड़े रहते हैं, चुगलियाँ करते। हमारा मोटा देशपांडे तो वहाँ गए बिना रात में खाना तक नहीं खाता। इधर-उधर लगाई-बुझाई करनेवाला तिकड़मी।"

चिपलूनकर बोला, "उसे तिकड़मी देशपांडे कहेंगे आज से?"

भोले बोला, "सारे प्राध्यापक खाली दिमाग शैतान का घर बन गए हैं, इसीलिए ऐसे धन्धे करते हैं। विश्वविद्यालयों में अपने संगठन की तरफ से विरोध-प्रदर्शन करके चिल्ला-चिल्लाकर हम थक गए कि सभी में सुधार करो, सिस्टम को बदलो, पर होता कुछ नहीं है। हमारे विश्वविद्यालय में छात्र अगस्त में एडमिशन लेते हैं और सितम्बर में दशहरा आने पर दीवाली की छुट्टियों के लिए घर चले जाते हैं और लौटते हैं छुट्टियाँ खत्म होने के बाद दिसम्बर में। हमारे माठूराम-ठोसर भी कभी ध्यान नहीं देते। बस सियासत करते रहते हैं और वाइस-चांसलर को आफत में फँसाकर तमाशबीन बनते हैं। स्टैंडर्ड बढ़ाने के लिए, छात्रों में पढ़ाई की रुचि बढ़ाने के लिए कोई कुछ करता ही नहीं।"

गोपाल देशपांडे बोला, "इसी पर तो इनकी लीडरशिप निर्भर है भाई। अच्छा काम करने लगें तो इन्हें लीडरशिप कैसे मिलेगी? लड़कों को भड़काकर हंगामा करने के लिए ही तो स्कूल-कॉलेज और अखबार चला रहे हैं ये।"

भोले बोला, "एक बार हमारे माठूराम को वाइस-चांसलर बना ही देना चाहिए। इसके बिना अखबारों में ये सुर्खियाँ नहीं आएँगी कि हमारा विश्वविद्यालय भी अच्छा चल रहा है।"

गोपाल देशपांडे बोला, "लेकिन ये अगर वाइस-चांसलर बन गए तो वहाँ के सारे प्राध्यापक इस्तीफा दे देंगे। बहुत सुलझा हुआ आदमी चाहिए ऐसी जगह। व्यक्ति कोई भी हो, ये ब्राह्मण उसे हमेशा ऐसे ही परेशान करेंगे। सेक्युलर ब्राह्मण व्यक्ति वाइस-चांसलर बन जाए तब भी।"

भोले बोला, "जब भी कोई नया वाइस-चांसलर आता है, माठूराम-ठोसर साल-भर में ही उससे अपने सारे गैरकानूनी काम करवा लेते हैं। यदि वह नहीं माने तो उसके बारे में झूठी खबरें छापकर उसकी इमेज खराब कर डालते हैं। अगर वो इनके खिलाफ कुछ करने लगे तो महाराष्ट्र के सभी ब्राह्मण सम्पादकों के जरिये ये उसकी बदनामी शुरू करते हैं। उनके प्रेशर में इधर वह इनके काम करना शुरू करता है और बदनामी का प्रचार ठंडा पड़ जाता है। फिर उधर मराठा लॉबी तिलमिलाकर शोर मचाती है कि वाइस-चांसलर ब्राह्मणों के हाथ की कठपुतली बन गया है और मराठा के उत्तेजित होने पर तो हंगामा ही शुरू होता है। तब भी माठूराम-ठोसर खुश होते हैं! ये हमारे लोग जातिवाद की जनमघुट्टी पीकर ही आए हैं। कसम ही खाते हैं कि कुछ भी करेंगे लेकिन दूसरी जाति के वाइस-चांसलर को बदनाम करके ही छोड़ेंगे। इसीलिए मेरा विचार है मालिक कि एक बार ही सही पर माठूराम को वाइस-चांसलर बनाना ही चाहिए। ब्राह्मण वाइस-चांसलर बने तो मराठी अखबारों में छपकर तो आएगा कि हमारे विश्वविद्यालय में भी काफी कुछ अच्छा हो रहा है। विश्वविद्यालय की छवि निखर जाएगी।"

शेंडे बोला, "सत्ता कभी नहीं पाने का फ्रस्ट्रेशन आया है ब्राह्मण मंडली को। अब यही देखो न, गाँव का कोई भी काम हो, माठूराम वहाँ मौजूद रहता है। कम्युनिस्टों की सभा में अध्यक्ष यही, जनसंघ का कोई नेता आए, सभा का अध्यक्ष यही, मुसलमान मंत्री के समारोह में कोषाध्यक्ष भी यही और भूदान आन्दोलन का अगुवा भी यही! मजाक है साला सब।"

चिपलूनकर बोला, "बाहर जो मर्जी सियासी खेल खेलो, लेकिन हमारी संस्था में कितनी गन्दगी फैला दी है इन्होंने। मीटिंगों पर मीटिंगें लेते रहते हैं साले बहस के नाम पर। और बहस में कोई ईमानदारी से राय दे तो उससे खार खाते हैं और साल खत्म होते ही झूठ-मूठ इल्जाम लगाकर उसे बरखास्त कर डालते हैं।

"दिन-ब-दिन ये सभी कुछ ज्यादा ही कट्टर बनते जा रहे हैं। पिछले साल सादिक को बरखास्त करना तो बेदर्दी की हद थी। मुसलमानों में अपनी छवि चमकाने के लिए माठूराम ने बड़े चाव से उसे नौकरी में लिया। हमारे यहाँ क्लास में सारे लड़के गुंडे—शोरगुल, कोलाहल! महीना भर सादिक को बहुत परेशान किया।

"ठोसर-ऋग्वेदी ग्रुप ने उकसा दिया था लड़कों को कि करो हंगामा, देखो कैसा मुसलमान लिया है माठूराम ने। झट से बरखास्त कर दिया दो महीने बाद। सादिक साला नौकरी की खुशी में नई-नई शादी करके आया था। घर सजाया था बड़े चाव से और अचानक नौकरी चली गई! हमने सुनाया था मीटिंग में माठूराम और भल्ला को कि और भी तो ऐसे लोग हैं कॉलेज में, जिन्हें पढ़ाना नहीं आता, उन्हें भी इस तरह बीच में क्यों नहीं बरखास्त करते? वे ब्राह्मण हैं इसलिए नहीं निकाले जाएँगे।

"मायनारिटीज से ऐसा बर्ताव करेंगे तो कैसे सुधार आएगा हमारे समाज में?"

भोले बोला, "इस तरह हजारों लोगों पर अन्याय होता रहता है। बाद में तो हमें याद भी नहीं रहता। इन निजी शिक्षा संस्थाओं की वजह से जातिवाद बढ़ता जा रहा है। सिफारिश के कारण निर्बुद्ध लोग ऊपर पहुँच रहे हैं। इतने सालों में क्या कभी सुनाई दिया कि एक भी निजी स्कूल आदर्श बना हो? सीधा राष्ट्रीयकरण करेंगे ऐसी संस्थाओं का, तभी अगली पीढ़ी के कुछ अच्छे संस्कार हो सकते हैं, मालिक।"

चिपलूनकर बोला, "एक तो लोग बौखलाए हुए हैं इन ब्राह्मणों पर, उस पर ये पिछड़े ब्राह्मण नेता फिजूल के बखेड़े खड़े करके पिटाई की नौबत लाते हैं हम जैसों के लिए। एक तो हमारे कॉलेज पर गाँव भर के कॉलेजों की कड़ी नजर है। हड़ताल करो कहने पर हमीं को पहल करनी पड़ती है! वरना पत्थरबाजी होती है पुराणिक में। प्रिंसिपल भल्ला ठहरा डरपोक। ऐन समय पर वह कॉलेज से गायब हो जाता है। सारे ब्राह्मण प्राध्यापक भी छिपकर बैठ जाते हैं। पिछले साल भी तो यही हुआ! शाहू कॉलेज के लड़के बोले हड़ताल करो और दलित कॉलेज के लड़के बोले कि नहीं चाहिए हड़ताल! भल्ला समझ नहीं पा रहा था कि क्या करे। कॉलेज खुला रखते हैं तो इधर के लड़के पत्थर चलाएँगे, और बन्द रखेंगे तो उधर के! स्थिति ऐसी है कि अपनी खुद की पॉलिसी होकर भी कोई फायदा नहीं।

"लेकिन मैं कहता हूँ जब नहीं आती है नेतागीरी, तो करे ही क्यों? सीधे तरीके से अपना कॉलेज चलाओ, स्टैंडर्ड बढ़ाओ। ये भी क्या कम समाजसेवा है? या फिर चुपचाप बैठे रहना चाहिए माठूराम-ठोसर को।

"केवल कॉलेज चलाना होता तो क्यों खोलते ये कॉलेज? नेता बनना है तभी तो ये झमेला शुरू किया है इन्होंने। घर में बैठे रहेंगे तो ऐसे ओछे विचारों के लोगों को पूछेगा कौन?

"इसी कारण तो इनके सारे रिश्तेदार और बीवियाँ लग गई हैं नौकरी पे। ये फायदा भी क्या कम होवे है? फिर बचे हुए रिश्तेदार चिपका दिए हैं अखबार में, माँ के जने।"

गोपाल देशपांडे बोला, "परसों मुझे ठोसर ने सन्देश भेजा पुर्शिया देशपांडे के द्वारा कि टी.एस. इलियट मर गया है सो *दैनिक समाजवाद* के लिए तीन-चार कॉलम का एक लेख लिखकर दे दो रात होने से पहले! मैंने तो पुर्शिया को ही लताड़ा। कहा, पुराणिक कॉलेज का स्टाफ क्या *दैनिक समाजवाद* का कॉलम भरने के लिए रखा है? गधो, होगा हनमन्तराव ठोसर मैनेजमेंट की सियासत में दादा।"

देसाई बोला, "अब अगले साल तुझे नहीं रखेंगे हियाँ। कन्फर्मेसन है न बे तेरा ई साल!"

"नहीं रखें। जब तक हूँ, तब तक इसी तरह झटके देता रहूँगा इन भड़ुवों को। चलो, उठो अब। बाहर मराठी सिनेमा की तरह बरसात होने लगी है। जोर बढ़ने से पहले चल देना चाहिए।

सब चल दिए। नए दोस्तों से मिलकर चांगदेव बहुत खुश हुआ। ऊँचा, बेहद मोटा, काला-कलूटा और हमेशा जोर-जोर से हँसनेवाला खुशमिजाज पापय्या देसाई। उसकी नाक भयानक रूप से आगे उभरी हुई थी जिसके कारण वह भोला-भाला लगता था, लेकिन था भीतर से पक्का चालाक। गोपाल देशपांडे था नाटा-सा, छोटा, खब्ती और पैनी नजरवाला। उसके ठीक दोनों होंठों पर कोढ़ फूटने लगे थे। दूर से उसका चेहरा भयानक ही लगता था। बिलकुल बचपन में इसकी माँ चल बसी थी और भयानक तकलीफें सहते-सहते वह बड़ा हुआ था। और शायद एकदम जवानी में ये कोढ़ फूटने के कारण उस पर श्रद्धाहीन कट्टर विचारों के दौरे पड़ते। चिपलूनकर था गरुड़ जैसी नाकवाला, साधारण कद-काठी का, गौरवर्णीय और सभी की ओर तुच्छता से देखनेवाला। और भोले प्रौढ़, ऊँचा, मजबूत कद-काठी,

सीधी नाक और बड़ी-बड़ी मूँछोंवाला, और रात-रात भर जागते रहने के कारण उसकी आँखें हमेशा लाल रहतीं। इन सभी को इस बात का बहुत सन्तोष था कि हर गाँव में उनके जैसे विचार रखनेवाले चार लोग होते हैं।

भोले के बुलावे पर एक दिन चांगदेव पोफले के बँगले की जगह देखने गया। गाँव के बाहर का खुला परिसर, हरियाली, इक्के-दुक्के नए बने बँगले, कोलतार की खूब चौड़ी सड़क, दोनों तरफ बरगद के पुराने पेड़, दूर से दीख पड़नेवाले टीले—सब कुछ उसे बहुत अच्छा लगा।

भोले ने कहा, "पोफले जी पूजा कर रहे हैं। बाद में ऊपर जाएँगे—हमारे दाहिनी ओर समकोण में जो बन रहा है न, वही ब्लॉक है। बाईं ओर पोफले के कबाड़ से भरे कमरे हैं। सामने की तरफ पोफले का ही कोई गोदाम है। उसके पीछे वैद्यों की जगह है।"

भोले का तीन महीने का नन्हा शिशु झूले में ही ऊधम मचा रहा था। एक कमरे में भोले की किताबें—जमीन पर ढेर लगाकर, लकड़ी के पटरे पर, कपाट में, खटिया के नीचे, छत तक मनमाने ढंग से भरी हुई थीं। पत्रिकाओं के घूरे भी सभी ओर फैले हुए थे। यह उसके व्यासंग और मनमाने ढंग से पढ़ते रहने का ही सबूत था। इस कारण भोले भाभी की गृहस्थी की सारी वस्तुएँ बैठक के कमरे में ही जहाँ जगह मिली वहाँ दिखें-न-दिखें ऐसे ढंग से सजाई गई थीं।

भीतरी सजावट को देखकर चांगदेव बोला, "वाह, भाभी जी ने गृहस्थी तो कुशलता से सजाई है।"

भोले बोला, "इसे मैंने ही सिखाया है सब कुछ, शादी के बाद।"

फिर भोले भाभी ने भी चांगदेव को समझाया कि शादी के बाद उनके पतिदेव में भी थोड़ा-बहुत सुधार आया है। बाद में वे भीतर चली गईं। उनके जाने पर चांगदेव भोले से बोला, "आपने जब पुराने ढंग से ब्याह किया है, तब कुछ दिनों तक शहर के तौर-तरीके सिखाना वगैरह तो बनता ही था। लेकिन उसका भी अपना एक अलग मजा होता है। रेडीमेड पत्नी के बजाय देहात की एक लड़की को सिखाना सौ गुना अच्छा।"

भोले बोला, "बिलकुल सही कहा आपने। ये उस समय केवल दसवीं तक पढ़ी-लिखी थी। सम्पन्न किसान परिवार की होने के कारण जरा-सी प्रौढ़ दिखती

थी। हमारे समाज में कुछ लोग खेती करते हैं और कुछ घुमन्तू चरवाहे हैं। हमारी माँ के कारण हमारे घर में भी खेती घुस गई। माँ ने मेरे बचपन में ही तय किया था कि इसी को अपनी बहू बनाना है।"

चांगदेव बोला, "यही अच्छा है। पहले हमारे यहाँ ये अंग्रेजी व्यक्तिवाद कभी मौजूद नहीं था। अंग्रेज न जाने कहाँ से यह व्यक्तिवाद यहाँ लाए और सारा सामाजिक स्वास्थ्य बिगड़ गया।"

भोले बोला, "मैं अपनी माँ के उत्कृष्ट अपढ़ संस्कारों के सामने हमेशा नतमस्तक होता था। माँ ने कसम दी और मैंने भी तय किया कि ब्याह के लिए ज्यादा नखरे नहीं दिखाने हैं। लेकिन ब्याह का वह पुराना तरीका मुझे अपनी जिन्दगी का सबसे घृणित प्रसंग प्रतीत हुआ। जैसा कि आप कहते हैं, शायद यह भी व्यक्तिवाद की एक बीमारी है। इसके अलावा दूर-दराज के गाँवों से दूसरे इलाके की तरफ जा रही सड़क को बनाने की मेरी आदत के कारण लड़कियों से बात करना भी गाँव में बहस का मुद्दा बन जाता था। एक बार तो बिना वजह मेरी पिटने की नौबत आई थी। प्यार-व्यार के लिए यहाँ किसके पास समय था। सौ तरह के सामाजिक कार्य और उस पर हमारा पढ़ना, फिर ये झमेले कब करेंगे? यह बात और है कि दिखने में मैं आप जैसा हैंडसम नहीं हूँ। पर असल बात, अपनी जाति इतनी बढ़िया, मेहनती और स्वाभिमानी है, फिर भी उच्चवर्णीय लड़की के सामने मिन्नतें कर अपने इन गुणों का बखान करो और फिजूल में संघर्ष करते रहो, मुझे बड़ा झंझट लगता है। उस पर धीरे-धीरे मैं महात्मा फुले का भक्त बनता गया। नतीजा, ऊपरी सतह की सभी ब्राह्मण-मराठा घमंडी जातियों के प्रति मुझे ईर्ष्या होने लगी। आज भी मैं बहुजनवादी हूँ। फुले हमारे यहाँ के मार्क्स ही हैं, लेकिन न उन्हें एंगल्स मिल पाया और न ही लेनिन।"

फिर भाभीजी पोहा लेकर आईं। भोले बोला, "हमारे ब्याह के बारे में बता रहा था इन्हें। सोचा, कुछ सीखेंगे! इसने बीते दो सालों में मेरे सारे झंझट और जचगी सहकर भी मैट्रिक पास किया और बहुत कुछ पढ़ भी रही है। और चांगदेव जी, इस साल मुझे भारतीय स्त्रियों पर एक पेपर हर हाल में लिखना है। उसकी अंग्रेजी को जरा जाँच कर देना ठीक से। इस देश में स्त्रियों के साथ गुलामों जैसा बर्ताव किया जाता है केवल इस एक बात के लिए समझदार लोगों को यह देश त्याग देना चाहिए।"

भोले भाभी चांगदेव से बोलीं, "इनसे कहिए न जरा कि अपने बाहरी धन्धे रोक दें। घर का तो घूरा बना दिया है किताबों से। न कुछ लिखते हैं न कुछ होता है। किसी दिन फेंक दूँगी ये सारा कचरा उठाकर...।"

भोले बोला, "इस साल मैंने ठान लिया है कि बस इसी काम में डूब जाना है। इन एक-दो सालों में अपने सारे पुराने अधूरे प्रोजेक्ट, लेख पूरे करूँगा। इस साल देखना तुम।"

भोले भाभी भीतर गईं। फिर भोले बोला, "मेरे इन सामाजिक झमेलों के कारण पत्नी बहुत परेशान रहती है मुझसे। लेकिन क्या करें? इसे बहुत कुछ सहना पड़ा ब्याह के बाद के दो सालों में। हमारे आन्दोलन, बहुत सारे मित्रों का हमेशा घर पर आकर ठहरना, सबका खाना, कभी भी और चाहे जितने लोग, उसमें कभी-कभी पूरी न पड़ती तनख्वाह—लेकिन इसने कभी शिकायत नहीं की। मैं पत्नी से अचानक कहता कि इस्तीफा दिया है, महीने-भर में यह गाँव छोड़ना पड़ेगा। फिर इसका उदास चेहरा, घर के पीछे बगीचे में रोपे सहजन की ओर, फूलों के पौधों की ओर, और बड़े चाव से सजाए रसोईघर की ओर खामोश और उदास नजरों से ताकते रहना। कभी लगता है, इतनी सहनशीलता हममें भी आनी चाहिए। पिछले साल इसका नौवाँ महीना चल रहा था और मैंने सामान समेटने के लिए कह दिया। उस मुसलमान लड़के की शादी का मामला बहुत धधक उठा था न! लेकिन फिर मामला ठंडा हो गया। मेरे मन में पत्नी के प्रति बहुत सम्मान है। हमारी स्त्रियों के लिए पूरे देश में बहुत कुछ किया जाना चाहिए। इन बेचारियों के लिए तो जो कुछ भी किया गया, सब अंग्रेजों ने किया—सती, बालहत्या वगैरह सब कुछ। अब देश की प्रधानमंत्री एक स्त्री है, फिर भी मामूली दहेज पर पाबन्दी नहीं लग रही है। अभी तक गर्भपात को कानूनन मंजूरी नहीं मिल रही है। मैंने तीन लेख लिखे हैं कि गर्भपात को कानूनी मंजूरी दी जाए। अपने सांसद साहब से हमेशा कहता रहता हूँ कि हमारे देश की स्त्रियाँ इतने स्तरों पर दर्द और यातनाएँ सहती हैं कि जिसकी कोई हद नहीं। मुझे अब प्रजातंत्र पर अपनी पुस्तक पूरी करनी चाहिए, मालिक। मेरा तो मत है कि लगातार सुधारों की झड़ी लगाकर उस पर अमल करनेवाली मजबूत सरकार आनी चाहिए। वरना, इस देश का जनतंत्र टिकेगा नहीं, मालिक।"

फिर भोले चांगदेव को बाहर ले आया और भीतर-बाहर से बँगला घुमाकर उसे समझाता हुआ बोला, "पोफले की पूजा अभी तक जारी है! हर सोमवार

को उसे जीप भरकर बेल की पत्तियाँ लगती हैं, और ये पत्तियाँ सरकारी नौकर सरकारी जीप से उसे नियमित लाकर भी देते हैं। सुनो, अभी भी जोर-जोर से मंत्र बड़बड़ा रहा है बुढ़ऊ। साला कभी-कभी तो दो-दो तीन-तीन घंटे तक पूजा करता रहता है। तब मैं समझ जाता हूँ कि कल इसने खूब रिश्वत खाई है। हमारी सरकार भी ऐसे ब्यूरोक्रेटों पर चलती है। क्या सुधार करेंगे ये देश में? वैसे पोफले है तो बिलकुल निरीह प्राणी। लेकिन बाद में मरम्मत वगैरह कुछ भी नहीं करवाता। अभी से उसे अलग से पाखाना बनाने को बोल देना। चलो रुक गया है उसका घोष।"

सज्जन लगनेवाला अत्यन्त वृद्ध पोफले जनेऊ से खेलता हुआ ऊपर से नीचे आया। खिड़की से बाहर झाँककर उसने ड्राइवर को गाड़ी बाहर निकालने के लिए कहा और चांगदेव पर खोजी निगाह डालता हुआ बोला, "भोले साहब, बैठिए जी। दफ्तर में लोग हमेशा मेरे सामने खड़े ही रहते हैं, घर में तो कम-से-कम वह फीलिंग नहीं हो। बैठिए, आपकी तारीफ? अच्छा। इसी साल आए हैं? कौन-सा गाँव आपका? अजी, आपका मूल गाँव पूछ रहा हूँ। अच्छा। वेज ही हैं न?...मिसअंडरस्टैंडिंग मत कीजिए, जाति नहीं पूछ रहा हूँ मैं। वेजिटेरियन और नॉनवेज, दो ही जातियाँ मानता हूँ मैं। अच्छा-अच्छा। बढ़िया। किराया पता है न? एक रुपया भी कम नहीं लूँगा। हर महीने की पहली तारीख को सवा सौ रुपये देने होंगे। विलम्ब से मुझे घृणा है। अच्छा! हाँ, रसीद मिलेगी। जल्दी सोचिए। अगर मैं चला गया दौरे पर तो आठ-आठ दिन लौटना नहीं होता। पाखाना? पाखाना... हूँ...क्यों चाहिए अलग से पाखाना? और कुछ नहीं जी, बस जरा-सी कोऑपरेशन की आदत हो जाती है...अच्छा! ठीक है। किराया मंजूर है न? पाखाना आज ही बनवाने के लिए कह देता हूँ। मटीरियल तैयार ही है। फिर? जल्दी से बताइए अपना फैसला। अच्छा। फिर मिलेंगे। बता देना।"

बाद में चांगदेव भोले से बोला, "बड़े शहरों में ये अच्छा होता है। लोगों को बस पैसे से मतलब। बाकी वह कुँवारा है या शादीशुदा, जात-पाँत—कुछ नहीं। बनिया वृत्ति एक तरह से सेक्युलर ही होती है। एक स्वार्थ छोड़ दें तो जाति, देश, धर्म, वंश सब एक समान!

"वैसे पोफले ने नॉनवेज के बारे में बताया है, लेकिन आप अपने हिसाब से कुछ भी खाते चलिए, हाँ। हम भी तो बीच-बीच में गोश्त वगैरह बनाते हैं। यूँ तो हम वेजिटेरियन हैं, लेकिन अब पत्नी भी गोश्त बनाना सीख गई है।

चांगदेव भोजन के लिए रुक गया। बीच में ही ऊपर से खूब कोलाहल, हँसना, हो-हल्ला सुनाई दिया। भोले भाभी बोलीं, "ये पोफले की लड़कियाँ बड़ी ऊधमी हैं। दिन-भर हुड़दंग मचाती रहती हैं।"

भोजन के बाद निकलते समय ऊपर से अचानक जोर से रेडियो बज उठा और गाने के सुर सुनाई दिए :

किसने चिलमन से माऽराऽ
नजाराऽ मुझे किसने चिलमन से माराऽऽ

भोले ने चांगदेव को ताली दी। चांगदेव बोला, "यही जगह लेंगे। बैठे-बैठे हिन्दी गाने सुनने में ही सवा-सौ रुपया किराये का वसूल हो जाएगा।"

पोफले का घर जल्दी तैयार नहीं हो रहा था। तब तक चांगदेव की जड़ें गाँव में ठीक से जम गईं। मुरलीमोहन को भी वह अच्छा लगा। कॉलेज में सभी से उसके तार जुड़ गए। कुछ कक्षाएँ शुरू हो गई थीं और उसका पढ़ाना लड़के-लड़कियों को पसन्द भी आ रहा था। उसका किसी से मनमुटाव नहीं हुआ। बार-बार खदेड़ी गईं घुमन्तू जातियाँ जिस तरह हर नई जगह पर मासूमियत के साथ बसेरा करती हैं, उसी तरह महीने-भर के भीतर वह इस गाँव में घुल-मिल गया। कॉलेज के किसी व्यक्ति ने घर पर बुलाया, वह गया। स्टाफरूम में सभी के साथ अच्छा बर्ताव किया। ठीक से बात की। सभी के साथ चाय के लिए गया। किसी से हिकारत नहीं की। प्रिंसिपल भल्ला द्वारा सौंपे गए कुलीगीरी के सारे काम भी ईमानदारी से किए। जितने बन पाए उतने मित्र बनाए। बहसें कीं। अपमान किए बिना साफ-साफ बातें कीं। किसी ने अपमान भी किया तो शान्त रहकर चेहरे से नाराजगी जताई। सभी लोग बोले, उम्दा आदमी है। ऐसे लोगों को संस्था में क्यों नहीं लिया जाता?

घर का काम पूरा करने में पोफले ने बहुत ज्यादा दिन लगा दिए। तब तक चांगदेव ने एक महँगे होटल टूरिस्ट इंटरनेशनल में ही डेरा जमाया। इस होटल के ऊपरी दो मंजिलों पर लगभग दो सौ सिंगल-डबल कमरे थे। सामने बड़ा-सा बगीचा था। पीछे जंगल की तरह बड़े-बड़े पेड़ थे, हरियाली पर बेंच रखे थे, ताकि विदेशी सैलानियों को अच्छा लगे। उसके पीछे एक नाला था और नाले के उस पार

मुगलकालीन रोशन बाग नाम से आम का रमणीय बगीचा था, घनी झाड़ियों से लदा। इस बगीचे में एक छोटा-सा चिड़ियाघर भी था। उसमें बन्दर और परिंदे ही ज्यादा थे। चार-पाँच चीते, दो-चार बाघ, हिरन आदि जानवर भी थे। किसी रात ये जानवर जोर-जोर से दहाड़ते रहते।

उस होटल में ऐसे मुसाफिर ही ज्यादा थे जो चार-पाँच दिन रुककर निकल जाते। लोगों में चर्चा है कि मुम्बई के एक स्मगलर ने एक साल के भीतर इतनी विशाल जगह पर यह भव्य निर्माण कार्य पूरा किया था। जगह की तुलना में किराया बहुत ही सस्ता था और महीने के हिसाब से रहनेवालों के लिए तो और भी सस्ता। इस कारण कभी-कभी कुछ लोग चार-छह महीने भी यहाँ टिक जाते। रोज शाम को गाँव के लोग चाय पीने, गपशप करने की खातिर पिछली हरियाली पर आ जुटते। ट्रिप के लिए आई बसें बाहर खड़ी नजर आतीं। सुहाने मौसम में दूर-दूर से आनेवाले लड़के-लड़कियों के झुंड लगातार हुड़दंग मचाते। दो-चार दिन बाद नए चेहरे दिखाई देते। हनीमून के लिए आए कुछ जोड़े मँडराते दिखते। विदेशी लड़के-लड़कियाँ भोले से कुछ-कुछ पूछते रहते। मैनेजर हमेशा अली अकबर-रविशंकर के रिकॉर्डों को बदलता हुआ पंजाबी स्टाइल में शान से काउंटर पर खड़ा दिखता। महीने-भर में चांगदेव की उससे अच्छी दोस्ती हो गई क्योंकि वह अकेले ही काफी दिनों से वहाँ टिका हुआ था।

बाद में राजेश्वरी नामक अंग्रेजी बोलनेवाली एक शोख स्त्री वहाँ रहने के लिए आई। वह सरकार के टूरिज्म डिपार्टमेंट की ओर से यहाँ डिप्लोमा शुरू करने के खास काम पर दो-तीन महीनों के लिए आई थी। तीस की उम्र, तेज, काफी झक्की, अमेरिकन ढंग की फर्राटेदार अंग्रेजी, और पलकों पर हमेशा अमेरिकन रंग-रोगन। लेकिन भारतीय लिबास के प्रति उसमें बेहद दीवानगी थी। भारतीय खादी ग्रामोद्योग की अलग-अलग रंगीन साड़ियाँ, ब्लाउज, शालें। ठसक से लहराती हुई वह होटल में विचरती रहती। विदेशी मुसाफिरों को अमेरिकन अन्दाज में समझाती कि यहाँ क्या-क्या शान से देखना चाहिए। एक बार वह एक अंग्रेज दम्पती से बोली, "आश्चर्य है कि आपको इंडियन फूड पसन्द नहीं। लन्दन में तो पत्नियों की जिद होती है कि महीने में कम-से-कम एक बार इंडियन रेस्टोरेंट में जाएँ। यहाँ हैं तो रोज खा लीजिए।"

अमेरिका में अनेकों साल और इंग्लैंड में एक साल बिताकर आने के कारण उधर के मुसाफिरों को वह उधर के ही उदाहरण देकर फटकारती। उसके बनावटी

लिबास और हेयर स्टाइल के प्रति चांगदेव को शुरू से ही अकारण घृणा महसूस होती थी। उसकी पलकों का रंग, आँखों के इर्द-गिर्द मोरपंखी रंग, गालों की लाली, होंठों का गुलाबी रंग, उसके रोज सूखने के लिए डाले गए कपड़े, कमर से बाँधने के पैडिंग वगैरह सारी बातों का परिणाम अजीब होता था। कभी किसी शाम को वह पीछे हरियाली भरे रेस्टोरेंट में बड़े बेंच पर गुड़िया-सी खामोश बैठी होती। हमेशा अंग्रेजी नाटकों के पेपरबैक पढ़ती रहती। उसके इर्द-गिर्द हमेशा विदेशी सैलानियों का जमघट लगा होता।

शुरू-शुरू में चांगदेव उसकी अनदेखी करता रहा। पर बाद में वह कनखियों से यह देखकर आगे निकल जाता कि वह कौन-सा नाटक पढ़ रही है। कभी ऐसा भी होता कि भोजन के सारे टेबल भर जाते, और उसे उसी के टेबल पर बैठकर भोजन करना पड़ता। फिर वे दोनों चुपचाप गर्दन नीचे झुकाए भोजन खत्म करते। पर यहाँ भी चांगदेव को अटपटा महसूस होता। राजेश्वरी उसका यह बर्ताव देखकर खुद से ही शरारत से हँस देती।

बारिश शुरू होने पर मुसाफिरों की भीड़ बिलकुल कम हो गई। बस दो-चार ही विदेशी सैलानी दिखाई देने लगे। अब इस स्त्री को टालना चांगदेव के लिए कठिन हो गया क्योंकि अक्सर उन दोनों की थालियाँ एक ही टेबल पर सजाई जातीं। दोनों भोजन के लिए आने में देर करते। आखिरकार नौकर बुलाने आ आता।

एक बार तेज बारिश हो रही थी। आसमान में बादलों की भीषण धक्का-मुक्की चल रही थी। एक जर्मन सैलानी जोड़ा मानसून का यह सुन्दर रौद्र रूप देखकर खुश हो रहा था और पखेरुओं की तरह एक-दूसरे से चिपककर दरवाजे की सीढ़ी से ही चुपचाप बरसात का आनन्द ले रहा था। बीच में थोड़ी देर के लिए बरसात धीमी हो गई। दूर बाग से मोरों की आवाजें आने लगीं। उसके बाद अचानक बाघों की रह-रहकर भीषण दहाड़ें।

नौकर भोजन के लिए बुलाने आया तब चांगदेव कल के लेक्चर की तैयारी करता हुआ एक उपन्यास पढ़ रहा था। उपन्यास को पटककर वह सीढ़ियों से नीचे उतरने लगा कि तभी सामने से छोटी कद-काठी की सजी-सँवरी पुष्ट राजेश्वरी भी ठसक के साथ सीढ़ियाँ उतरने लगी। उसकी ओर बिना देखे वह नीचे सीधे टेबल के सामने आ बैठा। वह भी उसके सामने बैठ गई। फिर यूँ ही थाली में कटोरी घुमाते-घुमाते अंग्रेजी ढंग का विशिष्ट फासला बनाती हुई वह धीमे सुर में

आत्मीयता से बोली, "ये बाघों का दहाड़ना कितना हॉरिबल लगता है, नहीं? क्यों दहाड़ते होंगे ये जानवर?"

बिना उसकी ओर देखे चांगदेव बोला, "उन्हीं को पता होगा!"

फिर दुबारा उस ओर कान लगाकर गर्दन हिलाती हुई वह बोली, "स्ट्रेंज! स्ट्रेंज! लगातार दहाड़ रहे हैं।"

चांगदेव तुनककर बोला, "मुझे अच्छा लगता है यह।"

चेहरे पर भाव बदलती हुई वह बोली, "डू यू? ...किसी एब्सर्ड ड्रामा के लिए अच्छा बैकग्राउंड बनेगा यह।"

चांगदेव कुछ बोला नहीं, लेकिन उसे यह पसन्द आया।

फिर उसे भी सब्जी परोसती हुई वह बोली, "यहाँ गाँव में किसी के पास कुछ एंटीक्स, पेंटिंग्स वगैरह का कुछ पता है तुम्हें? डू यू नो? वैसे काफी पुराना ऐतिहासिक गाँव है ये।"

चांगदेव केवल अपनी ही थाली में परोसते हुए बोला, "मुझे नहीं पता।"

"अच्छा। तुम भी यहाँ नए आए हो?"

"येस।"

"यूऽ बैचलर?"

"येस।"

"क्या काम करते हो?"

"टीचिंग।"

"मतलब?"

"इंग्लिश।"

"यानी?"

"इंग्लिश।"

फिर भोजन खत्म होने तक दोनों खामोश। यह भी उसे बहुत बनावटी लगने लगा और अटपटा भी। फिर बीच में ही उसके बालों, रंगीन कपड़ों की ओर जिज्ञासा से देखता हुआ बोला, "तुम—क्या करती हो, बाय दी वे?"

मैं टूरिज्म डिपार्टमेंट के एक्सटेंशन विभाग में हूँ। गाइडों को ट्रेंड करने का टूरिज्म डिप्लोमा शुरू करवाने आई हूँ। साथ ही मुझे यह रिपोर्ट देने का काम भी सौंपा गया है कि यहाँ हम एक म्यूजियम बना सकते हैं या नहीं। इसीलिए मैंने

पूछा कि किसी के पास कुछ वस्तुएँ हों तो बताना। दूर-दूर से टूरिस्ट आते हैं यहाँ, पर उन्हें गाइड नहीं मिलते। गाँव की ये छोटी-छोटी गलियाँ छोड़ दें तो यहाँ देखने लायक भी कुछ नहीं। शाम को टूरिस्ट इस दम्पती की तरह बीयर पीते-पीते बोर हो जाते हैं। एकाध म्यूजियम, गैलरी तो होनी ही चाहिए। एक टूरिस्ट एक दिन रुकता है तो साल-भर में सभी के कुल मिलाकर दस करोड़ रुपये ज्यादा खर्च हो सकते हैं इस देश में। खर्च के लिए लाए अपने पैसे भी पूरे खर्च नहीं कर पाते विदेशी टूरिस्ट इंडिया में। यहाँ बस किले, मन्दिर और गुफाएँ देखीं और खत्म। समय तक नहीं कटता है गाँव में। पन्द्रह दिन बिताने के लिए आए टूरिस्ट इंडिया से आठ दिन में लौट जाते हैं। केवल इस कोने से उस कोने तक घूमते रहने के अलावा कोई मनोरंजन नहीं। ऊपर से शराब पर पाबन्दी। हमारा डिपार्टमेंट तो सोता ही रहता है।"

अब चांगदेव ने गौर से उसकी ओर देखा। अत्यन्त तेज, सीधी नाक, तीक्ष्ण नजर और ठोड़ी पर प्रौढ़त्व की रेखाएँ। सारे शरीर पर रंगों का आकर्षक उपयोग। और बिना दुराव-छिपाव के सीधी-सरल बात। साथ ही अंग्रेजी के कारण आप-आप करने का झंझट भी नहीं। सीधे तुम, तुम्हें, तुम्हारा।

फिर उससे शरारत करता हुआ वह बोला, "दरअसल इस टूरिज्म वगैरह के बजाय तुम्हें नाटक या फिल्म में जाना चाहिए था, क्यों?"

वह दिल खोलकर हँसती हुई बोली, "मुझमें सिनेमा को लेकर बड़ी दीवानगी है। पहले नाटकों का भी पागलपन था। पर बाद मैंने जाना कि वो एक डर्टी धन्धा है। एक मरी हुई कला है—बुनाई, बढ़ईगीरी जैसी एक मरी हुई कला। केवल एक गन्दा धन्धा।"

वह उसके कन्धों पर लहराते बालों की अनदेखी करता हुआ बोला, "मुझे ऐसा नहीं लगता। दरअसल अभिनय एकमात्र जीवित कला है। अभिनय, नाट्य की सभी तरफ जरूरत होती है। तुम्हारे टूरिज्म कोर्स में भी गाइड को अभिनय की जरूरत पड़ती है। वह देखो, वह जवान लड़का होटल के पिछले दरवाजे में खड़ा है। उसकी हमेशा की दोस्त लड़की बरसात के कारण अभी तक रेस्टोरेंट में नहीं पहुँची है। बिलकुल नाटक के दृश्य जैसी अलग दुनिया लगती होगी या नहीं उसे? कम-से-कम हमें तो वह नाटक के दृश्य जैसा लगता है। हमारा मैनेजर भी देखो कैसे नाटक के सीन की तरह लाल बोऽ वगैरह पहनकर ठसक के साथ झुक-झुककर उस अमेरिकन दम्पती को जानकारी दे रहा है। क्या ये अभिनय नहीं

है? जब लोगों से सम्बन्ध आता है, तब नाट्य आ ही जाता है। तुम भी मुझे हमेशा सिनेमा की तरह ही लगती हो। प्रत्येक व्यक्ति मन-ही-मन अभिनय ही करता है।"

उसे सचमुच यह पसन्द आया और वह जोर से हँसते हुए बोली, "यू आर वेरी ओरिजिनल। वेरी प्रोफेसोरियल! नाटक पसन्द हैं तुम्हें?"

"नहीं, आजकल के सामाजिक नाटकों के बारे में कुछ कहना ही बेकार है। आई हेट इट।"

"फिर कौन-से पसन्द हैं?"

"कहीं कुछ एब्स्ट्रैक्ट, अद्‌भुत का स्पर्श चाहिए। ग्रीक, शेक्सपियर, आजकल के टेनिसी विलियम्स, स्ट्रिंडबर्ग, योनेस्को, बेकेट...।"

"माय गॉड, उम्मीद नहीं थी कि नाटकों पर बात करने के लिए कोई मुझे यहाँ पर मिल जाएगा।"

उसे सचमुच लग रहा था कि औरतों के प्रति उसमें कोई दिलचस्पी नहीं बची है। अब जिन्दगी को बिलकुल खाली रखे, यही उसे दिल से लग रहा था।

इसके विपरीत राजेश्वरी का बर्ताव ऐसा था मानो तीस की उम्र गुजरने के बाद भी वह अपने बीते कौमार्य को वापस बुला रही हो। अपनी सहज बुद्धि से उसे यह मालूम था कि कुछ सालों बाद यह भी सम्भव नहीं होगा। उसका उत्साह ऐसा था मानो हिमखंड पर कुछ दिन रहना है और यह पता होने के बावजूद कि वह पिघल जाएगा, उसे उत्साह से युवा रहना है। बनावटी लेकिन उतना ही यथार्थ। बीते दस सालों से अपनी मेधा के बल पर नौकरियाँ बदलते-बदलते वह इस अच्छी सरकारी नौकरी पर स्वाभिमान से डटी हुई है। एक वजीफे पर वह अमेरिका होकर आई थी। एक अंग्रेजी अखबार के लिए नाटक-फिल्म पर तीन सालों से रिव्यू लिख रही थी। उसी समय वह इंग्लैंड भी हो आई थी। अब उसकी अपनी आजाद जिन्दगी थी। अब वह किसी की कुछ नहीं लगती थी। वह अपनी माँ के साथ कुलाबा (मुम्बई) में एक कमरे में रहती थी। काम को लेकर अत्यन्त सचेत, जिम्मेदारी से सब कुछ ठीक करनेवाली। बिलकुल उसी तरह जैसे वह अपने शरीर को सजाती थी।

चांगदेव को वह स्त्रीत्व का आदर्श ही प्रतीत हुई। वह इतनी स्वयंसिद्ध थी कि उसकी बीती जिन्दगी के बारे में गलती से भी कुछ पूछने की उसकी इच्छा नहीं हुई।

उसने ब्याह किया होगा, पति से रिश्ता टूटा होगा, पहले उसका चरित्र ढीला रहा होगा, विदेश में कैसे बर्ताव करती होगी—इन सब बातों का वर्तमान से क्या सम्बन्ध? उसका काजल, पलकों का अमेरिकन रंग, लिपस्टिक, कन्धे पर सावधानी से लहराते बाल—सब कुछ पेड़ की छाल की तरह आवश्यक ही था। वह अच्छी ही थी।

आजकल वे साथ-साथ भोजन करने लगे। बाद में पीछे के हरियाली वाले रेस्टोरेंट में देर रात तक गपशप करने लगे। दोनों के बीच यौन सम्बन्ध का स्पर्श तक नहीं था। बस समय अच्छे-से काटना। वह बोली, "भारतीय पुरुष हमेशा भूखे, बुभुक्षित होते हैं। औरत दिखते ही हाथ लगाएँगे, पैर रगड़ेंगे।" चांगदेव जैसा बिरला। किसी जगह रहते हैं तो पाक-साफ रहना, यही सबसे अच्छी नैतिकता है।

एक बार वह उससे बोला, "तुम जैसी सुन्दरी को वाकई नृत्य-नाट्य-फिल्म में रहना चाहिए। इन कलाओं में आवेगों के साथ मनुष्य का पूरा शरीर ज्यों का त्यों देशकाल के परिमाण में चिरन्तन हो जाता है। आपके नाक-नक्श, कन्धे, चेहरे के हिस्से—सब कुछ चिरन्तन रूप से अंकित हो जाते हैं। अन्य कोई कला ऐसी नहीं है। और अन्य सभी कलाओं के कलाकारों को यही त्रुटि परेशान करती है। इसीलिए बड़े-बड़े शिल्पकार, चित्रकार सेल्फ पोर्ट्रेट बनाकर रखते हैं।"

वह बोली, "माइकेल एंजेलो का अपना खुद का बनाया पुतला मैंने रोम में देखा—कितना बदसूरत। लेकिन यह बात मेरे दिमाग में नहीं आई थी। यू आर वेरी ओरिजिनल।"

वह बोला, "और हमारे सभी साहित्यिक भी लोगों के सामने आने के लिए कितनी भागदौड़ करते हैं। स्टेज पर आने के लिए भी कैसी दौड़-धूप। ये बुढ़ऊ स्टेज पर कितने भयानक लगते हैं। जनमानस में अपने अस्तित्व को चिरन्तन बनाने की दयनीय छटपटाहट।"

वह बोली, "तुम कुछ लिखते रहो। यू विल बी ए ग्रेट क्रिटिक। या मैं बताऊँ मुम्बई के किसी अखबार में।"

वह झल्लाकर बोला, "नहीं।"

एक बार वह बोली, "एक नवाब के पास काफी पेंटिंग्ज हैं। हम जल्द ही जाएँगे देखने। तुम समय निकालकर रखना। फिलहाल इस बारे में मेरा पत्राचार चल रहा है।"

वह बोला, "आनेवाली पहली तारीख को मैं गाँव में रहने के लिए जा रहा हूँ। यहाँ के दिन अच्छे बीते तुम्हारे कारण। थैंक्यू सो मच।"

वह बोली, "इतनी जल्दी जाओगे? इसी पहली तारीख को? फिर तो यहाँ का भोजन बोर हो जाएगा। लगता है मुझे यहाँ एक महीना और रुकना पड़ेगा। लेकिन तुम मिलते रहोगे न? वैसे भी तुम्हें भोजन के लिए कहीं-न-कहीं बाहर ही जाना पड़ेगा। क्यों न फिर यहीं आते रहो?"

वह बोला, "रोज तीन मील यहाँ आना मुश्किल है। लेकिन आऊँगा।"

वह बोली, "या फिर मैं आती रहूँगी। कम-से-कम एक दिन छोड़ हम मिल ही सकते हैं।"

वह बोला, "दरअसल, यह पुराना गाँव है। यहाँ सैलानियों के माहौल में ठीक है, लेकिन गाँव में यह अच्छा नहीं लगेगा।"

वह चिढ़कर बोली, "वॉट डज इट मैटर? और हम ऐसा क्या करेंगे मिलकर? हाऊ सिली? गॉड! समान सोच रखनेवाले दो व्यक्ति मिलें भी नहीं? डू यू माइंड?"

वह बोला, "नहीं। मैंने यूँ ही कहा।"

उसे वह बहुत पसन्द आई। खालिस आदर्श स्त्री। मूल तत्त्व जैसी।

भोले का पोफले बँगला दिन-भर खामोश रहता, लेकिन पीछे की तरफ वैद्य के आड़े ब्लॉक से दिन-रात तरह-तरह की मिली-जुली पारिवारिक आवाजें आती रहतीं। सतह के तीनों ब्लॉक से मिलकर बँगले का अंग्रेजी के 'सी' अक्षर जैसा आकार बन जाता। लेकिन चौथे छोर पर पोफले ने केवल सीमेंट के खम्भे गाड़ दिए थे, जिस पर बने कमरों में उन्होंने अपना रसोईघर वगैरह बनाया था। सड़क से लगे बाहरी कम्पाउंड के छोर पर आदमकद दीवार उठाई गई थी और बाकी कम्पाउंड मामूली पुराने तारों से घिरा था। कम्पाउंड की इसी सामनेवाली दीवार में लोहे का गेट था। गेट से भीतर आने पर सुन्दर-सुन्दर फूलों के गमले, नए लगाए सहिजन, नीबू, बेल, चम्पा आदि काफी उपयोगी पेड़-पौधे स्वागत करते। फिर लकड़ी के बड़े दरवाजे से भीतरी चौक में प्रवेश होता। इसी मुख्य दरवाजे से बाईं ओर सटा भोले का आड़ा ब्लॉक, दाहिनी ओर चांगदेव का खड़ा ब्लॉक, चांगदेव के ब्लॉक के पीछे दस-बारह फीट जगह छोड़कर समकोण में वैद्य का आड़ा ब्लॉक—कुल मिलाकर यह आकार था। जैसे-जैसे ठेकेदार से माल मुफ्त में मिलता गया, वैसे-वैसे ब्लॉक का एक-एक हिस्सा बनता गया था। ऊपरी मंजिल पर चांगदेव के ब्लॉक में साधारण-सी सपाट अटारी थी। भोले का ब्लॉक और खम्भों के ऊपर

समकोण में पोफले का अपना ब्लॉक था—बढ़िया रँगा हुआ। बँगला नया होने के कारण पोफले परिवार को बगीचा बनाने में भी उत्साह था। उसकी लड़कियाँ तो नौकरों पर हुक्म झाड़ती हुई रोज शाम को बगीचे में ही टहलती रहतीं। इस कारण शाम को बगीचे में आना चांगदेव को ठीक नहीं लगता। वह बीच के कमरे की खिड़की से ही बाहर नए बढ़ रहे चम्पा, गुलाब वगैरह को देखता रहता। बँगले के चारों ओर खेत, ऊँची-ऊँची घास, कँटीले झाड़-झंखाड़ थे। बरामदा और दोनों छोर की जालियों से बाहर दूर बरगद के पेड़ों के बीच से गुजरती सड़क और आवाजाही दिखाई देती। बारिश, उगनेवाली घास, तेजी से बढ़नेवाले फूल के पौधे सब कुछ अच्छा था। उसके बरामदे की जाली पर भी रजनीगन्धा की एक लता ऊपर चढ़ रही थी। शायद लड़कियों में पेड़-पौधों की समझ थी। इसके अलावा पोफले के सरकारी नौकर होने और उसके पास काफी पैसा होने के कारण इसमें सन्देह नहीं था कि बँगला सुन्दर ही बनेगा। मालिक और मालकिन यूँ तो अत्यन्त सादे थे। उनके एक नौकर ने चांगदेव को बताया कि यह बँगला बनने से पहले यह परिवार गाँव में दो कमरों के एक पुराने, सीलनभरे मकान में रहता था। परन्तु अब अचानक आई सम्पन्नता ने मालकिन के घमंड को आसमान में चढ़ा दिया था। वह किरायेदारों से ठीक बर्ताव नहीं करती थी। इसके अलावा पहले केवल रोटी-तरकारी खा-खाकर दिन गुजारे और अब सम्पन्नता आ गई। फिर भी बँगले में कहीं-न-कहीं वही मध्यवर्गीय वृत्ति दिखाई देती थी। मसला, रात में कहीं भी एक दीया तक नहीं जलता था, हमेशा अँधेरा रहता था। लेकिन गाड़ी सरकारी होने के कारण आटा पिसाने के लिए भी नौकर को गाड़ी से भेजा जाता और यदि भोले भाभी उसी नौकर को अपना भी पिसान ले जाने के लिए कहती, तो मालकिन को यह अच्छा नहीं लगता। स्वयं भोले को या भाभी को आटा पिसाने दूर गाँव जाना पड़ता। बिजली का बिल भी नौकर के साथ भेजना मालकिन को रास नहीं आता। मालिक के घर से फोन करना हो तो भी मालकिन को हमेशा यह चिन्ता लगी रहती कि फोन के दस पैसे मिलेंगे या नहीं। इसलिए हमेशा उसका यही उत्तर मिलता—फोन बन्द है।

पहली अगस्त को चांगदेव पोफले के बँगले में रहने आया। अच्छा देशपांडे, देसाई, शेंडे, चिपलूनकर और उसके कॉलेज का एक कुंवारा प्राध्यापक गंगातीरकर, सभी उसका सामान लेने आए थे। उसका सामान महीने-भर से ट्रांसपोर्ट कम्पनी में

आकर पड़ा हुआ था। वहाँ से ठेले पर सामान लादकर सभी पोफले के बँगले पर आ गए। फिर सामान सजाना भी शुरू हुआ। भोले ने सभी को खाने पर बुलाया। पड़ोस में एक अच्छा आदमी आने से उसमें भी जोश भर आया था। चांगदेव की किताबें सजाते-सजाते वे हँसी-मजाक कर रहे थे। किताबों के नीचे बिछाने के लिए चांगदेव को रद्दी अखबार चाहिए थे। परन्तु भोले से यह सुनकर कि घर में रद्दी नहीं है क्योंकि वह अखबार नहीं पढ़ता, चांगदेव बहुत खुश हुआ। भोले ने उससे कहा कि दूसरे दिन से ही वह दूधवाले, नौकरानी वगैरह सब का प्रबन्ध करा देगा। नौकरानी सुबह बीच के चौक में हौद पर बर्तन माँजती थी। उसने यह भी सलाह दी कि नौकरानी के लिए बीच का दरवाजा खुला रख दिया जाए तो वह बर्तन बाहर ले जाएगी और धो-माँजकर भीतर भी रख देगी, जिससे आपकी नींद में खलल नहीं पड़ेगा।

सुनकर देसाई बीच का दरवाजा पूरा खोलकर बोला, "ई दरवाजा अच्छा होवे है पाटील। पड़ोस में ही इधर दाहिनी ओर सीधे ऊपर मालिक की लड़कियों के कमरे तक जाती सीढ़ियाँ भी होवे हैं! लड़कियों के लिए भी अच्छा है इधर के इधर से झट से आने-जाने को! हू हू हू! दरवाजा खुला ही रखते जइओ रात में! हू हू हू खी खी खी!"

शेंडे बोला, "साला, जवान लड़कियाँ हैं घर में, और कुँवारे आदमी को कमरा देता है बँगले का। फिर ये दरवाजा बन्द क्यों नहीं करता है वो, भोले—फिजूल का सरदर्द किसलिए?"

चिपलूनकर बोला, "पाटील, ये पोफले की लड़कियाँ उफान पर आई हैं। बड़ी लड़की का कॉलेज में झमेला हो गया था, सँभलकर रहना मेरे भाई।"

शेंडे बोला, "यही तो मैं कह रहा हूँ जी। बँगले का मालिक ये दरवाजा बन्द क्यों नहीं कर देता हमेशा के लिए?"

भोले बोला, "ऐसे लोगों को डर नहीं होता है, मालिक! मान लो, हो गया झमेला, फिर भी यदि इतना किराया देनेवाला आदमी दामाद बनता है, तो अच्छा ही होगा न उसके हिसाब से? और अगर पेट भी रह जाता है, तो भी ताकत होती है इन लोगों के पास सब कुछ रफा-दफा करने की। ये लोग गर्भपात भी करा सकते हैं, और वक्त पड़े तो गबन के पैसों के बल पर मोटा-सा दहेज देकर पाटील से भी अच्छा दामाद खरीद सकते हैं। हम जैसे दरिद्र लोग ही यों डर-डरकर जीते रहते हैं।"

शेंडे बोला, "साला भोले का समाजशास्त्रीय विश्लेषण शुरू होने पर तो बात ही रुक जाती है! भोले अचानक कभी भावुक हो जाता है और कभी एकदम ऐसा विश्लेषण!"

चांगदेव बोला, "और मान लो हो गईं लड़कियाँ गर्भवती, फिर भी साला क्या आसमान टूट पड़ेगा? दरअसल, जनम लेनेवाले बच्चे के लिए आगे जितना खर्च आता है, साठ-सत्तर साल—उसके मरने तक, उतने रुपये ऐसी गर्भपात करानेवाली कुँआरी माताओं को दे देने चाहिए, पुरस्कार, राष्ट्रपति के हाथों।"

भोले बोला, "मैंने परसों अपने सांसद साहब से कहा कि गर्भपात को कानूनी मंजूरी मिलनी चाहिए। यह अधिकार स्त्रियों का ही होना चाहिए कि बच्चे को जनम देना है या नहीं। वह प्रसव की पीड़ा, दूध पिलाना और गू-मूत साफ करना...।"

चांगदेव बोला, "कौन समझदार स्त्री करेगी ये सब? और यदि उस गर्भवती स्त्री को यह पता चले कि उसका बच्चा भी वैसी ही नौकरियाँ करेगा जैसे कि हम करते हैं, तो कौन समझदार स्त्री गर्भपात नहीं कराएगी?"

चिपलूनकर बोला, "यानी, स्त्री की पवित्रता का कोई मतलब नहीं है? मैं तो स्त्री को केवल उसकी मातृत्व की भूमिका के आधार पर ही महत्त्व देता हूँ। मनमाने धन्धे करेंगे और...।"

चांगदेव बोला, "हर माहवारी में स्त्री बार-बार पवित्र होती रहती है, खालिस स्त्रीत्व नदी की भाँति बहनेवाला होना चाहिए। व्यास की द्रौपदी और होमर की हेलन, ये हैं खालिस स्त्रियाँ।"

चिपलूनकर बोला, "लगभग सभी स्त्रियाँ पतिव्रता हैं, इसीलिए ऐसी स्वच्छंद स्त्रियों से आपको रोमानी प्यार लगता है। जब सारी स्त्रियाँ राजेश्वरी जैसी बन जाएँगी तो आपको पतिव्रताओं से रोमानी प्यार हो जाएगा!"

चांगदेव बोला, "समाज में खूब अकेली स्त्रियाँ और अकेले पुरुष, यही भविष्य के अच्छे समाज का मेरा सपना है।"

चिपलूनकर बोला, "वैसे हम काफी मॉरल हैं। पिछले साल अपने लैब के डार्क रूम में एक लड़के को थप्पड़ लगाया मैंने। अँधेरे में लड़की के ब्लाउज में हाथ डाल रहा था, साला।"

भोले बोला, "तेरा ब्याह होना जरूरी है चिपलिया। तभी तू इन बातों की ओर उदार दृष्टि से देखेगा। इस गोपिया देशपांडे के पिता भी बीती गर्मी में हाथ धोकर पीछे पड़े थे इसके। उनके रिटायर होने से पहले ब्याह कर ले गोपिया—तू छह

महीनों का था, तब से तेरा बाप संन्यासी की तरह जी रहा है। बहुत दुर्गत झेली है तेरे बाप ने तेरे कारण। तू नहीं होता तो बेचारा तभी दूसरे ब्याह के लिए आजाद हो गया होता।"

अच्छा देशपांडे बोला, "मैं बाबूजी को हमेशा लिखता हूँ कि सौतेली ही सही, हमारे लिए एक अच्छी-सी माँ ले आइए, बेवजह हमें मातृसुख से वंचित मत कीजिए। लेकिन पिताजी ने जिन्दगी-भर मेरी बात नहीं मानी। हम अपने सामने उनके वैराग्य का आदर्श रखते हैं और वे हैं कि हमारे सामने गृहस्थाश्रम का आदर्श रखते हैं। और मान लो कि हो गया तैयार मैं ब्याह के लिए, फिर भी हमें लड़की देगा कौन? घर भी तो नहीं है हमारे पास। गांधी जी की पुकार पर देहात में जाकर बस गए थे हमारे पिताजी। रिटायर हो रहे हमारे पिताजी—बस, यही हमारी प्रॉपर्टी है। फिर कहीं हमारे बच्चे भी ऐसे कोढ़वाले हुए तो...।"

"अरे मालिक, कोढ़ कोई बीमारी नहीं है, समझे।"

"चलो ये भी ठीक है। लेकिन हमारी देशपांडे, भट्ट जाति सबसे ज्यादा हरामी है। वे मेरे पिता को इस उम्र में भी लड़की दे सकते हैं, उनका प्राविडंट फंड देखकर, लेकिन मेरे पास प्रॉपर्टी नहीं है इसलिए एक रिश्ता तक नहीं आएगा मेरे लिए। किसी बेढंगी लड़की के साथ गृहस्थी बसाने के लिए क्या हम जानवर हैं?"

भोले बोला, "हम विशिष्ट कल्पनाओं की दुनिया में जीते रहते हैं, मालिक! गृहस्थी बसाना भी एक कल्पना होती है। ब्याह भी एक कल्पना होती है। रेंगनेवाला बच्चा हो, घर में झूला झूले, घर में एक औरत हो, सब कल्पनाएँ ही होती हैं। कैसे बच्चे, कैसी पत्नी यह सब गौण होता है। उर्वशी-मेनका की तरह पत्नी के लिए और रति-मदन जैसे बच्चों के लिए ब्याह करनेवालों को तो बेवकूफ ही कहना चाहिए। ऐसे लोग इन बातों का स्पिरिट ही गँवा बैठते हैं। ऐसी फिजूल, गन्दी प्राकृतिक गुत्थियों से खुद को आजाद करना चाहिए, तभी जीना सुहाना होता है।"

अच्छा देशपांडे बोला, "एक दर्शन के तौर पर ये ठीक है। लेकिन एक बार लड़कियों के बाप के सामने खड़े हो जाओ, तब पता चलता है कि हमारे भट्ट कैसे हरामी होते हैं। अरे इस समाज में जहाँ आदमी की कद्र नहीं है, वहाँ आपकी इन कल्पनाओं की कद्र कौन करेगा?"

चांगदेव ने जी-तोड़ मेहनत कर सारा सामान तेजी से लगा दिया। बिलकुल थक चुका था वह। पसीने से सराबोर उसके कपड़े गीले कपड़ों की तरह चू रहे थे।

चेहरा सफेद पड़ गया था। ऐसे में सीने में बाईं ओर से अचानक जोरदार दस्तक महसूस होने लगी। वह घबरा गया। फिर "जरा लेटता हूँ" कहकर सो गया। सभी लोग बाहर निकल पड़े।

जरा देर बाद राहत मिलने पर चांगदेव को लगा, इस तरह बार-बार ऐसा होना ठीक नहीं है। बीड़ी पीना कम करना चाहिए। चाय भी कम करनी चाहिए। चित्त को प्रसन्न रखना चाहिए। पौष्टिक भोजन करना चाहिए।

लेकिन अपना सूना-सूना कमरा देखकर उसे अजीब लगा। उसे लगा घर में आज ही रेडियो लगना चाहिए। सामान भी खरीदकर लाना चाहिए। यहाँ पड़े रहना ज्यादा कठिन है। बाजार जाने पर शायद अच्छा लगेगा।

घर में ताला लगाकर रिक्शा से वह गाँव में आया। डिब्बे, झाड़ू, बाल्टियाँ, टमरेल, कमोरा जैसा आलतू-फालतू सामान खरीदते-खरीदते वह ऊब गया। इसकी बजाय टूरिस्ट होटल पर जाकर राजेश्वरी के साथ गप्पें लगाता बैठता तो अच्छा होता। पहले नई जगह पर जाने के बाद उसमें सामान खरीदने का उत्साह होता था। उसे लगा, कहीं मैं बूढ़ा तो नहीं हो रहा हूँ? अब पहले जैसा जोश नहीं रहा। 'यहाँ शानदार बाल्टियाँ मिलेंगी' तख्ती लगी दुकान से दो बाल्टियाँ खरीद लीं। तख्तियाँ पढ़ते-पढ़ते और नई दुकानें ढूँढ़ते-ढूँढ़ते वह जीरा, चाय, चीनी, तेल के लिए डिब्बे, नमक-तेल के लिए मर्तबान, फिर नमक, फिर खाली डिब्बे की दुकान ढूँढ़कर उसने पाँच-छह डिब्बे, बल्ब आदि सब सामान खरीद लिया और दोनों हाथों में कमोरा, बाल्टी, बगल में झाड़ू वगैरह सँभालता हुआ घूमता रहा। बीच में एक दुकान में रखा सामान वापस लेने पहुँचा तो दुकान ही भूल गया। इस तरह सारे काम पूरे किए। फिर याद आया कि रेडियो की एरियल लगाने के लिए कील वगैरह चाहिए, उसे भी खरीदकर ताँगे से घर लौट आया। बँगले के बाहर ताँगा रोका। ऊपर गैलरी से पोफले की लड़कियाँ कौतूहल से सब देख रही थीं। उनके सामने सामान ढोना उसे अटपटा लगा। फिर भी उसने एक-एक कर सारा सामान लोहे के बाहरी दरवाजे के नीचे से झुककर ढोया और सीढ़ी के पास रख दिया। उसमें भी बड़ी सावधानी से रखा मटका लुढ़कता हुआ नीचे चला गया। इस गड़बड़ी में ताँगेवाले ने भी ज्यादा पैसे लिये। उसके साथ वह झगड़ा भी नहीं कर पाया क्योंकि ऊपर से लड़कियाँ लगातार यह सब देख रही थीं। गर्दन नीचे झुकाए सामान ढोता हुआ वह चक्कर लगाता रहा। सावधानी भी बरत रहा था कि खाली डिब्बे शोर न मचाएँ। फिर भी आखिरी चक्कर लगाते-लगाते ताँगेवाले द्वारा ठगे जाने के कारण वह उदास हो

गया और उसकी ठोकर से डिब्बे दूर जा गिरे। आखिरकार बरामदे के दरवाजे की ओट में खड़े रहने पर उसे सुकून मिला। वह हाँफते-हाँफते, पसीना पोंछते, खाँसी को रोकते हुए जरा देर सुस्ताने के लिए सीढ़ियों पर बैठ गया।

दरवाजे पर हमेशा का परिचित स्तब्ध ताला। शरीर का अभिन्न अंग बन बैठीं जेब की चाबियाँ ढूँढ़ते हुए उसने ताला खोला और थके-हारे घोड़े की तरह धड़धड़ाते हुए भीतर आया। भीतर तीनों कमरों के अँधेरे में भूत की तरह वह दो-तीन मिनट घूमता रहा। फिर सामान भीतर लाया, खटिया पर गद्‌दा बिछाया और चद्‌दर को जैसे-तैसे ठीक करके बिना जूता उतारे ही खामोश लेट गया। अभी उसे पूरे घर में बल्ब लगाने थे। लेकिन इस अँधेरे में उसे लगने लगा मानो वह किसी नई जगह पर अचानक तैरने लगा है। और अचानक बेहोश होते-होते लगने लगा कि बाईं ओर का उसका हृदय भारी हो गया है। वह फिर भी लेटा रहा। छह साल पहले शुरू-शुरू में ऐसा ही होता था। इस कल्पना से वह डर गया। इसी तरह छूटनेवाला पसीना। रात के वक्त अचानक बाईं ओर दर्द। नब्ज की ऊटपटाँग रफ्तार। खाँसी। उस समय अकेले बर्दाश्त किया वह दुख। बीच के इतने सालों में कभी महसूस नहीं हुआ। मानो डैने फैलाए दूर से गिद्धों के झुंड उछलते-उछलते पास आ रहे हैं। बिलकुल बेहिसाब फासले नजरों के सामने तैरने लगे। बीच में ही ऐसा लगता मानो कोई दरवाजा पीट रहा है। अँधेरे में लड़खड़ाते हुए वह बाहर बरामदे में आया। फिर दरवाजा खोलकर बाहर की सीढ़ी पर बैठा और आगे झुककर उसने अपना सिर दोनों हाथों से कसकर पकड़ा। सभी ओर अँधेरा। दूर तक स्ट्रीट लाइटें। पेट्रोप पम्प का भुकभुकाता विज्ञापन। अँधेरे में सरसरानेवाले पेड़। ऊपर आसमान में झिलमिल चाँदनी। भयानक डरावना अन्तरिक्ष। अकेलेपन का जानलेवा एहसास। फिर उसका दिल भर आया।

वह बोला, "मेरी जिजीविषा कम नहीं होनी चाहिए। दौड़धूप के लिए मना किया था। तम्बाकू, ज्यादा चाय के लिए मना किया था। और उसे यह भी पता था कि चिन्ता तो उसके लिए जहर है। उस जमाने के वे अस्पताल के साल। जोश भरी बीसी की उम्र के खाक में मिले हुए वे दिन। साँप की तरह अकेले ही पाले रखा दुख। सब याद करके वह काँप गया। ऐसा लगा मानो पैरों तले से जमीन खिसक रही हो।

दूसरे दिन चांगदेव को ऐसी थकान हुई कि उठना भी दूभर हो गया। अत्यन्त बेफिक्री से वह लेटा रहा।

शाम को भोले कॉलेज से आया और उसका निस्तेज और सफेद पड़ा चेहरा देखकर बोला, "कल आपने बेवजह दौड़धूप की, मालिक। एक दिन में इतनी भागादौड़ी नहीं करनी चाहिए थी आपको। आप नहीं आए तो आपकी ओर से छुट्टी की दरख्वास्त दे दी मैंने उधर के उधर। बहाना बना दिया कि आप बीमार हैं, और यहाँ तो आप सचमुच बीमार हैं! मामला क्या है? ये बुखार और ये पसीना?"

चांगदेव उठकर बैठता हुआ बोला, "पता नहीं। अचानक थकान महसूस हुई। लेकिन कल ठीक हो जाऊँगा। बुखार भी उतर जाएगा।"

"अब हमारे ही घर भोजन कीजिए। मुझे लगता है, आपको एक साइकिल खरीदनी चाहिए। रात में भोजन के लिए दूर जाना पड़ेगा। वैसे हमारे यहाँ ही रोज भोजन के लिए आएँ तो भी कोई हर्ज नहीं, आगे जैसे आपकी मर्जी। आपको बीड़ी पीना भी कम करना चाहिए, मालिक। इस उम्र में आपका स्वास्थ्य अच्छा रहना चाहिए।"

चांगदेव ने कोई प्रतिक्रिया नहीं दी।

फिर भोले ने विषय बदलकर दिन-भर की कॉलेज की गतिविधियों के बार में बताना शुरू किया : "आते ही हमेशा अंग्रेजी अखबार हथियानेवाले कुलकर्णी एक समाचार पढ़कर मखौल उड़ाने के अन्दाज में बोले, यशवंतराव चव्हाण क्या जाने इसके बारे में? तीसरी पंचवर्षीय योजना पर बोलना, मतलब क्या पहलवानी करना है? इस पर तीन-चार प्राध्यापक ठहाका मारकर हँस पड़े। फिर घंटा-भर यशवंतराव चव्हाण का मजाक उड़ा। एक जोशी ने तो यहाँ तक कहा कि चव्हाण बड़ा गुंडा है। यह ब्राह्मण श्रेष्ठत्व का खास उदाहरण है...और इतने से स्टाफ रूम में साठ प्राध्यापक एक साथ बैठ भी नहीं सकते हैं जी। अभी तो कुछ ही क्लासरूम बनकर तैयार हो रहे हैं और उधर दो हजार छात्रों को दाखिला दे दिया है। डेढ़-डेढ़ सौ छात्र बैठ पाएँगे एक-एक क्लास में? और यूनिवर्सिटी का नियम है कि अस्सी से ऊपर एक भी छात्र को भर्ती नहीं करना है क्लास में।"

चांगदेव बोला, "तो हमें क्या? पढ़ाओ और छुट्टी पाओ।"

"तनिक कुछ दिन और रुकिए, मालिक! कॉलेज में रोज शाम को मीटिंगें लगाएँगे हमारे माटूराम और मुरलीमोहन। हमारे ये चेयरमैन और सेक्रेटरी ऐसी बेकार की बहस करते हैं कि सारे प्राध्यापक ऊब जाते हैं। आप अपनी असली राय जरा सँभलकर ही दिया कीजिए।"

"एक तो झूठी राय देना मुझे बिलकुल नहीं आता। लेकिन आजकल मैं चुप बैठना सीख रहा हूँ। ऊपर से मैंने तय कर लिया है कि अब किसी भी काम के लिए मना नहीं करना है। शरीर के थकने पर चित्त भी अपने आप थक जाता है। इसके जैसा दूसरा सन्तोष नहीं है। चित्त के थक जाने पर उसमें उलटे-सीधे भँवर नहीं बनते।"

भोले बोला, "लेकिन मुझे अच्छा नहीं लगता कि आप जैसा युवा व्यक्ति बस इतने तक ही सिमटकर रह जाए। यह सही है कि शरीर और मन को छकाने के लिए कुछ-न-कुछ चाहिए, लेकिन कुछ-न-कुछ अच्छा करने का इरादा भी मन में होना चाहिए। उसके बिना जीने में कोई प्वाइंट नहीं है। अच्छा से तात्पर्य है जो हमारी दृष्टि से अच्छा है—लेकिन ऐसा कुछ-न-कुछ होना ही चाहिए।"

"मुझे भी ऐसा ही कुछ करना है, पर अभी तक ठीक-ठीक समझ नहीं पा रहा हूँ। सारी जिन्दगी घुमक्कड़ी में बीत रही है। पर लगता है, यहाँ मैं कुछ कर सकूँगा। अच्छी तरह उमंग से जीना सीख पाए तो भी काफी है।"

"आपको जरा बाहर नजर डालना सीखना चाहिए, मालिक। भीतर-ही-भीतर सब कुछ तय करते रहने से मनुष्य बिखर जाता है। फिर वह बाहर का देखने लायक भी एकजुट नहीं हो पाता।"

"मुझे आपका प्रयत्नवाद ठीक नहीं लगता। प्रयत्नवादी मनुष्य अनेक मूल्यों की कुंडली बनाकर आखिरकार उसी में फँसकर रह जाता है। दया, क्षमा वगैरह से लेकर राष्ट्रीयता, युद्ध सब हमारे बुद्धिवाद से उत्पन्न होते हैं। क्या आपको नहीं लगता कि सारे मानवीय समाज इसी भँवर में फँस गए हैं? तटस्थ रहकर देखनेवाले आजकल बचे ही नहीं हैं। महाकाव्यों में लड़नेवाले योद्धाओं की अपेक्षा किनारे पर खड़े होकर देखनेवाले व्यास-होमर मुझे अधिक शूरवीर प्रतीत होते हैं। मुझे नहीं लगता कि लड़ने के लिए शौर्य की बहुत जरूरत पड़ती है। आजकल ऐसा माहौल है कि कोई भी डरपोक आदमी लड़ने के लिए तैयार हो जाता है। यह घास में रहनेवाला कीड़ा, बस एक दिन की जिन्दगी होती है इसकी। दिन के चक्र का ठीक से अवलोकन करें तो अनुपात के हिसाब से क्या वह हमारी जिन्दगी के चक्र जितना नहीं है? लाख वर्षों के सन्दर्भ में हमारी जिन्दगी भी इस कीड़े जितनी ही है।"

तभी बाहर सड़क पर बैलगाड़ियों की कतार धीरे-धीरे गुजरने लगी। उनकी ओर उत्साह से देखता हुआ वह फिर बोला, "देखो ये बंजारा स्त्री-पुरुष, इस

मौसम के लिए चीनी मिल की तरफ जा रहे हैं। हर बैलगाड़ी में रंग-बिरंगे कपड़े और हस्तीदंती कंगन पहने सुन्दर बंजारा स्त्री, मामूली सामान का बक्सा, गाड़ी हाँक रहा उसका पति। हड़बड़ी में काम पर जानेवाले अमेरिकन पति-पत्नी में और इनमें क्या फर्क है बताइए? उलटा यह ज्यादा सुन्दर है।"

फिर भोले को अचानक याद आया। वह बोला, "अरे हाँ, टूरिज्म डिपार्टमेंट से राजेश्वरी का फोन था तुम्हारा लिए।

चांगदेव बेहद जोश भरे सुर में बोला, "आज जाना है उधर। बाद में देखेंगे... अच्छी स्त्री है, स्त्री-स्वतंत्रता की बानगी ही समझो। इस तरह की बिलकुल आधुनिका नारियों के प्रति मुझे आदर है। आजादी को खुद ही प्राप्त करना पड़ता है, हमारा समाज अपने आप आजादी कभी नहीं देगा।

"अपने आप आजादी कैसे पाएँगी हमारी ये नारियाँ? उधर यूरोप में छोटे-छोटे अधिकारों के लिए लोगों ने बड़े-बड़े त्याग किए हैं। जिन्दगियाँ बरबाद की हैं, कुर्बानियाँ दी हैं तब जाकर उनके समाज में यह व्यक्ति-स्वतंत्रता आई है। हमारे इन शहरी लोगों ने बिना जरा-सी तकलीफ सहे उसे ज्यों का त्यों उठा लिया है। मुझमें ऐसी फैशनेबुल आजादी के प्रति बिलकुल भी आस्था नहीं है। असल वही होगा जो हमारे इसी समाज द्वारा, यहीं, समाज के सभी अंगों से प्राप्त किया जा सकेगा और वही हमेशा बरकरार रहेगा। पत्रकारिता की आजादी के लिए हमने क्या कुर्बानी दी है? बनी-बनाई आजादी अंग्रेजों से उड़ा ली और अब उसमें सभी हिन्दुत्ववादी घुसकर बैठ गए हैं। क्या फायदा?"

"गोली मारो यार उसे! मुझे यही कहना था कि यदि स्त्रियों में कहीं आजादी होती है, तो वह या तो पुराने आदिवासी समाजों में या ऐसे बिलकुल उन्नत लोगों में।"

"यही तो मैं आपसे कह रहा हूँ कि आजादी वगैरह सब सापेक्ष होती है। समाज में मनुष्य अपनी आजादी का शौक प्राप्त साधनों से जैसे-तैसे पूरा कर लेता है। इसीलिए राजनैतिक दबावों के जरिये समाज को ठीक किए बिना हमारी स्थिति में सुधार नहीं होगा। मैंने अपने घर का हाल कई बार आपके सामने रखा है...औरतों की जानलेवा दुर्गति, हमेशा काम-काम, क्रूर पितृसत्तात्मक माहौल, जानवरों की तरह दिन-रात घर में और खेत में खटना, मिट्टी, पत्थर, बुआई, निराई, कटाई, ओसाई, रसोई, घरबार, दूध दुहना, बर्तन माँजना, फिर रसोई, गर्भावस्था और प्रसव के बीच अपने आप कौन और कैसे आजादी पाएगा? क्योंकि ये सब कुछ

वे ही तो करती रहती हैं। पुरुष भी वही करते हैं—ऐसे काम कि बदन का पसीना तक सूख नहीं पाता है। जोतना, हेंगाना, गोड़ना, माल लाना-ले जाना, बाजार में ले जाकर बेचना, दाना-पानी, भेड़ें चराना, झुंड के पीछे दौड़ना, घास काटना, ठंड-धूप-बरखा को शरीर पर झेलना, बचे हुए समय में कम्बल बुनना, गायें—सारी पुरानी जंगली अर्थव्यवस्था।"

चांगदेव बोला, "अब आप जरा अलग नजरिए से इस जिन्दगी की ओर देखिए। हमेशा प्रकृति की गोद में खुद को भूल जाना, हरियाली से भरी भूमि का स्पर्श, कटाई के समय घास की हरियाली गन्ध, सहजबुद्धि को बढ़ावा देनेवाली भेड़ों की अर्थभरी आवाजें, पेन्हाने के लिए अपनी माँ के थनों को झिंझोड़ते बछड़े, जोर से भूख लगना, जोर से लगी प्यास बुझने से पानी का असल स्वाद बदन में उतर जाना, लहलहाती स्त्रियाँ, मजबूत पुरुष, प्राणी जगत के सारे सुखों का उपभोग करना, कच्चे फल खाना, बस सर छिपाने के लिए घर की ओर देखना, गायों के थनों को दबाकर फेनिल दूध निकालना, कृष्ण की तरह स्वच्छंद बचपन का अनुभव करनेवाले धींगरे बच्चे, धमनियों में हमेशा तेजी से रक्त का बहते रहना और आकाश के नक्षत्र देखते-देखते सो जाना, चन्द्रमा की स्थिति से समय का अनुमान लगाकर उठ जाना, कड़ी धूप में पसीने की धाराएँ बहाना और पेड़ की ठंडी छाँव तले पड़े रहना—इससे बढ़कर जिन्दगी की सार्थकता और क्या हो सकती है? यही है असल जीना। हम कितना ज्ञानेंद्रियहीन मशीन की तरह जीते रहते हैं। दुर्भाग्य यही है कि इससे हमारी मुक्ति नहीं है। हमारे लिए अब यही ढूँढ़ निकालना सम्भव है कि इसी के बीच आजादी कैसे मिल सकती है।"

भोले झल्लाती हुई आवाज में बोला, "मान गए, मालिक आपको। लेकिन यह सब लिरिकल भाषा में ठीक लगता है। मुझे तो यह अर्धसत्य ही मालूम होता है। मेरी माँ भी जब भावुक होती थी, तब भयानक लिरिकल बोला करती थी। लेकिन इस जड़ जगत् के उस पार देखने की मेरी आदत नहीं है। मेरे भाई की भी आदत थी—माँ की तरह भावुक लिरिकल होकर दुख पचाने की। मेरी नहीं है। सातवीं कक्षा के बाद मुझे मेरी चाची के मायके उंदीरखेड़ा में रखा गया था। लेकिन मैं वहाँ उनकी नजर में केवल एक कबाड़ था। उस समय मुझे कुकुरखाँसी हो गई। हर रोज रात-रात भर सीने से पैर सटाए, लोट-पोट होकर छाती फटने तक खाँसता रहता। अकेला। तीन महीने। शाम होते ही डर से रुआँसा हो जाता। घर में अपना समझनेवाला कोई नहीं। बरामदे में रात भर अकेला लावारिस जानवर की तरह

खाँसता हुआ सीना मलता रहता। सहा नहीं जाता तो अकेला ही रो पड़ता। इसी तरह खाँस रहा था कि एक मातंग औरत ने तड़पकर कहा, नागफनी का फल खा लेना बिटवा, ठीक हो जाएगा। सुबह मैंने वही किया। उस देहात में कोई डॉक्टर नहीं, कोई दवा-दारू करनेवाला नहीं, फिर भी किस तरह दिन गुजार रहा था, मैं ही जानता हूँ...ऐसी हजारों बातों के कारण मैं घोर व्यावहारिक बन गया हूँ। फर्स्ट क्लास पाने की जिद को लेकर ही सामने रखता गया। आड़ी वृद्धि होने ही नहीं दी। आड़ी वृद्धि मुझ जैसे के लिए लाभदायी नहीं थी। वृद्धि ऊपर की ओर करनी थी, ऊपर जाते रहना, कॉम्पीटिशन—यही। वैसे मैंने बहुत कुछ दबाए रखा है। आपको भी पहली बार अन्दरूनी बेचैनी से यह बता रहा हूँ।"

चांगदेव बेचैन होकर बोला, "ऐसी मानसिक तकलीफों के कारण ही जिन्दगी की बुनावट ठोस बनती जाती है। दबाए रखने के बावजूद वह होता ही है हमारे पास।"

"मेरा बड़ा भाई—वही, जो हैजे से गुजरा, उसने बढ़ावा दिया इसीलिए मैं कॉलेज में पढ़ाई करने की हिम्मत जुटा पाया। उसके कमरे में हम खुशी से रहते। खाना बनाते। तब मैंने बहुत ज्यादा अध्ययन किया था। भाई रेल में मामूली मजदूर था। साठ रुपये तनख्वाह थी उसकी। इसमें से तीस रुपये वह अपने लिए खर्च करता और बाकी बचे हुए तीस की मुझे जरूरत होती। नौकरी के लिए शहर आनेवाला हमारे घर का वह पहला आदमी था। उसके पत्र भी बड़े सुन्दर होते थे...वह माँ को पत्र लिखता और मैं उसे पढ़कर सुनाता...आज काम पर जाते-जाते रेलवे लाइन के किनारे गिट्टी के ढेर पर आम का छोटा-सा पौधा डोलता हुआ देखकर लगा कि मैं भी इसी तरह डटे रहकर जी सकता हूँ। माँ, तुम चिन्ता नहीं करना...इसी तरह कुछ का कुछ वह हमारी अपढ़ माँ को लिखता। उसे कॉलरा हुआ। हम मध्य प्रदेश में इटारसी के पास की एक बस्ती में, परदेस में रह रहे थे। उसने बिस्तर पकड़ा तब मैं अकेला था। पास-पड़ोसवाले बोले, तुम्हें भी छूत लग जाएगी। तुम घर चले जाओ या कम-से-कम गाँव में जाकर रहो। लेकिन यह विचार भी मुझसे सहा नहीं जा रहा था कि मेरा अपना भाई मर रहा है और मैं वहाँ जाकर देखूँ तक नहीं, दूर से ही चाय-कॉफी रखकर चला जाऊँ। जकड़ता है तो जकड़े मुझे भी कॉलरा। मनुष्य को टालकर इस तरह मरियल जैसे जीने के बजाय मर जाना अच्छा। क्या करना है ऐसी कायर की जिन्दगी जीकर? लेकिन दो दिन में ही भाई चल बसा। मेरी ओर प्यार से देखते-देखते आँखें मीच ली उसने और

चला गया। वह क्षण मुझे ज्यादा मूल्यवान लगता है। अभी भी जब कभी मैं उसके पत्र पढ़ता हूँ तो गर्व होता है मुझे। इसलिए केवल अपने में सिमटी आजादी पाने की आपकी यह कल्पना मुझे नहीं जँचती।"

"आप अपनी जनतंत्र की पुस्तक जल्दी से लिख डालिए भोले जी।"

"क्या-क्या करें, मालिक! मुझे तो पचासों समस्याओं पर लिखना है, पर अभी तक वह भी नहीं हो रहा है। मुझे पढ़ना खूब आता है, लेकिन कलम उठाता हूँ तो दो पंक्तियाँ भी लिखी नहीं जातीं। उसी में कॉलेज के हजार काम, घर की जिम्मेदारियाँ, बच्चों का कुछ-न-कुछ, मिट्टी का तेल लाओ, राशन लाओ, ये खतम हुआ, वो नहीं है, बहसें, आने-जानेवाले। सोशल वर्क को तो लपेटकर ही रख दिया है मैंने। अब पूरी तरह से घर में ही डुबो देना है खुद को, लिखना है अब एक-एक कर...।"

पुराणिक कॉलेज का सबसे बड़ा संकट यानी माठूराम-मुरलीमोहन-ठोसर द्वारा ली जानेवाली स्टाफ मीटिंगें अब नियमित शुरू हो गई थीं। माठूराम हर मीटिंग में उपस्थित रहते ही थे, लेकिन संस्था के अन्य पदाधिकारी भी अपनी शाम गुजारने के लिए शौक से बारी-बारी से आ बैठते। माठूराम शाम को ही खा-पीकर आते और मीटिंग के खत्म होने की आतुरता से प्रतीक्षा कर रहे भूख से परेशान गृहस्थ प्राध्यापकों को सताते। कभी-कभी माठूराम और मुरलीमोहन के बीच ही घंटा-भर तू तू-मैं मैं के सुर में बचकानी-सी बौद्धिक बहस चलती रहती। किसी शब्द की व्याख्या पर भी ये दोनों झगड़ते रहते। प्राध्यापकों पर यह धौंस जमाने के लिए कि हम शिक्षाशास्त्र के बड़े पंडित हैं, वे अंग्रेजी में ऊबाऊ चर्चा शुरू करते। नौ बजते-बजते सभी प्राध्यापक बोर हो जाते। लेकिन उठकर चले जाने की हिम्मत किसी की नहीं होती। फिर हमेशा प्राध्यापकों में से कोई—शायद चिपलूनकर ही जूते के फीते खोलकर पैर बाहर निकालता और उसके मोजों की भीषण उग्र दुर्गन्ध पूरे हॉल में फैल जाती। उधर अच्छा देशपांडे भी होंठ भींचकर धीरे से गाना गुनगुनाने लगता, लेकिन इस अन्दाज में कि पता न चले कौन आवाज कर रहा है। पापय्या देसाई लगातार किसी भी बात पर जोर से ठहाके लगाता।

इस मीटिंग में भल्ला पर सबसे कठिन उत्तरदायित्व होता था। एक ओर माठूराम की पागलपन से भरी बातों को प्राध्यापकों के गले उतारना और दूसरी ओर

माठूराम-मुरलीमोहन दोनों को समझाना कि दोनों अपनी-अपनी जगह पर सही हैं। अपनी समझ में न आने वाली अंग्रेजी में भल्ला यह दायित्व बखूबी निभाता। लेकिन किसी भी मुद्दे पर अपनी राय कभी नहीं देता। मीटिंग समाप्त होने पर घंटा-डेढ़ घंटा वह माठूराम और मुरलीमोहन को मीटिंग की उपलब्धियाँ भी समझाता। किस प्राध्यापक ने क्या बात की, कौन आज्ञाकारी नहीं है, कौन मजाक उड़ाने के लहजे में बोला ये भी वह कुशलता से बताता।

इन मीटिंगों के कारण पन्द्रह दिनों में ही चांगदेव को बौद्धिक निराशा ने घेर लिया। एक तो तीन-चार प्राध्यापक ही वहाँ अपनी राय ईमानदारी से रखते थे, अन्य मँजे हुए लोग माठूराम-मुरलीमोहन की हाँ में हाँ मिलाते थे और भविष्य के अपने व्यक्तिगत लाभों को देखते हुए मामूली विरोध जताकर घोषित करते कि माठूराम का मुद्दा उनको जँच गया है। बाकी सभी प्राध्यापक वक्त गुजारने के इस तरीके से उकता जाते। छोटी कद-काठीवाले पीछे बैठे प्राध्यापक धीरे-धीरे पीछे से ही नौ-दो ग्यारह हो जाते। बाद में संख्या इतनी कम हो जाती कि सभी का इस तरह भाग निकलना भी असम्भव हो जाता। मुरलीमोहन, माठूराम, ठोसर, सहस्रभोजने और 'बड़ा मगज छोटा और छोटा मगज बड़ा' लगनेवाला देशपांडे—जैसे ढलती उम्र के संस्था संचालकों को शाम के वक्त घर पर कोई काम नहीं होता। इसलिए उन्हें उच्चशिक्षित प्राध्यापकों को इकट्ठा कर उनके सामने अपना अखबारी उथला ज्ञान प्रकट करने में आनन्द आता था।

मसलन, एक शाम छह बजे बिहार के अकाल-पीड़ितों की सहायता के लिए मीटिंग बुलाई गई। माठूराम बेणीराम दीक्षित सामाजिक कार्यकर्ता होने के कारण शहर के बिहार अकाल निवारण कोष के अध्यक्ष थे। नोटिस पढ़कर सभी ने झल्लाकर ही हस्ताक्षर किए और गुस्से से गाली-गलौज शुरू किया कि आज भी घर जाते-जाते रात के दस बजेंगे। कुछ प्राध्यापक चुपचाप बैठे रहे। जब तक तिकड़मी देशपांडे स्टाफरूम में था, कोई कुछ नहीं बोला। उसके बाहर जाते ही याज्ञिक विद्यासागर से बोले, "क्यों विद्यासागर, कितनी राशि दोगे कोष में?"

विद्यासागर क्षीरसागर से बोले, "आपके-हमारे तय करने से क्या होता है भाई? कल शाम को ही सब कुछ तय हुआ होगा! सुना है, एक दिन का वेतन माँग रहे हैं।"

क्षीरसागर खुद पर हुए अन्याय को स्वर प्रदान करते हुए बोले, "हम चाहे पाँच रुपये दें या दस, नाम तो आखिरकार माठूराम का ही होना है कि इस महान

समाजसेवी ने अपनी संस्था से इतने रुपये अकेले इकट्ठा करके दिए! हम तो बस प्यादे हैं!"

शाम छह के बाद किसी से न मिलनेवाले याज्ञिक को खुफिया खबर मिली थी कि इस साल भी उन्हें ऊपरी ग्रेड नहीं मिलेगी। इसलिए वे घृणा से बोले, "लेकिन जरा-सा कुछ हुआ नहीं कि इन्हें जहाँ-तहाँ अध्यक्ष बनने का शौक क्यों चर्राता है जी? अन्तर्भारती, हिन्दू-मुसलमान समन्वय समिति, अकाल निवारण समिति, समाजवादी मंडल, उर्दू-मराठी साहित्य सेवा मंडल—न जाने कितनी बातों के अध्यक्ष हैं ये?"

कुलनाम पूछकर जाति का सही-सही पता लगानेवाला नाटा कुलकर्णी बोला, "अजी पूरे गाँव के लोकप्रिय नेता हैं वे।"

विद्यासागर बोले, "लेकिन मामूली नगर निगम के चुनाव में पाँच सौ वोट तक उन्हें नहीं मिलते, सो कैसे? उनका डिपॉजिट हमेशा कुर्क होता है।"

जिसके पाँच रिसर्च पेपर फॉरेन जर्नल में प्रकाशित हो चुके थे वह देशपांडे बोला, "आखिरकार लोग जाति पर ही जाते हैं। माठूराम जी जब से ब्राह्मण सर्कल में आए हैं, तब से उनका सारा पॉलिटिकल करियर बरबाद हो गया है। सत्ता के मोह से वे जिन्दगी-भर दूर रहे हैं।"

याज्ञिक बोले, "लेकिन इस मामूली-सी बात के लिए हमेशा अध्यक्ष बनना और संस्था के लोगों को जहाँ-तहाँ जोत देना, इसका क्या मतलब? वे अनशन पर बैठते हैं तो भी इन्हें बीस-पच्चीस प्राध्यापक चाहिए होते हैं!"

ठोसर और ऋग्वेदी से प्रिंसिपल बनाने का वचन पानेवाले वाइस-प्रिंसिपल ऋषि पाठक बोले, "दिल से काम करनेवाले निःस्वार्थ लोग ही चाहिए ऐसी समितियों में। वरना जेड.पी. के कदम और मोरे समिति में हों तो सारे पैसे यहीं के यहीं दफन हो जाएँगे! ह ह ह।"

सभी हँस दिए। कोने में बैठे डेमॉन्स्ट्रेटर गायकवाड़ ने अखबार में चेहरा धँसा लिया।

फिर क्षीरसागर बोले, "क्या आपको यह लगता है कि बहुत लायक होने के कारण इन्हें अध्यक्ष बनाया जाता है? अजी, ऐसी फुटकल समितियों पर कांग्रेस के लोग आएँगे ही क्यों? किसके पास इतना फालतू समय पड़ा है? बड़े-बड़े काम कुछ सूझने नहीं देते हैं सच्चे नेताओं को! कदम उर्दू-मराठी मंडल का अध्यक्ष बनेगा? चार दिन भी गाँव में नहीं होते हैं ये लोग। आज मुम्बई, कल दिल्ली। ये फिजूल के धन्धे।"

याज्ञिक बोले, "मुझे तो परसों शाहू कॉलेज के किसी ने कहा, किसी की तेरही हो या किसी के यहाँ बारही—आपके माठूराम तो अध्यक्ष बनने के लिए हमेशा तैयार रहते हैं। फिर भी बेचारे को वाइस-चांसलर नहीं बना रहा है कोई।"

हमेशा 'प्रतिकूल परिस्थिति से लगातार जूझते रहने के कारण मेरी उन्नति देरी से हुई' की टेप बजानेवाला कुलकर्णी बोला, "उनसे कहिए कि उनके छत्रपति लोगों की तरह गुंडागर्दी नहीं है हमारे लोगों में।"

किताब बन्द करके अच्छा देशपांडे बोला, "क्या फिजूल की बातें लगा रखी हैं आप लोगों ने? मीटिंग में मुँह खोलते समय तो नानी मर जाती है आपकी! और हाँ! माठूराम को उसकी ईमानदारी की वजह से अध्यक्ष नहीं बनाया जाता है। दरअसल वह निठल्ला है। ऊपर से पत्नी लात मारकर बाहर कर देती है उसे। और इसे अध्यक्ष बनाने से कॉलेज में ही इसे दफ्तर के लिए बढ़िया जगह मिल जाती है, प्यून, टाइपिंग, मीटिंगों के लिए कमरे, लाइट, पूरा सेट तैयार होता है! ये बात है, समझे! चलिए पाटील सर, चाय पीकर आते हैं। फिर मीटिंग शुरू होने पर तो दिमाग भन्ना जाएगा।"

याज्ञिक और क्षीरसागर ने खुश होकर अच्छा देशपांडे की बुद्धि की तारीफ की और फिर से माठूराम की बुराई करने लगे। याज्ञिक बोले, "हमारा हॉस्टल शुरू हो रहा है अगस्त में। अब रेक्टर का ब्लॉक भी बढ़िया रंग-रोगन कर तैयार किया है। कौन बनेगा रेक्टर?"

अपने बारे में एक-डेढ़ घंटा लगातार बोल सकनेवाले जोशी बोले, "ह ह ह, ये भी कोई पूछने की बात है? हमारे—पुरुषोत्तम देशपांडे की पत्नी उधर तैयारी भी कर रही है, किराये का घर खाली करने की। उसके घर के मालिक बता रहे थे कि 15 अगस्त को घर खाली कर रहे हैं देशपांडे साहब। क्षीरसागर जी, सब कुछ पहले से तैयार होता है यहाँ।"

हमेशा 'आइए फुरसत से कभी घर' कहनेवाला देशपांडे बोला, "कमाल हो गया! इस साल की नियुक्तियाँ, रेक्टरशिप, ग्रेड्स वगैरह के लिए अभी परसों मीटिंग होनी है बॉडी की, और इधर पहले से सब कुछ तय? फिर तो ग्रेड का भी निर्णय हो गया होगा कि किसे कौन-सी देनी है। क्या आपका हो रहा है ग्रेड का काम? हेड हैं न आप।"

अखबार में चेहरा धँसाए और कान खड़े कर बगल में बैठे जोशी की ओर कनखियों से देखते हुए याज्ञिक बोले, "हम कभी ठोसर के मठ में जाते नहीं हैं

न! हम तो बस बेवकूफ की तरह एक्स्ट्रा लेक्चर ले-लेकर और शाम को लैब के इंस्ट्रूमेंट्स साफ कर-करके मरते रहे तीनों साल! संस्था का एक डेमॉन्स्ट्रेटर बचा लिया मैंने सभी को ज्यादा काम दे-देकर! इसीलिए तो अब हमारी हेडशिप भी जा रही है।"

इतने में एक जोशी नामक मोटा प्राध्यापक भीतर आया और सभी चुप हो गए। बैठे हुए प्राध्यापकों में से एक दूसरे जोशी ने उस मोटे प्राध्यापक की यजुर्वेदी-ऋग्वेदी टाँग-खिंचाई शुरू की।

चांगदेव अच्छा देशपांडे से बोला, "ये है कभी बिल न चुकानेवाला यजुर्वेदी! अब हम चाय के लिए निकलेंगे तो यह लट्ठभारती भी चिपक जाएगा हमेशा की तरह।"

अच्छा देशपांडे ताली देकर बोला, "ये बिल न चुकानेवाला यजुर्वेदी बड़ा उस्ताद आदमी है, हाँ! देखा न, कैसे चुप हो गए सब उसके आते ही। ये भी हमेशा बॉडीगार्ड की तरह ठोसर के साथ घूमता रहता है। पक्का चापलूस है ठोसर का। इसी को रेक्टर बनाने की कोशिश चल रही थी ठोसर ग्रुप की। लेकिन मुरलीमोहन ने यह मुद्‌दा उठाकर उन्हें नाकाम कर दिया कि इसे पढ़ाना नहीं आता है। कक्षा में जब छात्र इससे सँभाले नहीं जाते, तब हॉस्टल को छात्रों पर कैसे काबू में रखेगा? तिकड़मी देशपांडे को भी पढ़ाना कहाँ आता है, लेकिन वह लड़कों को चाय-पानी वगैरह पिलाकर कक्षा को मैनेज कर लेता है। साथ ही *दैनिक समाजवाद* के कॉलम भरकर उधर ठोसर को भी खुश रखता है, और इधर माठूराम के सामाजिक कार्य में मदद भी करता है। पहले दस साल ये माठूराम के दफ्तर में क्लर्क हुआ करता था! जैसे ही कॉलेज खुला, इसे लेक्चरर बना दिया! जबकि बी.ए. में इसका विषय मराठी विषय था और एम.ए. में हिस्ट्री।"

"मतलब कहीं इन लोगों के लिए ही तो कॉलेज नहीं खोला गया? इसी बहाने बैठे-ठाले सरकारी खर्च पर अपने लोगों का प्रबन्ध!"

"लगभग ऐसा ही समझो। परसों बिल न चुकानेवाले यजुर्वेदी के बारे में मुरलीमोहन ने कहा कि ये हॉस्टल के लड़कों पर काबू नहीं पा सकेंगे, तब ठोसर और अन्य बोले कि लड़कियों का हॉस्टल बनाएँगे और वहाँ इसे रेक्टर बनाएँगे! भल्ला ने यू.जी.सी. को लेडीज हॉस्टल का प्रस्ताव भी तुरन्त भेज दिया! इतने सूत्रबद्ध ढंग से चल रहा है, साला। बहुत भयानक लोग हैं ये। अभी तो एक साल बिताया है इनके साथ, लेकिन इनका चेहरा देखते ही तन-बदन में आग लग जाती

है। अच्छा, चलो। अब ऐसे ही एक-एक कर बाहर निकलेंगे। उधर देसाई की लैब में चिपलूनकर भी होगा, मैं उसे लेकर आता हूँ। आप आगे बढ़िए। देखो, बिल न चुकानेवाले यजुर्वेदी का सारा ध्यान हमारी तरफ ही है। क्योंकि उसे पता है कि हम इसी वक्त चाय पीने के लिए जाते हैं!

चाय पीकर लौटने के बाद छह बजे तक वे स्टाफरूम में बुराई सुनते बैठे रहे। फिर मीटिंग। भल्ला की हमेशा की तरह शुरुआत : वी शुड नॉट लेट अवर बैटरी डाउन! वी शुड गो ऑन द राइट ट्रैक! रेकलेसनेस इज डेंजरस! वगैरह। फिर प्रत्येक व्यक्ति को कितने रुपये देने चाहिए ताकि हमारी संस्था का बड़प्पन दिखाई देगा वगैरह। दो-एक बोले भी कि बिहार राहत कोष में जो सहायता देनी है वो हम खुद दे देंगे। फिर चर्चा। फिर माठूराम और मुरलीमोहन में जोरदार बहस कि बुद्धि क्या है? भावना किसे कहते हैं? चैरिटी की डेफिनेशन क्या है, व्हॉट इज चैरिटी? व्हॉट इज फिलन्थ्रपी? वगैरह। अच्छे देशपांडे ने हमेशा की तरह जोरदार भाषण कर इस तरह कलेक्टिवली कोष की सहायता करने की जरूरत ही क्या है वगैरह शुरू किया। तब भल्ला मजाक के लहजे में देशपांडे की लल्लो-चप्पो करने लगा। भल्ला बोला, "यू बॉय, देशपांडे, इतने टॉप गियर में मत बोलो यार। बैठिए, लोअर गियर में बात कीजिए, यू चिकन, बैठकर बोलिए।"

धीरे-धीरे और भी कुछ लोग कहने लगे कि कोष में एक साथ सभी की सहायता देने की आवश्यकता नहीं है। लेकिन बीच में ही भोगीशयनम् उखड़कर कह गए कि दफ्तर ने स्टाफ की ओर से पहले ही एक हजार रुपये कोष में परस्पर जमा भी कर दिए हैं, आनेवाले महीने की तनख्वाह से हरेक के पैसे काटकर पेशीट तैयार किया गया है। तब बॉटनी के वृद्ध देशपांडे बोले, यदि यही करना था तो इतनी चर्चा किसलिए की आप लोगों ने? जाने दो अब। फिर सभी चुप हो गए। कोई 'डेमोक्रेसी' कहकर बस हँस दिया। लेकिन भोले, क्षीरसागर यह दर्ज करने का आग्रह करने लगे कि हमारी सहमति के बिना पैसे काटना अनुचित है। फिर भल्ला ने आधा घंटा किसी की भी समझ में न आनेवाली अपनी गोलमाल अंग्रेजी में शुरू किया—अवर ग्रेट इंस्टिट्यूशन—इट्स हाय रेप्युटेशन—कलेक्टिव रिस्पॉन्स एंड इंडिविजुअल गुडनेस—आफ्टर ऑल व्हॉट इज मनी? मनी इज नथिंग—वगैरह। इस तरह मेस्मेरिज्म की तरह खूब बोर कर और फिर अपेक्षित परिणाम होने पर यानी सभी प्राध्यापकों के नर्म हो जाने पर और खुद भी गोलमाल

बोलने से पूरा थक जाने पर भल्ला बोला, "सो डियर लर्नेड कलीग्न! शैल आय टेक योर कंसेन्ट फॉर ग्रांटेड?"

गृहस्थी का बोझ ढोनेवाले, बहन के ब्याह के लिए दहेज इकट्ठा करनेवाले, छोटे भाइयों को पढ़ानेवाले और पहली तारीख की तनख्वाह का बार-बार बजट बनानेवाले इन विचारक प्राध्यापकों का दल विरोध के लिए सकपका गया था। कोई नहीं बोल रहा था। हर कोई घड़ी के काँटों की ओर देखता हुआ घर पहुँचने की चिन्ता में अधीर हो गया था। बाहर बरसात भी बढ़ रही थी। उधर अच्छे देशपांडे इतनी देर से हम बेखुदी में तुमको पुकारेऽऽ चले गएऽऽ सागर में जिन्दगी को उतारेऽ चले गएऽऽ गुनगुना रहा था। चिपलूनकर ने अपने पैर जूतों से बाहर निकाले थे और उसकी उग्र दुर्गन्ध पूरे हॉल में फैल गई थी। सभी लोग आपस में कानाफूसी करते-करते माठूराम और मुरलीमोहन को गालियाँ दे रहे थे। प्यून हरी भी इस चिन्ता में दरवाजे के पास उदास खड़ा था कि कब यह खत्म होगा और कब मैं घर जाऊँगा। आखिर में भल्ला ने पहले से टाइप की हुई नोटिस सबके बीच घुमाई, जिसमें लिखा था कि अपनी तनख्वाह से बीस-बीस रुपये कटौती के लिए हमारी अनुमति है। ठोसर-माठूराम के कृपापात्र लोगों ने तुरन्त हस्ताक्षर कर नोटिस को आगे खिसका दिया। भोले, क्षीरसागर, गोपाल देशपांडे, चांगदेव, चिपलूनकर, देसाई, शेंडे आदि ने बिना हस्ताक्षर किए कागज को आगे सरका दिया। माठूराम का चेहरा गुस्से से तमतमाया। भोले बोला, "हम अपने पैसे अलग से भरेंगे। हमारी तनख्वाह से राशि न काटी जाए।"

चांगदेव अपने आप को बरसात की मार से बचाता हुआ यानी हमेशा की तरह पूरा भीगता हुआ एक होटल में घुसा और भकर-भकर निवाले निगलकर अँधेरे से साइकिल दौड़ाने लगा। बारिश को झेलते हुए उसे याद आया कि चौक में पुलिस खड़ी होती है। फिर उतरकर जरा देर पैदल चला। फिर सवार होकर हमेशा की तरह यह तय करते-करते पानी से तर-बतर हो पोफले के बँगले पर आया कि तनख्वाह मिलते ही रेनकोट और साइकिल की लाइट तुरन्त खरीदनी है। हमेशा की तरह हड़बड़ाते हुए उसने ताला खोला और सारे कपड़े बाथरूम में फेंक दिए। सूखे कपड़े पहन लिए, चाय पी, रेडियो लगाया और बीड़ी सुलगाकर बिस्तर पर लेट गया। फिर पूरा ओढ़ावन ओढ़कर बोला, "सालों-साल इस तरह चलते रहना ठीक नहीं है। पुराने कॉलेज इससे कई गुना अच्छे थे। एक डाली टूटते ही बन्दर

की तरह मैं दूसरी डाल पर छलाँग लगाता हूँ और उसे भी टूटता हुआ देखकर फिर और ऊपर चढ़ जाता हूँ। यह करते-करते यहाँ तक आया हूँ। लेकिन हाल यही है कि कभी-न-कभी डाली टूटकर मुझे ढह जाना ही है। मुश्किल है।

बाहर तेज बारिश की आवाजें आ रही थीं। उसे ऐसा पसीना छूटा कि लगा सारा बिस्तर भीग जाएगा। फिर दाईं ओर से थपेड़ों की दस्तक आने लगी। उसे तेज थकान महसूस हुई और सारा घर गरगर घूमने लगा।

झड़ी लगी थी और ठंड में उठने की चांगदेव की इच्छा नहीं हो रही थी। आज कॉलेज में फिर मीटिंग थी। शरीर में बुखार मालूम होता था। बाहर लगातार बरसती बारिश की आवाजों में दिल को डुबोकर वह फिर सो गया। भूख भी जोर से लगी थी और नींद भी बहुत आ रही थी। बीच-बीच में जाग जाता तब उसे केवल बेहोशी ही अनुभव होती। दिन-भर अँधियारा माहौल था। बाहर बारिश की ऐसी आवाजें आ रही थीं मानो वह निरन्तर समुद्र में कहीं तैरते हुए जा रहा हो। बार-बार बेहोशी, नींद, जाग उठना, आवाजें, ओढ़ावन, फिर ठंड की मार से कँपकँपी, पसीना, जागना यही चल रहा था। न जाने कब सँभलते हुए उठकर उसने ब्रेड खाई। फिर खटिया से लिपटकर ही उसने समय गुजारा। इस कल्पना से उसका सिर दर्द करने लगा कि कहीं भी कोई अपना नहीं है।

नौकरानी द्वारा बाहर से लगाई भीतरी दरवाजे की सिटकनी खोलकर भोले शाम को भीतर आया।

"क्यों मालिक, कोई हलचल नहीं! आज भी छुट्टी! मैंने अनुमान से भल्ला से कहा कि आप बीमार हैं और यहाँ तो आप सचमुच बीमार पड़े हैं। आप एक बार अस्पताल चलिए। पूरा चेकअप करवा ही लीजिए। डॉक्टर बुलाऊँ? असल परेशानी है क्या?"

"कल मेरी छुट्टी की दरख्वास्त पहुँचा दीजिए। कॉलेज आने की इच्छा ही नहीं हो रही है। कुछ भयानक-सा लगता है वहाँ।"

"बिलकुल बामनलीला लगती है न? लेकिन नौकरी करनी है तो ये सब सहना ही पड़ेगा। वह इमारत, वह भीड़, कोलाहल, बाहरी आवाजाही, आसपास के घर, ग्राउंड भी नहीं है, साला। दूसरे कॉलेज कैसे हवादार, खुले और भीड़-भाड़ से दूर होते हैं। कॉलेज के लिए जगह अच्छी चाहिए। वह शाहू कॉलेज भी पहले गाँव में

ही था। गाँव के बाहर जगह खरीदते वक्त उनकी मैनेजमेंट के कुछ लोग बोले भी कि दूर जाने से हमारे छात्रों की संख्या पर असर पड़ेगा। पर उनके प्रेसिडेंट बोले, भले पाँच सौ छात्र आएँ। लेकिन गाँव की ये बिलबिलाहट बिलकुल नहीं चाहिए। और दूसरी ओर इन भटों की ये बनिया वृत्ति देखिए।

चांगदेव छुट्टी की अर्जी लिख रहा था कि तभी देसाई, अच्छा देशपांडे, शेंडे तीनों अपने-अपने छाते बन्द करते हुए भीतर आए। उन्हें भी चांगदेव के घर आना था, यह देखने कि दो दिनों से वह कॉलेज क्यों नहीं आया। भल्ला ने भी सभी के सामने विशेष चिन्ता जताकर अच्छा देशपांडे से चांगदेव को देखकर आने के लिए कहा था।

चांगदेव बोला, "वैसे भला आदमी है भल्ला।"

अच्छा देशपांडे बोला, "खुले तौर पर अच्छा बर्ताव करना बनिया वृत्ति के लोगों के लिए आवश्यक ही होता है। इसी कारण अंग्रेज अपने मैनर्स वगैरह का ढोल पीटते हैं। सॉरी जैसे शब्द को खोज निकालनेवाले लोग कितनी बनिया वृत्ति के होंगे, इसकी तो कल्पना भी नहीं की जा सकती। भल्ला उनका बबर्जी था, बताइए।"

देसाई बोला, "अच्छा हुआ दो दिन नहीं आए आप। कल दिन-भर बहुत बोर किए भल्ला। सारा टाइम-टेबुल मीटिंग में डिस्कस किए। कितने किलासरूम हैं, ई भी पता नहीं पगले को।"

"टाइम-टेबल पर क्या डिस्कशन करना होता है भला! हेड अपने-अपने डिपार्टमेंट के टाइम-टेबल बनाएँ, बस हो गया।"

"यदि इतना आसान कर दिया जावे तो भल्ला ई कैसे जता पावेगा कि ऊ बहुत कुछ करे है? कितने हॉल होवे हैं, कितने कमरे होवे हैं, कितने बच्चे, कितने विषय, कुछ भी पता नईं होवे साले को! कुछ मालूम नईं फिर भी दिमाग चाटता रहता है ऊ। कल कितनी बार कहा साले से कि छह नम्बर हॉल में पेसाबघर होवे है! फिर भी बार-बार छह नम्बर में ही क्लास डाल रहा था टाइम-टेबुल में। कुर्कलनी बस गर्दन झुकाए काटा-पीटी कर रहा था।"

"कौन-सा कुलकर्णी?"

"क्या उसका इनिशील होवे है—यम. यस. कुर्कलनी।"

"मतलब कहीं पॉलिटिकल साइंस का तो नहीं?"

"कोई भी हो—कौन-सा कुर्कलनी ई इम्मटेरियल बात होवे है। यम. यस. कुर्कलनी, अजी, ऊ हिन्दुत्ववादी, बारा हजार रुप्या दहेजवाला—हाँ तो ऊ बार-बार

संसोधन करते हुए काटा-पीटी करता रहा और आखिर में फाइनल पढ़ने को बोला तो उसी की समझ में नहीं आ रहा था कि कहाँ क्या लिखे हैं! धत् सालों की! फिर लगे सब दोहराने और हमारे चार घंटे बरबाद कर डाले। फिर भी भल्ला का वही तकियाकलाम, छह नम्बर खाली होवे है, हुआँ एक डिवीजन डालो करके! धत् तेरे की। डाकघर में सौ रुपये तनख्वाह में इससे अच्छे लोग काम करे हैं! पता नैं कैसे प्रिंसिपल और प्राध्यापक बन गए हैं। टाइमटेबल भी सुबह सवा आठ से शाम सवा छे!"

सवा आठ से सवा छह?—स्कूल है या कॉलेज है ये हमारा? और बीच में इतना खाली वक्त सभी को, दो-दो, तीन-तीन घंटे!

अच्छा होवे है बीच का समय स्टाफ में एक-दूसरे की टाँग-खिंचाई करने को। छात्र लिये हैं दो हजार और हॉल होवे हैं चौदा—फिर क्या? बिठा दिए हैं सुबह से सारे क्लास। बीच में हॉल खाली नहीं है इसलिए लड़के-लड़कियाँ दिन-भर घूमेंगे आवारागर्दी करते-करते कॉलेज के बरामदों में। लाइब्री भी कहाँ होवे हैं बैठना चाहे तो? ग्राउंड भी कहाँ होवे है जाएँ तो? डिसिप्लीन के प्राब्लेम बहुत आएँगे ई साल। पहले ही गाँव में कॉलेज होने के कारण छात्र ज्यादा होवे है, ऊपर से गाँव के गुंडे-बदमास लड़के टूट पड़ते हैं पुराणिक पर दो घंटे लाइन मारने।"

"पढ़ाना छोड़कर पुलिस जैसा पहरा ही देना पड़ता है साल-भर।"

"पगले माठूराम को सब पता होवे है, लेकिन केवल पालिटिक्स के लिए ऐसा करे है ऊ। आगे चलकर आर्ट्स, साइंस और कामर्स के कालेज अलग-अलग करने का प्लान होवे है उसका। कहता है कि संख्या बढ़ने से प्रतिस्ठा बढ़े है।"

"कम-से-कम प्रिंसिपल तो ऐसे लोगों को समझाए!"

"भल्ला? और माठूराम को समझावेगा? ह ह ह। कल ही बरखास्त कर देंगे भल्ला को! उसे बस तनख्वाह से मतलब होवे है। सुधार और स्टैंडर्ड से क्या लेना-देना उसको? बैल गाभना तो कहे नौवाँ महीना—ये तरीका होवे है भल्ला और माठूराम का।"

"प्रिंसिपल लोकल ही चाहिए। लोकल आदमी संस्था के हित में साफ-साफ बोल सकता है, समय पड़ने पर ऐसे मैनेजमेंट को डाँट पिलाकर चुप कराने की भी उसकी हिम्मत होती है। लेकिन धाक में रहे इसलिए तो मैनेजमेंट बाहरी आदमी को ऐसी जगह पर लाकर बिठा देता है प्रिंसिपल बनाकर।"

"ऊपर से बाहर का आदमी दिखाने के भी काम आवे है। ई जताने कि हम कितने लिब्रल हैं। बाकी अन्दर का मामला कुर्कलनी और देसपांडे और जोसी और ऋसि पाठक जैसे ही लोग सँभालते हैं।"

"अच्छे बुद्धिमान ब्राह्मण भी नहीं मिलते सालों को। अब वो जोशी...।"

"कौन-सा जोशी—मराठी का—कहीं रोमांटिक जोशी तो नहीं?"

"कोई भी हो, वह इम्मटेरियल है। सभी मिडियॉकर होवे हैं, ही ही हीऽ।"

"शाहू कॉलेज में भी ऐसे मराठा हैं और मुल्ला फिदाअली में भी ऐसे मुसलमान हैं।"

"लेकिन उनके यहाँ इस तरह का बुनियादी कम्युनल नहीं है, मालिक। उनके पास बंजारा से लेकर ब्राह्मण तक सभी लोग हैं। दूसरों में ही अब मेरिट की कद्र बची है। इसी कारण महाराष्ट्र की सभी ब्राह्मण संस्थाएँ खराब हो चुकी हैं। पुणे तक में ऐसा एक भी कॉलेज नहीं बचा, जहाँ हमारे बच्चों को भेजने की इच्छा हो।"

"शाहू कॉलेज के गवर्निंग कौंसिल में परसों चर्चा हुई कि जब पुराणिक में एक भी मराठा नहीं लिया जाता, तब हम इतने ब्राह्मण क्यों रखते हैं? एक-दो लोग तो बोले भी कि नोटिस देकर बरखास्त कर डालो सभी को। ये बात और है कि किसी ने इसे संजीदगी से नहीं लिया, लेकिन माठूराम-ठोसर ने यदि इस स्पिरिट को बढ़ावा दिया तो सभी तरफ से ऐसी रिएक्शन शुरू हो जाएगी और इसमें तकलीफ केवल अच्छे ब्राह्मणों को होगी।"

माठूराम तो साफ-साफ कहता है कि ब्राह्मण ही अच्छा अध्यापक बन सकता है!

इसके विपरीत महात्मा फुले का कहना था कि ब्राह्मण को अध्यापक के तौर पर कभी नहीं लेना चाहिए, क्योंकि ब्राह्मणों के हृदय में बहुजनों के प्रति कभी सच्ची आत्मीयता नहीं होती। घमंड से बाधित ब्राह्मण अध्यापक छात्रों के मन में ज्ञान के प्रति वितृष्णा उत्पन्न करते हैं। गाँव के समझदार ब्राह्मण समझाएँ जरा इस माठूराम-ठोसर जैसे अगुओं को।

अच्छा देशपांडे बोला, "भोले साहब, गाँव के ब्राह्मण इतने बेवकूफ नहीं हैं इन चूतिए लोगों को अपना अगुआ मानने के लिए? बल्कि ये लोग ही जाति का सहारा लेकर अपनी लीडरशिप बरकरार रखते हैं।"

इसके बाद चिपलूनकर एक मेघे नामक मराठी के प्राध्यापक के साथ वहाँ आया। मेघे महार समाज के बड़े कट्टर नेता थे। विशेषतः उनके कॉलेज के सभी

महार छात्र उनकी पुकार पर कुछ भी करने को तैयार रहते थे। इस कारण गाँव में मेघे की अच्छी धाक थी। एक जून खाना और इधर-उधर जो मिले वह काम कर-करके वे एम.ए. पास हुए। पीढ़ियों से अछूत के अभिशाप को झेल रहे अपने समाज के प्रति उनमें तीखा गर्व था। गाँव में उन्होंने कई जगहों पर डॉ. बाबा साहेब आंबेडकर की प्रतिमा स्थापित की थी। महार संगठित हो, विचार-प्रवण बने, प्रगति करे इसलिए वे दिन-रात काम करते थे। इस कारण अपनी जाति के सियासती नेताओं से उनकी कभी नहीं पटती थी। हर छुट्टी में वे अपने गाँव जाते और आते समय उधर के गरीब महारों को उनके बोरिया-बिस्तर समेत ले आते और गाँव में जहाँ कहीं खाली जगह दिखाई देती वहाँ झुग्गी-बस्ती बसाने के लिए कह देते। कहीं बगीचे के लिए म्यूनिसपैलिटी की आरक्षित जगह होती, तो ये कहते, बनाइए यहाँ झुग्गियाँ। बगीचा चाहिए भड़ुवों को! हथिया लो ये सारी जगहें! उन्होंने झुग्गीवालों की समस्याओं के निवारण के लिए दो वकील भी नियुक्त कर रखे थे। दरअसल, मेघे बहुत युवा उम्र में पावरफुल नेता बन बैठे थे। सभी उनसे खौफ खाते थे। क्योंकि वे जब चाहे किसी के भी पीछे लड़कों को लगा देते, या किसी पर भी जातिगत बदनामी का दावा ठोंक देते।

चिपलूनकर ने चांगदेव से उनका परिचय कराया। फिर चांगदेव ने देसाई को चाय बनाने के लिए कहा। फिर सभी बतियाने लगे। मेघे चांगदेव की किताबें देखते-देखते खुश होकर बोले, बहुत बढ़िया। सभी अच्छे विषयों की ग्रेट किताबें हैं पाटील साहब आपके पास! वाह! इस पर अच्छा देशपांडे बोला, "यहाँ आंबेडकर जी की भी दो-एक किताबें देखकर ही शायद मेघे ऐसा बोले!

मेघे झेंप गए और बोले, "बिलकुल! लेकिन यहाँ महाराष्ट्र सारस्वत जैसी गन्दी किताबें भी तो हैं। ह ह ह।"

भोले बोला, "क्यों मेघे साहब, आपकी घर की प्रॉब्लम सॉल्व हुई या नहीं मालिक अब तक? भाभीजी क्या कहती हैं?"

मेघे झल्लाकर बोले, "बस खींच रहे हैं गृहस्थी उसी पुराने कमरे में। सारे घर भटों के या मराठों के होते हैं। महार चाहे प्राध्यापक हो, लेकिन है तो महार ही! उसे घर कौन देगा? सालों-साल उसी जगह पर अड्डा जमाकर बाहर न्याय और समता की बकवास सुननी पड़ेगी हमें।"

दो-एक दिन बाद तबीयत ठीक लगने पर वह राजेश्वरी के पास गया। मैनेजर ने फोन से राजेश्वरी को सूचित किया। काफी देर बाद वह सीढ़ियों से नीचे उतरती दिखाई दी। चांगदेव मैनेजर से बतियाता खड़ा रहा। उसके आने पर चांगदेव ने गौर किया कि उसने मेकअप में इतना समय लिया है। फिर भी उसके आने से उसे बहुत अच्छा लगा।

फिर वे पीछे कुर्सियाँ डालकर बैठ गए। वह बोली, "कल सारी रात पीछे के बगीचे के बाघ भयानक दहाड़ रहे थे! गॉड! आँख ही नहीं लगी। जंगल की तरह ही लगा।"

"जब मैं था तब भी कई बार वे कराहने जैसा दहाड़ते थे। मजेदार लगता था और बुरा भी।"

"तुमने बहुत ज्यादा दिन लगा दिए। बीच में फोन भी किए थे मैंने। बहुत ज्यादा काम होता है क्या? अब यदि तुम नहीं आए इधर तो मैं ही आ धमकूँगी उधर...। आते रहना। क्या करें कुछ समझ में नहीं आता यहाँ। बाय द वे, इस बीच एक नाटक भी लिखा है मैंने! डरो मत, तुम्हें पढ़ने के लिए नहीं दूँगी। फाड़ डाला मैंने, बहुत बेकार था। इस ढंग से पढ़ने के बाद कि तुम्हें कैसा लगेगा—बकवास लगने लगा मुझे। तुमने जो कहा, वैसा ऐब्स्ट्रैक्ट डिवाइन टच कुछ भी नहीं आता मुझे। फेट का आइडिया ही खत्म होता जा रहा है—सब कुछ सोशल। तुम कहते हो, वैसा, डैम सोशल!

वह बोला, "तुम्हारी अंग्रेजी बहुत ही बढ़िया है। तुम अच्छा लिख सकोगी।"

"क्या मतलब, मेरी मातृभाषा है अंग्रेजी! माँ को कुछ-कुछ मलयालम आती है। लेकिन अमेरिका में मेरी अंग्रेजी अच्छी हुई। सभी के बीच खूब घुल-मिल जाती थी मैं। इतने अच्छे लोग पूरी दुनिया में कहीं नहीं देखे मैंने। ग्रेट कन्ट्री। अपने इनसान होने की हमेशा फीलिंग आती है वहाँ। लेकिन इंग्लैंड में ऐसा कभी नहीं लगा मुझे। इंग्लैंड में तो बस हमेशा काले आदमी की फीलिंग आती है। यदि मैंने नाटक लिखा तो स्टेज के लिए अमेरिका ही भेजूँगी।"

"तुम अपने नाटक के लिए हमारे यहाँ के किसी मिथक के बारे में क्यों नहीं सोचतीं?"

"आजकल बिलकुल यही विचार मेरे दिमाग में आने लगा है कि इंडिया में रहकर भी हम जैसों को अपने इंडियन ट्रेडिशन का कोई पता नहीं होता। मुम्बई में छोटा-सा अंग्रेजी कल्चर बनाकर रहना गन्दा है। एक भी इंडियन भाषा अवगत न

होना, कैसी बेवकूफी है? लेकिन बचपन से ही हम अंग्रेजी पढ़ते आए—अब समझ आता है कि कितना कुछ गँवा बैठे हैं हम...खैर, आज तुम यहीं भोजन कर लो।

फिर उन्होंने फ्रेंच और इटालियन फिल्म डायरेक्टरों पर खूब रस-भरी बहस शुरू की। उसमें नाटक का विलक्षण ज्ञान था, सारा दृश्य वह नजरों के सामने खड़ा कर देती थी। बाद में वह बोली, "उधर की जिन्दगी ही कृत्रिम बन जाने के कारण जीवन से कला के तौर पर कुछ भी उठा लेना उधर के कलाकारों के लिए आसान हो जाता है। इस कारण बीते बीस सालों में अमेरिका में और यूरोप में कलाविष्कारों का उद्रेक हुआ है। हमारे यहाँ एक भी अच्छा दिग्दर्शक पैदा नहीं होता क्योंकि प्रत्येक व्यक्ति किसी-न-किसी गुलामगीरी में ही जीता रहता है। आजादी नहीं है।"

वह बोला, "कम-से-कम मेरे बारे में तो यही सच है। लेकिन इन परम्पराओं और समाज के बोझ तले दिल-ही-दिल में हम तीखी प्रतिक्रियाएँ देते रहते हैं। यह तनाव भी कलाविष्कार के लिए पूरक होता है।"

वह बोली, "मेरा नाटक भी ऐसा ही था...लेकिन कुछ ज्यादा ही सोशल बन गया था वह। बाय द वे, जब तुम्हें बहुत बोरडम हो जाता है, तब तुम क्या करते हो? मतलब सारी बातों से ऊब जाने पर...।"

"पैरों में दर्द होने तक बाहर भटकता रहता हूँ।"

"दैट्स इंटरेस्टिंग! मुझे भी ऐसा करके देखना चाहिए। उकता जाने पर मैं सिनेमा देखने जाती हूँ। लेकिन मुम्बई में ही यह सम्भव है।"

"मान लो, आगे चलकर तुम इससे भी ऊब जाओगी। फिर क्या करोगी? कुछ भी करने से ऊब जाओगी तब?"

जवाब ढूँढ़ती और बाल पीछे करते-करते इधर-उधर देखती हुई वह बोली, "क्या पता! यह स्थिति भयानक ही होगी। मेरी माँ की तरह।"

"लेकिन तुम्हारी माँ की कम-से-कम एक लड़की तो है। अपनी बेटी का कुछ तो चल रहा है, इससे भी मन प्रसन्न रहता होगा।"

"ढूँढ़ निकालेंगे हम भी कुछ। हमारे पास अपनी बुद्धि तो है ही। लेकिन अभी से तुम ऐसा ऊटपटाँग क्यों सोच रहे हो? उत्साहवर्द्धक विचार ही करने चाहिए इनसान को। आज का दिन अच्छा बीता, बस काफी है।"

चाहकर भी राजेश्वरी से बार-बार मिलने जाना सम्भव नहीं हो रहा था। इसी बीच आठ दिन वह अपने म्यूजियम की वस्तुओं की खोजबीन के लिए पास के दो-तीन गाँव चली गई। अब पढ़ाना भी जोरों से शुरू हो चुका था। चांगदेव दिल लगाकर पढ़ाने में मशगूल हो गया। लड़के-लड़कियों के ऊधम से कॉलेज की इतनी-सी घुटनभरी इमारत उसे बाजार की तरह लगने लगती। लेकिन शुरू से ही उसने अपनी कक्षाओं पर अच्छा नियंत्रण पा लिया था। ऊधमी लड़कों से भी उसकी भी खूब बनी। लेकिन इस बात का उसे खेद होने लगा कि क्लास में जाकर पढ़ाने की पहले जैसी बेचैनी अब उसमें नहीं रह गई थी। पढ़ाने का आदी हो जाने के कारण उसमें अध्यापन के प्रति दिलचस्पी कम हो गई थी।

भल्ला ने उसे क्लर्की के दो-तीन काम सौंपे। उसने चुपचाप हामी भरकर उन्हें पूरा किया। सभी डिपार्टमेंट की उपस्थिति पुस्तिकाओं में जून से ही सभी छात्रों की उपस्थिति दर्ज करने का भी एक काम था। कॉलेज में छात्रों का नियमित आना अभी-अभी शुरू हुआ था, लेकिन उनकी पहले दिन से झूठी उपस्थिति दर्ज करना, हरेक के नाम के आगे पी-पी लिखते जाना क्योंकि उपस्थिति पर्याप्त न होने पर लड़कों को सरकारी अनुदान नहीं मिलता है और कॉलेज का उतना पैसा डूब जाता है। कॉलेज को छात्रों की आवश्यकता है, छात्रों को कॉलेज की नहीं। यह काम देकर भल्ला बोला, "ठीक है न?"

चांगदेव बोला, "मुझे इंटेलेक्चुअल कामों के बजाय आजकल नॉन इंटेलेक्चुअल काम ही ज्यादा इंटरेस्टिंग लगने लगे हैं। दो-तीन दिन में पूरा करता हूँ...।"

भल्ला काइयाँपन से ह ह ह करता हुआ बोला, "अच्छा।"

फिर दो-तीन दिन छात्रों के रोल नम्बर, नाम और कैलेंडर में देखकर छुट्टियाँ छोड़ बाकी तारीखों के कोष्ठकों में लड़कों की झूठी उपस्थिति रजिस्टरों में दर्ज कर उसने अपने आप को समझाया कि अब फालतू बातों के लिए पहले जैसे खुद्दारी वगैरह के चक्कर में नहीं पड़ना है। काम में मशगूल हो जाना है। काम से मनुष्य छीजता नहीं है, बल्कि आलस में लेटे रहने से ज्यादा छीजता जाता है।

बाद में भल्ला ने बार-बार उसे स्कॉलरशिप कमेटी, डिसिप्लिन कमेटी, मैगजीन का काम, अंग्रेजी नाटक का काम, टाइम-टेबल कमेटी आदि कई झमेलों में फँसा दिया। चांगदेव भी बिना कुछ बोले हाँ-हाँ कहता गया। उसने तय किया था कि अपना लेटे रहने का समय न्यूनतम किया जाए और खुद को पूरी तरह कॉलेज से जकड़ दिया जाए। भल्ला भी कठोरता से उस पर काफी बोझ डालता रहा।

प्रिंसिपल की पत्नी मिसेस भल्ला सुबह की छोटी-छोटी कक्षाएँ लेती और बारह बजे के आसपास मुक्त होकर घर चली जाती। भल्ला और वह साथ-साथ भोजन करते। फिर भल्ला एक-डेढ़ बजे तक कॉलेज लौट आता। आने के साथ ही इधर-उधर घूमकर दफ्तर में कुर्सी से चिपक जाता और मुरलीमोहन की राह तकता हुआ डाक लेकर बैठ जाता। डाक देखने का यही एक काम वह पान खाते-खाते ठीक-से करता। दाहिने हाथ में कलम लिये एक-एक लिफाफे को फाड़ता और भीतरी मजमून पर नजर दौड़ाकर ऊपर बड़े-बड़े अक्षरों में सम्बन्धित विभाग या व्यक्ति का नाम लिख देता। अधिकांश पत्रिकाएँ वगैरह लाइब्रेरी में जातीं। उनके मुखपृष्ठ पर बड़े अंग्रेजी अक्षरों में लाइब्रेरी लिखकर वह आजाद हो जाता। लाइब्रेरियन जोशी किताबों से जी-जान से प्यार करनेवाला जीव था। वह तड़पकर कहता, "बताइए, अच्छे-अच्छे कवर भी ये अपनी खुरदरी लिखावट से गन्दे कर डालता है!"

जाक्विलीन केनेडी के चेहरे पर भी लाइब्रेरी लिखा दिखाते हुए जोशी कहता, "ये देखिए बानगी! है कोई जरूरत बैठे-ठाले इस तरह कुछ घसीटने की? कहना, बाकी काम देख न।"

जुलाई आते-आते कॉलेज के छात्रों की फीस जमा हो जाती और पुराणिक कॉलेज की इमारत का निर्माण कार्य भी जोरों से शुरू हो जाता। मजदूरों का कोलाहल, चीख-पुकार, ठोका-पीटी, बिना दरवाजे-खिड़कियों की आधी कक्षाएँ, बेंच पर चूना, रेती। लड़कों के लिए कॉमन रूम नहीं, लड़कियों के लिए बैठने की जगह नहीं, प्राध्यापकों तक के लिए मुँह धोने की जगह नहीं थी। पेशाबघर भी एक ही था, और वह भी केवल लड़कों के लिए। लड़कियों के लिए तो था ही नहीं। पाखाने भी नहीं थे। जोर से लगने पर जरूरतमन्द लोग क्या करते होंगे, यह अपने अनुभव से ही समझने की बात थी। पाखाना लगने पर कोई कहता, भल्ला के कमरे में बैठो जाकर। इसी साल इतने सारे छात्र और कक्षाएँ एक साथ बढ़ाने की आवश्यकता नहीं थी, लेकिन माठूराम से कहने की किसी की हिम्मत नहीं थी। जुकामवाला गंगातीरकर एक बार बोला, "नाक साफ करने तक की जगह नहीं है कहीं। लड़के कहेंगे कैसे गन्दे रेंट भरे टीचर भर्ती किए हैं साले। इससे टीचिंग पर असर पड़ता है।"

चांगदेव पहली बार कॉलेज आते ही लड़कों का कोलाहल और लाइब्रेरी के आठ-दस कपाट देखकर सारा मामला समझ गया और चुपचाप बच्चों को पढ़ाने

में जुट गया। सुबह ग्यारह-साढ़े ग्यारह तक चाय-ब्रेड वगैरह से निबटकर वह साइकिल से कॉलेज आता। घर से बाहर निकलते समय रोज उसके मन में यही भाव उठता कि वह कुछ अमंगल कार्य करने जा रहा है। उत्साह जैसे-तैसे बनाए रखना पड़ता। कॉलेज की ओर जाते-जाते गाँव के गली-कूचे से, परनालों से छात्रों का हो-हल्ला उसे मक्खियों के भिनभिनाने जैसा सुनाई देता। दिन-भर उसी में डूबे रहना। दो कक्षाओं के बीच में काफी खाली समय रहता। तब मित्रों के साथ कभी-कभी भोजन के लिए चला जाता। सभी लोग कॉलेज के अधिकारियों को गालियाँ देते, टाइम-टेबल को लेकर पिनपिनाते रहते, बदमाश छात्रों की परेशानी के कारण नर्वस होते और कुल मिलाकर अध्यापन के बारे में बुरा मत बनाकर गपशप-ठिठोली के साथ भोजन करते। कक्षा, चाय, कक्षा, बुराई, चाय, कक्षा, आलूबड़ा-चाय, कक्षा के चक्र में पिसते हुए शाम तक सभी की दशा रस चूसी हुई खोई जैसी हो जाती। ऐसे में शाम को मीटिंग हो तो समझो मर ही गए। चांगदेव सवा छह बजे मुक्त हो जाता, तब तक कॉलेज में सभी ओर सन्नाटा छा जाता। साइकिल से घर आकर रेडियो सुनते हुए लेटे रहना, नौ के आसपास साइकिल से स्टेशन जाकर उड़पी के होटल से भोजन कर लौट आना। कभी-कभी राजेश्वरी के पास जाना और वहीं खा लेना। खाकर आने के बाद आधे-पौने घंटे में कल के अध्यापन की सामग्री पर नजर दौड़ाकर फिर सिर के नीचे ऊँचा तकिया लिये रेडियो सुनते हुए लेटा रहता। यहाँ स्पेशल वगैरह की कक्षाएँ नहीं थीं। इसलिए पढ़ाने के लिए कुछ विशेष पढ़ने की आवश्यकता नहीं थी। साल-भर में चार-पाँच टेक्स्टबुक ही तो पढ़ाने होते थे। सप्ताह भर में ही सारी तैयारी हो गई थी। इसके अलावा बहुत कम छात्रों के पास अपनी किताबें होती थीं। बहुत तैयारी करके पढ़ाना यानी मजाक ही था। घंटा-भर चांगदेव के क्लास में खामोशी छाई रहती। लेकिन यही बच्चे गंगातीरकर जैसे अन्य नए प्राध्यापकों की कक्षाओं में ऐसा ऊधम मचाते कि उन्हें पढ़ाना मुश्किल हो जाता। लेकिन उसकी क्लास में कोई चूँ-चपड़ नहीं करता। यह भी उसे उनका बुद्धूपन ही प्रतीत होता। कहीं कोई उत्साह नहीं। पहले वह अपने बुजुर्ग प्राध्यापक मित्रों की ठिठोली किया करता था, लेकिन अब उसका भी वही हाल हुआ था : पेशाब करने जैसा पढ़ाना। बेल बजने पर कक्षा में छात्रों की ओर मुँह करना और शुरू! फिर बेल बजने पर मुक्त।

कॉलेज की कुलीगीरी के जितने भी काम आ सकते थे, एक के बाद एक उसी पर आते रहे। एक बार शोभा में गपशप करते-करते शेंडे, भोले, चिपलूनकर,

अच्छा देशपांडे उससे बोले, "यार पाटील, क्यों सिर पर उठा लेते हो इतने सारे काम? वो भल्ला बहुत डामचा आदमी है, सँभलकर रहना। क्या आपकी समझ में नहीं आता कि सभी के सामने ऊपर-ऊपर आपके बेस्ट टीचर होने की तारीफ करके वह आपके बारे में ईर्ष्या फैला रहा है? किसी दिन गड्ढे में धकेल देगा, तो पता भी नहीं चलेगा! इस भोले का यही हाल किया है उसने।"

चांगदेव बोला, "वह तो शुरू से ही नहीं चाहता था कि मैं यहाँ आऊँ। लेकिन अब करें क्या?"

"मैंने तो पहले ही कह दिया था जाकर उससे कि पढ़ाने के अलावा मैं और कोई काम नहीं करूँगा, हाँ। एक बार मुझसे बोला, देशपांडे, आपकी क्लास में हो-हल्ला बहुत सुनाई देता है। दूसरे ही दिन मैंने उसी की क्लास में लड़कों को भिड़ा दिया। जैसे ही भल्ला ने एक पंक्ति का अर्थ गलत बताया, लड़कों ने खूब हंगामा किया! बहुत मजा आया!"

भोले बोला, "आपकी बात और है देशपांडे, आप जैसा लोकल आदमी कुछ भी कर सकता है। हम जैसे पराए लोगों को यह आजादी हासिल नहीं होती है। हमें तो गधा-मजूरी करके ही अपना वजूद साबित करना पड़ता है। वैसे मैं भी शुरू-शुरू में उधर ऐसा ही बर्ताव किया करता था। बाद में मेरी समझ में आया कि जब तक आप जगन्नाथ के रथ की भीड़ में अपने आप घुसेंगे नहीं, रथ को खींचेंगे नहीं, तब तक आपके विचारों को कोई अहमियत नहीं देगा। केवल बकबक करनेवाला आदमी समझते हैं आपको ये गधा-मजूरी करनेवाले। अब बदलाव के तौर पर मैंने तय किया है कि यह भी करके देखा जाए। मैं तो यही सोचकर यहाँ आया हूँ कि संसार को ज्यों का त्यों स्वीकार करना है तो गन्दगी सहने को भी तैयार रहना चाहिए। देखते हैं क्या निकलकर आता है। एक साल तो बीत गया।"

चिपलूनकर बोला, "नौकरी बरकरार रखने के लिए क्या-क्या झंझट नहीं करने पड़ते हैं साला। हम तीन-चार लोग तो भल्ला को बिलकुल नहीं सुहाते यहाँ। दो साल पहले बहुत बुरी रिपोर्ट की थी उसने मेरी। साले ने रिपोर्ट दी कि मैंने पोर्शन पूरा नहीं किया। उसको पता है कि मैं माठूराम-ठोसर-ऋग्वेदी को गालियाँ देता हूँ। जरा-सी दरार दिखी नहीं कि डाल देता है चिनगारी, साला।"

चांगदेव बोला, "फिर भी हमें अपना पढ़ाना वगैरह काम ठीक-ठाक करना चाहिए, चिपलिया! छात्रों के लिए ये सब करना चाहिए।"

"सब करता रहा हूँ भाई। डींगें नहीं हाँक रहा हूँ, पर वाकई सारा डिपार्टमेंट मेरी वजह से ठीक-ठाक चल रहा है। मेरी वजह से ही लड़के इस कॉलेज में आते हैं। लेकिन यदि बदमाश बच्चे क्लास में आए ही नहीं तो क्या उनकी सुविधा के हिसाब से दुबारा क्लास लेते रहेंगे? जो छात्र क्लास में आते थे, उनका सारा कोर्स पूरा किया था और इन बदमाश छात्रों से कहा मैंने कि दुबारा नहीं पढ़ाऊँगा। बस, उन्होंने शिकायत की और भल्ला ने उनकी शिकायत को सही मानकर रिपोर्ट कर दी। और ये तिकड़मी देशपांडे आदि लोग माठूराम के चुनाव में प्रचार के लिए दो महीने घूम रहे थे—उनका पोर्शन आधा भी नहीं हुआ था उस साल। लेकिन उनकी रिपोर्ट बढ़िया।"

भोले बोला, "यह ध्यान में रखकर कि हम जैसों को ही इन दुष्प्रवृत्तियों से तकलीफ होगी, हमें भी ज्यादा जुझारू बनना चाहिए, मालिक।"

चिपलूनकर बोला, "ज्यादा-से-ज्यादा क्या होगा? मैं तो कहीं और निकल जाने के अवसर की ताक में बैठा हूँ।"

अच्छा देशपांडे बोला, "इसके बजाय यहीं पर अच्छा काम करके और अपनी अहमियत बढ़ाकर यहीं मुक्का लगाने की भोले की लाइन आदर्श मालूम होती है मुझे। काम करके पूँजीवादी की तरह मालदार बनना और फिर मुक्का लगाना।"

चांगदेव बोला, "लेकिन कब तक हम कुलीगीरी करते-करते मुक्का लगाने लायक पूँजी जमा करते रहेंगे? ये लोग हमसे ज्यादा पूँजी इकट्ठा करते रहेंगे। और अगर यही करना है तो ठोसर के मठ में जाकर बैठने से भी परहेज नहीं होना चाहिए। कर पाएँगे हम?"

"यह बात भी सही है। कुछ समझ में नहीं आता साला, कैसा बर्ताव करें।"

चांगदेव बोला, "लेकिन कम-से-कम हमें सावधान तो रहना ही चाहिए। मैंने तो सौंपे गए काम ज्यादा-से-ज्यादा ईमानदारी से करते रहने की नीति अपनाई है। हमारा गंगातीरकर आपके साथ ही आया है न यहाँ नौकरी में? बड़ा बेफिक्र रहता है। छात्रों की अटेंडेंस नहीं लेता, समय से पहले ही क्लास छोड़ देता है—लेकिन यह बात ध्यान में रखिए कि ऐसे लोगों से कुछ भी करते नहीं बनता है। उनके मुकाबले हम ऐसे हैं कि कोई माई का लाल साला हाथ नहीं लगा सकता।"

"लेकिन यहाँ तो यह कहने की नौबत आई है कि गंगातीरकर ही सही है! क्लास बीच में ही छोड़कर मजे से घर चला जाता है, कॉलेज में कभी दिखता ही नहीं। ऐसा ही बर्ताव करना चाहिए।"

भोले बोला, "मुझे ऐसा नहीं लगता। क्योंकि आज के जमाने में इस प्रवृत्ति की कभी-कभी ऐसी फजीहत हो जाती है कि बाद में कोई कुत्ता तक नहीं पूछता।"

"आप लोग यह जान ही गए होंगे कि भल्ला अपनी पत्नी को सबसे ऊपर पहुँचाने के चक्कर में है। पत्नी को हमेशा प्रोटेक्ट करता रहता है। आसान और छोटी-छोटी कक्षाएँ उसे दी हैं। कॉलेज में भी वह इस तरह आती-जाती है कि पता ही नहीं चलता कि वह कॉलेज में है भी या नहीं। ऊपर से एक लड़का तक नहीं बैठता उसकी क्लास में। दो-तीन सालों में हम जैसों को एक्सपोज कर भल्ला ले आएगा उसे धीरे से आगे। तब तक हमें बदनाम करने के सारे हथकंडे अपना ही रहा है वह।"

भोले बोला, "कोई कुछ नहीं उखाड़ सकता हमारा। बस हम पूरी लगन से पढ़ाते रहें। बाकी झमेलों में न फँसें, कॉलेज की हर एक्टिविटी में बढ़-चढ़कर हिस्सा लें। तभी हमारी थोड़ी-बहुत साख बढ़ेगी। कोई भी कुलीगीरी का काम हो, करना चाहिए। फुटकल बातें सहते रहें और अवसर देखकर मुक्का लगाने लायक ताकत भी हासिल करते रहें। कितने गाँव बदले हैं हमने अब तक? तीस की उम्र हो गई है, अभी तक कोई ठिकाना नहीं।"

अच्छा देशपांडे बोला, "जब से मैट्रिक हुआ हूँ, लगातार अध्यापकी करते-करते इस गाँव से उस गाँव, इस स्कूल से उस स्कूल में फालतू खुद्दारी दिखाते-दिखाते एनर्जी जाया की है मैंने। इससे बस मानसिक तकलीफ हुई है। लेकिन अब समझ गया हूँ कि हालात में हम कोई बदलाव नहीं ला सकते। अब तय किया है कि घुमक्कड़ी बन्द। बस ऊपर की ओर पैठते रहना।"

भोले बोला, "हममें से किसी को भी ऊपर पैठना सम्भव नहीं होगा, मालिक। ऐसी तो प्रकृति ही होना चाहिए आदमी की। हम सभी के बर्ताव में एक बेफिक्री है। ऐसे लोग अधर में ही लटकते रह जाते हैं। पर लगता है चिपलूनकर ऊपर जाएगा। इस्त्री के कपड़े, ठीक से बने बाल, सब कुछ ठीक-ठाक।"

"और पाटील तो बालों में कभी तेल तक नहीं लगाता साला। कपड़ों के बारे में तो पूछो ही मत। दरअसल वह दिखने में हैंडसम है, इसलिए उस पर फबता भी है यह।"

चांगदेव बोला, "सूती कपड़े साबुन के पानी में सीधे खँगाल डालो। इस्त्री वगैरह मजाक ही लगता है मुझे! और अब तो मुझे लग रहा है कि क्यों न दाढ़ी-मूँछें भी बढ़ाएँ।"

"अच्छा, तो अब ये भी करेंगे! फिर तो मर गए हम। और तुम्हारी वो टूरिज्म की राजेश्वरी देवी! उसे पसन्द आएगा ये?"

सब हँस पड़े। चांगदेव बोला, "सालो, अंग्रेजों के आने से पहले हमारे यहाँ रेजर वगैरह कहाँ थे? भल्ला की तरह रोज दाढ़ी बनाकर, स्नो-पाउडर लगाकर, टाई, सूट पहनकर आना तो बेवकूफी ही है!"

चिपलूनकर बोला, "लेकिन गन्दे माठूराम की तरह अपने रहन-सहन की अनदेखी करना भी क्या ठीक है? कैसा गन्दा दिखता है वो बुढ़ऊ! मेरी राय तो यह है कि इस तरह अपने रहन-सहन से उदासीन, सठियाए हुए ये लोग ही समाज में विद्रूपता को बढ़ाते हैं।"

पुराणिक कॉलेज का नया हॉस्टल बनकर तैयार हुआ। हॉस्टल के उद्घाटन के लिए माठूराम ने बड़ा समारोह आयोजित किया और उद्घाटक के तौर पर अपने मित्र और अप्रसिद्ध विपक्षी नेता बाबा साहेब जोशी को विशेष रूप से निमंत्रित किया। ये सज्जन संस्था के एक संस्थापक थे और इन्होंने गाँव में स्कूल, यह कॉलेज, बड़ा छापाखाना, *दैनिक समाजवाद* अखबार—जैसी काफी संस्थाएँ प्रयासपूर्वक स्थापित की थीं। लेकिन इन संस्थाओं के शेयर केवल ब्राह्मणों को ही दिए जाते थे और शायद ही कभी किसी बेवकूफ ब्राह्मणेतर को। प्राध्यापकों में भी तिकड़मी देशपांडे, बिल न चुकानेवाला यजुर्वेदी, विद्यासागर, ऋषि पाठक, कुलकर्णी, जोशी वगैरह लोग इन संस्थाओं के शेयर होल्डर थे। गाँव में बाबा साहेब को लेकर कई अच्छी-बुरी बातें सुनने में आती थीं। इनमें एक बात यह थी कि वे अव्वल दर्जे के लौंडेबाज हैं और उनकी पत्नी दूसरे के साथ सोती है। दूसरी बात, इन्हें हमेशा लड़कों की जरूरत पड़ती थी। कुछ प्राध्यापक बड़े गर्व से बताते कि यदि पहले ही ये कांग्रेस में चले जाते तो मंत्री बन गए होते, लेकिन समाजवाद का व्रत निभाने के लिए इन्होंने यह त्याग किया है। उनका शिष्य परिवार भी अपने आप को समाजवादी कहलवाता था। बाबा साहेब की महान देशभक्ति की यादें *दैनिक समाजवाद* में बार-बार प्रकाशित होती रहतीं। इनमें से एक याद ऐसी थी कि इन्होंने प्रचलित रूढ़ि से विद्रोह कर अपनी ही जाति की दूसरी शाखा की स्त्री से अन्तर्शाखीय विवाह किया। बाबा साहेब का शिष्य परिवार उनसे प्रभावित होने के कारण सत्ता पर आसीन नहीं हो सका। इस वजह से *दैनिक समाजवाद* में बीते बीस सालों से सरकार और मंत्रियों

के खिलाफ गाली-गलौज छपता रहता था। दो-एक मंत्रियों ने ठोसर के लड़कों को बड़े-बड़े ओहदों पर चिपका दिया था। इसलिए केवल इन मंत्रियों के विरोध में कुछ भी नहीं छपता था। लेकिन बाबा साहेब ने अपने सभी शिष्यों को अपनी ही संस्थाओं में चिपकाकर सम्पन्न बना दिया था। इसलिए उनके हर समारोह में ये सभी शिष्य, अध्यापक, प्राध्यापक आदि सौ-डेढ़ सौ लोग उपस्थित रहते ही थे। सभी ने ऐसा भी प्रचार किया था कि बाबा साहेब बहुत बढ़िया अंग्रेजी बोलते हैं। लेकिन इसमें सबसे महत्त्वपूर्ण मानदंड था—अपने ही लोगों को नौकरी में घुसाना। वैसे वे अवकाश ग्रहण कर चुके थे, फिर भी उनकी दृष्टि सभी तरफ होती थी।

मसलन, कॉलेज के पहले प्रिंसिपल गोरे बहुत सख्त और अनुशासनप्रिय थे। उनके लिए इनका सारा मामला नया था। ठोसर ने बिना उनसे पूछे *दैनिक समाजवाद* के लगातार तीन अंकों में कॉलेज का विज्ञापन दिया और बिल प्रिंसिपल गोरे के पास भेजा। बिल देखकर गोरे बोले, "मुझसे पूछे बिना ये दुकान की तरह विज्ञापन क्यों छापा आपने? इसके पैसे नहीं मिलेंगे। मुझे कॉलेज को सचमुच आदर्श संस्था बनाना है, इस तरह विज्ञापन वगैरह मुझे पसन्द नहीं।"

ठोसर ने यह बात बाबा साहेब को बताई और बाबा साहेब ने माठूराम को आदेश दिया कि पुणे के इस प्रिंसिपल को अभी-के-अभी बरखास्त कर डालो। माठूराम ने कहा, परेशान करके शीघ्र ही गोरे को बरखास्त कर दिया जाएगा। फिर गोरे का जहाँ-तहाँ अपमान, उनके निजी पत्र भी खोलकर देखने जैसे कारनामों को अंजाम देकर माठूराम ने गोरे को छह महीनों में परेशान कर डाला। ऊबकर आखिरकार प्रिंसिपल चले गए। लेकिन वे अपने साथ पुणे से दो-तीन युवा प्राध्यापक लाए थे, वे अभी यहीं थे। संस्था के लोगों की उन पर कड़ी नजर थी। चिपलूनकर, भोपटकर उन्हीं में से थे।

उद्घाटन समारोह आरम्भ हुआ। प्रारम्भ में भल्ला ने हमेशा की तरह बाबा साहेब का गुणगान किया और बताया कि ऐसे लोग सत्ता के मोह से दूर रहते हैं। इसी कारण देश में नीति, चारित्र्य वगैरह बरकरार है। बाद में माठूराम सेठ बोलने के लिए खड़े हुए तो लड़कों ने ए माठूऽऽ ए माठियाऽऽ ए माठियाऽऽ का मजेदार शोर किया। माठूराम घंटा-भर बेसिर-पैर की अंग्रेजी बोलता रहा। प्राध्यापक सामने ही बैठे थे। वे सभी ध्यान से सुनने का अभिनय कर रहे थे। पीछे लड़के-लड़कियाँ बैठे-बैठे परस्पर नजरें लड़ाकर अपने व्यक्तित्व प्रदर्शन के सभी नुस्खे आजमाते हुए शोर मचा रहे थे। *दैनिक समाजवाद* का फोटोग्राफर तैयार ही बैठा था। दो-तीन

संवाददाता भी तैयार थे। सरकार कितनी भ्रष्ट है, विषय पर माठूराम घंटा-भर इन्हीं संवाददाताओं की ओर देखकर बोल रहा था।

मुम्बई-पुणे के अखबारों के स्थानीय संवाददाता ठोसर के *दैनिक समाजवाद* में ही नौकरी में थे। इस कारण इस गाँव के सारे समाचार सभी ओर से ब्राह्मणपरस्त बनकर ही आते थे, जिससे गाँव के मराठा, मुसलमान और हरिजन नेता अन्दर ही अन्दर ठोसर ग्रुप से खार खाते थे। यहाँ के धनी मराठा लोगों ने फुटकल अखबार निकालने का प्रयास भी किया, लेकिन एक साल से आगे कोई अखबार नहीं चल पाया। कोई कहता, अखबार को अत्यन्त मिशनरी स्पिरिट से चलाना पड़ता है और ऐसा स्पिरिट मराठों में है ही नहीं। कोई कहता, स्थानीय अखबार इस तरह टिक नहीं सकते क्योंकि बाहर सभी अखबार ब्राह्मण स्पिरिट के हैं, सो उनके सामने हमारा टिक पाना असम्भव है। कोई कहता, बीस-बीस साल तक क्लर्की करने का हुनर हमारे सनकी दिमागवाले मराठों में है ही नहीं। केवल इलेक्शन आने पर अखबार चलाने से क्या फायदा? रोज-रोज उसमें रद्दी भरने के लिए हमें कौन मिलेगा वगैरह। लेकिन एक बार सभी मराठा नेता एकजुट हुए और दो लाख रुपये जमा करने का इरादा बनाकर उन्होंने शिवशक्ति नाम से अखबार शुरू करने का निश्चय किया। इसके लिए वे इलाके के कर्तृत्वशाली मंत्री नामदार बाला साहब जाधव के गले ही पड़ गए। उन्होंने सभी अखबारों के कटिंग प्रस्तुत कर सप्रमाण यह सिद्ध कर दिखाया कि किस तरह आज के महाराष्ट्रियन अखबार गैरब्राह्मणों की प्रतिमा को बखूबी कलंकित करते हैं, और उन्हें समझाया कि हमारे लिए भी एक जबरदस्त अखबार निकलना जरूरी है।

बाला साहेब जाधव बोले, "यह कमबख्ती आपको कैसे सूझी दोस्तो? यदि कोई गू खाता है तो क्या हम भी खाएँ? बामन अधिक से अधिक क्या लिखेंगे? ये नंगे हिजड़ों के धन्धे करेंगे हम? क्या आप नहीं जानते कि कोई भी अमीर आदमी हिजड़ों को दस रुपये देकर गली में किसी के भी पीछे लगा देता है, फिर हिजड़े किसी की धोती खोलते हैं, किसी को घेरकर गन्दी भाषा में गाली-गलौज करते हैं? वैसे ही इन पेपरवाले ब्राह्मणों ने हिजड़े लगा दिए हैं हमारे लोगों पर। मुम्बई के इन सारे सम्पादकों को हिजड़ों की तरह किराये पर लगा दिया है हमारे साहब ने! ये भी आप नहीं जानते? इसके बजाय इन दो लाख रुपयों में शुगर फैक्ट्री खोलेंगे!"

आखिरकार जिले में शिवशक्ति शुगर फैक्ट्री शुरू हुई।

माठूराम ने अपने भाषण में उल्लेख किया कि हॉस्टल के रेक्टर के लिए छात्रों के हितों के बारे में सोचनेवाले किसी अच्छे प्राध्यापक की नियुक्ति करेंगे। तभी पीछे से पापय्या देसाई चिल्लाया, पुरुषोत्तम देशपांडे! ले भी गया ऊ अपना सामान! इस पर आसपास के लड़के हँस पड़े। लेकिन देसाई ने चेहरा ऐसा बना लिया कि मानो कौन बोला पता नहीं।

माठूराम का भाषण खत्म होने पर प्रमुख अतिथि बाबा साहेब जोशी अंग्रेजी में भाषण देने के लिए खड़े हुए। पहले दसेक मिनट जोर से समाजवाद पर अंग्रेजी में बोले और बाद में बिना किसी मुद्दे के बस अंग्रेजी बोलते रहे। बीच में एक बार ऐसा हुआ कि अंग्रेजी बोलते-बोलते वे अचानक मातृभाषा का शब्द बोल गए... पावर इज इन द हैंड्स ऑफ द करप्ट...इसलिए...

उन्होंने बीच में ज्यों ही इसलिए कहा, बैठे हुए लड़के भी तुरन्त एक साथ इसलिए! इसलिए! कहकर चिल्ला उठे। भल्ला ने हाथ के इशारे से लड़कों को शान्त करने का प्रयास किया। अत्रे, ऋषि पाठक आदि प्राध्यापक प्रकट रूप में उठकर लड़कों को चुप कराने के लिए पीछे चले गए।

बाबा साहेब का भाषण समाप्त होने पर सहस्त्रभोजने ने अपनी हमेशा की स्टाइल में समापन शुरू किया : "तो अपने भाषण में बाबा साहेब जी ने सत्ता के भ्रष्ट होने का उल्लेख किया है! सोशलिज्म की आवश्यकता प्रतिपादित की है! उपाय बतलाए हैं...!"

इसके बाद बच्चों की सीटियाँ, चीख-पुकार मच गई और समारोह हमेशा की तरह कोलाहल में समाप्त हुआ।

विद्यासागर और ऋषि पाठक आपस में कह रहे थे, छात्रों में उद्दंडता बढ़ती जा रही है। एक देशपांडे बोला, "मराठा एलिमेंट बढ़ रहा है हमारी संस्था में।"

बाद में चायपान के दौरान बाबा साहेब का सभी प्राध्यापकों से परिचय कराया गया। बाबा साहेब नए प्राध्यापकों से विशेष आत्मीयता से पूछताछ करते थे : किसके सुपुत्र? कहाँ के निवासी? अच्छा, वो अमुक देशपांडे आपके रिश्तेदार हैं? अच्छा आदमी है, लेकिन इस गन्दी राजनीति में बाहर फेंक दिया गया...आप कौन? जागीरदार! वाह! आपके पिताजी मेरे सहयोगी थे। बहुत निःस्वार्थ आदमी। काफी बड़ी खेती है न आपकी? क्या अब नहीं रही? राम-राम! काश्तकार कानून

क्या आया कि हमारे बड़े-बड़े ब्राह्मण लोग मिट्टी में मिल गए। टिकने ही नहीं देता हमें कोई देहात में। अच्छा हुआ आप हमारी ही संस्था में आ गए...।

भल्ला ने चांगदेव का परिचय कराया, तब पाटील नाम सुनकर बोले, "कहाँ से हैं आप? रंग बहुत गोरा है आपका! ब्राह्मण ही लगते हैं!"

उस समय भोले मजाक में बोल गया, "ब्राह्मणों का गोरा रंग आपको कहाँ दिखाई देता है? देखिए आपके समेत ये सभी ब्राह्मण कैसे काले-कलूटे हैं!"

बाबा साहेब अपमानित होने के अन्दाज में बोले, हंऽऽ।

आसपास खड़े सभी को भोले की यह गुस्ताखी अखर गई। भोले भल्ला से बोला, "अच्छी अंग्रेजी और गोरा रंग ब्राह्मणों की ग्रन्थियाँ हैं।"

भल्ला ने उसकी बात को अनसुना कर दिया। मुरलीमोहन जरा-सा मुस्कुराए। लेकिन ठोसर ऐंठकर क्रुद्ध हुए। दूसरी ओर बाबा साहेब गोरे रोमांटिक जोशी से कह रहे थे, "विवाह कर डालो, समझे? तुम्हारे पिता तुम्हारी शिकायत कर रहे थे...बोले, मानता नहीं है। अरे, उन्हें तुम्हारी चार बहनों के ब्याह करने हैं—ऐसा मत करो, समझे? विवाह के लिए हामी भर दो।"

इसके बाद एक कुलकर्णी से परिचय होने पर बाबा साहेब बोले, "तुम अभी तक डेमॉन्स्ट्रेटर ही हो? एम.एस-सी. कर लिया न पूरा तुमने? फिर?"

तिकड़मी देशपांडे पास ही खड़ा था। बोला, "बाहर कहीं भी मिल जाती लेक्चररशिप इसे। लेकिन इसका कहना है कि कहाँ दूसरे लोगों की लातें खाएँ? अच्छा है अपनी ही संस्था में...फिलहाल...

उधर पीछे देसाई धीमी आवाज में बोला, "ऊ गायकवाड़ भी एम.एस-सी. होवे है और डेमॉन्स्ट्रेटर ही है, लेकिन उससे नहीं पूछे ऐसा?"

फिर बाबा साहेब तिकड़मी देशपांडे के सामने खड़े होकर बोले, "तुम्हें तो हम जानते हैं! बहुत कष्ट सहे हैं तुमने। अब तो ठीक चल रहा है न यहाँ? तुम्हारे सभी भाई भी हो गए न सेटल? तुम्हारे पिता अचानक चल बसे!"

तिकड़मी देशपांडे बोला, "जनेऊ के कारण हमारे सारे अवसर मार खा जाते हैं। भिक्षुक के बच्चे, बेचारे कहाँ तक जाएँगे आगे?"

इधर से देसाई खी खी खी खी कर हँसते हुए बोला, "अच्छा ही होवे है न, टुकुर-टुकुर ताककर श्राद्ध का खाना खाने की बजाय। अब इसकी और का तरक्की होनी चाहिए थी, बताइए। जैसे-तैसे बी.ए. पूरा किया ये। रेक्टर भी बना दिए हैं अब। साबुन, लाइट, प्यून मुफ्त में मिलेगा। घर के किराये की भी बचत।

ऊपर से दो सौ रुपये और मिलेंगे। साथ ही घर कॉलेज के पास, यानी उठते ही पाँच मिनट में कॉलेज।"

सभी का परिचय पूरा होने को आया। बचे हुओं को अनदेखा कर बाबा साहेब ने सभी को सामूहिक नमस्कार किया और बोले, "बहुत खुशी हुई। मेरी संस्था में आज इतने बुद्धिमान युवा लोगों के पेट पल रहे हैं। लेकिन सारा श्रेय माठूराम जी और ठोसर-ऋग्वेदी जी का है। आप सभी हमेशा उनके साथ रहना। नमस्कार। नमस्कार।"

दूसरे दिन *दैनिक समाजवाद* में 'बुद्धिनिष्ठ नई समाज रचना के लिए युवा अपना जीवन प्रदान करें' शीर्षक के अन्तर्गत फोटो समेत बाबा साहेब के सम्पूर्ण व्याख्यान का सार छपा। उसमें भी उपशीर्षक लगा था, 'युवा वर्ग अंग्रेजी के खिलाफ आन्दोलन खड़ा करे।' उधर मुम्बई के अखबारों में दो दिन बाद यही समाचार छोटा-मोटा छपकर आया।

गंगातीरकर नया-नया प्राध्यापक बना था। क्लास में बच्चों के साथ इसकी कभी नहीं पटती थी। दरअसल, यह ठोसर का दूर का परिचित था और उसी की सिफारिश से नौकरी में आया था। लेकिन नौकरी लगने के बाद धीरे-धीरे वह ठोसर की कचहरी में जाकर बैठना भूल गया। साथ ही बात करने में गुस्ताख और घमंडी होने के कारण ठोसर की नजरों से भी उतर गया। एक-दो बार उसके ठोसर के खिलाफ बोलने की बात भी कुछ प्राध्यापकों ने ठोसर तक पहुँचाई थी। उसकी इस तरक्की को ध्यान में रखते हुए भल्ला भी आजकल उस पर कड़ी नजर रखे हुए था। इसकी क्लास में हमेशा सीटियाँ, हो-हल्ला सुनाई देता। फिर क्रुद्ध होकर वह क्लास छोड़ देता और चीखता-चिल्लाता पसीना पोंछते हुए स्टाफरूम में आकर बिना किसी से कुछ बोले उदास बैठा रहता। चांगदेव को यह सब बेचैन कर जाता। गंगातीरकर से कोई कुछ पूछे तो वह भी ऐसा उस्ताद कि कोई बात सीधी नहीं बताता। उलटा उद्दंडता से कहता, "तुमसे मतलब?" भल्ला भी इस बारे में पूछता तो वह कहता, "आप प्रिंसिपल हैं इसलिए आपकी क्लास में बच्चे खामोश बैठे रहते हैं। आपकी पत्नी प्रिंसिपल की पत्नी है, इस कारण बच्चे उनकी क्लास में बैठते हैं। बदमाश बच्चों को कभी सजा दी है आपने? उलटे बदमाश बच्चों से

अपने घरेलू काम करवा-करवाकर उन्हें सिर पर बिठा लिया है आपने। कद छोटा होने की वजह से बच्चे मेरी बात नहीं मानते।"

वह कुँवारा था, फिर भी चांगदेव, देसाई, चिपलूनकर की कम्पनी में घुल-मिल नहीं पाया है। चांगदेव सोच-समझकर उसे अपने साथ चाय के लिए ले जाने लगा और धीरे-धीरे उसे अपना मित्र भी बना लिया। घर पर कभी माँ-बाप से न बनने के कारण गंगातीरकर हमेशा घर से बाहर रहता, जिससे वह चिड़चिड़ा और घमंडी बन गया था। अब तक वह कई नौकरियाँ कर चुका था और कुल मिलाकर इस नौकरी के बारे में भी उसकी कोई खास अच्छी राय नहीं थी। धीरे-धीरे चांगदेव की समझ में आया कि वह पढ़ाने की तैयारी भी ठीक से नहीं करता है। गंगातीरकर धीरे-धीरे इस नतीजे पर पहुँच चुका था कि यों भी बच्चे मेरी बात सुनते नहीं हैं, तो फिर तैयारी करके जाएँ ही क्यों? एक बार बच्चों ने उससे फादर का स्त्रीलिंग रूप पूछा और इसने झट से बताया फादरेस। तब से उसकी क्लास में हमेशा के लिए हो-हल्ला शुरू हो गया। इसके अलावा वह नाटा भी था और अंग्रेजी के स्पेलिंग और व्याकरण पढ़-पढ़कर दिन-ब-दिन दुबला होता जा रहा था।

सभी प्राध्यापक उसकी अंग्रेजी की खिल्ली उड़ाते थे। लेकिन वह भी ऐसा सनकीराम था कि कहीं कोई अंग्रेजी का गलत उच्चारण करता तो उसे दर्ज कर लेता और तुरन्त उसे सुना भी देता।

एक बार भल्ला ने उसे गुड मॉर्निंग किया, तो इसने रुककर ध्यान से घड़ी देखी और भल्ला से बोला, "मैं समझता हूँ अभी पी.एम. शुरू हो चुका है! गुड आफ्टरनून!"

फिर स्टाफरूम में आकर चांगदेव और अच्छा देशपांडे से बोला, "भल्ला की बड़ी गलती पकड़ ली! मेरी अंग्रेजी पर कमेंट करता है भड़ुवा! जीएएनडी पर एलएटी लगानी चाहिए उसकी। सीएचयूटीआईए है साला!"

"लेकिन इसका मतलब यह नहीं है कि तुम अपनी अंग्रेजी में सुधार नहीं करो," अच्छा देशपांडे बोला।

वह बोला, "वो हमारी मातृभाषा नहीं है सो गलतियाँ तो होंगी ही। बिलकुल अच्छी अंग्रेजी मतलब गुलामी से सीखे बिना नहीं आएगी। और वह टिंगू कुलकर्णी तो कैजुअल लीव की अर्जी भी पता है कैसे लिखता है?...आइ वॉन्ट कैजुअल लीव बीकॉज आइ एम गोइंग ऑन कैजुअल लीव! ऐसे लोग भी कहेंगे मुझसे कि मुझे अंग्रेजी नहीं आती?"

चिपलूनकर बोला, "हमारे गोरे रोमांटिक जोशी ने एक बार कैजुअल लीव की अर्जी कैसे लिखी थी पता है?...देअर इज ए हेडेक इन माइ स्टमक, देअरफोर ग्रांट मी कैजुअल लीव...।"

चांगदेव बोला, "ये क्या नया झमेला है, सोचकर भल्ला ने तुरन्त छुट्टी दे दी होगी गोरे जोशी को!"

गंगातीरकर बोला, "और भल्ला को तो स्पेलिंग भी नहीं आता। इसीलिए कठिन शब्द आते ही उसे लपेटकर वह टेढ़ी-मेढ़ी लकीरों में डुबो देता है! आप देखो न, उसकी नोटिस में कमेटी शब्द एम के बाद कैसे टेढ़ी-मेढ़ी लकीर में एक इंच तक आगे खिसक जाता है।

ब्याह में बारह हजार रुपये दहेज लेनेवाला हिन्दुत्ववादी कुलकर्णी बोला, "अंग्रेजी भाषा ऐसी ही गँवार है। यह तो चलता ही रहेगा।"

गंगातीरकर बोला, "फिर भी आप अपने बच्चों को कॉन्वेंट में ही पढ़ाओ!"

हर साल चार यूनिवर्सिटियों के पेपर जाँचनेवाले गुंडेचा बोले, "अंग्रेजी चाहिए भी और नहीं भी, दोनों बातें एक साथ लागू होंगी ऐसा देश है हमारा।"

ठोसर की रिश्तेदारी में ब्याह कर नौकरी पानेवाला कुलकर्णी बोला, "देश वेश की बात छोड़ो, बस हम मराठी लोग ही ऐसे हैं। उत्तर के लोग अंग्रेजी नहीं चाहते और दक्षिण के लोग चाहते हैं। हम ही बीच में धोबी का कुत्ता बने हुए हैं।"

गोरा रोमांटिक जोशी दूर से बोला, "अंग्रेजी इतने दिनों तक सफेदपोशों का अस्त्र था। अब देहाती लोग भी इस अस्त्र की उपासना करने लगे हैं। अब होगी एक बार बहस हमारे यहाँ कि शिक्षा का माध्यम अंग्रेजी हो या मातृभाषा।"

लाइब्रेरी की किताबों पर निशान लगानेवाले देशपांडे रोमांटिक जोशी से बोले, "जोशी! मीटिंग में भी बताइएगा आप अपनी असली राय। वरना हमेशा की तरह माठूराम की हाँ में हाँ मिलाते रहोगे।"

इस पर सभी लोग जोर से हँस दिए।

जोर-जोर से मुँह धोनेवाले शास्त्री बोले, "आज की मीटिंग में डिसिप्लिन पर चर्चा होगी। क्योंकि भल्ला ऑक्सफर्ड डिक्शनरी में डिसिप्लिन की परिभाषा देख रहा था! आज फिर दस बजेंगे रात के।"

जायदाद के लिए बिना भाई की बदसूरत लड़की से ब्याह करनेवाला कुलकर्णी बोला, "मैं तो पत्नी से बोलकर ही आया हूँ कि ग्यारह तक लौटूँगा। तो पूछती है, क्यों जी, आज फिर मीटिंग है?"

लाइब्रेरी की किताबों पर निशान लगानेवाला देशपांडे बोला, "अजी, मैंने तो आज जैसे ही पत्नी को बताया कि मीटिंग है, वह तपाक से बोली, यानी आज फिर ग्यारह बज जाएँगे। झंझट ही है साला।"

दस सालों से पी-एच.डी. कर रहे पुरोहित अत्यन्त धीमी आवाज में बोले, "अजी, क्या आप जानते हैं कि भल्ला से पहले के हमारे प्रिंसिपल इन्हीं बहसों से परेशान होकर एक बार माठूराम से बोले थे कि आपको जो चर्चा करनी है, मुझसे कीजिए, लेकिन मेरे स्टाफ को परेशान मत कीजिए। बस, माठूराम-मुरलीमोहन ने उसे सख्ती से जवाब-तलब किया कि आपने मेरा स्टाफ शब्द का प्रयोग किया ही कैसे? हमने पैसा इकट्ठा कर संस्था बनाई है। संस्था हमारी है। स्टाफ भी हमारा है। सरकारी सहायता हमारे ही कारण मिलती है।"

फिर उस साल माठूराम प्रिंसिपल को बिना बताए वाइस प्रिंसिपल के हस्ताक्षर से मीटिंगें बुलाने लगे। फिर वह भी चला गया दो महीनों में इस्तीफा देकर।

मीटिंग शुरू होने तक चांगदेव और चार-पाँच मित्र शोभा में जा बैठे। रास्ते में गंगातीरकर उदास सुर में बोला, "कल मेरी क्लास में झगड़ा हुआ। एक बदमाश लड़के से मेरी हाथापाई हो गई। उसने मेरी टाई पकड़ ली। यह मेरा दूसरा साल है और अभी तक मुझे क्लास कंट्रोल करना नहीं आता। अच्छा नहीं लगता।"

चांगदेव उसे भरोसा दिलाते हुए बोला, "भाई मेरे, एक तो तू दिखने में यों छोटा, बचकाना लगता है। बहुत ज्यादा कंट्रोल वगैरह के झंझट में मत पड़। दूसरे को भरोसा दिलाने के लिए चेहरे पर कम-से-कम तीसी पार करने की प्रौढ़ता का होना जरूरी है। शुरू के दो-तीन सालों में हम अपना खुद का ही एक हथियार ईजाद करते रहते हैं। यदि उसे ठीक से नहीं बना पाए तो आगे हमेशा तकलीफ होती रहेगी। और तू ये टाई पहनकर आधा-अधूरा क्लास में जाता है न, उसे पहले बन्द कर दे। इससे बिना वजह तेरे और बच्चों के बीच का फासला बढ़ता होगा।"

गंगातीरकर वहीं-के-वहीं रास्ते में टाई खोलता हुआ बोला, "अब समझा। इसे अभी गटर में फेंकता हूँ।"

और उसने टाई गटर में फेंक दी।

बाद में गंगातीरकर उसे बताता रहा कि क्या-क्या परेशानियाँ आती हैं, और चांगदेव उसे समझदारी भरी सलाह देता रहा। "भाई मेरेऽ तू क्लास में जाते ही तुरन्त अटेंडेंस लेकर फटाफट लेक्चर शुरू करता है। देखो, ये ठीक नहीं। आराम से पुराने

बैल की तरह जाना चाहिए। एक-दो बच्चों से हँसी-मजाक भी करना चाहिए। बच्चों से थोड़े-बहुत निजी सम्बन्ध स्थापित होने चाहिए। और पढ़ाना आरम्भ करने पर रिकार्ड की तरह सब कुछ लगातार बोलते नहीं छूटना है। एक लेक्चर में बच्चों की क्षमता को ध्यान में रखकर चार-पाँच विशिष्ट मुद्दे ही क्रम से पूरे करने चाहिए। मुद्दा खत्म होने पर रुकना चाहिए, पूछना चाहिए कि समझ में आया कि नहीं आया। उदाहरण देने चाहिए। फिर अगला मुद्दा लेना चाहिए। हर शब्द पर जोर देकर बोलना चाहिए। सारा पढ़ाना कृत्रिम बना देना चाहिए। इस तरह ये सौ-डेढ़ सौ चेहरे सामने हैं और एक ही व्यक्ति घंटा-भर नीरस बोले जा रहा है, क्या ये मामला कृत्रिम नहीं है?...ऐसे नहीं भाई गंगातीरकर, सभी बच्चों की ओर देखकर पढ़ाना चाहिए। इससे सभी के साथ हमारा रिश्ता जुड़ जाता है। आज के दौर में हमारे धन्धे की सफलता की कुंजी मतलब...भाषा में ऐसा जादू उत्पन्न करें कि बच्चे दिमाग बन्द करके बस मंत्रमुग्ध होकर सुनते रहें! आजकल समझने-समझाने को बहुत ज्यादा तरजीह देने की जरूरत नहीं है। केवल जादू-टोना। ऐसे नौजवान लड़के-लड़कियों को चार-चार घंटे एक ही जगह पर रोज बाँधे रखना, मंत्र-तंत्र ही तो है।"

अच्छा देशपांडे बोला, "पढ़ाना वगैरह मुझे एक साल में आ गया, लेकिन क्लास में बच्चों में घुल-मिल जाना वगैरह अभी तक नहीं आया। कुछ-न-कुछ फासला रहता ही है। जैसा हमारे बॉटनी के बूढ़े देशपांडे पढ़ाते हैं, वैसा हमें इसी उम्र में आना चाहिए। चांगदेव कर पाता है थोड़ा-बहुत!"

चांगदेव बोला, "पहले आप टेबल के पीछे खड़े रहकर पढ़ाना बन्द करो। ये टेबल साला आपके और छात्रों के बीच में बाधा बनता है। हमेशा टेबल से आगे बच्चों के पास आते चलो। एक तो सारा मामला पहले ही कृत्रिम होता है और पढ़ाना भी मात्र एक रमणीय नाटक बनकर रह जाता है।"

अच्छा देशपांडे बोला, "मान गए। कल से टेबल दीवार से सटाकर ही पढ़ाता हूँ।"

शेंडे बोला, "बुजुर्ग बैल जिस तरह बताएगा कि नकेल कैसे कसने दी जाए, ठीक वैसे लग रहा है ये चांगदेव राव! साला हम सभी बैल बन गए हैं। ये शिक्षा पद्धति यानी देश के नौजवान लड़कों को बधियाए बैल बनाने की काइयाँ तरकीब है।"

चांगदेव बोला, "कायरता के काम को ही शौर्य समझकर हमें करते रहना चाहिए! इससे मुक्ति है ही कहाँ? सारी आजादी जा चुकी है हमारी। इसी को जनतंत्र का व्यक्ति-स्वातंत्र्य कह रहे हैं हम!"

गंगातीरकर बोला, "ऐसा मत कहो जी। आप लोग मीटिंग में क्यों नहीं ताँसते माठूराम के साथ सभी को? हमारे सामने आप दो-तीन ही आदर्श हैं इस धन्धे के।"

चांगदेव बोला, "हमारी ये पीढ़ी बस सोच में विद्रोही है। अब अगली पीढ़ी क्रिया से भी विद्रोही बन जाए तो कुछ होगा।"

वे दुबारा कॉलेज आए। उस दिन अपनी होशियारी दिखाने के लिए माठूराम जान-बूझकर अपने साथ दानवीर गोयंका सेठ को ले आए थे। बहस इस मुद्दे से शुरू हुई कि हमारे कॉलेज में छात्रों का उपद्रव इस साल बढ़ गया है। देसाई पीछे से बोला, "क्योंकि इसी साल आपने जगह न होने के बावजूद दो हजार ज्यादा छात्रों को दाखिला दिए हैं, फीस के लिए!"

माठूराम आगे बोले, "इसके लिए हमारे ही कुछ निकम्मे प्राध्यापक जिम्मेदार हैं।" क्षीरसागर धीरे से बुदबुदाया, सिलेक्शन आपने ही किया है। दो-चार लोग हँस दिए। माठूराम ने निकम्मे प्राध्यापकों के इस विषय को धीरे-धीरे दर्शन की ओर ले जाना आरम्भ किया और सभी लोग झल्लाकर सुनते रहे। दरअसल बात यह थी कि कॉलेज में दस-बारह बदमाश लड़के उपद्रव मचाते थे। भल्ला भी इन उपद्रवी छात्रों से नरमी से काम लेता था क्योंकि ये लड़के माठूराम-ठोसर-ऋग्वेदी वगैरह के परिचित और उनके घरेलू सम्बन्धी थे। उनका कोई कुछ नहीं बिगाड़ सकता था। ये अमीरों के लड़के प्राध्यापकों को भी अकिंचन समझते थे। लड़कियों को भी परेशान करते थे।

फिर धीरे-धीरे माठूराम असल मुद्दे पर आए कि छात्र और प्राध्यापकों के बीच आत्मीय सम्बन्ध नहीं बचे हैं। इस समस्या के समाधान के लिए इसके कारणों का पता लगाना आवश्यक है।

इस पर गोपाल देशपांडे ने वाह कहा। फिर दुबारा घंटा-भर उन्होंने इस बात पर डिस्कशन किया कि भारतीय संस्कृति में गुरु की अवधारणा क्या है। साफ-साफ बोलकर कोई भी आफत मोल लेना नहीं चाहता था। छहों देशपांडे और आठों जोशी ध्यान से माठूराम के गहरे विचार सुनते हुए चेहरे पर ज्ञानतृप्ति का भाव दिखा रहे थे। हमेशा सूट-बूट पहनकर आनेवाले शिंगरू ने बीच में ही एक अच्छा मुद्दा उपस्थित किया कि काम तृष्णा और विशेषत: कुँआरे प्राध्यापकों के प्रति छात्रों की यौन ईर्ष्या के कारण ये समस्याएँ पैदा होती हैं। इस पर भोले बोला कि "लड़के-लड़कियाँ आपस में अच्छी तरह से घुल-मिल जाएँ, इसके

लिए सैर वगैरह जैसे कार्यक्रम या कॉलेज के अहाते में ही अच्छा माहौल बनाना जैसे उपक्रम वगैरह हम क्यों नहीं करते? ऐसे बनियागीरी के गन्दे माहौल में बच्चे ऐसा ही बर्ताव करेंगे।"

माठूराम को यह पसन्द नहीं आया। वे उखड़कर बोले, "अच्छी तरह घुल-मिल जाएँ, मतलब? घुलने-मिलने की बात करते हैं! घुल-मिल कर क्या...क्या गुल खिलाने हैं?"

सब हँस पड़े। फिर दुबारा माठूराम ने घंटा-भर गहरा विवाद सम्पन्न कराया कि काम तृष्णा क्या है। ऐसे में किसी ने विषय छेड़ा कि इतनी भीड़ बढ़ने पर गुणवत्ता कैसे बरकरार रखी जा सकती है? सुनकर माठूराम फिर भड़क उठे। इसी समय चिपलूनकर ने जूते से अपने पैर बाहर निकाले और उसके कई हफ्तों से न धोए हुए मोजों की भयानक उग्र दुर्गन्ध सभी ओर फैल गई। गोयंका सेठ ने तो नाक से रूमाल ही लगा लिया। दूसरी ओर अच्छा देशपांडे, देसाई आपस में ठिठोली कर ठहाके मारकर हँस रहे थे। उनकी ओर केवल देखने से भी दूसरों के चेहरों पर मुस्कुराहट फैल जाती थी।

फिर हमेशा अंग्रेजी अखबार पढ़ते रहनेवाले और अपनी पत्नी को यहीं अंग्रेजी विभाग में नौकरी पर चिपकानेवाले कुलकर्णी बोले, "हमारे यहाँ छात्राएँ सुसंस्कृत तबके से आती हैं और छात्र असंस्कृत तबके से। इसी कारण ये समस्याएँ पैदा होती हैं।"

चिपलूनकर बोला, "लेकिन आपने ये नहीं बताया कि समस्याएँ लड़के पैदा करते हैं या लड़कियाँ?"

कुलकर्णी फिर बोले, "बेशक लड़के!"

चिपलूनकर बोला, "बहुत बड़े मुगालते में हैं आप। लड़कियाँ ही तंग, भड़कीले ड्रेस पहनकर, मेकअप और नखरे दिखाती आती हैं कॉलेज में, और देहाती लड़कों को पागल बना देती हैं। इन लड़कियों को ही पहले भारतीय सभ्यता सिखाइए।"

साल-भर टाई और कोट पहनकर आनेवाले मराठी के शिंगरू ने कहा, "इतने सालों में एक भी छात्र को सजा हुई हो, मुझे याद नहीं आता।"

इस पर भल्ला ने शिंगरू की ओर तीखी नजरों से देखा और शिंगरू की घिग्घी बँध गई। फिर भी वे बोले, "मतलब मुझे कहना था कि सही है, ऐसा ही होना चाहिए।"

चिपलूनकर के मोजों की भयानक दुर्गन्ध अब पूरे हॉल में फैल चुकी थी और रात के दस बजने को थे। इतनी देर तक नाक से रूमाल लगा गर्दन नीचे कर ऊँघ रहे दानवीर गोयंका सेठ, जो अपनी जाति के प्राध्यापकों को ऊपरी ग्रेड देने के लिए दबाव डालते रहते हैं, अपनी पगड़ी ठीक करके उठे और लाठी ऊपर उठाकर बोले, "बकवास भौत हुयो! म्हारो तो कैणो हे की आपणा कालिजमां आर्ट्स पूरा बन्द कर देवो! होर फक्त साइंस के किलास चालू राखो! आर्ट्स फिजूल है।"

इस पर अच्छा देशपांडे, देसाई वगैरह आठ-दस लोगों ने जोरदार तालियाँ बजाईं।

इसके बाद इस विषय पर एक के बाद एक मीटिंगें शुरू हुईं कि छात्र और प्राध्यापकों के बीच आत्मीय सम्बन्ध कैसे स्थापित हों। इन मीटिंगों में साफ-साफ बोलनेवाले प्राध्यापक माठूराम की ब्लैक लिस्ट में चले जाते थे। इस कारण चुपचाप बैठनेवालों की संख्या बढ़ती जा रही थी। इसके अलावा भल्ला भी माठूराम की ब्लैक लिस्ट में शामिल लोगों पर कड़ी नजर रखकर सूत्रबद्ध ढंग से उन्हें परेशान करता रहता। सभी कहते कि भल्ला ने इसी तरह अच्छे-अच्छे लोगों को कॉलेज से खदेड़ दिया है।

हर मीटिंग में सहनशक्ति चुक जाने पर चिपलूनकर धीरे से अपना पैर जूते से बाहर निकालता। लेकिन देसाई मीटिंग में खूब मसखरी करते हुए ठहाके लगाता रहता। बाद में कई दिनों तक इन मीटिंगों के किस्से वह गाँव भर में फैलाता रहता। कभी वह पूछता, सभी लोग पहले कौन-सा शब्द इस्तेमाल करते थे जी—कॉम्पिटंस न? फिर बीच में ही किसी ने उसके स्थान पर कॉम्पीटंसी शब्द का इस्तेमाल शुरू किया और बाद में सभी कॉम्पीटंसी शब्द का ही इस्तेमाल करने लगे! हू हू हू हूऽ।

इधर कुछ लोग गम्भीरता से कुछ कह रहे होते और उधर देसाई पीछे छिपकर उन पर टिप्पणी करता हुआ चूहे की तरह हँस रहा होता। अच्छा देशपांडे यथासम्भव बोलना टालकर बिना होंठ हिलाए कोई गाना गुनगुनाता रहता।

ऐसे में छात्र-संसद के चुनाव घोषित हुए और कॉलेज की इमारत में मछली मार्केट जैसा हंगामा मच गया। भल्ला हमेशा की तरह चुनाव के दिन भी दोपहर तक कॉलेज नहीं आया। सुबह से हर क्लास में मारपीट, हंगामा, झुंड के झुंड इधर से उधर।

इसी दौरान एक मजेदार घटना हुई। जोर से मुँह धोनेवाले प्राध्यापक शास्त्री का चमड़े का बैग किताबों समेत कोई स्टाफरूम से चुरा ले गया। ये भी पता नहीं चला कि कब और किसने उड़ाया। 'बैग गया' सुनते ही जोर से मुँह धोनेवाले शास्त्री पागलों की तरह इशारे करते-करते रुआँसे हो गए। फिर वे उन प्राध्यापकों पर बरसने लगे जिनके साथ छात्र स्टाफरूम में चले आते हैं। वे चिल्लाए, ये पांडेय गुरुजी, ये तो बस स्कूल में पढ़ाने लायक हैं, साला। लेक्चर होने के बाद पूरा का पूरा क्लास इन्हें कुछ भी पूछने चला आता है।

इस पर 'आइए फुरसत से कभी घर' कहनेवाला देशपांडे बोला, "परसों मीटिंग में माठूराम सेठ ने कहा था न कि छात्रों से माँ जैसे आत्मीय सम्बन्ध रखने चाहिए?"

इस पर पैसे उधार लेकर वापस न लौटानेवाले और बाद में भूल जानेवाले अत्रे बोले, "ये कुँआरे लोग हैं न दो-तीन, इन्हीं कारण लड़कियाँ हमेशा अन्दर आती हैं डिफिकल्टीज पूछने! ये चिपलूनकर, पाटील—क्यों सही है न?"

शास्त्री बोले, "ये सब बन्द करना चाहिए। स्टाफरूम में स्टाफ के अलावा किसी और को आने ही नहीं देना चाहिए। बाहर हमेशा प्यून रखा जाना चाहिए।"

इस पर दस सालों से पी-एच.डी. कर रहे पुरोहित बोले, "प्यून? और स्टाफ के लिए? भल्ला जैसे ही दफ्तर आता है, डाक खोलकर सबसे पहले कोंडाजी प्यून को एक पान और दो गोल्ड-फ्लेक लाने भेज देता है। फिर तातिया देशपांडे को भी सब्जी-तरकारी, परचून, दवाइयाँ लाने अपने घर भेज देता है। बचे हुए दो प्यून भी हमेशा इसे-उसे बुलाने के लिए उसी को लगते हैं। यहाँ स्टाफ की ऐसी क्या अहमियत कि हमें भी प्यून मिलेगा?"

'आइए फुरसत से कभी घर' कहनेवाला देशपांडे बोला, "और हमारा हरी प्यून कहाँ है आजकल? मुझे तो कई दिनों से दिखाई ही नहीं दिया।"

क्षीरसागर बोले, "हरी माठूराम के घर पर ही होता है—माठूराम की गाँव भर में फैली फालतू मंडली को लिफाफे पहुँचाओ, मुम्बई का रिजर्वेशन कराओ, माठूराम के साथ स्टेशन जाकर उसकी सीट पर सामान रखो, फिर माठूराम के लौटने के दिन स्टेशन पर जाकर बैठो।"

याज्ञिक बोले, "हमारी लैब के दोनों प्यून आजकल चेयरमैन साहब के पास ही होते हैं! हिन्दू-मुस्लिम ऐक्यवर्धक सोसाइटी के काम के लिए। पन्द्रह दिन हो गए हैं। कल तो एक प्रैक्टिकल हो ही नहीं पाया। मैंने लिखकर दिया प्रिंसिपल साहब को कि मेरे लेक्चरर प्यून के काम नहीं करेंगे।"

क्षीरसागर बोले, "भल्ला आपका पत्र माठूराम को दिखाकर और लगाई-बुझाई करेगा। मैं पहले बॉडी का मेंबर था, तब यूसुफ प्यून के बारे में पूछा था—देखा है कभी किसी ने यूसुफ को कॉलेज में काम करते? माठूराम की गाड़ी चलाता है वह और तनख्वाह जाती है कॉलेज से!"

शास्त्री रुआँसे होते हुए बोले, "किताबें और बैग जाए तो भी कोई हर्ज नहीं—लेकिन मेरे नोट्स चले गए जी बैग में। एम.एस-सी. से सँभालकर रखे थे मैंने नोट्स! कोई मेरे नोट्स तो लौटा दो।"

लाइब्रेरी में कभी न जानेवाला कुलकर्णी शास्त्री जी से ऐसे अन्दाज में बोला, मानो उसे बहुत गहरा सदमा लगा हो, "हे राम! नोट्स चले गए बैग में? अरे-अरे, अब कैसे पढ़ाएँगे जी आप? कितनी मेहनत से नोट्स बनाते हैं हम। सभी अपने-अपने नोट्स सँभालकर रखना भाइयो। इस स्टाफ में लड़के-लड़कियों को लेकर आनेवालों को...।"

इतने में चांगदेव क्लास खत्म करके आया और उसके पीछे-पीछे तीन लड़कियाँ!

फिर शास्त्री बौखलाकर लड़कियों पर चिल्ला उठे, "चलो, निकलो बाहर! क्या है यहाँ? ये स्टाफरूम है!...काहे की डिफिकल्टी? डिफिकल्टीज हैं या आवारागर्दी? हाँ? चलो निकलो यहाँ से।"

लड़कियाँ शर्मिंदा होकर बाहर चली गईं।

भीतर आते-आते चिपलूनकर ने शास्त्री को चिल्लाते देखा और उन्हें ताना मारा, "शास्त्री जी, अच्छा पढ़ानेवाले के पास ही आती हैं लड़कियाँ...।"

दस सालों से पी-एच.डी. कर रहे पुरोहित बोले, "प्राध्यापक कुँआरा होने के कारण आती हैं लड़कियाँ, चिपलूनकर साहब! गलतफहमी है आपकी! क्या हम अच्छा नहीं पढ़ाते? फिर हमारे पीछे क्यों नहीं आतीं लड़कियाँ? वो देखो, फिर एक वाहियात लड़की आ गई पाटील सर से डिफिकल्टी पूछनेऽ ह ह ह।"

चांगदेव बोला, "मैं छात्रों को एक बार बोल चुका हूँ कि क्लास के अलावा बाहर कुछ भी पूछना नहीं। आप ही खदेड़ दो उस लड़की को। मुझसे नहीं होगा ये।"

तभी तिकड़मी देशपांडे भीतर आया और सभी से पूछताछ करने लगा कि आपके क्लास में कौन चुनकर आया?...और आपके? ठीक से तो हुआ न चुनाव? भल्ला हमेशा की तरह आखिर में यानी प्रेसिडेंट के चुनाव के समय आएगा आज! उधर कॉमर्स की क्लास में झड़प हुई दोनों गुटों में, क्या करेंगे? रास्ते में सारी भीड़ लग गई है। वाइस प्रिंसिपल ऋषि पाठक भी गायब हैं।

बॉटनी के वृद्ध देशपांडे क्लास पर जाते-जाते बोले, "रास्ता और कॉलेज में फर्क ही कहाँ बचा है हमारे यहाँ! कैसे-कैसे शौक चर्राते हैं यहाँ—छात्रों के इलेक्शन! छात्रों के भी कहीं इलेक्शन होते हैं? फालतू बचकाना खेल हो रहा है दोस्तो!"

भोले बोला, "शाहू कॉलेजवाले अक्लमन्द हैं हमसे। गाँव से बिलकुल दूर ले गए कॉलेज को।"

तिकड़मी देशपांडे बोला, "गाँव में लड़कियों को सुरक्षित लगता है भोले! दंगा वगैरह हुआ तो लड़कियाँ कहाँ जाएँगी दूर पैदल? मध्यवर्गीय घरों की लड़कियाँ हैं हमारी। बस का किराया देना भी अभिभावकों को भारी पड़ता है। उधर शाहू में मालदार किसानों के बच्चे बारह सौ रुपये से कम की आमदनी का झूठा सर्टिफिकेट लाकर फीस माफ करवा लेते हैं और स्कूटर पर आते हैं कॉलेज में।"

गोरा रोमांटिक जोशी बोला, "हम नौकरीपेशा क्लास के लोगों को वेतन मिलता है, सो झूठा सर्टिफिकेट दिखाया भी नहीं जा सकता। किसानों के सारे बच्चे बारह सौ से कम की आमदनी दिखा सकते हैं पटवारी को पैसे खिलाकर। दरअसल, जाँच की जाए, तो दस फीसदी भी गरीब बच्चे नहीं मिलेंगे। क्या संस्कार होंगे इन बच्चों पर उच्च शिक्षा के? भ्रष्टाचार के या जालसाजी के?"

पैसे उधार लेकर वापस न लौटानेवाले और बाद में पूरा भूल जानेवाले अत्रे बोले, "इसीलिए तो स्टैंडर्ड गिरता जा रहा है शिक्षा का। डेमोक्रेसी चाहिए ही नहीं इस देश में। क्वालिटी का और बहुजन हिताय बहुजन सुखाय की शिक्षा का सन्तुलन बनेगा ही नहीं। शिक्षा ऑरिस्टोक्रैटिक ही चाहिए। लेकिन सरकार भी इन धोतीप्रसादों की है। होने दो जो होना है। जनता को इस तरह सरेआम अपराध में जोत देने से ही सही-सही राज किया जा सकता है।

इतने में बाहर भागा-दौड़ी सुनाई दी। एक पत्थर खिड़की से लगा और पहले से टूटा शीशा और ज्यादा टूटकर बिखर गया। सभी प्राध्यापकों ने डर के मारे अपनी-अपनी कुर्सियाँ उठा लीं और कोने में पास-पास दुबककर सहमते हुए सिगरेट पीने लगे। हर चुनाव में माठूराम का प्रचार करनेवाला जोशी जो कभी सिगरेट को छूता तक नहीं था, उसने भी चुपचाप अकेले चाय पीकर आनेवाले यजुर्वेदी जोशी से एक सिगरेट माँगी और पीना शुरू किया। इसके साथ ही अनेकों ने उसकी सिगरेट की डिबिया से सिगरेट उठाना शुरू कर दिया। इससे उनकी आत्मा पल-पल कलप रही थी, लेकिन मामले की नजाकत को देखते हुए वे उदार बन गए थे। मिसेज अय्यर खिड़की से बाहर यह देख रही थी कि उसका पति स्कूटर लेकर

कब आएगा और साथ ही मिसेज कुलकर्णी के पास बैठकर बतिया भी रही थी कि प्रिंसिपल की पत्नी आज क्यों नहीं आई?

बाहर लड़कों का हंगामा मचा हुआ था। चुनकर आए उम्मीदवारों ने गुलाल उड़ाना शुरू किया। सारी सड़क पर इधर-उधर पर्चे उड़ रहे थे। सारे घरों की दीवारें, सड़कें रँगी गई थीं। होटलवालों ने आज तीन गुना दूध लेकर चाय की अखंड आपूर्ति जारी रखी थी। लाउडस्पीकर ताँगे में बैठकर गली-कूचे से चिल्ला रहे थे।

तिकड़मी देशपांडे बोला, "लग ही रहा था कि प्रेसिडेंट उनका ही बनेगा।"

चांगदेव उसकी ओर गुस्से से देखता हुआ बोला, "उनका यानी? उनका प्रेसिडेंट मतलब?"

तिकड़मी देशपांडे झेंपकर अपना अपराध छिपाने के लिए कुछ और ही बोलने लगा, "ये मराठा एलिमेंट बढ़ता जा रहा है हमारे यहाँ इसीलिए प्रॉब्लम बढ़े हैं। ऐसा उपद्रव पहले नहीं होता था।"

चांगदेव बोला, "अजी वो भी हमारे ही छात्र हैं। सो उनको प्रेसिडेंट वगैरह कहने से क्या मतलब है?"

उसकी ओर सन्देह भरी निगाह से देखते हुए तिकड़मी देशपांडे सावधानी से बोला, "बेशक, बेशक। चुनकर कोई भी आए, हैं तो हमारे ही। लेकिन बाहर से उनके गुंडे क्यों आते हैं उनकी मदद के लिए? हमारे बच्चे करेंगे कभी ऐसा?"

"तो चलिए, अभी हम उनको खदेड़ देते हैं!"

"मुझे नहीं जाना! कहीं गला पकड़ लेंगे फिजूल में! मैं प्रिंसिपल थोड़े ही हूँ यहाँ का, कहीं लड़के मुझ पर ही बिगड़ पड़े तो क्या करूँगा?"

"यही, यही तो, आप को ही अपनी जाति की ग्रन्थि खाए जा रही है। अब देखिए, कैसे हम इन्हें खदेड़ते हैं। चल गोपिया, चलिए भोले सर—देसाई तो उधर ही दिख रहा है भीड़ में।"

फिर अच्छा देशपांडे, चिपलूनकर, भोले, चांगदेव सभी जोश से बाहर की भीड़ में घुस गए। भोले ने तो एक लड़के को थप्पड़ भी जड़ दिया। चांगदेव एक लड़के को कॉलर से पकड़कर रास्ते से खींचता हुआ ले गया। एक पहलवान लड़का अच्छा देशपांडे से कह रहा था, "सर, आप हमेशा हमें समझदारी का पाठ पढ़ाते हैं। इस कॉलेज में सबसे ज्यादा पार्शिलिटी होती है। इस साल हमने तय किया है कि बामन के पिल्लों को छात्र-संसद में नहीं आने देंगे। देखेंगे आप भी।"

उधर देसाई कुछ बच्चों को गालियाँ दे रहा था, "क्यों बेऽ, कूल्हों पर रट्टे लगाकर नहर खुदवाने ले जाना चाहिए तुम लोगों को सख्ती से। अच्छे से पढ़ना-लिखना छोड़कर ई का करने आते हो बे भड़ुवो कॉलेज में? लाइब्रेरी में नहीं बैठ सकते?"

एक लड़का बोला, "लाइब्रेरी कहाँ है सर इस कॉलेज में? एक किताब लेनी हो तो घंटा-भर लाइन में खड़ा रहना पड़ता है।

देसाई उसे बाहर धकेलता हुआ बोला, "बहुत जबान लड़ा रिया है बे तू चूहे जितना होकर भी—चल, घर जा। अब चार दिन कॉलेज में कुछ नहीं होना है—जा, माँ-बाप से मिलकर आ। बैलों का त्योहार बेंदुर होने के बाद ही आना। हियाँ क्या करेगा घर का पैसा फूँककर फालतू में।"

फिर धीरे-धीरे सारी भीड़ छँट गई।

फिर भी शाम को प्रेसिडेंट के चुनाव के वक्त दो गुटों में झड़प हो ही गई।

दूसरे दिन सभी के लिए अनिवार्य उपस्थिति का नोटिस लगाकर माठूराम ने मीटिंग ली और घंटे-भर में अपनी छात्र-प्राध्यापक आत्मीयता योजना को संक्षेप में समझा दिया। प्राध्यापक और छात्रों का इकट्ठे आना बहुत जरूरी है। वर्तमान शिक्षा पद्धति में वे इकट्ठे नहीं आ पाते। उन्हें एक-दूसरे को समझने की कोशिश करनी चाहिए, हमें दिल लगाकर काम करना चाहिए, वगैरह।

फिर भल्ला बोला, "हम इस योजना को सैद्धान्तिक रूप से स्वीकार करते हैं। इसका ब्योरा बाद में चर्चा से तय करेंगे।"

दस सालों से पी-एच.डी. कर रहे प्राध्यापक पुरोहित बोले, "दरअसल, पहले इस योजना का सम्पूर्ण प्रारूप स्पष्ट होना चाहिए तभी इसे सैद्धान्तिक रूप से स्वीकार करने का कुछ औचित्य होगा।"

पैसे उधार लेकर कभी न लौटानेवाले और बाद में भूल जानेवाले प्राध्यापक अत्रे बोले, "कुल मिलाकर बात एक ही है, हमें ज्यादा काम करना पड़ेगा, और क्या?"

'परिस्थिति से लगातार जूझते रहने के कारण मेरी उन्नति देर से हुई' कहनेवाले एक कुलकर्णी अत्यन्त क्रुद्ध होकर बोले, "कुछ भी योजनाएँ उठा लाते हैं। हम बैठे हैं यहाँ अमल करने!"

"मतलब उन योजनाओं का गुड़गोबर करने"—चुपचाप अकेले चाय पीकर आनेवाले जोशी ने उस कुलकर्णी से कहा।

इसके बाद लगातार मीटिंगें आयोजित करके माठूराम ने इस योजना को बहस के लिए पेश कर सभी को इतना परेशान कर दिया कि सभी हामी भरने लगे। योजना का पक्का मसौदा बनने पर फिर मीटिंगों पर मीटिंगें और चर्चाएँ शुरू हुईं। हर बार चार-चार घंटे चलनेवाली इन मीटिंगों के कारण पुराणिक कॉलेज के सभी प्राध्यापक परेशान हो उठे। हर बार माठूराम कहता, "मैं आप लोगों पर कुछ भी लादना नहीं चाहता। आप रैशनली सोचकर तरीका सुझाइए। प्रचलित शिक्षा पद्धति में सुधार होना चाहिए या नहीं? रैशनली सोचिए।"

उस समय पीछे से देसाई जोर से बोला, "हियाँ प्राध्यापकों को राशन की लाइन में खड़ा होना पड़े है, रैशनल विचार कैसे आवे साहब! प्रचलित शिक्षा पद्धति!"

उधर माठूराम कह रहा था कि प्रत्येक प्राध्यापक को कुछ छात्रों का दायित्व सौंपा जाएगा। इन विद्यार्थियों के साथ प्राध्यापक सप्ताह में दो दिन हिल-मिलकर एक-दूसरे को समझने की कोशिश करेंगे। इसी उपाय से देश भर के छात्रों में व्याप्त असन्तोष कम होगा। प्रचलित शिक्षा पद्धति में सुधार आएगा।

एक तरफ यह जारी था और दूसरी तरफ चिपलूनकर ने जूतों से अपने पैर बाहर निकाले और उसके आसपास के लोग झुक-झुककर नीचे देखने लगे। माठूराम का भाषण समाप्त होने के बाद आठों जोशी, छहों कुलकर्णी, पाँच-छह देशपांडे बैठे-बैठे चीं-चपड़ करते रहे। सिफारिश से नौकरी में आए मुख्य लोग और जिन्हें ऊपरी ग्रेड मिलने की सम्भावना थी, ऐसे सभी प्रकट रूप से बढ़िया, बढ़िया कहने लगे। चांगदेव, चिपलूनकर, शेंडे, गोड़े मैडम, क्षीरसागर, अच्छा देशपांडे सभी बारी-बारी से उठकर विरोध करने लगे। वे बोले, दरअसल, यह योजना बेकार ही सिद्ध होगी। साठ-साठ बच्चे हरेक के हिस्से में आएँगे, उनको कैसे समझने का प्रयास करेंगे? वर्ष के खत्म होते-होते उनके नाम जान पाए तो भी बहुत बड़ी बात होगी।

बाकी लोग जान-बूझकर योजना पर चर्चा करने लगे। पापय्या देसाई जोर-जोर से हँसते हुए ठिठोली कर रहा था। अच्छा देशपांडे खिड़की से बाहर देखता हुआ जोर-जोर से गाने लगा—प्रीतम गया विदेस सखीऽऽ कहो कासे कहूँ मन की बतियाऽऽ।

दूसरे ही दिन चार-पाँच प्राध्यापकों को इसमें जोतकर और चांगदेव को और परेशान करने के लिए उसे इस योजना का प्रमुख बनाकर भल्ला ने विद्यार्थी-प्राध्यापक आत्मीयता योजना का ढाँचा तैयार किया। दफ्तर के सभी क्लर्क हर

गुट के लिए सत्तर-सत्तर छात्रों की सूचियाँ बना-बनाकर त्रस्त हो उठे। काफी दिन खपाकर समय-सारणी भी तैयार की गई कि कौन प्राध्यापक किस नम्बर के गुट को लेकर किस क्लास में बैठेगा। लेकिन भल्ला ने अपने जिम्मे एक भी गुट नहीं लिया। चांगदेव ने उससे कहा, "आपको भी एक गुट लेना होगा।"

भल्ला ने बिगड़कर कहा, "मैं हर रोज कितने स्टूडेंट्स के साथ हार्ट टू हार्ट टॉक करता हूँ? मुझे इसमें मत घसीटो। मुझे सुपरवाइज भी करना पड़ेगा! मुझे मत डालो इस झंझट में।"

यह मालूम पड़ने पर हिन्दुत्ववादी भोपटकर बोले, "मैं भी तो एन.सी.सी. के पचास छात्रों से रोज मिलता हूँ। हम सभी किसी-न-किसी बहाने छात्रों को समझने का प्रयास करते ही हैं। भल्ला बदमाश है साला।"

तब शेंडे ने एक मजेदार किस्सा सुनाया : "कल लगातार तीन कक्षाएँ लेकर हमारे क्षीरसागर पूरे थक गए और शाम को चौथे लेक्चर के लिए थर्ड इयर की कक्षा में गए। आधा घंटा बकबक करने के बाद उकताकर वे यूँ ही छात्रों से बोले, आपको भी कुछ रिस्पॉन्स देना चाहिए, प्रश्न पूछने चाहिए, बहस करनी चाहिए। मैं अकेला ही क्लास में क्यों बोलता रहूँ?"

"जवाब में क्लास का एक लड़का चिल्लाया, क्योंकि आपको इसके लिए तनख्वाह दी जाती है! क्षीरसागर बेचारा पहले से नर्वस आदमी, बिलकुल पस्त हो गया।"

चिपलूनकर बोला, "क्लासिक क्लासिक! लेकिन इसके बिलकुल विपरीत हमारे इतिहास के जोशी यानी हमारे वामनराव! हर चुनाव में माठूराम का प्रचार करनेवाला जोशी यार—दस सालों से हर क्लास में पहले ही घोषित कर देता है कि जब मैं पढ़ाऊँगा तब केवल मैं ही बोलूँगा! क्योंकि यहाँ केवल मुझे बोलने के लिए तनख्वाह दी जाती है! आपको नहीं! क्लास में कोई और बोलते हुए पाया गया तो तुरन्त उसे बाहर खदेड़ दूँगा।"

"इसका तो तोड़ ही नहीं। जवाब ही नहीं बाद में साल-भर! तभी ये जोशी बच्चों को पकड़-पकड़कर डाँटता रहता है!"

शेंडे बोला, "हमारे बॉटनी के वृद्ध देशपांडे बच्चों को बिलकुल नहीं डाँटते। परसों माठूराम का प्रचार करनेवाला जोशी क्लास में शोर मचा रहे चार लड़कों को पकड़कर लाया और कहने लगा, इन्हें मैं सजा दूँगा। सुनकर बॉटनी के वृद्ध देशपांडे व्याकुल होकर बोले, बोलने दो जी लड़का जात को। क्लास में हुड़दंग

मचाते हैं, मचाने दो। काहे सजा देते हो लड़कन को? सारे देश में हुड़दंग मचा हुआ है, फिर क्लास में क्यों न हो? खेलने दो बच्चों को। हमें तो पता है न कि जिन्दगी में ये चार साल ही बेचारों को मिलते हैं आजादी के। बी.ए. होने पर टीचर या क्लर्क भी नहीं बनाता है कोई इन्हें। देश में ऊपर तक सभी अमीर बदमाश लोग बड़ी-बड़ी जगहें हथियाकर बैठे हैं, पीढ़ियों से—मोतीलाल नेहरू, बिरला और बजाज से लेकर सभी। हमारे गरीब लरकों को आगे वनवास ही है हमेशा। काहे परेशान करते हो जी बच्चों को? रुआँसे हो गए जी बच्चे। जाओ बच्चो, जाकर खेलो, जाओ।"

माठूराम ने पन्द्रह सितम्बर को वाइस-चांसलर के हाथों विद्यार्थी-प्राध्यापक आत्मीयता योजना का उद्घाटन कराया। इसके पीछे माठूराम का मंसूबा यह था कि विश्वविद्यालय में अपना वजन बढ़े और इस वाइस-चांसलर के रिटायर होने के बाद उस पद पर अपना नम्बर लगे। *दैनिक समाजवाद* में इस योजना पर माठूराम की तसवीर समेत एक विस्तृत लेख छपा था।

पहले सप्ताह में छात्र कुतूहलवश अच्छी-खासी भीड़ बनाकर उपस्थित रहे। लेकिन किसी भी प्राध्यापक के पीछे बिना सोचे-समझे कोई भी सत्तर छात्र लगा देने के कारण किसी को सूझ नहीं रहा था कि नाम-पता पूछने के अलावा क्या कहें। विद्यार्थी भी चुपचाप बैठे रहे। कुछ प्राध्यापकों ने चुटकुले सुनाए। कुछ ने इस योजना का मजाक उड़ाना शुरू किया। गंगातीरकर ने तो लेक्चर ही शुरू किया कि अंग्रेजी कैसे सुधारें—सो बाद की उसकी बैठकों में एक भी छात्र उपस्थित नहीं था। शेंडे तो बच्चों पर ही उखड़ गया, "अबे तुम्हें जानना-समझना है! बोलो बे!"

माठूराम की कड़ी चेतावनी थी कि बैठकों में अनुपस्थित छात्रों के नाम हर रोज दफ्तर में दिए जाएँ। लेकिन आगे चलकर आधे से ज्यादा छात्र बैठक में अनुपस्थित रहने लगे और उनके पचास-पचपन नाम लिखने में ही बैठक का पौना घंटा आराम से कटने लगा। इसलिए कुछ अनुभवी प्राध्यापकों ने केवल नम्बर लिखकर दफ्तर में देना शुरू किया। साथ ही बैठक की रिपोर्ट भी उन्हें चांगदेव को सौंपनी पड़ती थी। यह भी एक नया क्लर्की काम सभी के पीछे लग गया। जवाहर वगैरह उस्ताद प्राध्यापक तो लड़कों को खदेड़ देते और केवल लड़कियों को लेकर देर तक गप्पें लड़ाते बैठे रहते। क्लास में कहीं भी लाइट फिटिंग वगैरह न होने के कारण अँधेरा हो जाता। एक बार देसाई जवाहर की अँधियारी क्लास

में झाँककर बोला, "क्यों जवाहरलाल जी, कुछ हाथ आया?" इस पर लड़कियाँ भी खी खी खी कर हँस पड़ीं।

फारूकी, पांडेय, पुरोहित वगैरह होशियार लोगों ने छात्रों की शाम की पढ़ाई का बहाना बनाकर चांगदेव से विनती की कि उन्हें सुबह का समय दिया जाए। क्योंकि उन्हें पक्का पता था कि सुबह बच्चे आएँगे ही नहीं। अंग्रेजी अखबार पढ़नेवाले और अपनी पत्नी को अंग्रेजी विभाग में ही नौकरी पर चिपकानेवाले कुलकर्णी ने तो हर बार घर बैठे 'सभी विद्यार्थी अनुपस्थित थे' की रिपोर्ट लिखकर इन बैठकों की परेशानी से छुट्टी पाई। चिपलूनकर तो अपने गुट के पास जाकर छात्रों पर बिगड़कर कहता, "क्यों आते हो बे फिजूल में? बाकी आधे लोग देखो कैसे होशियार हैं जो नहीं आते हैं! तुम्हारी कुछ पढ़ाई-वढ़ाई होती भी है या नहीं? चले जाओ न घर, साला झंझट।"

अच्छा देशपांडे अपने गुट में राजनीति पर चर्चा करता। उसका गुट अभी तक कुछ ठीक चल रहा था। चांगदेव क्लास के बच्चों से उनके घर की जानकारी लेता रहता। उसके ग्रुप में भी दस-बारह छात्र टिके हुए थे।

लाइब्रेरी में कभी पैर न रखने के लिए विख्यात चमचमाते बालोंवाले कुलकर्णी और साल-भर टाई-कोट पहनकर आनेवाले शिंगरू ने तो खास लड़कियों को अपने ग्रुप में शामिल करवाने के लिए क्लर्कों की सूचियों में ऐसी काटा-पीटी की कि फिर वे किसी के पढ़ने के लायक नहीं रहीं। इसके अलावा अनचाहे बदमाश लड़कों को इस ग्रुप से उस ग्रुप में परस्पर धकेलने की चालाकी भी अनेक प्राध्यापकों ने शुरू की। नतीजा यह हुआ कि कुछ लड़कों के नाम दो-दो, तीन-तीन ग्रुप की सूचियों में आ गए और कुछ पूरी तरह से छूट गए। नतीजतन अनुपस्थिति के रिपोर्ट के आधार पर प्रतिदिन दस पैसे जुर्माने की नोटिसें लग गईं। फिर ये विद्यार्थी शिकायतें लेकर दफ्तर में हंगामा करने लगे। इससे सभी क्लर्क परेशान हुए। इसी काम में पूरा दिन गुजर जाने से कैशियर ने उस महीने का वेतन दस दिन देर से किया। सभी त्रस्त हो उठे।

कुछ छात्रों ने चांगदेव के पास शिकायत की कि अनेक प्राध्यापक ही अनुपस्थित रहते हैं, उनका क्या? चांगदेव ने ये शिकायतें सीधे माठूराम के पास भेज दीं। नतीजतन माठूराम ने हर रोज शाम को राउंड लगाने की भल्ला की ड्यूटी लगा दी। फिर वह भी चांगदेव पर उखड़ा। चांगदेव से बोला, "पाटीलसाब, कुछ भी शिकायत मेरे थ्रू करते जाव।" भल्ला के लिए अब तीन बजे घर जाना सम्भव

नहीं रहा। इस कारण शाम को चिढ़कर वह राउंड लगाता और जो प्राध्यापक नहीं आए होते, उन्हें मेमो देता। इस मेमो के अतिरिक्त काम के कारण टाइपिस्ट भी परेशान हो उठे। कभी-कभी मिसेज भल्ला भी न आनेवालों की सूची में पकड़ी जाती। उस दिन किसी को भी मेमो नहीं मिलते। आगे चलकर भल्ला ही इससे त्रस्त हो गया और उसने माठूराम के गले यह बात उतारी कि आपकी योजना को अपेक्षित सफलता नहीं मिल रही है! अपने पाटीलसाब कोई खास एफिशियंट नहीं मालूम पड़ते!

इसके बाद माठूराम फिर से स्टाफ मीटिंगें बुलाकर चार-चार घंटे चर्चा करने लगे कि इतनी रचनात्मक योजना भी असफल क्यों हो रही है।

जल्द ही नया वेतनमान लागू होनेवाला था। उसके परिपत्रक कॉलेज में आने लगे। इसके साथ ही माठूराम और ठोसर ने भी इस दिशा में गहरा चिन्तन शुरू कर दिया। सभी सरकारी सूचनाओं का ठीक से अध्ययन कर माठूराम लगभग रोज मुरलीमोहन-ठोसर-ऋग्वेदी-देशपांडे के साथ खुफिया मीटिंगें करने लगी। भल्ला नियम, शैक्षिक योग्यता, अनुभव वगैरह तकनीकी झंझट को कभी समझ नहीं पाता था, इसलिए उसने संस्था के लोग जो तय करेंगे उस पर हस्ताक्षर करना और उसे विश्वविद्यालय के पास जाँचने के लिए भेजकर छुट्टी पाने की अपनी नीति बना ली थी।

किसे प्रमोशन देना है, किस-किस को सबसे ऊपरी ग्रेड देनी है, किसे बीच की ग्रेड में रखना है और किसे ग्रेड देनी ही नहीं है जैसी बातों के लिए बाल की खाल निकालना माठूराम की रग-रग में था। इसके अलावा वह बौद्धिक निकष भी इस तरह बनाता कि सरदर्द बने लोग नीचे ही रहेंगे, उसे न माननेवालों का नुक़सान होगा और स्टाफ के सामने प्रत्येक बात का विधिवत् स्पष्टीकरण भी दिया जा सकेगा। विशेषत: अनचाहे प्राध्यापकों को बरखास्त करना सम्भव न होने के कारण उनके वेतन में कटौती कर उन्हें दूसरी राह पकड़ने की चेतावनी देने के लिए भी नया वेतनमान एक बढ़िया अवसर था। माठूराम हर मीटिंग में अपने सहयोगियों से बार-बार कहता कि एक बार नया वेतनमान लागू होने पर बीस-पच्चीस साल उसमें परिवर्तन नहीं होता, और एक बार ऊपरी ग्रेड में घुसे लोग संस्था छोड़कर जाने का नाम नहीं लेते। साथ ही जिन्हें बिलकुल ऊपरी ग्रेड मिलती है, वे अगली वेतनवृद्धि न होने के कारण मगरूर बन जाते हैं और किसी से भी नहीं डरते।

इसलिए बिलकुल मूर्ख अच्छे प्राध्यापक को ही सबसे ऊपरी ग्रेड देनी चाहिए। कुल मिलाकर प्रत्येक प्राध्यापक की सभी दृष्टियों से कड़ी जाँच करके ही उनके ऊपरी श्रेणी के लिए चयन की नीति बनाई गई। इस तरह के बौद्धिक निकष तय करने के लिए मुरलीमोहन तथा माठूराम दोनों की सहमति बनी।

लेकिन ठोसर-ऋग्वेदी-सहस्त्रभोजने आपस में बोले, मूर्ख हैं माठूराम और मुरलीमोहन। हम अपने-अपने लोगों की सूची बनाकर उन्हें दे देंगे। उनके नियमों में अपने सभी आदमी बैठते हैं तो ठीक है, वरना नियम ही बदलने के लिए कहेंगे। गोयंका सेठ शायद जवाहर के लिए सात सौ की ग्रेड माँगेंगे। इससे तो अच्छा है कि हम भी अपनी सूची में जवाहर का नाम सुझाएँ आखिर में। और उसमें अपने भी दो-तीन छँटने लायक नाम घुसेड़ देंगे, बस! इन्होंने इस तरह की नीति बनाई कि वे अपने खास लोगों को ऊपर डालने की जिद पर अड़ेंगे और झगड़ेंगे। इस कारण सितम्बर से शुरू हुई इस कमेटी की मीटिंगें मार्च तक चलती रहीं। लेकिन सभी नामों के लिए सहमति नहीं बन रही थी। आगे चलकर तो बात भल्ला की भी समझ से बाहर हो गई कि क्या हो रहा है। फिर भी जब माठूराम कहता कि अमुक-अमुक का बुरा रिपोर्ट हो तो ले आना, भल्ला तत्परता से ऐसी रिपोर्ट बनाकर तुरन्त पेश करता। इस कारण भल्ला आजकल इसी महत्त्वपूर्ण प्रकरण में डूबा रहता और कॉलेज की ओर ध्यान ही नहीं देता। बॉडी के दोनों पक्ष अपनी नीतियों पर अमल के लिए उससे आवश्यक जानकारी माँगते और वह भी बड़ी खुशी उन्हें ऐसी जानकारी उपलब्ध कराता।

एक बार माठूराम, ठोसर, ऋग्वेदी और संस्था के तीन-चार पदाधिकारी स्टाफरूम में आकर बैठ गए। विश्वविद्यालय में एक बहुत बड़ा मामला शक्ल ले रहा है। पूरे महाराष्ट्र के पूजनीय प्रोफेसर चुलबुले के साठ साल पूरे होते ही विश्वविद्यालय से उन्हें बरखास्त करने का षड्यंत्र रचा गया है। उन्हें नौकरी में एक्स्टेंशन न मिले इसलिए गैरब्राह्मण लोग बहुत पीछे पड़े हैं। इससे सारे विश्वविद्यालय की हानि होनेवाली है। हम पुराणिक के प्राध्यापकों को कुछ करना चाहिए, वगैरह। घंटा-डेढ़ घंटा सभी बुढ़ऊ यही समझा रहे थे। कुछ आज्ञाकारी प्राध्यापक—हे राम, ये मजाल? कितने घटिया लोग हैं, वाइस-चांसलर भी उन्हीं का चमचा है—जैसी शब्दावली का उच्चारण करते रहे। भोले, चांगदेव खामोश थे।

इनमें से 'बड़ा मगज छोटा और छोटा मगज बड़ा' लगनेवाला देशपांडे नामक एक बूढ़ा भोले से बोला, "क्यों भोले साहब, साठ साल पूरे होते ही आप जैसे विद्वान आदमी की विद्वत्ता क्या खत्म हो जाती है?"

भोले हँसकर बोला, "पहले मुझे यह बताइए कि मेरे साठ साल पूरे होने पर आप मुझे यहाँ रखेंगे या निकाल देंगे? तभी मैं आपके सवाल का जवाब दे पाऊँगा।"

माठूराम भोले की ओर सन्देह भरी नजर से देखते हुए बोले, "भोले साहब, यह सिद्धान्त का सवाल है, व्यक्तिगत नहीं।"

"मैंने कब कहा कि सवाल व्यक्तिगत है? मैंने तो इसलिए अपने बारे में पूछा कि कल कोई आप पर यह आरोप न लगाए कि मैं ब्राह्मण नहीं हूँ, इसलिए साठ के बाद आप मुझे बरखास्त कर देंगे और चूँकि चुलबुले आपका आदमी है इसलिए कमर कसने के लिए तैयार हो गए।"

दूसरी ओर जागीरदार नामक एक बूढ़ा अच्छा देशपांडे से भिड़ गया था। वह कह रहा था, "यह आपकी बचकानी बुद्धि की निशानी है कि *दैनिक समाजवाद* जैसे जुझारू विरोधी पार्टी के अखबार पर आप जातिवाद का आरोप लगाते हैं।"

अच्छा देशपांडे बोला, "आपकी तुलना में हम सभी बच्चे ही हैं, सो आपकी बात बिलकुल दुरुस्त है। लेकिन मैंने जब यह देखा कि आजकल प्रत्येक अंक में विश्वविद्यालय की बुराई की जा रही है, तभी लगा कि ठोसर के दोस्त का मामला जल्द ही बाहर आनेवाला है। आ ही गया! चीन और रूस के समाचार छपते हैं इतने से किसी कोने में और चुलबुले के एक्सटेंशन की माँग के समाचार बड़ी-बड़ी हेडलाइनों में! मेरा तो मानना है कि साठ की उम्र के बाद साक्षात बृहस्पति को भी रिटायर हो जाना चाहिए। फिर ये तो चुलबुले हैं! केवल उसके ब्राह्मण होने के कारण आप राजनीति कर रहे हैं। यद्यपि वाइस-चांसलर मराठा हैं, फिर भी अपने व्यक्तिगत अनुभवों से मुझे पता है कि वे बहुत लिबरल हैं। सभी ब्राह्मण प्राध्यापकों को उन्होंने मेरिट पर लिया है। दरअसल, पहले जब ब्राह्मण वाइस-चांसलर था तभी चुलबुले जैसे प्राध्यापक जाति के आधार पर भर्ती किए गए हैं।

एक बूढ़ा जोशी अचरज से बोला, "पुणे-मुम्बई के अखबारों में सभी ओर समाचार, पाठकों के पत्र, सम्पादकीय छप रहे हैं कि चुलबुले जैसों को एक्स्टेंशन देना चाहिए।"

अच्छा देशपांडे हँसकर बोला, "जोशी जी, इन लगभग सभी अखबारों के रिपोर्टर *दैनिक समाजवाद* का ही स्टाफ हैं। वे ऐसे ही समाचार देंगे। और महाराष्ट्र

के सब के सब अखबार अभी भी पेशवाशाही के ही अवशेष हैं। वे लोग चुलबुले के पक्ष में ही लिखेंगे। हम जैसे अच्छे ब्राह्मणों को शर्मिंदा होना पड़े ऐसा कुछ मत करना आप बूढ़े लोग।"

भोले बोला, "दरअसल, *दैनिक समाजवाद* अखबार के पाठकों का पत्राचार कॉलम में छपनेवाले सारे पत्र नवसमाज कॉलोनी में ही लिखकर अलग-अलग नामों से भेजे जाते हैं! हमारे देश में इसी प्रकार झूठा जनमत तैयार किया जाता है। इसीलिए मेरा मत है कि इस देश में अखबार मुक्त प्रजातंत्र होना चाहिए।"

चांगदेव बोला, "और ये बताइए कि चुलबुले की कोई एक भी किताब आप लोगों में से किसी ने पढ़ी है? पत्र-पत्रिकाओं की ख्याति अलग, गुणवत्ता अलग।"

चिपलूनकर माठूराम से कह रहा था, "चलो मान लेते हैं कि चुलबुले बहुत बड़े विद्वान हैं, लेकिन फिर वे कानून का सम्मान करते हुए साठवें वर्ष रिटायर क्यों नहीं हो जाते? और जैसा कि आपने कहा कि उनके प्रौढ़ विचारों का लाभ विश्वविद्यालय को लेना चाहिए, तो अवकाश ग्रहण करने के बाद उन्हें मुफ्त में पढ़ाना चाहिए ऑनरेरी! मेरे जैसा तो यही कहेगा कि ये सब पैसों के लिए हो रहा है। एक ओर बुद्धिमान युवाओं के लिए नौकरियों का अकाल पड़ा हुआ है और दूसरी ओर इन बूढ़ों को एक्स्टेंशन दो। ये ठीक नहीं है।"

'बड़ा मगज छोटा और छोटा मगज बड़ा' लगनेवाला देशपांडे चांगदेव से बोला, "आज का सम्पादकीय पढ़ा आपने? चुलबुले जी की तसवीर के साथ उन पर एक कविता भी छपी है! महान हस्ती हैं जी।"

"मैं अखबार नहीं पढ़ता।"

"कमाल करते हैं आप भी! आज छात्रों का विरोध-प्रदर्शन है विश्वविद्यालय में—चुलबुले जी के एक्स्टेंशन के लिए।"

"जब छात्रों से यह कहने के लिए हमसे कहा गया कि आज तीन के बाद कक्षाएँ नहीं होंगी, तभी समझ गए थे हम कि कुछ-न-कुछ मामला जरूर होगा! छात्रों के नाम और फोटो छाप दें, तो बच्चे खुश। लेकिन छात्रों का इस तरह इस्तेमाल करना ठीक नहीं है। इसी से गली-गली छात्र नेता तैयार होते हैं, गुंडागर्दी बढ़ती है। इससे सारी पीढ़ी का नुक़सान होगा।"

यह ध्यान में आने पर कि इस तरह बहस करने से ये लोग घास नहीं डालेंगे, माठूराम और उसके सियासती बाह्मण सहकर्मी तमतमाकर और निराश होकर चले गए।

ये मित्र भी शोभा में जाकर चाय पीने बैठे। थोड़ी देर बाद उनके बीच कभी बिल न चुकानेवाला यजुर्वेदी आकर बैठ गया। अच्छा देशपांडे चांगदेव के कानों में बोला, "हमारी खबरें ठोसर को देने के लिए आ बैठा है ये हमारे बीच। अब देखो कैसे मैं इसे यहाँ से खदेड़ता हूँ।"

फिर वह बिल न चुकानेवाले यजुर्वेदी से बोला, "क्यों रे, वो वासन्ती गोगटे का मामला भी आने दो न अब *दैनिक समाजवाद* में। एम.ए. होते ही छह महीनों के भीतर चिपका लिया उसे अपने डिपार्टमेंट में लेक्चरर बनाकर। मानो रखैल ही रखी हो। साठ की उम्र में भी औरतें लगती हैं सन्तकाव्य के इस विद्वान आलोचक को? क्यों?"

बिल न चुकानेवाला यजुर्वेदी चाय पीकर चुपचाप जाने लगा। देसाई उससे बोला, "अपना बिल चुकाकर ही जइयो। वरना भूल जावेगा।"

चांगदेव बोला, "यार, वासन्ती और चुलबुले के मामले में कुछ सचाई भी है या यूँ ही अफवाह है? वैसे बुढ़ऊ लोगों को मानसिक आधार के लिए थोड़ा-बहुत औरत का सान्निध्य जरूरी लगता है। हमारे लोग पहले से ही काम-पिपासु हैं। इस कारण जरा कहीं औरत और मर्द साथ-साथ दिखाई दिए कि बस अपनी ही कल्पना से अफवाहों के बाजार गर्म करने लगते हैं।"

अच्छा देशपांडे बोला, "मेरे भाई, हम उनमें से नहीं हैं। विश्वविद्यालय में हेड बन जाने पर सत्ता का इस तरह गलत इस्तेमाल हो, बहुत गलत है। हेड से लड़के-लड़कियाँ डरते हैं—कम नम्बर देकर थर्ड क्लास में पहुँचा दिया तो जिन्दगी-भर की मेहनत जाया हो जाती है।

"लेकिन वासन्ती देवी को फर्स्ट क्लास पाने का बहुत ही करीबी रास्ता मिल गया—निचला रास्ता कहो न!"

ह ह ही ही हू हू हू—फर्स्ट क्लास पाने का निचला रास्ता! ह ह ह ह ह ह-हो हो होऽहोऽ, चाय लाना भैया और! हू हू हू हूऽ।

फिर अच्छा देशपांडे गम्भीर होकर सुनाने लगा, "मराठी का प्राध्यापक मालपाणी—वही जो मुल्ला फिदाअली में लेक्चरर है—हमारा बिलकुल लँगोटिया यार था—एम.ए. के दौरान बड़ा उस्ताद था साला मालपाणी। मारवाड़ी बनिया जो ठहरा। बिलकुल मवाली। उन दिनों वह भी गोकुल कॉलोनी में किराये पर रहता

था, चुलबुले के पीछे ही। उन दिनों ये वासन्ती चुलबुले के घर रोज आने लगी। डिफिकल्टीज लेकर...हा हा हा...डिफिकल्टीज! ये भीतर तो जाती थी लेकिन बाहर से देखें तो चुलबुले के दरवाजे पर ताला! मालपाणी सोचने लगा, चुलबुले के बीवी-बच्चे तो गाँव गए हैं, और दरवाजे पर देखें तो ताला, फिर ये वासन्ती जाती कहाँ है? फिर कुछ दिन नजर रखी साले ने, हाँ! चुलबुले की लाइब्रेरी का कमरा—लाइब्रेरी यानी रिव्यू के लिए और टेक्स्ट में लगाने के लिए मुफ्त में मिली किताबों का कमरा बँगले के पीछे है। तो इस मालपाणी ने एक-दो बार पीछे के दरवाजे से कान लगाकर आवाजें भी सुनीं।"

चिपलूनकर अचानक बोला, "मुझे भी ऐसा कमरा चाहिए याऽर, लेकिन दो दरवाजों का कमरा कहीं मिलता ही नहीं—खैर, आगे क्या हुआ गोगटे देवी का?"

"तो दो-एक बार इस तरह आवाजें वगैरह सुनकर मालपाणी ने अपनी खालिस मारवाड़ी सोच से काम लिया कि पढ़ाई वगैरह करके वैसे भी फर्स्ट क्लास मिलने से रहा। फिर उसने एक खास तरकीब लड़ाई! एक दोपहर वासन्ती गोगटे पिछले दरवाजे से भीतर गई और बाहर से दसेक मिनट तक दरवाजे से कान लगाकर सुनने के बाद मालपाणी ने दरवाजा पीटना शुरू किया! हर बार चुलबुले भीतर से पूछते, कौन है? और मालपाणी का हर बार एक ही जवाब, मैं हूँ! इसी तरह चलता रहा! फिर चुलबुले ने दरवाजा खोला और मालपाणी को देखकर कुछ ऊटपटाँग बातें करते हुए दरवाजे में ही खड़े रहे। इतने में मालपाणी एकदम भीतर घुस गया और एक अर्जेंट काम है कहते हुए अचानक उसने अन्दर झाँका! और देखा तो भीतर नंगी वासन्ती गोगटे पलंग पर! बिलकुल नख से शिख तक नंगी!"

चिपलूनकर और चांगदेव जोर-जोर से हँसने लगे। चिपलूनकर की नाक से ही चाय का फव्वारा फूटा।

अच्छा देशपांडे बोला, "और असल बात तो सुनो, तो यह सुनकर कि मालपाणी भीतर भी झाँक रहा है, वासन्ती गोगटे ने कपड़े पहनने के बजाय जानते हो जल्दी-जल्दी में सबसे पहले क्या उठाया, चश्मा! केवल चश्मा पहना नंगी वासन्ती ने! डिट्टो नंगी!"

चांगदेव और चिपलूनकर ठहाके मारकर हँस रहे थे कि तभी गंगातीरकर और दो नए लोग उन्हें ढूँढ़ते हुए शोभा में आए। ये दोनों विश्वविद्यालय में एम.ए. कर रहे थे। गंगातीरकर ने उनका परिचय कराया—ये हैं खरवंडीकर और ये फ्रैंकलिन—हमारे ही कॉलेज में छात्र थे ये पिछले साल बी.ए. इंग्लिश में। और ये हैं पाटील सर।

खरवंडीकर चांगदेव से बोला, "हमारे प्रोफेसर वेणुगोपालन आपसे मिलना चाहते हैं। दो-तीन बार कहा भी है हमसे आपको साथ ले आने को। कह रहे थे कि आपके एक-दो आर्टिकल कहीं से छपे हैं।"

चांगदेव बोला, "सच? फिर तो एक बार जाना ही चाहिए विश्वविद्यालय में। वेणुगोपालन मजाकिया तबीयत का बुढ़ऊ है। इंटरव्यू अच्छा लेता है। शायद मेरे पुराने पते पर गई होंगी वे पत्रिकाएँ...।"

अच्छा देशपांडे बोला, "तो चलो आज ही चलते हैं तेरे आर्टिकल देखने—कांग्रेच्युलेशन पाटील। चाय तो मँगाओ यार फिलहाल। पार्टी बाद में...।"

गंगातीरकर बोला, "अबे सालो, अभी कहाँ जाओगे यूनिवर्सिटी में। पता है कैसा हंगामा मचा है उधर! लड़कों ने कॉलेज बन्द कराए हैं। विरोध-प्रदर्शन हो रहा है यूनिवर्सिटी में। हमारे जोशी वगैरह प्राध्यापक भी गए हैं विरोध-प्रदर्शन के लिए लड़कों को लेकर। ठोसर साहब का आदेश था!"

अच्छा देशपांडे बोला, "चुलबुले के एक्स्टेंशन के लिए विरोध-प्रदर्शन! माठूराम और ठोसर के अलावा किसे दिलचस्पी है चुलबुले में? पुराणिक कॉलेज के प्राध्यापकों को जोतकर विरोध-प्रदर्शन और हड़ताल। भाड़े के टट्टू बनकर रह गए हैं हमारे लोग भी।"

चिपलूनकर बोला, "हाँ तो चांगदेवराव, इस खरवंडीकर से पूछिए चुलबुले का चक्कर। हम पर भरोसा नहीं है न आपको? इसने खुद देखी है चुलबुले-गोगटे की कुश्ती!"

खरवंडीकर बोला, "अच्छा तो ये बातें हो रही थीं आपकी! तभी मैं सोचूँ कि ठहाके मारकर क्यों हँस रहे हैं आप लोग! उस बुढ़ऊ के लिए एक्स्टेंशन—हद हो गई आपके ठोसर और माठूराम दीक्षित की।"

"मालपाणी की कहानी सुना रहा था मैं, चश्मा पहनी नंगी गोगटे देवी की...तो उस साल केवल दो ही छात्र फर्स्ट क्लास में पास हुए। एक थी गोगटे और दूसरा मालपाणी। साले मालपाणी ने रिजल्ट आने और लेक्चररशिप पाने के बाद हमें यह बात बताई! क्योंकि उधर गोगटे को यूनिवर्सिटी में ही चिपकाने की कोशिश चल रही थी चुलबुले की और मालपाणी को यह ठीक नहीं लग रहा था। मालपाणी यानी स्वातंत्र्य, समता और न्याय का पुजारी! बोला, "मुझे भी भर्ती कर लो यूनिवर्सिटी में।"

खरवंडीकर बोला, "हमने भी मराठी डिपार्टमेंट के प्यून को आठ आने देकर देखा है एक बार ये तमाशा। छी...छी...कैसी बेशर्मी!"

फ्रैंकलिन बोला, "मेरा रह गया देखना। एक बार की थी कोशिश, लेकिन कद छोटा पड़ गया मेरा।"

खरवंडीकर बोला, "अजी वहाँ देखनेवालों की ऐसी भीड़ लगने लगी कि प्यून ने धन्धा ही खोल लिया। आठ आना लेकर स्टूल पर एक-एक को खड़ा करता और ऊपर की दरार से चुपचाप दिखाता! लेकिन बाद में चुलबुले को इसकी भनक लगी और रजिस्ट्रार से कहलवाकर उसने बन्द कर डाली वह दरवाजे की दरार भी!"

चिपलूनकर जोर से हँसते हुए बोला, "दरवाजे की दरार भी बन्द कर डाली! हू हू हू हूऽ अन्दर की दरार तो बन्द करता ही था हमेशा! ह ह ह हो हो हो हूऽ, हा हा। राम-राम, देखो साला सन्त-साहित्य का प्रकांड पंडित! केवल सिफारिश से धकेली गई पीढ़ी है यह।"

खरवंडीकर भी जोर से हँसते हुए बोला, "नालायक लोगों को ऊपर बिठाने से क्या होता है देखो। ये साला अभी भी हमेशा उसी केबिन में भीतर लिये बैठा रहता है। कभी समय पर क्लास नहीं लेता, हमेशा टालता रहता है।"

अच्छा देशपांडे बोला, "कामचोर शब्द कहीं चुलबुले से तो नहीं बना है? हु हु हु हू!"

ह ह ह ही ही ही।

फिर फ्रैंकलिन और खरवंडीकर चांगदेव से बातें करने गए। अच्छा देशपांडे चिपलूनकर से बोला, "लेकिन ठोसर और माठूराम को तो पता चल ही जाएगा कि विरोध-प्रदर्शन में हमारा ग्रुप शामिल नहीं है। देसाई दिखाई नहीं देता। चला गया क्या वो विरोध-प्रदर्शन में?

गंगातीरकर बोला, "देसाई तो चला गया। वाह! बड़ा हँसी-मजाक करता हुआ गया वह लड़कों के साथ। मैंने कहा भी उसे, इतने से तेरा कन्फर्मेशन नहीं होगा साले।"

चिपलूनकर बोला, "देसाई को तो बस हर चीज में मजा लूटना होता है। और किसी चीज में दिलचस्पी नहीं होती उसे। जब लौटेगा, तब देखना कैसे किस्से सुनाता है वह विरोध-प्रदर्शन के।"

अच्छा देशपांडे बोला, "जैसे ही वह तुम्हारे पास आएगा, उसे लेकर सीधे मेरे पास आ जाना। तलवलकर के पास ही खाएँगे आज हम। फिल्म वगैरह भी देखेंगे कोई?"

चांगदेव बोला, "कहीं कोई अच्छी फिल्म नहीं लगी है यार।"

अच्छा देशपांडे बोला, "बड़ा रद्दी शहर है ये। यहाँ तो बस बहस और जातिभेद की राजनीति। और वो रिटायर बुढ़ऊ और हमारे कुलकर्णी-पुर्शिया देशपांडे जैसे दर्जनों प्राध्यापक माँ के जने। वो सत्यजित राय और चार्ली चैप्लिन की एक फिल्म तक नहीं देखी मैंने आज तक। कैसे हमारी दृष्टि विशाल बनेगी?"

चिपलूनकर बोला, "हमारे पुणे शहर को चाहे आप लाख गालियाँ दें, लेकिन पुणे में फिल्मों वगैरह की खूब धूम रहती है! चार्ली चैप्लिन की एक-एक फिल्म देखी है मैंने। इसी से मुझमें थोड़ी-बहुत अक्ल आई है। सत्यजित की भी सारी देखी हैं। दो-तीन सालों से, जब से इधर आया हूँ, मेरी वृद्धि रुक गई है।"

चांगदेव बोला, "फिल्मों की बात तो छोड़ ही दो, किताबें भी कहाँ मिलती हैं यहाँ?"

चिपलूनकर बोला, "मुझे तो बड़ा अजीब लगता है कि इन एम.ए. के बच्चों को काफ्का तक का पता नहीं होता है। वैसे लड़के हैं बड़े होशियार। लेकिन जैसे पर्याप्त प्रोटींस वगैरह के अभाव में मस्तिष्क का विकास रुक जाता है, बुद्धि के बारे में हमारे भारतीय बच्चों का भी वैसा होता होगा। इस देशपांडे ने भी केवल कामू और सार्त्र वगैरह पढ़कर अपनी मॉडर्न लिटरेचर की धारणा बना ली है!"

चांगदेव बोला, "लेकिन हमने तो दूसरी अच्छी किताबें भी पढ़ी हैं। फिर भी हममें और इसमें कोई खास फर्क नहीं। एक बार उस लेवल पर पहुँच गए न, तो उसके बाद चाहे एक किताब पढ़ो या पन्द्रह, बात तो एक ही है। एक बार वह ऊँचाई प्राप्त करने पर सब कुछ कन्फर्म ही हो जाता है। बुनियादी फर्क कुछ नहीं रह जाता। वैसे हमारे पुणे-मुम्बई में पढ़े-लिखे लड़कों की तुलना में ऑक्सफोर्ड के लड़के सुपीरियर ही होंगे। सारी दुनिया में एक ही स्टैंडर्ड का होना सम्भव ही नहीं है। प्राप्त माहौल में हम बस आगे बढ़ते रहे। कोई बरगद-पीपल की तरह बढ़ेगा, कोई नारियल की तरह बढ़ेगा और कोई खजूर की तरह बढ़ेगा। लेकिन बढ़ना सभी को है।"

फ्रैंकलिन बोला, "लेकिन हम तो शायद बेर-बबूल जैसे ही हैं! पचास बार नम्बर लगाकर भी लाइब्रेरी से मनचाही किताब नहीं मिलती। और किताबें खरीदना तो पता ही नहीं हमारी क्लास के बच्चों को!"

अच्छा देशपांडे बोला, बी.ए. में भल्ला इन दोनों को लिटरेरी हिस्ट्री का पेपर पढ़ाता था! मतलब सोच, क्या लिटरेचर इनके पल्ले पड़ता होगा? और भल्ला लाइब्रेरी की किताबें परीक्षा होने तक अपने पास ही दबाए रखता है। बहुत बुरा हाल है हमारे यहाँ छात्रों का।"

फ्रैंकलिन बोला, "चूतिया है साला भल्ला। प्रिंसिपल था इसलिए चुपचाप अटेंड करते थे हम। ऐसे में वह हमें किसी भी काम पर लगा देता था। एक बार तो ईंटें भर रहे ट्रक के पास ही खड़ा किया था हमें गिनती करने! एक बार उसने मुझे घर पर दवाई पहुँचाने के लिए कहा, अपनी पत्नी के लिए!"

चिपलूनकर बोला, "और उस देसरड़ा लड़की से कैसे मर्तबान भर-भर के अचार बनवा लेती थी रे भल्ला की पत्नी! कुछ भी कहो, लेकिन इन लोगों के पास ही यह स्किल होता है! मुँहबोली बेटी बोल-बोलकर अचार, पापड़ सब कुछ मुफ्त में बनवा लेते हैं पट्ठे। इसीलिए वह लड़की हमारी क्लास में बैठती तक नहीं है। किसी की परवाह नहीं करती है। बस लड़कों के साथ आवारागर्दी करती घूमती रहती है।"

"अरे जरा पाटील साहब को भी बताओ न कि भल्ला कैसे पढ़ाता था आपको घर पर बुलाकर।"

फिर उन दोनों की हँसी छूट गई। फ्रैंकलिन खरवंडीकर से कहता, तू बता और खरवंडीकर उसे कहता, नहीं यार तू ही बता। हि हि हि!

फिर खरवंडीकर बोला, हमें घर बुलाकर भी साले की तैयारी पूरी नहीं होती थी। हम तीन-चार छात्र हाँफते-हाँफते उसके घर पर पहुँचते, तो ये साला बनियान और पट्टियोंवाला मैला-कुचैला पाजामा पहने और किताब हाथ में थामे ही दरवाजा खोलता। जहाँ तक उसने पढ़ा होता, वहाँ तक गप्पें हाँकता। दोनों हाथ ऐसे गोल कर और सीना आगे ताने आँखें तरेरता हुआ कहता—'मिल्टन वाज ए ग्रेट पर्सनैलिटी', और गर्दन झुका और आँखें छोटी कर कूबड़ निकालता हुआ कहता—'पोप वाज ए प्यूनी क्रीचर!' मिल्टन और पोप पर बस इतना ही! हमेशा यही।

"और साला किताबें दबाए रखता महीनों। न खुद पढ़ता न हमें पढ़ने देता।"

गंगातीरकर बोला, "जीएएनडी पर एलएटी ही लगानी चाहिए उसकी।"

खरवंडीकर मूड में आकर कहने लगा, "एक बार टॉमस ब्राउन का उल्लेख कर भल्ला बोला कि यह महत्त्वपूर्ण प्रोज लेखक है, इसे अगले सप्ताह में ही देखेंगे! लेकिन हुआ यूँ कि लिग्वा-कझामियन में छपे मामूली परिचय के अलावा इसे ब्राउन पर कहीं कोई जानकारी नहीं मिली। और इस साले को अंग्रेजी का कुल मिलाकर कुछ भी नहीं मालूम। टॉमस ब्राउन को थॉमस ब्राउनी ही कहता था हमेशा! अगले लेक्चर में फिर बोला, रविवार को घर पर ही आइए। रविवार को हम दोनों हाजिर हो गए। तब हमारी खिचखिच से निजात पाने के इरादे से

वह पाजामे के नाड़े से खेलता हुआ लगातार ब्राउनी ब्राउनी कहकर पढ़ाने लगा। लेकिन पढ़ाएगा क्या, जब कुछ पता ही नहीं उसे! हम उससे ज्यादा जानते थे! लगातार अ अ करते-करते गप्पें हाँकता हुआ ही वाज अ...अ...अ...ग्रेट राइटर कहते-कहते आखिरकार भल्ला सीधे पाजामे के अन्दर हाथ डालकर जाँघों की झाँटें खुजलाता हुआ गप्प याद करने लगा! इस ओर उसका ध्यान नहीं था, लेकिन हमारी आँखों के सामने ही खुजाना जारी! ऊपर अ अ करते-करते गप्पें हाँकने के लिए मुद्दे ढूँढ़ना और नीचे पाजामे में खुजाना!"

हू हू हू हू हा हा हा हा करते हुए सभी ठहाके लगाते रहे। फिर ऑमलेट मँगाए। वक्त बढ़िया कट रहा था।

अच्छा देशपांडे बोला, "यकीनन इसके पास अंग्रेजी की डिग्री नहीं होगी। परसों उसने मुझे चिट्ठी भेजी, सी मी बिफोर आफ्टरनून! बिफोर आफ्टरनून मतलब? और अंग्रेजी का हेड है ये। कमाल है। बारह सौ रुपया तनख्वाह पाता है भड़ुवा मुफ्त में।"

खरवंडीकर बोला, "मोनोलॉग पढ़ाते हुए पता है क्या बोला, ए मोनोलॉग इज अ डायलॉग बिटविन वन पर्सन ओनली! हि हि हि हि!"

चांगदेव बोला, "मुझे लगता है, भल्ला उधर पाकिस्तान में पहले ड्राइवर रहा होगा। लगता है न?...उसकी कद-काठी वगैरह ड्राइवर जैसी ही है और उसकी जबान पर भी हमेशा गियर में ले लिया, बैटरी चार्ज करके आओ, एक्सिलेटर मत दबाओ वगैरह आता रहता है।

फ्रैंकलिन ताली देता हुआ बोला, "बिलकुल सही है! हमें भी ऐसे ही पढ़ाता था। एक बार मुझसे बोला...तेरे को याद है खरवंडीकर, क्रिटिसिज्म इज द काब्यूरिटर ऑफ लिटरेचर! बाद में बहुत हँसे थे हम!"

खरवंडीकर बोला, "और नॉवेल पढ़ाते वक्त...फैक्ट्स आर द पेट्रोल ऑफ फिक्शन राइटिंग! हि हि हि हि।"

अच्छा देशपांडे बोला, "ऐसे प्रिंसिपल चल जाते हैं इन भटों को और उधर मोर्चे बनाते हैं साले अखबार में झूठी खबरें दे-देकर। कानूनन इन अखबारों पर बैन लगा देना चाहिए।"

गंगातीरकर बोला, "स्टाफरूम में हम कुछ भी बोलते हैं तो कुलकर्णी और पुर्शिया शाम को तुरन्त नवसमाज कॉलोनी में ठोसर के पास पहुँचा देते हैं, चर्चा के लिए। गाँव के सभी ब्राह्मण जमा होते हैं वहाँ लगाई-बुझाई करने के लिए।

विश्वविद्यालय के, अन्य कॉलेजों के, गाँव के अलग-अलग क्षेत्र के सारे भट बुराई करते हुए वहीं बैठे रहते हैं साले। सभी एमएडीएआर सीएचओडी हैं साले।"

अच्छा देशपांडे बोला, "ये साले बिलकुल वैसे ही चबूतरे के ब्राह्मण हैं, जैसे उस दौर में पैठण के चबूतरे पर बैठकर सुधारवादी सन्त एकनाथ को परेशान किया करते थे। दूसरों की बुराई के अलावा कुछ और काम ही नहीं है सालों को। हमारे गाँव में भी लगभग आधे झमेले ये ही शुरू करवाते हैं। इन्हीं के कारण विश्वविद्यालय, हमारा विभाग सभी ओर बदनाम हो गया है।"

भोले बोला, "महात्मा जोतिबा फुले जैसा इन्हें झाड़नेवाला कोई चाहिए। चुलबुले के मामले में यह दिख ही रहा है कि कितनी सिस्टिमैटिक राजनीति खेलते हैं ये। अब वाइस-चांसलर का आखिरी साल है, मतलब देखो कैसे-कैसे बखेड़े खड़े करते हैं। देखना, अब माठूराम को वाइस-चांसलर बनाने के लिए भी इनके दाँव-पेन्च शुरू हो जाएँगे।

अब चुलबुले प्रकरण पर रोज विरोध-प्रदर्शन, बहिष्कार आदि का सिलसिला शुरू हो गया। इससे पुराणिक कॉलेज बार-बार बन्द होने लगा और छात्र उद्दंड होते गए। कक्षाएँ बन्द होने के कारण अधिकांश प्राध्यापक शोभा में पीछे की ओर चाय पीते गप्पें लड़ाते बैठे दिखाई देते। अन्य कॉलेजों के क्लास भी इस ऊधम से बाधित होने लगे। *दैनिक समाजवाद* से वाइस-चांसलर हटाओ के सम्पादकीय छपकर आने लगे। उधर महार संस्थाओं ने भी पर्चे बाँटने शुरू किए कि अगला वाइस-चांसलर हमारा बनना चाहिए। ऐसे में मुसलमानों को भी लगा कि इस मराठा-गैरमराठा विवाद में अपने भी प्यादे घुसाने चाहिए। जल्द ही राज्य में चुनाव होनेवाले थे, और ऐसे में गाँव में यह ऊधम मचाकर माठूराम-ठोसर खुश हो गए।

इस बहाने विचारकों के बीच भी जातिवाद पर मंथन शुरू हुआ। सभी गड़बड़ियाँ मचाने के बावजूद माठूराम एक चिन्तक के रूप में पहले से ही विख्यात थे। उन्होंने बहुत पहले कभी एक रेनसांस क्लब भी चलाया था। अब दुबारा इस क्लब की संगोष्ठियाँ शुरू हुईं। अलग-अलग जाति के नेताओं को बुलाकर चर्चाएँ शुरू कीं। पुराणिक कॉलेज की अटारी पर ये चर्चाएँ गरमाने लगीं। निठल्ले लोगों के लिए तो यह एक सुवअसर ही था।

इसी दौरान विश्वविद्यालय में फिर एक नया मामला सुलग उठा। एक कम्युनिस्ट प्राध्यापक अवचट को चार सालों के लिए रूस जाना था। उसे छुट्टी वगैरह भी मिल गई थी और विदाई समारोह भी सम्पन्न हो चुका था। सारी तैयारी हो जाने के बाद चांसलर के पास एक खुफिया पत्र आया कि इस प्राध्यापक को रूस जाने की अनुमति न दी जाए। जैसे ही खबर फैली, कम्युनिस्टों ने चांसलर का खुलेआम निषेध किया। चांसलर अमेरिकी साम्राज्यवादियों का पिट्ठू है। चांसलर की लड़की हॉर्वर्ड में पढ़ती है वगैरह बातें भी सामने आईं। कम्युनिस्टों ने पर्चा निकाला कि यह व्यक्ति-स्वातंत्र्य और प्रजातांत्रिक मूल्यों का कत्ल है। इसके अलावा प्राध्यापक अवचट ने बहुत मेहनत से विश्वविद्यालय के अध्यापकेतर कर्मचारियों का संगठन बनाकर उनके महँगाई भत्ते में साठ रुपये का इजाफा करवाया था। इसलिए वे लोग भी हड़ताल पर चले गए और उन्होंने धमकी दी कि वे अक्तूबर में होनेवाली परीक्षाएँ नहीं होने देंगे। प्राध्यापक अवचट अध्यापन की दृष्टि से बिलकुल औसत थे। अत: उनके जाने की खबर से छात्रों की खुशी का ठिकाना न था। लेकिन इस डर से कि अब वे रूस नहीं जाएँगे और क्लास में फिर उनको झेलना पड़ेगा, छात्रों ने भी कम्युनिस्ट छात्रों द्वारा जारी किए उस पर्चे का भरपूर समर्थन किया, जिसमें लिखा था कि अवचट जी को रूस भेजा जाना ही चाहिए। यह ध्यान में आते ही कि वाइस-चांसलर को घेरने का यह बढ़िया मौका है, माठूराम भी इसमें कूद पड़े। *दैनिक समाजवाद* में तुरन्त इस विषय पर पाठकों के पत्र छपकर आने लगे। साथ में यह सम्पादकीय भी छपा कि विश्वविद्यालय का बोर्ड चांसलर का आदेश नहीं माने, वरना उसे अपना त्यागपत्र देना चाहिए। हंगामा बढ़ता गया।

फिर भोले वगैरह तटस्थ विचारकों ने इसमें से रास्ता निकालने के लिए गाँव के प्रतिष्ठित नेताओं की एक बैठक बुलाई। सभी तबके के नेता इकट्ठा हुए। लेकिन प्राध्यापक मेघे जान-बूझकर नहीं आए। भोले ने चांसलर को भेजने के लिए एक पत्र तैयार किया, जिसमें लिखा था कि अवचट जी को न भेजने के निर्णय पर पुनर्विचार किया जाए। सभी ने उस पर हस्ताक्षर किए थे। चांगदेव वगैरह ने कहा कि उस पर प्राध्यापक मेघे का हस्ताक्षर होना भी जरूरी है। किसी ने कहा कि मेघे कट्टर कम्युनिस्ट विरोधी है। वह हस्ताक्षर नहीं करेगा। भोले बोला, मेघे के हस्ताक्षर लेकर ही रहेंगे।

बाद में भोले और सभी मित्र प्राध्यापक मेघे को ढूँढ़ते-ढूँढ़ते सब्जी मंडी आए। अपने एक-दो छात्रों के साथ मेघे वहीं मिले। उन्हें लेकर सभी शोभा में आ गए।

भोले उन्हें पत्र दिखाता हुआ बोला, "हालाँकि अवचट कम्युनिस्ट है, लेकिन उसके प्रति हम भेदभाव बरतें, यह ठीक नहीं। उसे भी आजादी देनी चाहिए। आजादी के दुश्मनों को भी आजादी के फल चखाने में प्रजातंत्र की महानता है। इससे प्रजातंत्र और शक्तिशाली बनता है। व्यक्ति-स्वातंत्र्य वगैरह।"

मेघे बोला, "व्यक्ति-स्वातंत्र्य! हमारे हजारों दलित भाइयों के साथ अभी भी अछूतों की तरह बर्ताव किया जाता है, उन्हें बिना जाँच-पड़ताल के पुलिस हिरासत में ठूँसकर मारपीट की जाती है, जिन्दा जलाया जाता है, आँखें निकाली जाती हैं—तब कहाँ जाता है आपका व्यक्ति-स्वातंत्र्य और प्रजातांत्रिक मूल्य? बताइए? हमारी औरतों की इज्जत लूटी जाती है, तब कहाँ जाती हैं आपकी समता और न्याय की डींगें, बोलिए? तब आप क्यों नहीं निकालते पर्चे? मैं दस्तखत नहीं करूँगा। आप एक ब्राह्मण को रूस भेजने की जिद पर अड़े हुए हैं! जाहिर है, आप सबको ब्याह सम्पन्न कराने के लिए ब्राह्मणों की जरूरत पड़ती है, वेदों की जरूरत पड़ती है—हमारा इन झमेलों से कोई ताल्लुक नहीं है।"

भोले गुस्से से बोला, "मेघे जी, मैं आपकी ओर केवल एक दलित नेता की हैसियत से नहीं देख रहा हूँ। हम जैसे अलग-अलग जातियों के विवेकवादी लोगों की भी एक नई दलित जाति बन रही है। हम सभी को एड़ी-चोटी का जोर लगाकर अपनी जाति को बढ़ाना चाहिए क्योंकि इसी से सभी जातिभेद की दीवारें ढह जाएँगी। आप अपनी जाति से आगे देखना नहीं चाहते। एक धनगर के रूप में खुद मुझे कितने अपमान सहने पड़े हैं, सुनाऊँ आपको? और इसलिए केवल अपनी ही जाति के लिए झगड़ना—इससे बढ़कर और कौन-सा जातिवाद होता है? हम सभी आजाद हो रहे हैं और अन्यों को भी आजाद कर रहे हैं। क्या आपको नहीं लगता कि जितना दलितों को आजाद करना जरूरी है, उतना ही ब्राह्मणों को, मराठों को भी आजाद करना जरूरी है? यह प्रक्रिया हमारी ही पीढ़ी से शुरू हुई है। शहरों में भी हो रहा है थोड़ा-बहुत। धीरे-धीरे ही सही, पर हो रहा है। देहातों में कुछ ज्यादा जोर लगाकर करना चाहिए।"

मेघे बोले, "देहात में कुछ करने की जरूरत ही नहीं है। उस नरक में क्या सुधार होंगे? देहात तो हमें बिलकुल नहीं चाहिए। हमारा सारा दलित समाज जब तक शहर में नहीं आ जाता तब तक हमारी शक्ति केन्द्रित नहीं होगी। यहाँ की एक मामूली-सी नौकरी भी हमारे लोगों को गाँव के उस नरक से अच्छी लगती है। यहाँ की झुग्गी-बस्ती वहाँ की पचास एकड़ जमीन से कुई गुना अच्छी है।"

भोले बोला, "इसका मतलब यह है कि भविष्य के शहर में केवल ब्राह्मणों और महारों का ही आधिक्य होगा। ब्राह्मण मुफ्तखोर हैं, खेती उनसे होती नहीं, इसीलिए वे सभी के सभी भाग गए शहरों में। अब आप भी आ रहे हैं। लेकिन एक बात भूल रहे हैं आप कि यहाँ भी आपका केवल शोषण ही होगा। आपके ही बाहुबली नेता आपको यहाँ लाकर और आपका इस्तेमाल कर अपना उल्लू सीधा कर रहे हैं। आपकी झुग्गी बस्तियों में देह-व्यापार चलता है, फाकाकशी थम नहीं रही है। शहर की ऊपरी जगहें आपकी पहुँच में कभी नहीं आएँगी, जायदाद दूसरों के ही कब्जे में रहेगी।"

चांगदेव बोला, "लेकिन यह तो आज की स्थिति है। भविष्य में इन झुग्गी-बस्तियों में रहनेवाले दलित शहर में आवाज उठाएँगे, स्वाभिमान से रहना सीखेंगे, सत्तासीन लोगों को इनके वोटों के लिए झख मारकर इन्हें नए मकान बनवाकर देने पड़ेंगे। इनको देहात त्यागने ही चाहिए।"

मेघे बोले, "बिलकुल सही है पाटील जी। परसों हमने उधर इंटरनेशनल होटल के आगे जहाँ बहुत बड़े गार्डन का प्लान है न, वहाँ सौ झुग्गियाँ बसाईं। कहा मैंने, रहो अब हमेशा के लिए यहीं। वकील रखा है खास उनके लिए। कहाँ गार्डन-वार्डन बनाएँगे भड़ुए ऊपरी लोगों की गाँड़ को हवा करने के लिए! यह बात और है कि हमारे लोगों को गन्दी बस्तियों में रहना पड़ता है। लेकिन देहात की जानवरनुमा जिन्दगी से तो अच्छा ही है यह।"

भोले बोला, "आप लोगों का दुख मैं समझ सकता हूँ मेघे साहब, लेकिन आप नहीं करेंगे तब भी ये अपने आप होता ही रहेगा। पर मालिक, मुझे कुछ और कहना है। मुझे आपका ये घर-बार वाला सतही मामला बहुत अहम नहीं लगता। जब देहात त्यागकर शहर आ ही गए हैं, तो इतने-से लाभ से क्या होगा? शहर में आकर सुख से जीवन बिताना आना चाहिए वरना देहात त्यागने की जरूरत ही क्या थी? ब्राह्मणों ने सम्पन्न जिन्दगी जीने के लिए अंग्रेजी राज में शहर हथियाए हैं। अलबत्ता आज शहरी सुख-सुविधाओं के बल पर ब्राह्मण अजेय बन गया है, और आप क्या इसलिए यहाँ आना चाहते हैं कि आपकी घरवालियाँ इन ऊपरवालों के बर्तन माँजें? इस तरीके से तो इस विषमता को ध्वस्त करना असम्भव है।"

चांगदेव बोला, "हमारा शहरी मध्यवर्ग वैसे भी आकारहीन है। दलित वर्ग मध्यवर्ग में सहज ही घुसाकर समेट लिया जाएगा। जातिवाद टूट जाएगा।"

मेघे बोले, "बहुत बड़े मुगालते में हैं आप पाटील साहब। जब तक सिर फूटेंगे

नहीं, तब तक इस देश का जातिवाद भी नहीं टूटेगा। आपका नवसमाज कॉलोनी का वो प्राध्यापक कुलकर्णी मुझसे बोला—मेरी जगह आपको देने में कोई हर्ज नहीं—वैसे तो मैं नए मार्क्सिस्ट विचारोंवाला हूँ, लेकिन पत्नी की राय जरा...! धत् तुम्हारी माँ की नए विचारवालो! हमारे प्रिंसिपल हमेशा कहते हैं कि यह तो मत्स्यावतार से ही विख्यात है कि ब्राह्मण अपने हाथ-पैर सिकोड़ लेते हैं और अवसर आते ही फिर से सिर पर बैठ जाते हैं। चाहे कयामत आए, ब्राह्मण वेदों को अवश्य जिन्दा रखेंगे! उन्हीं के कारण हिन्दू धर्म जिन्दा है। बौद्ध युग में पूरा दफन हो चुका हिन्दू धर्म फिर से ऊपर कैसे आया, बताइए! पुराणों में होता है न कि अमुक राजा बहुत उन्मत्त हो गया, धर्म नष्ट होने लगा, फिर विष्णु ने कुछ साड़ी वगैरह पहनकर उसे मारा डाला, यही है वह। अब बहुजन समाज का राज आया तो देखिए ब्राह्मण कैसे विरोधी पार्टियों में अपने आप घुस गए। कैसे निजी धन्धे, डॉक्टरी-इंजीनिगरी करते-करते अलग हो गए? अब सौ-दो सौ साल ये ऐसे ही रहेंगे, फिर कोई विष्णु शंकराचार्य की तरह चारों कोनों में मठ स्थापित कर वेदों को ऊपर उठाएगा। फिर दुबारा ये सामाजिक क्षेत्रों को हथिया लेंगे। अवसर आने पर कभी परशुराम तो कभी वामनराव बनकर मारपीट करने से भी नहीं हिचकिचाते हैं ये बामन। और ये बामन और मराठा हमारे दलित महारों को अपने भीतर समाकर नया समाज बनाएँगे?—इससे बढ़कर मजाकिया सपना दूसरा नहीं है।"

भोले बोला, "मराठों में सुधार हो जाए तो यह सम्भव होगा। कम-से-कम मराठा जाति तो बहुविध उपजातियों से बनी हुई है। अन्य जातियों की भाँति कैद नहीं है, मुक्त, विस्तृत है। इसे श्रमिकों का, किसान श्रमजीवियों का वर्ग भी कह सकते हैं। कोई भी अपने आप को मराठा कहलवा सकता है। लेकिन महार चाहे जितना विद्वान बन जाए, फिर भी यह सम्भव नहीं कि वह ब्राह्मण कहलवाए। मराठा सुधर जाएँ तो जातियाँ खत्म हुई ही समझो। ब्राह्मण और महारों को सुधारकर कोई खास फर्क नहीं पड़ेगा।"

एक छात्र बोला, "ब्राह्मण ही नहीं, समूचा हिन्दू धर्म ही कैद में पड़ा है। बड़े-बड़े जन-समुदाय हिन्दू बन गए, लेकिन अकेला-दुकेला बाहरी आदमी पहले भी हिन्दू नहीं बन सकता था और अब तो हिन्दू धर्म मर ही गया है पूरी तरह से। कोई भी व्यक्ति हिन्दू नहीं बन सकता। और तो और सिक्ख, जैन और लिंगायत भी खुद को हिन्दू मानने के लिए तैयार नहीं हैं। हिन्दू धर्म ऐसा है जो पराए बने अपनों को भी दुबारा नहीं अपना सका। एक लाश के रूप में उसकी व्यवस्था

करनी पड़ती है। हिन्दू धर्म को दफन किए बिना इस देश में नया समाज निर्मित नहीं होगा।"

भोले बोला, "आप ब्राह्मणवाद के बारे में बोल रहे हैं। हिन्दू धर्म ब्राह्मणवाद से पहले भी था और हालाँकि ब्राह्मणों ने हिन्दू धर्म को हथिया लिया, फिर भी वह विशिष्ट ही है।"

वह छात्र बोला, "ब्राह्मण के बिना हिन्दू धर्म सम्भव ही नहीं है।"

भोले बोला, "तमिलनाडु का द्रविड़ मुन्नेत्र कड़घम अथवा हमारे यहाँ का सत्यशोधक समाज भी ब्राह्मणविहीन हिन्दू समाज ही है। वैसे यह ठीक ही है। परन्तु इस पर भी सोचना चाहिए कि छत्रपति शाहू महाराष्ट्र भर में कुछ खास क्यों नहीं कर पाए? और यह भी देखना चाहिए कि प्रार्थना समाज, आर्य समाज, ब्राह्म समाज असफल क्यों हुए? जहाँ तक मैं समझता हूँ पराधीनता में किसी भी महत्त्वपूर्ण आन्दोलन का सफल होना असम्भव था। विशेषत: संसार भर में जो दौर महत्त्वपूर्ण समझा गया, ठीक उसी समय हम गुलाम थे।"

मेघे बोले, "इस तरह मुसलमानों पर, अंग्रेजों पर ठीकरा फोड़कर आप इस बदमाशी का समर्थन मत कीजिए। मुसलमानों और अंग्रेजों के आने से पहले भी हमारे यहाँ समानता का सिद्धान्त कहीं नहीं था। जहाँ ब्राह्मण हैं, वहाँ समानता सम्भव ही नहीं थी। हाँ, समानता की बातें अवश्य होती थीं। गीता, पुराण, मनुस्मृति, ज्ञानेश्वरी, भागवत—सब में एक ही घूरा था चतुर्वर्णी का। जब तक ब्राह्मण भंगी का काम नहीं करेगा, तब तक हमारी आग ठंडी नहीं होगी।"

भोले बोला, "काम की ओर देखने की हमारी दृष्टि अभी भी नहीं बदल रही है। ब्राह्मणों को भंगी बनाने के बजाय जब तक हम अपनी दृष्टि इस ओर नहीं घुमाते कि कोई भी काम बुरा नहीं होता, तब तक समानता की हमारी सारी अवधारणाएँ महज गप ही बनी रहेंगी। ऐसे रास्ते तलाशने चाहिए जिससे श्रम को प्रतिष्ठा प्राप्त हो। जैसे, आज कृषि को अच्छा महत्त्व प्राप्त हुआ है।"

चांगदेव बोला, "सारे दलित समाज को सफेदपोश बनना चाहिए, तभी ऐसे काम सस्ते में नहीं होंगे। आप जैसे शिक्षित लोगों को चाहिए कि देहात की इस प्रजा को शहर की ओर खींच लें और इन कामों का महत्त्व बढ़ाएँ।"

शेंडे बोला, "कुछ मत कहो यार। महारों के बच्चे शुरू में गर्व से बतौर नवबौद्ध अपना परिचय देकर कहते हैं कि हम हिन्दू नहीं हैं। लेकिन बाद में सरकारी सहायता पाने के लिए कोष्ठक में महार लिख देते हैं। बाद में ये पढ़े-

लिखे लड़के साहब बनते हैं और आर्थिक लाभ समाप्त होने पर अपनी जाति का हित भूलते जाते हैं।"

मेघे बोले, "शेंडे जो कहता है, वैसा थोड़ा-बहुत होता है पुणे-मुम्बई में। बाबा साहेब के जमाने में जो स्पिरिट हमारे भीतर था, उसमें कमी आ रही है।"

भोले बोला, "मेरी समझ में नहीं आता कि इसमें बुरा क्या है। यानी आपको जाति को बरकरार भी रखना है और जातिवाद को तोड़ना भी है!"

शेंडे बोला, "दरअसल यह कानून ही बनाया जाना चाहिए कि प्रत्येक युवक दूसरी जाति की लड़की से ब्याह करे। विशेषत: सवर्ण लोग महार, चमार या मातंग लड़की से ही ब्याह करें।"

एक दलित छात्र बोला, "इसका मतलब यही हुआ न कि महार-मातंग के लड़के ब्राह्मण लड़कियों से ही ब्याह करें?"

भोले बोला, "बिलकुल। लेकिन इससे आप महार-मातंग ही परेशान हो जाएँगे, मालिक। विशेषत: आपकी भरी-पूरी लड़कियों के लिए शेंडे जैसे फीके पति मतलब परेशानी ही परेशानी होगी जी! हू हू हूऽऽ।"

इस पर मेघे समेत सभी दिल खोलकर हँस दिए।

कोई बोला, "मेघे जी के कॉलेज में महार नेता केवल अपनी सियासत के लिए छात्रों का इस्तेमाल करते हैं।"

मेघे बोला, "इसका विरोधी तो मैं भी हूँ। हमारे लड़के झुग्गी-बस्तियों से आते हैं, उनके पास टेक्स्ट बुक खरीदने तक के लिए पैसे नहीं होते, पढ़ाई की आदत भी नहीं होती उनमें आपके बच्चों जैसी। आजकल स्थिति यह है कि सरकार बस खैरात की तरह पैसा मुहैया करती है और इधर ये नेता संस्थाओं को मिट्टी में मिला देने पर तुले हैं। लड़कों के हाथों में काम ही नहीं है कोई, फिर विरोध-प्रदर्शन और आन्दोलनों के अलावा वे भी और क्या करेंगे? और छात्रों का इस्तेमाल करने की परम्परा तो गांधी से ही चली आ रही है हमारे देश में।"

शेंडे बोला, "गांधी जैसे असीम लोकप्रिय नेता से भी जहाँ अस्पृश्यता को मिटाना सम्भव नहीं हुआ, वहाँ डॉक्टर आंबेडकर जैसे मुट्ठी-भर समाज के नेता से कैसे सम्भव होता?"

एक दलित छात्र बोला, "अस्पृश्यता मिटाना आप सवर्णों की समस्या है। हमने अपना रास्ता ढूँढ़ निकाला है।"

भोले बोला, "पर मुसलमानों की तुलना में अस्पृश्य समाज सौ बार जल्द

ऊपर आएगा। कुछ भी हो, महार-मातंग सेक्युलर, मॉडर्न और जोशीले हैं। ऐसे डाइनामिक हैं कि मुक्त समाज में आसानी से घुल-मिल जाएँगे। थोड़ी-बहुत सफलता प्राप्त होने पर उनके दोष भी कम होते जाएँगे। इस एक ही पीढ़ी में देखेंगे आप। अधिकांश अस्पृश्य जातियों में स्वतंत्र सोच रखनेवालों का एक वर्ग तैयार हो जाएगा। लेकिन मुसलमानों का कुछ भी ठीक नहीं है। वैसे बहुत नेक और मेहनती समाज है हमारे मुसलमान भाइयों का, लेकिन मजहब की अफीम के नशे से बाहर निकलने को तैयार ही नहीं हैं, साले।"

अच्छा देशपांडे बोला, "हमारे मुसलमान मित्रों के घर भी हमें पता नहीं होते हैं। हमारे घर वे निस्संकोच आते हैं, लेकिन हममें से किसी को अपने घर बुलाने की बात याद है किसी को?"

भोले बोला, "पिछले साल हमारे माठूराम ने म्यूनिसिपैलिटी की राजनीति के लिए हिन्दू-मुस्लिम एकतावर्धक सोसाइटी की स्थापना की थी। हमारे प्राध्यापक मूसा को सेक्रेटरी बना दिया और खुद बना था अध्यक्ष! माठूराम ने हम कुछ लोगों को आदेश दिया कि हर शनिवार को बारी-बारी से एक-एक के घर पर हिन्दू-मुस्लिम एकता पर घरेलू विचार-मंथन शुरू करेंगे। उसमें पुराणिक के जोशी-देशपांडे वगैरह हमेशा के सफल कलाकार भी थे। फिर काफी मुसलमान लेखक, कवि इनके घर नियमित आने लगे, लेकिन अपने घर वे बैठक कभी नहीं बुलाते! इससे हमारे देशपांडे-जोशी परेशान हो गए। फिर एक बार हमारे तिकड़मी ने कहा कि अगली बैठक याकूब खान के घर पर लेंगे। बस, उसने इतना कहा और उधर हिन्दू-मुस्लिम एकतावर्धक सोसाइटी हमेशा के लिए बन्द! अब केवल भाषण वगैरह होते हैं इस सोसाइटी में।"

मेघे बोला, "कुल मिलाकर मुसलमानों का कुछ ठीक नहीं। उनके मुल्ला फिदाअली कॉलेज ने परदा क्लासेस शुरू किए हैं! बी.ए. की कक्षाएँ भी बुर्के में! मजाक नहीं तो और क्या है? इन फिदाअली वालों ने इस साल एक नया बखेड़ा शुरू किया है। साले कहते हैं कि उनकी परदा क्लास की छात्राओं की परीक्षा भी परदे में ही देने का प्रबन्ध करो। ऊपर से इन सारी चालीसेक मुसलमान लड़कियों के सीट नम्बर भी हमारे ही कॉलेज के सेंटर पर आए, साला। विश्वविद्यालय ने फिदाअली के प्रिंसिपल का वह पत्र हमारे प्रिंसिपल को भेज दिया। विश्वविद्यालय कोई रिस्क लेना नहीं चाहता। हमारे प्रिंसिपल डर गए, बोले, परदे में इन लड़कियों की परीक्षा लेना यानी हरेक के बेंच के इर्द-गिर्द परदे लगाने हैं या क्लास के इर्द-

गिर्द? मैंने कहा उनसे, बता दो उनको कि इस तरह के दकियानूसी चोंचले हमारे कॉलेज में नहीं चलेंगे। जहाँ नम्बर आएँगे, वहीं बाकी लड़कियों की तरह बैठकर पेपर लिखना पड़ेगा हमारे यहाँ। वरना दूसरी तरफ ले जाओ अपनी लड़कियों को।"

शेंडे बोला, "साले अपनी लड़कियों को पर्दे में बन्द रखते हैं और उनके बदमाश लड़के हमारे पुराणिक कॉलेज की लड़कियों पर डोरे डालते घूमते रहते हैं दिन-भर।"

अच्छा देशपांडे बोला, "ऊपर से हर होली और गणपति में मारकाट। मस्जिदों में खुफिया मीटिंगें, पेचीदा है साली ये मुसलमान कौम। कैसे-कैसे लोग जमा हो गए हैं इस देश में। दूसरे किसी भी देश में नहीं होंगी साली इतनी गुत्थियाँ।"

मेघे बोले, "मुसलमान ही क्यों, सब के सब ऐसे ही हैं भाई। उदारतावादी समाज है ही नहीं हमारे देश में। बदलाव आता ही नहीं किसी की सोच में। साहित्यकार भी वही पुराना लिखते रहते हैं। व्हॉल्तेर और शॉ जैसा एक भी लेखक हुआ है हमारे पूरे देश में?"

भोले बोला, "न जाने कितने ही साहित्यकार लिख गए हैं, मालिक, लेकिन कुछ नहीं बदला है तीन हजार सालों में। बौद्ध धर्म तक नष्ट हुआ है यहाँ। लगता नहीं कि अच्छा लिखकर भी कोई असर होगा। पढ़नेवाले पड़े-पड़े पढ़कर किताब फेंक देते हैं। भीतर हलचल मचने पर भी बेशर्म बने रहते हैं। अब कुछ और ही तरीके ढूँढ़ने चाहिए।"

चांगदेव बोला, "मतलब हमारे देश में हमेशा समाज सुधारक जनमते रहेंगे और हम ज्यों के त्यों रहकर हमेशा उनकी जयन्तियाँ मनाते रहेंगे! जिस देश में सन्त और समाज सुधारक ज्यादा होते हैं, उसे बेवकूफों का देश कहने में क्या हर्ज है?"

शेंडे बोला, "हमारे यहाँ समाज सुधारक तो बेशुमार पनपते हैं, पर सभी अपनी-अपनी जाति तक ही सिमटकर रह जाते हैं। सारी जनता को अपने लगनेवाले सुधारक बनते ही नहीं। रानडे-तिलक ब्राह्मणों के, आंबेडकर महारों के। ब्राह्मण समाज फुले-शिंदे को नेता मानने को तैयार नहीं और महार गांधी को...।"

भोले बोला, "ब्राह्मणों का भी साला कुछ ठीक नहीं। उनके तो कोई भी फुटकल लोग नेता बन जाते हैं। पहले जमाने में जैसे फुटकल पद्य लिखते थे और सन्त बन जाते थे, वैसे ही अब अखबार में इनके भाषण आते ही ये नेता बन जाते हैं। ऊपर से अखबार भी उन्हीं के कब्जे में।

मेघे बोले, "हमारे दलितों में अच्छे लेखक हुए भी तो उन्हें ब्राह्मणों जैसी

अहमियत नहीं मिलती। हमारे अव्वल दर्जे के बागूल-सारंग जैसों का तो कोई नाम भी नहीं लेता। लेकिन भटों के मामूली लेखकों की भी कैसी वाहवाही, अखबार से लेकर रेडियो तक, चारों ओर! कुल मिलाकर बहुजन समाज के लेखकों की अक्षम्य उपेक्षा हो रही है, सो क्यों?"

चांगदेव बोला, "परन्तु इसका अर्थ यह नहीं कि बागूल कम महत्त्वपूर्ण लेखक हैं। इसका मतलब यही है कि हमारे समाज में विशिष्ट भावनाओं की ही कद्र होती है, औरों की नहीं। मध्यवर्गीय सफेदपोश ब्राह्मणों की ही भावनाएँ गूँजेंगी। हम यह भी नहीं कहते कि कोई जान-बूझकर भेदभाव बरतता है। मीठे पानी की किसी खास झील में विशेष प्रकार की ही मछलियाँ ठीक से पनपती हैं। दूसरे खारे पानी की मछलियाँ उसी पानी में ठीक से नहीं पनप सकतीं।"

भोले बोला, "यही नहीं, बल्कि अपनी वाहवाही के लिए कुछ खारे पानी की मछलियाँ भी इस ब्राह्मणीय मीठे पानी में पैठने लगती हैं और खत्म हो जाती हैं।"

मेघे बोले, "यानी पाटील जी के मुताबिक जब तक हमारी संवेदनाओं को अलग माहौल प्राप्त नहीं होता, तब तक हमारी उपेक्षा होती ही रहेगी। इन दो-तीन फीसदी ब्राह्मणों की दिलचस्पी हम पर हुकूमत करेगी!"

चांगदेव बोला, "बेशक। लेकिन हर बात के लिए ब्राह्मणों को दोष देना ठीक नहीं है। आप अपने प्रकाशक खुद पैदा कीजिए, अपने पाठक बनाइए, समीक्षक तैयार कीजिए, अपनी साहित्य परिषदें खोलिए, आप खुद मराठी साहित्य का इतिहास लिखने के लिए मेहनत कीजिए, और मुख्य बात आप अपने अखबार, साप्ताहिक और मासिक पत्रिकाएँ शुरू कीजिए। फिर आप में भी पन्द्रह दिनों में बड़े-बड़े साहित्यिक उभरेंगे।

भोले बोला, "ये सब करना क्या आसान लगता है आपको? अरे मालिक, बाबू लोग ही कर पाएँगे ये सब। अखबार निकालना, जो अभी तक मराठों से सम्भव नहीं हुआ, इन गरीब महारों से कैसे सम्भव होगा?"

मेघे बोले, "इस दृष्टि से भी हमारी तैयारी चल रही है। लेखक, पाठक तैयार हो रहे हैं। पत्रिकाएँ भी निकल रही हैं। सम्मेलन शुरू हो गए हैं। इसीलिए अपनी-अपनी स्वतंत्र यूनिवर्सिटी भी हम आन्दोलन से प्राप्त करेंगे! मराठों की बात छोड़ दो, उनके दिमाग है ही नहीं, ब्राह्मणों के बगैर उनसे कुछ नहीं होता। उन्हें भी चतुर्वर्ण ही मंजूर है। दरअसल मराठी में ऐसा दौर आना चाहिए कि आगे चलकर लोग यह बोलें कि ब्राह्मणों का साहित्य भी रखिए जी थोड़ा-बहुत सिलैबस में।"

चांगदेव बोला, "मेघे साहब, इस तरह एक-एक जाति का कुआँ बनाने की बजाय सम्पूर्ण मराठी समाज का एक महासागर क्यों न बनाया जाए, जिसमें सभी तबके अपनी-अपनी आजादी पा सकें? ब्राह्मण साहित्य के औजारों को ठुकराकर दलित साहित्य के औजारों को आगे करने में मुझे कोई मर्दानगी प्रतीत नहीं होती। आखिरकार ज्ञानेश्वरी और दासबोध को कोई भी मराठी व्यक्ति टाल नहीं सकता।"

मेघे बोले, "यही तो है आप सब की ब्राह्मणपरस्ती! यानी पाटील जी, यह तो वही बात हो गई कि ज्ञानेश्वरी के चतुर्वर्ण के उद्धरण भी स्वीकार हैं और समता पर भरोसा भी है! ज्ञानेश्वरी वगैरह कुंजियाँ हैं वैदिक ब्राह्मण धर्म की! ज्ञानेश्वर और रामदास हिन्दुओं के लिए कुंजी लेखक सत्यगिरी ही हैं साले। निर्बुद्ध हिन्दू छात्रों की सहायता के लिए पुराने वैदिक टेक्स्ट बुकों को सरल और सरस भाषा में लिखकर लोकप्रिय बने ब्राह्मण सन्त हैं ये!"

चांगदेव बोला, "इसी तरह गालियाँ दो, विरोध करो, फिर भी परम्परा यही बनी रहेगी। ब्राह्मणों को टाला नहीं जा सकता।"

शेंडे बोला, "मेघे जी, मैं स्वीकार करता हूँ कि आज के ब्राह्मण अकिंचन हैं। लेकिन पहले के तो अच्छे थे। पुराने जमाने में देशस्थों में कितने बड़े-बड़े सन्त हुए! बाद में चितपावनों में भी कैसे बड़े-बड़े समाज सुधारक हुए हैं!

मेघे बोले, "इसमें क्या खास बात है? थोड़ा-बहुत राजनैतिक-सामाजिक बोलबाला होते ही ऐसे सन्त और सुधारक बोरे भर-भरके पैदा होने लगते हैं। अभी आपने कहा कि पहले देशस्थ सन्त होते थे, लेकिन तब चितपावन सन्त क्यों नहीं हुए? और अब देशस्थों में समाज सुधारक क्यों नहीं हुए? ह ह हऽ चितपावनों में भी साने गुरुजी और विनोबा आज पैदा होते हैं, यानी हद हो गई।"

भोले बोला, "पहले सुखवादी और भोगवादी समाज बनता है, फिर उसी में से ध्येयवादी और त्यागी मनुष्य पैदा होते हैं।"

मेघे बोले, "अजी, झुग्गियों में रहनेवाले हमारे लोग, जिन्हें दो जून रोटी के लाले पड़े हुए हैं, कैसे बनेंगे त्यागी सन्त? पर मेरा सवाल है कि आपके तुकाराम-एकनाथ समेत सन्तों ने ऐसा क्या खास किया है? पंढरपुर में चन्द्रभागा नदी की रेती पर अस्पृश्यता में बस जरा-सी कमी, बाकी बाहर ये जातिभेद की दीवारें तोड़ने की हिम्मत थी किसी माई के लाल में? जातिभेद की पनौती हमेशा से हमारे समाज के पीछे पड़ी है।"

चांगदेव बोला, "संस्कृति कहने पर ये सारे झमेले आ ही जाते हैं। शायद इसी

कारण बुद्ध ने समाज के बाहर रहनेवाला संन्यास का समाधान ढूँढ़ा होगा। इस संस्कृति को ही पूरा साफ करके नए सिरे से दूसरा कुछ शुरू करना अब सम्भव नहीं है। और संस्कृति, मतलब फर्क करना, भेदाभेद करना आ ही गया। दाएँ और बाएँ हाथ में फर्क करने से लेकर बच्चे ये सीखते रहते हैं भाई!"

मेघे बोले, "प्राचीन काल से लेकर अभी तक ऊँच-नीच के स्पर्श से भी अनजान रहे कबीले में यदि एक ब्राह्मण को छोड़ दिया जाए तो एक साल के भीतर ही वह कबीले में पावित्र्य और जन्मजात श्रेष्ठत्व की मोहक कल्पनाएँ घुसेड़कर वहाँ भी चतुर्वर्ण पर आधारित समाज की निर्मिति करेगा! क्योंकि जाति की यह कल्पना अमोघ है। वह मनुष्य अत्यन्त बुद्धिमान रहा होगा जिसे पहली बार यह कल्पना सूझी होगी। सारे समाज की स्थिरता की समस्या को उसने बैठे-बैठे एक झटके में हल कर दिया। फिर सदियों तक हिन्दू लोग उसी का समाजशास्त्र सभी लोगों पर आजमाते रहे। अब अर्थनीति और हिंसात्मक तरीके अपनाए बिना ये समस्याएँ सुलझनेवाली नहीं।"

शेंडे बोला, "मान गए। पेट पालने के आसान धन्धों के रूप में तीर्थ, व्रत-अनुष्ठान, पूजा-अर्चना, पावित्र्य को घास की तरह पूरे देशभर में फैला दिया है। इसकी पीछे की बुद्धि, कौशल तो विलक्षण है। अपने फायदे के लिए ही सही, पर इतने दिनों तक यह व्यवस्था बनी रही, मतलब इसमें कुछ तो चिरन्तन गुण होंगे, जिससे यह बरकरार है।"

भोले बोला, "और जब तक कुछ लोगों को उससे लाभ होता है, तब तक ये इसी तरह बनी रहेगी। जाति-व्यवस्था उस राँड़ की तरह है, जिसे नष्ट करने का कोई उपाय नहीं मिल रहा है। हम जैसे ब्राह्मण-मराठा-महार लोगों को लगता है कि यह टूटनी चाहिए। लेकिन मारवाड़ी और पारसी लोगों को तो यही लगेगा कि ये बरकरार रहे। केवल जाति के कारण ये पूँजीपति फल-फूल रहे हैं, सभी का खून चूस रहे हैं।"

चांगदेव बोला, "जब जाति का टूटना असम्भव ही है, तो क्यों न उसका स्वीकार करके उसके दोषों का दूसरे तरीकों से परिमार्जन किया जाए? सभी जातियों को एक सतह पर लाकर यह किया जा सकता है। ऊपरी जातियों को नीचे खींचकर और निचली जातियों को ऊपर पहुँचाकर छोड़ देना चाहिए, जिससे केलाइडोस्कोप की तरह समाज भी बुरा नहीं दिखेगा। आजकल अनेक जातियों ने अपनी गुणवत्ता में सुधार कर यह शुरू भी किया है। मेरा दृढ़ मत है कि अच्छी बातें आहिस्ता-आहिस्ता ही होती हैं।"

मेघे बोले, "ऊपर से ऐसा सब कुछ ठीक से सजाकर और फिर थप्पड़ लगा-लगाकर ही ये सारा मथ डालना सम्भव है। आप जैसों के लिए ये आहिस्ता-आहिस्ता ही किफायती होगा, लेकिन हम लोग कितने दिनों तक इस आहिस्ता-आहिस्ता की राह तकें? आहिस्ता-आहिस्ता से कुछ नहीं होगा। मेरी तो समझ में नहीं आता कि जिस निरंकुश आजादी के कारण यह जातिवाद फल-फूल रहा है, उसमें काट-छाँट करके प्रजातंत्र को जरा-सा झुका दिया जाए तो क्या आसमान टूट पड़ेगा!"

थोड़ी देर पहले का पर्चा मेघे के सामने रखते हुए भोले बोला, "भाई मेरे, जनतंत्र का केवल मन्दिर और आजादी के पथरीले देवता हमें भी नहीं चाहिए। स्पिरिट महत्त्वपूर्ण है, फार्म नहीं। हमारा लक्ष्य एक है। करा दो हस्ताक्षर।"

मेघे हँसते-हँसते बोले, "नहीं करूँगा। साले उधर हमारे लोग मार डालेंगे मुझे। समझाना पड़ेगा उन्हें। तुम्हारे लिए कहना आसान है कि उठाओ पेन और कर दो दस्तखत। हम नेताओं की अपनी व्यक्तिगत राय भी कभी होती है? दुबारा ऐसी झंझट लाना नहीं मेरे पास, माँ का साला।

यह बहस तो असफल हो गई। काफी देर हुई थी इसलिए अच्छा देशपांडे सभी मित्रों को भोजन के लिए तलवलकर मामा की मेस में ले गया। भोले बोला, "वहाँ कितने सारे कुँआरे लोग जमा होकर कतार में बँधे जानवरों की तरह खाना खाते हैं। मुझे तो यह दृश्य देखना भी घिनौना लगता है। यह कल्चर बहुत गन्दा है कि एक आदमी खाना बनाए और पचास लोग पैसे देकर वहाँ इस तरह खाएँ।"

तलवलकर का भोजनालय गाँव के बीचोबीच था फिर भी वहाँ केवल विशिष्ट कुँआरे लोग ही खाना खाते थे। दीवारों पर सभी ओर कागज पर लिखी अनुशासन की तख्तियाँ : दरवाजा धीरे बन्द कीजिए। इस ओर बैठकर भोजन कीजिए। भोजन कक्ष। उदरभरण नोहे जाणिजे यज्ञकर्म।

इसके अलावा दीवार पर छत्रपति शिवाजी, सावरकर, हेडगेवार, सुभाषचन्द्र और कैप्टन लक्ष्मी सभी की बड़ी-बड़ी तस्वीरें एकत्र देखकर भोले चांगदेव से बोला, "तलवलकर संघवाले हैं!"

वे हाथ धोने के लिए बीच के चौके में गए, तो ऊपर से उन पर पानी की बूँदें गिरीं। शेंडे ऊपर देखता हुआ चिल्लाया, "अरे क्या है ये? कौन है ऊपर?"

अच्छा देशपांडे बोला, "ऊपर किरायेदार रहते हैं। पानी होगा।"

भोले बोला, "पानी हो तो ठीक है, और कहीं मूत्रगंगा होगी तो?"

फिर भोजनालय के मालिक तलवलकर हमेशा की तरह पसीने से तरबतर होकर बाहर आए। हमेशा की तरह उन्होंने बस लँगोट ही पहन रखा था और ऊपर लम्बी आस्तीनोंवाली बड़ी-सी बनियान। काफी ग्राहक देखकर वे खुश हुए और जनेऊ से खेलते हुए सबके नाम-धाम की पूछताछ करने लगे। इस तरह लँगोट दर्शन कराते हुए तलवलकर ज्यादा देर तक खड़े रहते तो भोजन करनेवाले लोग परेशान हो उठते और अपनी आँखों के सामने हाथ की ओट बना उनके केवल ऊपरी हिस्से की ओर देखते हुए उन्हें भीतर जाने के लिए कहते। हर कोई कुछ-न-कुछ माँगने के बहाने उन्हें भीतर खदेड़ता रहता। क्योंकि उनकी लँगोट की ओर देखना भोजन करनेवालों के लिए असह्य हो जाता। यह हमेशा का चित्र था।

अभी भी इसी तरह लँगोट पहनकर गपशप करते खड़े तलवलकर को देखकर अच्छा देशपांडे तुरन्त चिल्लाया, "यूँ बहस मत कीजिए तलवलकर मामा। चपाती ले आइए। जल्दी!"

जीर्ण टेबल और फर्श के साथ-साथ पूरा भोजनालय अनाज की सड़ाँध से बदबू फैला रहा था। कोई छात्र अखबार पढ़ते-पढ़ते थाली की रोटी का बाहरी किनारा काटकर फेंकता हुआ रोटी का केवल बीच का हिस्सा खा रहा था। तलवलकर लँगोट कसते हुए उस पर बिगड़ पड़े, "मत फेंकिए जी यूँ रोटी को! आपको शायद पता नहीं कि अनाज मिलना कितना मुश्किल हो गया है। छह महीनों से कोटा बढ़ाकर नहीं मिल रहा है। कलेक्टर कचहरी में बाबू से लेकर सभी लोग खाद माँगते हैं। ऊपर कम्प्लेन करो तो वहाँ भी वही रवैया! कोई जवाब नहीं। समय की खोटी करके जाएँ तो कोई जगह पर नहीं मिलता साला। किसी से पूछे तो फिर वही सवाल, अर्जी कब दी थी? नम्बर क्या है? यानी ये बला भी हम ही याद रखें! और बाद में कहते हैं, अरे हाँ, आपका कम्प्लेन था न? आपकी अर्जी कम्प्लेन के साथ फाइल में लगाकर रखी है! विचार हो रहा है! ऐसा होता है! हि हि हि हि!"

आँखों के सामने हाथ करके एक आदमी बोला, "यहाँ गप्पें मत लगाइए मामा। भीतर रसोई देखिए। ह ह ह।"

भीतर जाकर तलवलकर फिर बाहर आए और रायता परोसते-परोसते गपशप करने लगे। अच्छा देशपांडे ऊपर देखता हुआ बोला, "बर्तन रखकर जाइए आप, हम ले लेंगे, रोटी ले आइए।"

तलवलकर दुबारा भीतर गए। चांगदेव बोला, "इस गाँव में खाने-पीने की यही परेशानी है। यहाँ के होटल तो बस सीठी खिलाते हैं। मैं तो हमेशा कभी ये होटल तो कभी वो होटल, लगातार बदलता रहता हूँ। इस महीने तलवलकर को पकड़ रखा है। फिर स्टेशन का उड़पी शुरू करेंगे। वहाँ भी ऊब जाने पर गाँव में सिन्धी का एक अच्छा-सा लेकिन महँगा होटल। बस यूँ ही कट रही है।"

शेंडे बोला, "ढूँढ़कर भी ऐसा गन्दा भोजनालय नहीं मिलेगा पूरी दुनिया में। और ऊपर से तख्ती : ब्राह्मण भोजनालय! ये हमारी बदनामी है।"

फिर भी यहाँ भोजन करनेवाले सभी यह मानकर चलते हैं कि ब्राह्मण का है इसलिए सफाई वगैरह होती है! अधिकांश संघवाले यहीं पर चिपके रहते हैं।

पास बैठे दो आदमी भी भोजन पर ही चर्चा कर रहे थे। पहला बोला, "साला वो सिन्धी तो गर्मी में रोज रात को तरबूज की सब्जी बनाता है। दोपहर में घर पर तरबूज खाते हैं और बची हुई सफेद खुरचन की छाल समेत सब्जी। गर्मी खत्म होने तक रोज यही बनता है।"

अच्छा देशपांडे बोला, "लेकिन कहीं जूठी फाँकें तो नहीं पकाता? सब्जी में छुरी से सीधे कटे टुकड़े दिखते हैं या दाँतों के निशान?"

पहला बोला, "पकी हुई सब्जी से ये कैसे पता चलेगा? लेकिन सिन्धी साले कुछ भी कर सकते हैं। आप ही यह मानकर सब्जी खाते रहो कि ये निशान दाँतों के नहीं होंगे। इसीलिए मैंने सोचा है कि अब तलवलकर को छोड़कर कहीं नहीं जाना। व्यर्थ में गोश्त की जगह गधे का मांस खाकर अपने जेबखर्च के पैसे कौन गँवाए?"

तलवलकर फिर एक बार दिगम्बर रूप में एक हाथ में चपातियाँ और दूसरे हाथ में सब्जी का कटोरा लिये हाजिर हुए और एक-दो आदमियों ने अपनी आँखों के सामने हाथ धर लिये। तलवलकर ने कलेक्टर के खिलाफ अपनी शिकायत शुरू की : "कलेक्टर कचहरी में सभी लुच्चे लोग भरे पड़े हैं। आप अर्जियाँ देकर चक्कर काटते रहो, और एक वो हैं कि आटा सैंक्शन ही नहीं करते। हमेशा यही जवाब कि आपकी अर्जी ऊपर भेजी है और उस पर विचार हो रहा है! हे हे हे!"

एक आदमी चिल्लाया, "तलवलकर जी, प्याज ले आइए जरा!"

जैसे ही तलवलकर भीतर गए, दूसरा आदमी हँसकर बोला, "तलवलकर जी, आप बुलाने पर ही बाहर आया कीजिए!"

सभी हँस दिए। इतने में तलवलकर मुड़कर पीछे आकर बोले, "क्या चाहिए?" एक आदमी बोला, "कुछ नहीं, कुछ नहीं। आप जाइए अन्दर।" दुबारा सभी हँस दिए।

भोजन कर रहा एक छात्र अच्छा देशपांडे से कह रहा था, "कल हमारे कॉलेज में किसी आदमी ने धनुर्विद्या प्रदर्शन का अच्छा कार्यक्रम किया। देखकर समझ में आया कि पुराने जमाने में धनुष-बाण का उपयोग कितनी कुशलता से करते होंगे। शायद रामायण-महाभारत की धनुष-बाण की लड़ाइयाँ सच होंगी।"

दूसरा बोला, "सच होंगी यानी? सच ही हैं। वो आदमी एक वस्तु की आड़ में दूसरी वस्तु रखकर उसे भी अचूक निशाना बनाता था। पुराने जमाने के अस्त्र वगैरह भी हम भूल गए। पर्जन्यास्त्र वगैरह सच ही होंगे। आजकल बारिश भी नहीं होती है, उसका उपयोग तो हो जाता।"

पहला छात्र बोला, "बाद में उस आदमी ने बताया कि आजकल नए-नए आविष्कारों के कारण धनुर्विद्या के बुरे दिन आ गए हैं।"

अच्छा देशपांडे बोला, "बात तो बिलकुल सही है!"

सभी हँस दिए। तलवलकर चपाती और प्याज लेकर आए और जोश में आकर धनुर्विद्या पर बोलने लगे, "अजी! गरगर घूमती मछली की आँख फोड़ना आसान है क्या? हमारी ये सारी विद्याएँ चोरी हुईं!"...सामने बैठे उस छात्र ने आँखों के सामने हाथ धरकर तलवलकर को बताया कि कल उस आदमी ने बिजली पंखे के आर-पार कैसी कुशलता से तीर चलाया। इतने में बगल में बैठे सज्जन आँखों के आगे हाथ धरकर बोले, "सब्जी ले आइए तलवलकर जी...आप भी क्या गप्पें लड़ा रहे हो बच्चो।"

पहला छात्र दूसरे से कह रहा था, "अब मैं ड्राइविंग सीख रहा हूँ। बी.ए. के बाद कहीं ट्रक पर धन्धा तो कर पाएँगे।"

दूसरा छात्र बोला, "ट्रक चलाना क्या सीखते हो यार, इससे अच्छा ऊँट चलाना सीखो। पूरा हिन्दुस्तान सहारा रेगिस्तान की तरह सूख रहा है। जल्द ही हमें रेगिस्तान में रहना पड़ेगा।"

पास बैठे सज्जन बोले, "अच्छा होगा साला। कम-से-कम असली खजूर तो खाने को मिलेगा। ये अमेरिकन गेहूँ और बदबूदार डालडा और गाजर की सब्जी खाने के बजाय उसमें क्या बुराई है?"

इतने में तलवलकर सब्जी लेकर आ गए।

उधर एक वयस्क सज्जन खाते-खाते अचानक बोले, "अमेरिका में घोड़े

खाते हैं गाजर। और ये गेहूँ सूअरों को खिलाते हैं। हम घोड़े और सूअर बनने के काबिल हो गए हैं।"

तलवलकर बोले, "और जिताइए चुनाव में कांग्रेस को! इंदिरा गांधी को!"

वे वयस्क गृहस्थ भी आँखों के आगे हाथ धरकर बोले, "सब्जी लाइए गाजर की जल्दी...हाँ तो सुनो जागीरदार, रूस की तरह हंटर से काम करवाने चाहिए, तभी सुधरेगा ये देश। किसान साले बस आराम करते रहते हैं। फसल बोकर छुट्टी पा लेते हैं कटाई तक!"

जागीरदार सज्जन बोले, "हंटर से काम करवाने के लिए यह जरूरी तो नहीं कि रूस जैसी ही सरकार चाहिए। हंटर से तो कोई भी सरकार सफल होगी। उसके लिए कम्युनिस्ट सरकार ही किसलिए चाहिए जी!"

परेशान लगनेवाला एक नया लड़का भीतर आया और भोजन करनेवाले सभी की ओर तुच्छता से देखकर एक गन्दे टेबल पर जाकर बैठ गया और चिल्लाया, "तलवलकर मामा, साफ करो जी ये जल्दी से। कैसी गन्दगी, कितनी मक्खियाँ! छी:।"

एक छात्र उससे बोला, "क्यों पोंक्षे, क्या कर रहे हो आजकल?"

पोंक्षे गम्भीरता से बोला, "क्या करूँगा! बस जी रहा हूँ।"

वह छात्र बोला, "नहीं, मेरा मतलब है तुम्हारा डिप्लोमा पूरा हुआ या नहीं?"

पोंक्षे बोला, "डिप्लोमा पास करके भी क्या फर्क पड़नेवाला था? पिछले साल का एम.एस-सी. केमिस्ट्री का पूरा बैच बेरोजगार है। तुम भी एम.ए. करके और क्या करोगे? कॉलेज में तुमने भी केवल विरोध-प्रदर्शन, हड़ताल और मारपीट के अलावा कुछ नहीं किया चार साल! फिर भी एम.ए. में आ गए। तुम होते कौन हो मुझसे पूछनेवाले कि मैं क्या करता हूँ? मामाऽऽ ओ मामाजीऽ, साला, ये कौन साफ करेगा? देखो इस कटोरी से चिपकी दाल वैसी की वैसी है। साफ करते हो या नहीं ये जूठे बर्तन? साला, एक रोटी खानी है लेकिन उसके लिए भी कितनी खिचखिच, हाँऽ।"

कहकर उसने वह कटोरी खिड़की से चौक में फेंक दी। तलवलकर दौड़ते हुए आए। भोजन करनेवाले बाकी लोगों ने दोनों को शान्त किया। फिर एक रोटी को सब्जी में डुबोकर निर्विकार भाव से चबाते हुए और लगातार दूसरे हाथ से पानी पीते-पीते सारी दुनिया की ओर क्रुद्ध नजरों से देखते-देखते पोंक्षे का भोजन सम्पन्न हुआ। वहीं पर सिगरेट सुलगाकर बिना किसी की तरफ देखे वह चला गया।

उधर दो छात्र तैश में आकर बहस कर रहे थे : सतहत्तर प्रतिशत अंक है भड़ुवे मेरा एफ.वाय.बी.एस-सी. में। फिर भी मेडिकल में नम्बर नहीं लगा, अब

क्या झाँट पढ़ाई करूँ जिन्दगी-भर! शेड्यूल कास्ट का बैकलॉग शुरू हो गया है। आखिरी नम्बर का महार लड़का पैंतालीस प्रतिशत पर घुस गया मेडिकल में। हमारा जनेऊ बीच में आया सतहत्तर प्रतिशत होकर भी।"

दूसरा कह रहा था, "ये बाहरी लोग बहुत घुस आए हैं हमारे इलाके में। सालों को खदेड़ना चाहिए, मादरचोद।"

इसी दौरान ठोसर की लड़की का ब्याह तय हुआ था। ठोसर के प्रति अपनी स्वामिनिष्ठा जताने के लिए तिकड़मी देशपांडे, नाटा कुलकर्णी, ऋषि पाठक वगैरह ने ठोसर को बताए बिना ब्याह में उसकी लड़की को उपहार देने के लिए एक बड़ा-सा सोफा सेट खरीदने का निश्चय किया। इसके चन्दे के तौर पर वे हर प्राध्यापक से पन्द्रह रुपये वसूलने लगे। कागज पर अपने नाम के सामने हस्ताक्षर कर पहले ही पैसे चुकाए लिखना पड़ता था। इस कारण हर कोई आनाकानी करने के बावजूद लिहाज के मारे आखिरकार पैसे दे ही देता। तिकड़मी देशपांडे, लट्ठंभारती देशपांडे वगैरह पिट्ठू सिगरेट पीते-पीते यह मजा देखते रहते। क्षीरसागर और याज्ञिक ने सॉरी लिखकर हस्ताक्षर किए थे। अच्छा देशपांडे को शादी में बननेवाली बुँदिया बहुत पसन्द थी। इसलिए उसने तुरन्त पैसे देकर हस्ताक्षर कर डाले। हस्ताक्षर कर पैसे गँवाने से अधिकांश लोगों के चेहरे थप्पड़ खाए जैसे दिख रहे थे।

उपहार के लिए चन्दा देनेवाले ब्याह में इस तैयारी से आए थे कि उन्हें भोजन मिलेगा, लेकिन ब्याह में भोजन के निमंत्रण की छोटी-छोटी पत्रिकाएँ केवल ठोसर ग्रुप के विशिष्ट प्राध्यापकों को ही दी गई थीं। सारी कुँआरी प्राध्यापक मंडली वह सोचकर ब्याह में उपस्थित हुई थी कि इससे होटल के भोजन में जरा-सा बदलाव आ जाएगा। लेकिन सबकी आशा निराशा में बदल गई। अच्छा देशपांडे बोला, "मतलब पन्द्रह रुपये गए पानी में! मुझे अगर यह पहले से पता होता तो कौड़ी भी नहीं देता।"

गंगातीरकर बोला, "मैं घुसता हूँ भीड़ में और कर लेता हूँ भोजन! भीड़ में किसका ध्यान होता है बे?"

उसे पंडाल में ही छोड़कर वे सब शोभा में आए और कुछ खा-पीकर ठोसर के नाम गालियाँ बकते रहे। चिपलूनकर धीरे से बोला, "मैंने हस्ताक्षर किए थे

और कहा था कि पैसे कल देता हूँ। बाद में दिए ही नहीं। अब अगर माँगने आए तो भी नहीं दूँगा भड़ुवों को! सूची में ठोसर को मेरा नाम भी दिखेगा और मेरा पैसा भी बच जाएगा!"

फिर देसाई भी धीरे से बोला, "मैंने भी तिकड़मी देशपांडे से उधार लेकर दिये थे पन्द्रह रुपये! अब कौन लौटाएगा उसे!"

चांगदेव का सिर बहुत दर्द कर रहा था।

उसने शोभा में जरा-सा खाया और बाद में टूरिस्ट इंटरनेशनल की ओर गया। राजेश्वरी दफ्तर गई थी। उसकी प्रतीक्षा करता हुआ वह शाम तक बैठा रहा। बाद में ऊब जाने पर कुछ खाकर कमरे में लौट आया। मैनेजर बोला, कोई पैगाम है? वह बोला, नहीं।

माठूराम ने अब रोज स्टाफ मीटिंगें लेकर इस विषय पर चर्चा शुरू की कि छात्र-प्राध्यापक आत्मीयता योजना सफल क्यों नहीं हो पाई। लेकिन अब पांडेय, भोगीशयनम्, याज्ञिक, विद्यासागर, पुरोहित, बॉटनी के वृद्ध देशपांडे वगैरह गम्भीर तबीयत के लोग भी इस योजना का खुलकर विरोध करने लगे थे। शास्त्री भी बोले, "ऐसी बातें अमेरिका में ठीक हैं जी। यहाँ पहले ही हम बीस-बीस घंटे बड़ी-बड़ी क्लास पर चिल्लाते हैं। ऊपर से अन्य काम—छमाही परीक्षा के सात-सात सौ पेपर जाँचना, ट्यूटोरियल के गट्ठर और दूसरे हजारों बाबूगीरी के काम! उसमें ये सरदर्द किसलिए!"

बॉटनी के वृद्ध देशपांडे बोले, "छात्र तो मुँह भी नहीं खोलते हैं जी। ये तो बस एकपात्रीय नाटक बनकर रह गया है।"

चांगदेव बोला, "इतनी-सी इमारत में तीन-तीन हजार छात्रों को दाखिला देकर कैसी आत्मीयता पैदा करेंगे?"

मुसा बोला, "हर बैठक में चाय वगैरह का इन्तजाम करो तो बच्चे आते हैं। घंटा-भर खाली बौद्धिक, ठीक नहीं लगता।"

तब माठूराम सचमुच कितने कप चाय, कितनी चीनी, दूध आदि का हिसाब लगाने लगे। फिर बाद में वे ही बोले, "लेकिन कप वगैरह कहाँ से लाएँगे? और चाय कौन बनाएगा? यह सम्भव नहीं है।"

फिर माठूराम ने प्रचलित शिक्षा पद्धति को लेकर अपने विचार प्रकट करना शुरू किया और सभी प्राध्यापक गर्दन झुकाए सुनने लगे। दूसरी ओर देसाई का

किसी बात पर ठहाके लगाना जारी ही था। जरा देर बाद चिपलूनकर ने जूते से अपने पैर बाहर निकाले और आसपास के लोग नथुने फुला-फुलाकर सूँघने लगे। अच्छा देशपांडे बोर होकर जोर-जोर से गाना गुनगुनाने लगा : गहरे ताल मिले नदी के जल में, नदी मिले सागर मेंऽऽ, सागर मिले कौन-से जल में, कोई जाने नाऽऽ हो! गहरे ताल मिले...

इधर माठूराम जोर-जोर से कह रहे थे, "प्रचलित शिक्षा पद्धति के आदर्श क्या हैं? कैसे? क्यों? ढूँढ़ निकालेंगे...।"

उधर अच्छा देशपांडे ने अब बहुत जोर से शुरू किया था : कोई जाने नाऽऽ कोई जाने नाऽऽ होऽऽ!

और इसी बात पर उस कोने में बैठे सभी हँस रहे थे। माठूराम को लगा कि ये सभी उसी की हँसी उड़ा रहे हैं। इसलिए अपना भाषण जारी रखते हुए वे बोले, "प्राध्यापकों के कारण ही यह शिक्षा पद्धति सड़ने लगी है। प्राध्यापक पेट-पोसुआ, नालायक बन गए हैं। काम करना ही नहीं चाहते। केवल आत्मकेन्द्री बाजारू बन गए हैं।"

यह समझ में न आने के कारण कि माठूराम ने अचानक यह राग अलापना क्यों शुरू किया, भोले, भोपटकर वगैरह प्राध्यापक उखड़ गए। माठूराम को रोकते हुए बोले, हम यहाँ आपकी गालियाँ सुनने नहीं आए हैं। फिर भल्ला ने अपनी अंग्रेजी में किसी के पल्ले न पड़नेवाला गोलमाल भाषण शुरू कर विषयांतर किया और कल-परसों फिर इस पर बहस करेंगे कहकर मीटिंग खत्म की।

मीटिंग के बाद बाहर हिन्दुत्ववादी भोपटकर क्रुद्ध होकर कह रहे थे कि "ये क्या पगलाए जैसा कर रहे हैं चेयरमैन? दुबारा हम ऐसी बातें नहीं सुनेंगे। ऊपर से ये मीटिंगें खत्म होने के आसार भी नहीं। रोज मीटिंगें। रात दस-दस, ग्यारह-ग्यारह बजे तक। घर पर हमें कुछ पढ़ना-लिखना होता है या नहीं? बीवी-बच्चे, गृहस्थी है या नहीं?"

देसाई बोला, "ई भल्ला और माठूराम की बीवियाँ बूढ़ी हो गई हैं। घर पर कैसे बैठेंगे ई इस उमर में?"

हिन्दुत्ववादी भोपटकर बोले, "इनकी बात छोड़ो, इन्हें तो घर का पिसान पीसकर लाने के लिए भी कॉलेज के प्यून मिलते हैं। एक बार बिजली का बिल भरकर देखो कतार में खड़े रहकर। फिर ये बहसें बन्द होंगी।"

चिपलूनकर बोला, "एक बार मीटिंग में यह विषय भी उठाना चाहिए कि ये लोग कॉलेज के प्यून का इस्तेमाल अपने घरेलू कामों में करते हैं।"

क्षीरसागर बोले, “कौन उठाएगा? अच्छी मेरिट के साफ-साफ बोलनेवाले लोगों को तो भगा दिया इन्होंने। अब तो बस सिफारिश के और रिश्तेदारी के हिजड़े बचे हुए हैं।”

तिकड़मी देशपांडे, ठोसर की कचहरी में रोज शाम को जाकर बैठनेवाला लट्ठंभारती देशपांडे वगैरह चार-पाँच लोग पास ही खड़े सिगरेट पीते-पीते यह सब सुन रहे थे। तब भोले तिकड़मी देशपांडे से सीधा बोला, “क्यों पुरुषोत्तमराव, आप तो रोज ठोसर के पास आते-जाते रहते हैं, इस मुद्दे पर बात कीजिए न उनसे।”

तिकड़मी देशपांडे खामोशी से गुस्सा पी रहा था। कश खींचकर धुआँ और शब्द एक साथ मुँह से बाहर छोड़ते हुए बोला, “हम तो ठहरे सिफारिश के हिजड़े! आप में जिनके पास मेरिट और धैर्य है—वे ही बोलेंगे न!”

इस पर सभी कुलकर्णी, जोशी और देशपांडे दिल खोलकर हँसने लगे कि इस ग्रुप को कैसे मजा चखाया।

इस आत्मीयता गुट को लेकर रोज इस तरह बहस शुरू होने से सभी प्राध्यापक परेशान हुए। फिर अच्छा देशपांडे बोला, “इसे मैं अभी बन्द किए देता हूँ, आप बस देखते रहिए।”

अच्छा देशपांडे छात्रों के बीच अत्यन्त प्रिय था। लड़के उसकी बात हमेशा मानते थे। उसने अपने कुछ खास छात्र नेताओं को भड़का दिया कि ये आत्मीयता गुट केवल बकवास है। इसे बन्द करो। फिर छात्र-संसद के पचास-साठ मुस्टंडे लड़के हस्ताक्षरवाला एक पर्चा लेकर भल्ला के दफ्तर में घुस गए और हंगामा किया कि ये आत्मीयता गुट बन्द करो, हमें शाम को दुबारा कॉलेज आने में परेशानी होती है, पढ़ाई में बाधा आती है, वगैरह।

नतीजा, छात्र-प्राध्यापक आत्मीयता गुट का यह प्रकरण अगली टर्म तक स्थगित करना पड़ा। भल्ला ने एक नोटिस निकालकर माठूराम के इस आदेश को सभी तक पहुँचाकर छुट्टी पाई कि बाद में सविस्तार चर्चा करके इस योजना का प्रारूप नए सिरे से बनाया जाएगा। बाद में इस योजना की किसी ने किसी को याद तक नहीं दिलाई। इस तरह उसका अन्त हुआ। लेकिन माठूराम ने तिकड़मी देशपांडे वगैरह पर छात्रों को भड़कानेवाले प्राध्यापकों को ढूँढ़ निकालने की जिम्मेदारी सौंप दी।

इसके अलावा ठोसर ने दिन-रात मेहनत कर अपने पिट्ठू प्राध्यापकों को एक बड़ी योजना में जोतने का निश्चय किया था। आनेवाले इलेक्शन से पहले

दैनिक समाजवाद के लिए एक बड़ी रोटरी मशीन खरीदनी थी। इसलिए यह तय किया गया कि हर प्राध्यापक सभी ओर घूमकर कम-से-कम दस हजार रुपये का चन्दा इकट्ठा करे। बहुत सारे देशपांडे, कुलकर्णी और जोशी अपने-अपने गॉंव जाकर चन्दा लाने लगे। क्लास में नागा करने लगे। होड़ शुरू हुई कि कौन ज्यादा चन्दा लाता है। ऋषि पाठक का ससुर पुणे में एक बड़ा उद्योगी था। वह एक ही चक्कर में अपने ससुर से दस हजार रुपये लाया और बाकी लोगों के मुँह लटक गए। साथ ही इस डर से सभी बेचैन हो गए कि अब ऋषि पाठक को ही अगला प्रिंसिपल बनाया जाएगा।

इसी अभियान पर कार्यरत तिकड़मी देशपांडे एक बार अच्छे देशपांडे से बोला, "तुम्हारी तरफ से मुझे कम-से-कम पाँच सौ रुपये के शेयर की उम्मीद है। हनमंतराव की ओर से भी तुम्हारे लिए खास सन्देश है—कुछ भी हो, ये हमारा अखबार है। महाराष्ट्र में ब्राह्मणों को बहुत परेशान किया जा रहा हैं। हमारी जाति को अपना पक्ष रखने के लिए एक प्लेटफार्म तो चाहिए ही चाहिए।"

अच्छा देशपांडे किसी तरह अपना गुस्सा दबाते हुए बोला, "वैसे जातिवाद बुरा नहीं होता, एक तरह से यह अपनी जाति के लोगों की सेवा ही होती है।"

तिकड़मी देशपांडे खुश होकर बोला, "बिलकुल सही। मैंने कहा हनमंतराव से कि कुछ भी हो, गोपाल कम-से-कम एक सौ एक रुपये तो देगा ही। आखिरकार अपना आदमी है।"

अच्छा देशपांडे बोला, पर यार, एक बात मुझे पसन्द नहीं है। हनमंतराव ने अपने असिस्टेंट एडिटर को हमेशा के लिए एक सूचना दे रखी है कि हर आठ दिनों में एक बार विख्यात विचारक अथवा महान समीक्षक के तौर पर मोटे शीर्षक से हमारे एक-दो ब्राह्मणों के नाम डालते जाना। और उन्होंने कहीं भी भाषण दिए तो बीच-बीच में इसी शीर्षक से उसके समाचार देते रहना या बीच-बीच में महान समाजसेवक माठूराम दीक्षित ने कहा कि—ऐसा भी आने देना...ये ठीक नहीं है।"

तिकड़मी देशपांडे बोला,"अरे भाई, इसके बिना हमारे लोग ऊपर कैसे पहुँचेंगे? पब्लिसिटी के भी अपने लाभ होते हैं—साहित्य सम्मेलन की अध्यक्षता, वाइस-चांसलरशिप—लाभ होते हैं यार!"

अच्छा देशपांडे बोला, "लेकिन सुनियोजित तरीके से डरपोक ब्राह्मणों को महिमामंडित करना, और गैरब्राह्मणों में से कोई शेर मारे तब भी उसे तवज्जो न

देना, विष्णुशास्त्री चिपलूनकर-लोकमान्य तिलक से लेकर यही तो है हमारी मराठी पत्रकारिता की परम्परा! अब दुबारा अपनी जाति का पक्ष रखने के लिए अलग से प्लेटफार्म किसलिए? इसी कारण महाराष्ट्र में ब्राह्मण अकेले पड़ने लगे हैं। इसे बन्द करो।"

तिकड़मी देशपांडे बात का समापन करता हुआ बोला, "खैर छोड़ो, तुम एक सौ एक रुपये तो दो।"

"एक सौ एक! और अन्य जातियों के लिए प्लेटफार्म कहाँ हैं बे? माली लोगों का प्लेटफार्म कहाँ है? महारों का? मातंगों का? खानाबदोश जनजातियों का? ब्राह्मणों के इंटरेस्ट प्रोटेक्ट करनेवाले बीस अखबार हैं कुल! फिर एक और किसलिए?"

"वो बात छोड़ो, फिर लिख दूँ एक सौ एक? मैंने दो शेयर ले रखे हैं—अपना एक हजार का और पत्नी का भी पाँच सौ का।"

"तुम्हारी पत्नी अब बी.ए. होने पर संस्था के स्कूल में लग जाएगी और ठोसर तुम्हें भी ऊपरी ग्रेड यकीनन दिलाएगा। यानी एक ही साल में तू अपने ये सारे पैसे वसूल करेगा! लेकिन हमारे तो हमेशा के लिए डूब जाएँगे! नहीं दूँगा मैं।"

तिकड़मी देशपांडे खिसियाकर रसीद की पुस्तक थैली में रखता हुआ बोला, "यह पहले ही बताना था न कि नहीं दूँगा। ऊपर से संस्था के संचालकों के शील पर छींटाकशी, ये ठीक नहीं है। तुम्हें अपना स्वभाव बदलना चाहिए। वरना भारी पड़ेगा।"

"जा बे, देखता हूँ कौन मेरा क्या उखाड़ता है! माँ के जने, अपनी जाति का प्लेटफार्म! सालो, आप लोग जनतंत्र, अभिव्यक्ति-स्वातंत्र्य जैसे शब्दों का इस्तेमाल करके भी केवल पेशवाशाही चला रहे हो।"

सब इसी तरह चलता रहा।

धीरे-धीरे यह ध्यान में आने पर कि पढ़ाना इस धन्धे का अत्यन्त गौण अंग है, चांगदेव को अचानक सब मुक्त-सा लगने लगा। रोज के चार लेक्चर लेकर प्राध्यापकों को सहते हुए और चाय-गपशप करते हुए वह जीने लगा। कॉलेज के बेकार के काम भी मन लगाकर करने लगा। उसे सौंपे गए कामों में बुनियादी परिवर्तन करके नई पद्धति से कार्यक्रम बनाकर प्रिंसिपल की चापलूस प्रशंसा

सुनते-सुनते वह कॉलेज में वक्त बिताने लगा। तीन-चार कुँआरे मित्र ही कॉलेज में उसके मनबहलाव का जरिया थे। कॉलेज में दिन-भर बैठे रहने के बावजूद शाम को भयानक मानसिक थकान होती थी। उन जातिवादी बहसों की और बाँझ मीटिंगों की अब उसे आदत हो गई थी। मीटिंग में सही और साफ-साफ बोलने की जिम्मेदारी भी इन दो-चार लोगों पर ही परम्परा से आ पड़ी थी। मानो अन्य प्राध्यापकों और मुरलीमोहन समेत बॉडी के सभी लोगों को भी लगने लगा हो कि जो कुछ भला-बुरा होना है, उन्हीं का होना है। दूसरी ओर ठोसर-ऋग्वेदी भी किसी मामले की जानकारी लेते समय पूछ लेते कि पाटील की क्या राय है? फिर तिकड़मी देशपांडे, बिल न चुकानेवाला यजुर्वेदी वगैरह को भी जब कोई अप्रिय सत्य मैनेजमेंट के सामने रखना होता, उसे भी वे चांगदेव के नाम पर खपाने लगे! ये सारा बोझ फालतू में सिर पर आ पड़ने के कारण चांगदेव कॉलेज से मुक्त होकर बाहर निकलने के लिए अधीर हो उठता। जब उसकी साइकिल गाँव के बाहर की सड़क पर आती, तब उसे लगता कि वह इनसानों के बीच आया है। गाँव के बाहर के टीले, खाली पड़े खेत, हरे पट्टे ही इस गन्दी नौकरी के बीच उसका विलोभनीय विश्राम था।

कुछ साल पहले, नौकरी के पहले ही साल में पुराने प्राध्यापक कहते कि जीविका चलाने लायक नौकरी पर ध्यान देना चाहिए, फिर हम आजाद हो जाते हैं। अब बिलकुल वही हुआ था। घर आने पर चाय पीना और रेडियो चलाकर ऊँचे तकिए पर गर्दन रखे पड़े रहना। इसी से उसे इस अबाध मुक्त जिन्दगी का स्पर्श अनुभव होता। पहले ऐसा कभी नहीं होता था। यह भी एक परिवर्तन था।

लेकिन इस आजादी के अन्तरिक्ष में भी यह एहसास उसे बेचैन करता कि यह सब करने के बाद भी भविष्य का क्या? चलते समय हवा को चीरते जाने जैसा यह जीना आसान हुआ है। और वह कुछ ज्यादा बेचैन होकर करवटें बदलता रहता और जोर से चिल्लाता कि इसमें से रास्ता निकालना चाहिए।

रोज कॉलेज आते-जाते गाँव के बाहर दूर तक फैली और कहीं से कहीं जानेवाले अजगर-सी सर्पीली सड़कें अब उसे डरावनी लगने लगीं। सड़कें उसे निगल लेती हैं और इस गाँव जैसे किसी अजनबी गाँव में लाकर छोड़ देती हैं। ये सड़कें दुनिया भर में फैल जाती हैं और मनुष्य की स्थिरता को सोखती रहती हैं। बचपन में प्रतीत होनेवाले क्षितिज के आकर्षण को इन सड़कों ने खत्म कर दिया। समुद्री मार्ग, हवाई मार्ग, सड़क मार्ग—सब तैयार ही खड़े होते हैं। और हैरत की

बात यह कि इन कोलतार की सड़कों से अन्यमनस्क स्थिति में चलते हुए भी वह जहाँ कहीं मुड़ना है, वहाँ मुड़ता है और अपने ही घर पहुँचता है। वह बोला, "मेरे मन के भीतर जाने के लिए एक जगह हमेशा होती है।"

कॉलेज में आते ही अंग्रेजी अखबार हथियाकर दिन-भर पढ़ते रहनेवाले इतिहास के कुलकर्णी ने चांगदेव को दीवाली के जलपान के लिए अपने घर आने का बार-बार आग्रह किया और एक शाम चांगदेव भोले के साथ उनके घर पहुँचा। कुलकर्णी ने दरी पर ही बैठक जमाई थी और उनके चारों ओर यूनिवर्सिटी के पेपरों के ढेर लगे हुए थे। कुलकर्णी एक ओर चांगदेव से बतिया रहे थे और बीच-बीच में पेपरों पर सटासट सही उत्तर के निशान लगाकर जाँचा हुआ पेपर एक के बाद एक फेंके जा रहे थे। अंग्रेजी पढ़ानेवाली श्रीमती कुलकर्णी चश्मा बार-बार ऊपर-नीचे करती हुई पति द्वारा उनके जाँचने के लिए रख छोड़ा प्रश्न जाँचकर और जोड़ लगाकर तुरन्त पेपर खत्म करके गट्ठर में रख रही थीं। पीछे की ओर लकड़ी के रैक के खाने-खाने पर खड़िया से तीन-चार यूनिवर्सिटियों के नाम लिखे हुए थे। सम्बद्ध खानों में सम्बद्ध यूनिवर्सिटियों के गट्ठर, पार्सल, पत्राचार वगैरह का सामान अस्त-व्यस्त रखा हुआ था। दरी पर एक बड़े से ट्रे में लाख, मोमबत्ती, माचिस, मुहर, गोंद, चाकू, कैंची, लाल पेंसिलें, शार्पनर, दवात, पिनें, पेन, इरेजर रबड़, पट्टी, डोरी—जैसी हमेशा काम आनेवाली सामग्री भी तैयार थी। लेकिन इसमें उद्विग्न करनेवाली बात यह थी कि पालथी मारकर योगासन में बैठे हुए कुलकर्णी जी एक भी पेपर का उत्तर ठीक से नहीं पढ़ रहे थे। ऊपर से यूनिवर्सिटी के कामकाज पर टिप्पणियाँ करते हुए गालियाँ दे रहे थे और नीचे पेपर पर केवल निशान लगाकर मजमून की लम्बाई के हिसाब से अंक देकर एक-एक पेपर पत्नी की ओर फेंके जा रहे थे। कुलकर्णी जी भोले को अपने भाई के बारे में बता रहे थे : "सम्भव ही नहीं इतने कम अंक आना! फर्स्ट क्लास करियर का लड़का है जी वो, मामूली पास क्लास में कैसे आ सकता है? कैसा भ्रष्टाचार मचा हुआ है यूनिवर्सिटी में।"

उधर श्रीमती कुलकर्णी चांगदेव से कह रही थीं, "इतने पेपर होते ही काम खत्म ही समझिए पाटील सर। इस तरह ठानकर बैठे बिना ऐसे ऊबाऊ काम निपटते ही नहीं। आप क्यों नहीं लेते ऐसे परीक्षा के काम? लेने चाहिए जी, उतने ही पैसे आते हैं खर्च के लिए। हमने तो ये घर परीक्षा पर ही बनाया है। पहले मैं

स्कूल में पढ़ाती थी, तब भी इनकी बहुत मदद करती थी। अब कॉलेज में पढ़ाने के लिए बहुत ज्यादा तैयारी करनी पड़ती है...पता नहीं हमारी भल्ला मैडम का नाम कैसे आया इसी साल के परीक्षा पैनल में...! सई-सिफारिशें होती हैं उसकी। फर्स्ट क्लास भी ऐसे ही पाया है उसने। अब पति-पत्नी मिलकर देखो कितने पेपर जाँचते हैं! दोनों लड़कियाँ भी जाँचने में मदद करती हैं उनकी। भल्ला हजार-हजार रुपये लेता था इतने दिनों तक, अब तो पत्नी के मिलाकर पता नहीं कितना लेता होगा!...अजीऽ, ये क्या किया आपने!...ये प्रश्न जाँचा ही नहीं—अच्छा हुआ मेरा ध्यान गया! तभी मैं सोचूँ, इतना बड़ा कैसे हो गया ये एक ही प्रश्न? देखिए...।"

कुलकर्णी जी जाँचने की रफ्तार में बाधा आने से खिसिया गए और पेपर देखते हुए बोले, "शायद दो प्रश्नों को एक ही प्रश्न के अंक दिए गए हैं। ऐसा कैसे हुआ? हाँ, उस पगलैट ने प्रश्न का नम्बर ठीक से नहीं लिखा कि दिखाई दे। फिर? ये तो उसकी गलती है। इट वॉज द प्रॉपर पनिशमेंट फॉर हिम।"

श्रीमती कुलकर्णी कह रही थीं, "लेकिन आपके ध्यान में भी नहीं आया कि अकबर पर दो पन्ने होने के बाद यहाँ अचानक विषय बदलकर पानीपत हो गया है?...थक गए हैं आप बहुत। ठीक से कॉन्सेन्ट्रेशन नहीं हो रहा है आपका। रुकते हैं अब। चाहे तो रात में बैठक लगाएँगे। रुकिए भी अब। टॉनिक ले लीजिए पहले।"

यह देखकर कि विवाद में समय जाया हो रहा है, कुलकर्णी जी ने झुककर उस पेपर के बीच के पन्ने पर नौ नम्बर टाँक दिए, फिर काटकर उसी के छह बनाए और पत्नी से बोले, "जल्दी करो। टोटल मारो।"

पत्नी ने अपने हिस्से का प्रश्न जाँचकर जोड़ लगाया और बोली, "देखा, छह नम्बरों से पास हो गया न ये लड़का! अच्छा हुआ मैंने ठीक से देखा।"

चांगदेव श्रीमती कुलकर्णी से बोले, "आप इतिहास के पेपर भी जाँच रही हैं, मतलब इतिहास विषय भी अच्छा लगता है आपको।"

कुलकर्णी हँसते हुए नीचे सटासट निशान लगाते-लगाते बोले, "अंग्रेजी की तुलना में इतिहास ही अच्छा है इसका। ह ह ह। पता है कैसे एम.ए. पास हो गई ये—केवल बुद्धि! पढ़ाई-वढ़ाई कुछ नहीं करती थी।"

श्रीमती कुलकर्णी बोलीं, "लेकिन श्रीमती अय्यर से तो यकीनन अच्छा पढ़ाती हूँ मैं! क्यों पाटील सर? उसकी क्लास में अभी भी शोर सुनाई देता है। लेकिन अब हमें परेशानी होनेवाली है उससे...छुट्टी पर जानेवाली है वो ठीक जनवरी में!...हि हि हि हि हिऽ।"

फिर वे शरमाकर बोलीं, "फॉर मैटर्नल लीव।"

कुलकर्णी सटासट लाल निशान लगाते हुए बोले, "ऑन मैटर्निटी लीव बोलो। ये मैटर्नल क्या है?"

श्रीमती कुलकर्णी बोलीं, "उसके पति ने अभी से मुरलीमोहन को खाने पर बुलाकर तनख्वाह समेत दो महीनों की मैटर्निटी लीव भी बना ली है। आज ही बता रही थीं श्रीमती अय्यर। मेरे ही वक्त गुओं ने तनख्वाह काट ली। उस समय हनमंतराव जी से ज्यादा जान-पहचान नहीं थी। वरना हनमंतराव कर देते। बस यही एक अच्छा आदमी है हमारी संस्था में। श्रीमती अय्यर बहुत अकड़ रही है...।"

कुलकर्णी लगातार लाल निशान लगाकर अंक देते-देते बोले, "उसे मैटर्निटी लीव ही क्यों—मैटर्निटी भी देंगे हमारे मुरलीमोहन! ह ह हऽ परसों सीनेट में माठूराम के प्रपोजल को बहुत सपोर्ट किया उसके पति ने! रेहन पर रखा है न उसने देवीजी को हमारे यहाँ!"

चांगदेव बोला, "अगली बार आप भी मैटर्निटी लीव माँगिए!"

इतने में उनका तीन-चार साल का लड़का नौकरानी के हाथों से छूटकर रोता-चिल्लाता पेपरों की भीड़ से दौड़ता हुआ माँ के पास आया और श्रीमती कुलकर्णी चीखीं, "तुलसी, अरी क्या कर रही है तू? ले जाओ न इसे जल्दी से। देखो सब पेपर फेंक दिए इसने। जल्दी से ले जाओ।"

नौकरानी दौड़ती हुई आई। लेकिन बच्चा माँ से ऐसे चिपक गया था कि छोड़ने के लिए तैयार ही नहीं। फिर कुलकर्णी ही बोले, "कितनी देर बच्चा अकेला बाहर रहेगा री? ले लो उसे। हो गया ये गट्ठर भी। तुम जाओ। मैं लगा लूँगा जोड़। ड्रॉप्स दिए हैं या नहीं इसे? दे दो। तुम जाओ। आज हनमंतराव जी को भी बुलाया है।"

फिर बच्चे को गोद में उठाकर और तुलसी को इमली और गुड़ पीसने के लिए कहकर श्रीमती कुलकर्णी चांगदेव से बोलीं, अच्छी कद-काठी है न इसकी? ब्याह के छह साल बाद जन्मा है! बड़ा शैतान है। दूध नहीं पीता, फिर भी एक महीने में इसका वजन पाँच पौंड से बढ़ गया है। संजू, चाचा के पास जाओ... पहले कभी आए नहीं हैं न आप इसीलिए सकुचा रहा है...क्या? नहीं जी, दो नहीं, यही एक! ही इज माय ओनली सन!"

कुलकर्णी सटासट निशान लगाते हुए बिना ऊपर देखे बोले, "ओनली चाइल्ड बोलो! और अवर ओनली चाइल्ड, ये माय ओनली सन क्या है? हाँ?"

फिर घर के सारे अस्त-व्यस्त कमरे दिखाकर श्रीमती कुलकर्णी बोलीं कि जल्द ही ऊपर एक कमरा बनाने की सोच रहे हैं। फिर बाहर के झोंपड़े की ओर उँगली दिखाकर और नाक-भौं सिकोड़कर उन्होंने कहा, "इतना छोड़ दें तो चारों ओर से अच्छा बैग्राउंड है! बैग्राउंड ही कहें या...?"

चांगदेव बोला, "अर्थ समझ में आ गया, काफी है। बैग्राउंड कहिए या साइट कहिए।"

देवीजी बोलीं, "हाँ साइट, साइट ही उचित शब्द है।"

फिर कुलकर्णी उधर का काम निबटाकर भीतर आए और डाइनिंग टेबल के पास हाथ-पैर फैलाकर बोले, "नागपुर यूनिवर्सिटी आज यकीनन खत्म हो जाएगी! कल जरा आराम करेंगे। कोल्हापुर के सारे पेपर सील करके डाक में दे आता हूँ। फिर इन्दौर शुरू करेंगे। फिर छुट्टी!"

देवीजी बोलीं, "छुट्टी कैसे? हमारी यूनिवर्सिटी के कितने पड़े हैं! उसी में पन्द्रह-बीस दिन लग जाएँगे। उसकी आखिरी तारीख कब की निकल चुकी है जनाब? जोश कम हो गया है इस सप्ताह में आपका। टॉनिक लेने को कहती हूँ, लेकिन...।"

"हमारी यूनिवर्सिटी का होता रहेगा री। दूसरी तरफ का काम समय पर करना अच्छा होता है। यहाँ का तो क्या, चलता ही रहेगा। धर्माधिकारी से मिला था मैं।" बोले, "आराम से कीजिए। अपना ही आदमी है। पिछले साल तो एक महीना देर हुई थी!"

चांगदेव बोला, "ये धर्माधिकारी कौन हैं?"

वे बोले, "हेड हैं हिस्ट्री के, यूनिवर्सिटी में! पता नहीं? अच्छा आदमी है। यही एक अच्छा आदमी है हमारी यूनिवर्सिटी में।"

श्रीमती कुलकर्णी का बनाया कोई नया पकवान मुँह में डालते ही मुँह बनाकर अचानक कुलकर्णी बोले, "अरी, कितनी इमली डाल दी तुमने? दाँत बिलकुल खट्टे करने हैं क्या?"

श्रीमती कुलकर्णी भी जैसे-तैसे चबाते हुए बोली, "अजी तुलसी से कहा था मैंने कि सब मैं ही करूँगी—लेकिन उसमें ऐसा जोश कि मेरे नमक डालने तक उसने सारी इमली डाल दी।"

भोले बोला, "अच्छा ही हुआ ना! वरना आप इधर इमली डालने लगतीं, तब तक उसने सारा नमक डाल दिया होता!"

हा हा हाऽ फाऽऽ—मुँह से नए पकवान के फव्वारे इधर-उधर उड़ाते हुए कुलकर्णी जी भयानक ढंग से हँस दिए।

फिर श्रीमती कुलकर्णी ने नौकरानी से चाय की लगभग सारी तैयारी करवा ली और फिर उसे आदेश दिया, "अब चली जाओ तुम, चाय मैं बना लूँगी। और हाँ, आधे घंटे में लौट आना। बड़े अतिथि आनेवाले हैं। कहीं ऐसा न हो...।"

नौकरानी पल्लू से खेलते हुए मना कैसे करे का भाव बनाते हुए बोली, "अच्छाऽ, खाना बनाकर लौट आती हूँ।"

बाद में चांगदेव बोला, "आधे घंटे में लौटकर आएगी ये औरत? और अपने घर का खाना बनाकर? कहाँ रहती है?"

श्रीमती कुलकर्णी बोलीं, "यहीं रहती है पिछवाड़े की झुग्गी बस्ती में। अच्छा है कि पास ही है। वरना संजू को सँभालकर कपड़े-बर्तन, पीसना सब कुछ एक औरत से नहीं होता। और दो-दो औरतें नहीं चाहिए घर में। एक को ही सिखाते-सिखाते सिर में दर्द होने लगता है।"

कुलकर्णी जी और उनकी श्रीमती दोनों बार-बार बाहर से आहट ले रहे थे। इससे भोले और चांगदेव दोनों जरा परेशान हुए।

प्रोफेसर साहब हैं घर में? बाहर से पुकार सुनाई देते ही कुलकर्णी झट से उठे और बोले, वे आऽ गए। लेकिन उठने की जल्दी में उनका घुटना दन्न से टेबल से टकराया और वे तिलमिला उठे। लेकिन इसे अनदेखा कर श्रीमती जी बाहर गईं और बनावटी अन्दाज में बोलीं—"आइए, आइए, अलभ्य लाभ, अलभ्य लाभ।"

हनमंतराव ठोसर और पुराणिक के हमेशा साथ रहनेवाले आठेक प्राध्यापक भीतर आए, जिनमें तिकड़मी देशपांडे, बिल न चुकानेवाला यजुर्वेदी, बिना तैयारी के पढ़ानेवाला कुलकर्णी, अब तक किसी को भी अपने घर पर भोजन के लिए न बुलानेवाला जोशी, कुलनाम की पूछताछ करके जाति का सही-सही पता लगानेवाला नाटा कुलकर्णी, ठोसर की कचहरी में रोज शाम को जाकर बैठा रहनेवाला लट्ठंभारती देशपांडे, कभी लाइब्रेरी न गया चमकीले बालोंवाला कुलकर्णी, ठोसर और ऋग्वेदी से प्रिंसिपल बनाने का वचन पाया ऋषि पाठक—सभी चापलूस प्राध्यापक थे। इनके अलावा संस्था के पदाधिकारी हमेशा जाकेट पहननेवाला सहस्त्रभोजने और 'छोटा मगज बड़ा और बड़ा मगज छोटा' लगनेवाला देशपांडे भी आए थे। साथ ही इन्हें रास्ते में हिन्दुत्ववादी भोपटकर दिख गए तो इन्हें भी ये साथ लेते आए थे।

यह पता चलने पर कि चांगदेव और भोले रसोई में ही हैं, वे सभी सीधे भीतर घुस आए। कुलकर्णी अपना घुटना मलना भूलकर मुस्कुराते हुए बोले, "आइए! आइए! फिर ठोसर का हँसी-मजाक करना और बाकी प्राध्यापकों का यूँ ही हँसना—हमेशा का कार्यक्रम शुरू हुआ।

कुलकर्णी और श्रीमती कुलकर्णी के चेहरे से दिखाई दे रहा था कि उन्होंने मानो साक्षात परब्रह्म को देखा हो। श्रीमती जी पिछवाड़े की झुग्गियों की ओर देखती हुई पोहा-चिउड़े की तैयारी करने लगीं।

ठोसर चाल-चलन में अच्छे खुशमिजाज व्यक्ति थे। चांगदेव के कन्धे पर हाथ रखकर बोले, "क्यों पाटील साहब, हमारे यहाँ भी आया कीजिए कभी भूले-भटके। आपके बारे में काफी कुछ सुनते रहते हैं हम।"

फिर सभी पोहा-चिउड़ा खाते-खाते गप्पें लगाने लगे। ठोसर कुछ भी कहते और सभी चापलूस प्राध्यापक बढ़-चढ़कर हँसने लगते। लेकिन बिल न चुकानेवाले यजुर्वेदी की ऊँचे ठहाकेवाली हँसी ऐसी विलक्षण होती कि हर बार अन्य प्राध्यापकों को इसका खेद होता कि वे इस तरह नहीं हँस सकते। पोहा-चिउड़ा खत्म होने पर उन्होंने गाँव के शाहू कॉलेज समेत अन्य जातियों के कॉलेजों की गड़बड़ियों की बुराई करना शुरू किया। किसी ने शाहू कॉलेज के चेयरमैन शिंदे की अंग्रेजी का नमूना पेश कर सबको खूब हँसाया। किसी ने यह याद किया कि मुल्ला फिदाअली के प्रिंसिपल ने एक बार गैदरिंग के दौरान सभागार में कोलाहल होने पर अचानक लाउडस्पीकर से कैसे स्कर्ट्स अप एंड ट्राउजर्स डाउन की घोषणा की थी। महात्मा बुद्ध कॉलेज में पैसों की हेराफेरी कैसे की जाती है, शिवाजी कॉलेज में एक रात नाटक के दौरान बिजली गुल हो जाने पर लड़कियों को कैसे परेशानी हुई आदि की बानगियाँ पेश की गईं। फिर कुलनाम की पूछताछ करके जाति का सही-सही पता लगानेवाले नाटे कुलकर्णी ने बताया कि शाहू संस्था में हजारों रुपयों की हेरा-फेरी की बात ऑडीटर ने कही है। ठोसर बोले, "निकालिए जरा डिटेल। छाप देंगे अपने किसी अंक में। देशपांडे जी, आप यूँ ही मिलिए जरा एक बार शाहू के हमारे पुरंदरे वगैरह मंडली से। वो सीमेंट प्रकरण बीच में ही छोड़ दिया हमने। इस साल लाइब्रेरी की इमारत बनाने के लिए उन्हें जेड.पी. से पाँच लाख रुपये मिलनेवाले हैं। हमें मामूली बातों के लिए भी परेशान करते हैं ये सभापति और उनके कुत्ते। हमें भी अब उन्हीं की तरह बर्ताव करना चाहिए। इलेक्शन की तारीखें अभी तक घोषित

नहीं हुई हैं। वैसे भी लिखकर क्या फायदा—दस सालों से लिख रहे हैं हम, फिर भी हर चुनाव में वे ही चुनकर आते हैं। बोर हो गए हैं हम भी। चुप रहा नहीं जाता इसीलिए चला रहे हैं यह सब।"

कहकर ठोसर खिन्नता से मुस्कुराए।

फिर वे चांगदेव से बोले, "आपका नाम वगैरह है या नहीं मतदाता-सूची में? आप अभी-अभी आए हैं, दर्ज कराइए एक अर्जी देकर। भोले साहब तो कांग्रेस के मतदाता हैं शुरू से, और आप यदि विरोधी पार्टी में शामिल हो जाएँगे तो सन्तुलन बना रहेगा।"

हिन्दुत्ववादी भोपटकर बोले, "इन कांग्रेसियों को लाख-लाख वोट मिलते हैं। चुनाव बस एक फार्स बनकर रह गया है। पार्लियामेंट की बैलों की भीड़ में हमारे सौ आदमी भी क्या कर पाएँगे? लगता है, चुनाव के लिए ही विरोधी पार्टियों को जिन्दा रखती है कांग्रेस। क्यों भोले जी? ह ह ह।"

भोले बोले, "अब तो सारे ब्राह्मण ही विरोधी पार्टी में घुस गए हैं। फिर ये पार्टियाँ कैसे पनपेंगी? ब्राह्मण और प्रजातंत्र साँप और नेवले की तरह एक साथ कैसे चलेंगे?"

ठोसर हँसकर बोले, "इनके भीतर का ज्योतिबा फुले जाग रहा है भोपटकर जी! सँभलकर रहिए!"

भोले बोला, "फुलेजी ने सचमुच लिखकर रखा है...भट जिस शहर में रहता है, उस शहर में एक उपदेशक के तौर पर वह सभी को मालूम होता है, परन्तु उसी मंजिल पर रहनेवाले किरायेदार को इस नत्थू-खैरे का पता नहीं होता!...ऐसे भट का सभी विरोधी पार्टियों में घुसने से हमारा प्रजातंत्र एक खम्भेवाला तम्बू बन गया है। जहाँ नेता ही ब्राह्मण हो वहाँ कैसा कम्युनिज्म और कैसा सोशलिज्म? सब ब्राह्मो-कम्युनिस्ट और ब्राह्मो-सोशलिस्ट! ख्य ख्य ख्य। दरअसल, आपका जनसंघ ही एकमात्र ईमानदार पार्टी है जो जातिसंस्था का समर्थन कम-से-कम खुलेआम तो करती है।

हमेशा जाकेट पहननेवाले सहस्त्रभोजने बोले, "इसमें क्या बुरा है? इस मजबूत जातिसंस्था के कारण ही तो हमारा हिन्दू समाज अनेक संकटों में भी जिन्दा रहता आया है, रह रहा है और रहेगा।"

चांगदेव बोला, "इसके बारे में मुझे डॉ. बाबा साहेब आंबेडकर का एक विचार याद आता है। आंबेडकर हिन्दुओं के इस जिन्दा रहने के तुरुप के पत्ते के

बारे में कहते हैं कि यह सवाल गौण है कि समाज जिन्दा रहता है या मरता है। असल सवाल है, वह किस स्तर पर और किस गुणवत्ता पर जिन्दा रहता है। हिन्दू हमेशा हारते हुए जीते आए हैं, सम्मान से लड़नेवाले समाज कभी के खत्म हो गए! ये वो समाज नहीं है, जो हमेशा जिन्दा रहा है और रहेगा, बल्कि वो समाज है जो हमेशा मरता रहा है! इस हिन्दू संस्कृति का टिके रहना ऐसा है जिस पर किसी भी हिन्दू को शर्म ही महसूस होगी।"

ठोसर भोले की ओर देखते हुए बोले, "पर हमें इस पर भी शर्म नहीं, बल्कि गर्व महसूस होता है!"

भोले बोला, "ठोसर साहब, मैंने यह देखा है कि ब्राह्मणों को ही इस जातिगत हिन्दू संस्कृति पर गर्व होता है। मुझे लगता है ब्राह्मणों को ही यह जातिसंस्था बरकरार रखनी है क्योंकि उन्हें ही ये जातिसंस्था अधिक अधिकार प्रदान करती आई है और इससे उनके मुफ्तखोर व्यक्तित्व की रक्षा होती रही है। लेकिन इसके आगे ये टिकेगा नहीं। चातुर्वर्ण की जड़ पर ही कुल्हाड़ी चलाई जानी चाहिए।"

ठोसर बोले, "सभी देशों में ब्राह्मणों का एक वर्ग होता ही है। प्रत्येक देश में विद्वान भी होते हैं और शूद्र भी होते हैं। ऐसा कौन-सा मानवीय समाज है जहाँ चातुर्वर्ण नहीं हैं। बताइए। हमारे धर्मग्रन्थों में यही चिरन्तन सत्य सबसे पहले ठोस रूप में कहा गया है। बड़े-छोटे, गुण-कर्मशः भेद सर्वत्र और हमेशा ही रहेगा।"

चांगदेव बोला, "चलिए मान लेते हैं कि किसी जमाने में यह रचना ठीक थी, लेकिन ब्राह्मण के लड़के को केवल जन्म के आधार पर श्रेष्ठ या विद्वान मानना आपको उचित लगता है?"

ठोसर बोले, "आप लोग वैज्ञानिक सोच रखते ही नहीं हैं और इसी कारण आपके दिमाग चकरा जाते हैं। समाज में हरेक की, हर समुदाय की परम्परा से चली आ रही कुछ सम्पत्ति होती है। बुद्धि, कौशल, गुणवत्ता भी एक सम्पत्ति है। ब्राह्मण के बच्चों को भी विरासत के रूप में कुछ सम्पत्ति मिलेगी या नहीं? बताइए। आपको अपना लड़का दूसरे लड़कों के मुकाबले करीबी लगेगा या नहीं? अपने परिजनों को आप किसी चीज की कमी नहीं होने देते। करीबी लोग हमेशा करीबी ही लगेंगे...जाति भी ऐसी ही बनती है। जो लोग अखिल मानव जाति की गप्पें हाँकते हैं, उनसे पूछिए तो जरा कि आप अपनी सम्पत्ति अपने बाद अपने बच्चों को देंगे या दूसरों को? और दूसरों को क्यों दें? हमारे मराठी लेखक प्र.के. अत्रे ने

क्या किया? यह चिरन्तन हिन्दू-अवधारणा पहले अपना कुटुम्ब, फिर जाति और फिर धीरे-धीरे सम्पूर्ण विश्व की ओर उन्नयन करती रही है।"

भोले बोला, "लेकिन आपकी संस्कृति धीरे-धीरे सम्पूर्ण विश्व की ओर जाती नजर नहीं आती बल्कि अपनी जाति तक ही रुक जाती है, और यही असली राज है। इसीलिए इस उन्नयन के बजाय मनुष्य के लिए यह दर्शन अधिक हितकारी होगा कि मनुष्य मनुष्य की तरह जिए।"

ठोसर बोले, "आप लोग अपने बच्चों को ब्राह्मणों के स्कूलों में पढ़ाना चाहते हैं। मतलब आपको हमारी संस्कृति से प्यार है, पर हमसे नहीं! ब्राह्मणों के उच्चारण आप सीखते हैं, ब्राह्मणों के संस्कार, ब्राह्मणों का रहन-सहन सब आपको चाहिए, लेकिन ब्राह्मण नहीं! ऐसा क्यों?"

भोले बोला, "अंग्रेजों की तरह यदि अपने आप ये सब दूसरों को दे देते तो ब्राह्मण के प्रति द्वेष पैदा ही नहीं होता। इतिहास-पुराण में एक भी ऐसा उदाहरण नहीं है कि ब्राह्मणों ने अपनी विद्या उदार मन से शूद्रों के उद्धार के लिए दी हो। बल्कि आपने अपनी स्वार्थबुद्धि से उसे ताले के भीतर सड़ने दिया और देश को गड्ढे में धकेल दिया।"

चांगदेव बोला, "आपको ऐसा नहीं लगता कि इस जाति के बलबूते सम्बद्ध जाति के केवल निर्बुद्धि लोग ही ऊपर आ रहे हैं और हर जाति के उदारमना लोग पीछे छूट रहे हैं।"

'छोटा मगज बड़ा और बड़ा मगज छोटा' लगनेवाला देशपांडे बोला, "अजी हमारा भान्जा ऐसा बुद्धिमान है कि हमेशा फर्स्ट क्लास आता है! लेकिन परसों उसे एम.पी.एस.सी. के इंटरव्यू में फेल कर दिया। ब्राह्मण के लिए कहीं भी जगह नहीं बची है—बहुत गरीबी है घर की, पर कहाँ जाएँ ऐसे लोग?"

भोले बोला, "यही तो मैं कह रहा हूँ। आप लोगों को बस ब्राह्मण की गरीबी भीषण लगती है। दूसरी जातियों की गरीबी को तो आप लोग कहानी-उपन्यास से लेकर सहज मानकर ही चल रहे हैं। कितने गरीब मछुआरे, माली, दर्जी, सुनार, महार, कुर्मी बुद्धिमान होकर भी पीछे रह जाते हैं, लेकिन इनके बारे में आप नहीं सोचते। हर चीज को प्राप्त करना मानो ब्राह्मणों का ही अधिकार है। सभी गरीब बुद्धिमान बच्चों के बारे में बोलिए। और इन संघवालों ने कैसा गोहत्या पाबन्दी का आन्दोलन शुरू किया है? गाय पालिए कहने में आप ब्राह्मणों का क्या जाता है? कौन ब्राह्मण गाय पालता है? दिखाइए तो जरा एक भी? यानी गाय-भैंस पालनेवाले

बेचारे कुर्मी लोग गोबर-मूत की बदबू सहते हुए गोठ के पास रहेंगे! और आप सफेदपोश साफ-सुथरे ब्राह्मण शहर में सुन्दर रँगे हुए और बढ़िया बगीचेवाली बस्ती में रहेंगे! और मानकर चलिए कि किसी को गोमांस अच्छा लगता है या प्रोटीन के लिए उसे गोमांस खाना आवश्यक है तो वह क्यों नहीं खाए?"

भोपटकर बोले, "इस देश में ये हम होने नहीं देंगे। भारत की संस्कृति अन्य देशों से—दुनिया से अलग है। आज विश्व की प्रमुख संस्कृतियों, यानी ईसाई दुनिया—अमेरिका महाद्वीप के सभी देश, यूरोप, ऑस्ट्रेलिया, और ईसाई संस्कृति से जन्मे रूस-चीन वगैरह कम्युनिस्ट देश और ईसाई संस्कृति से नाता जोड़नेवाले एकेश्वरवादी मुसलमान देश—जब इन सभी से हमारी संस्कृति अलग रही है, सुरक्षित रही है, और उनसे लोहा लेकर भी बरकरार रही है—तब भी आप हिन्दू संस्कृति का स्वतंत्र अस्तित्व स्वीकार करेंगे या नहीं?"

भोले बोला, "मुझे स्वीकार है यह। लेकिन हमारी श्रद्धा केवल ब्राह्मणीय श्रद्धा बनकर नहीं रहनी चाहिए। ब्राह्मणों को चाहिए कि वारकरी, महानुभाव सभी की श्रद्धाओं को पनाह दें। भेदाभेद नहीं हो, स्त्री-पुरुषों के बीच आर्य संस्कृति जितना फासला नहीं हो—यह भी ब्राह्मण पार्टियों को बोलना चाहिए, केवल गाय और वेद नहीं। इन अधिकांश संघवालों के बच्चे अंग्रेजी स्कूल में जाते हैं। स्वभाषा नहीं चाहिए, लेकिन दूसरी ओर देशाभिमान का पाखंड। पूछिए भोपटकर से, आपके बच्चे किस स्कूल में जाते हैं जी?"

"कॉन्वेंट में—क्योंकि...।"

"वजह मत बताइए। जवाब काफी है!"

ठोसर उठकर बोले, "चलिए, खूब बहस हुई। देखा सहस्त्रभोजने जी, हमारी संस्था में कितने भिन्न-भिन्न विचारोंवाले लोग हैं! फिर भी लोग हम पर इल्जाम लगाते हैं कि हम केवल हिन्दुत्ववादी लोगों को ही नौकरी पर रखते हैं!"

फिर वे सभी चल दिए। बाहर आने के बाद चांगदेव भोले से बोला, "अच्छा आदमी लगता है ठोसर। पाखंडी बिलकुल नहीं है।"

भोले बोला, "जुदा-जुदा रूप में ये सभी लोग अच्छे ही होते हैं जी। लेकिन जब भी एकत्र आते हैं, बस जातिवाद की राजनीति करते हैं।"

"और आपने इतनी साफ-साफ बात की, फिर भी आपके प्रति नाराजगी नजर नहीं आई।"

भोले बोला, "ऐसा नहीं है। दरअसल हमारी शुरू से ही पटती है, पर नाराजगी

नहीं है। इसके बावजूद तिकड़मी देशपांडे या बिल न चुकानेवाला यजुर्वेदी उन्हें जितना करीबी लगेगा, उतना मैं कभी नहीं लगूँगा। समय आने पर वे उन्हीं पर भरोसा जताएँगे।"

"जब आपने अपनी अलग सोच रखी है, तब आपको ये सहना ही पड़ेगा।"

"बेशक। मैं इसके लिए भी तैयार हूँ। प्रमोशन वगैरह देते समय जो आप कह रहे हैं, वह गुस्सा फूट पड़ता है। अब यह तय है कि जिन्हें ऊपरी ग्रेड मिलेगी, उनमें मेरा नाम नहीं होगा। लेकिन मैं अपने विचार ढककर नहीं रखूँगा। चलो इसी बहाने इस कट्टरपंथी गढ़ में दरार।"

चांगदेव बोला, "ऐसे लोगों के बीच हमेशा रहना बड़ा कठिन है। अपना कोई अलग रास्ता ढूँढ़ना चाहिए, ताकि कम-से-कम आनेवाला दिन तो अच्छा गुजरे।"

एक दोपहर चांगदेव सोच ही रहा था कि भोजन के लिए कहाँ जाएँ, तभी मन

हुआ कि टूरिस्ट होटल पर जाकर पूरा दिन राजेश्वरी के साथ वहीं बिताएँ। लेकिन तभी दरवाजे पर दस्तक हुई और देखा तो दरवाजे पर स्वयं राजेश्वरी खड़ी थी। आते ही बोली, "कल-परसों मैं निकल रही हूँ, आज ही पत्र आया है। सोचा, तुझे कल की छुट्टी लेने को कहूँ और खूब घूमूँ।

"दीवाली की छुट्टियाँ खत्म होकर अभी-अभी तो कॉलेज शुरू हुआ है। लेकिन कैजुअल लीव मिल सकती है। एनीवे, तुम चली जाओगी, ये ठीक नहीं है।"

वह मीठी मुस्कान बिखेरती हुई बोली, "सर, यू एंड आय मस्ट पार्ट, बट दैट्स नॉट इट..."

"कौन-सा नाटक पढ़ा आज? शेक्सपियर की पंक्ति लगती है। कौन-सा?"

वह खिड़की खोलती हुई बोली, "पहचानो तो जरा!...पर मकान अच्छा है। इतने बड़े घर में कैसे रहता है तू?"

"रहता हूँ! जी भरके रहता हूँ!"

"जी भरके! ग्रेट! मुम्बई का मेरा कमरा यानी इस खटिया की चार गुना जगह होगी...इधर पीछे भी कोई रहता है? पड़ोसी कैसे हैं?"

"सभी गृहस्थ लोग हैं। इन शादीशुदा लोगों का सब कुछ दिलचस्प होता है। हमारे पीछे रहनेवाले वैद्यजी तो सब्जी लाने भी जाते हैं तो भी बच्चों से कहते जाते हैं, आता हूँऽ, अभी आता हूँऽ! उन्हें आने में जरा-सी देर क्या हो जाती है कि बच्चे

और पत्नी 'बाबूजी बाबूजी' कहते हुए मेरी खिड़की के नीचे शोर मचाने लगते हैं। मदारी के भालू जैसा ही लगता होगा इन लोगों को, क्यों? मानो एक अदृश्य डोरी ही है घर से बँधी हुई—डोरी तनते ही कहीं भी हो, घर पर लौट आना।"

"अच्छा लगता होगा वही। हम जैसों का तो जंगली पशु जैसा हाल है, रास्ता ढूँढ़ते-ढूँढ़ते जहाँ आसरा मिले वहाँ पहुँच जाना। किसी की किसी से जुड़े होने की भावना ही नहीं होती।"

"इसमें क्या अच्छा है? उस वैद्य परिवार की खिचखिच बताई नहीं मैंने तुम्हें अभी तक। चौबीसों घंटे कुछ-न-कुछ आवाजें आती रहती हैं उनके घर से। घर में खटमल, मच्छर, तिलचट्टे। और मेहमान तो इतने आते हैं उनके घर कि बाप रे बाप। रात में भी बच्चों की लगातार पिनपिन। बुढ़ऊ रात में कभी भी दिया जलाकर दीवार पर खटमल ढूँढ़ता रहता है। आधी रात में ही कोई बच्चा चीखकर जाग उठता है और घर के बीसेक लोग बिना वजह उसे चुप कराते रहते हैं। छोटे बच्चों तक के लिए मच्छरदानी नहीं है। रात भर मच्छर काटते होंगे बच्चों को। उनके बच्चे मेरे यहाँ आते हैं और मेरे सारे बिस्कुट चट कर जाते हैं। बच्चों के लिए मिठाई लाने का रिवाज ही नहीं है इन लोगों में। और पता है तीन कमरे के घर में कितने लोग रहते हैं? वैद्य की दादी-दादा—सत्तर की उम्र के बूढ़े, माँ-बाप भी पचास के आसपास, दो छोटे भाई हैं शैतान, वैद्य का एक और जवान भाई और उसकी पत्नी उस ओर का एक कमरा हथियाकर बैठे रहते हैं। यानी बूढ़ों का और वैद्य के पूरे परिवार का हंगामा इस ओर, मतलब हमारे तरफ के कमरे में दिन-भर होता रहता है। पूरा मेला लगा रहता है। सभी जोर-जोर से बोलते रहते हैं। चिल्लाते रहते हैं एक-दूसरे पर। वैद्य की पत्नी बेचारी बहुत ही सीधी-सादी स्त्री है। चुपचाप सभी का काम निबटाकर ऊपर से बच्चों का भी बड़े प्यार से निबटाती है। और रात में भी चाहे जब वैद्य का बाप भजन जैसी तालियाँ बजाता रहता है। जोर-जोर से, यूँ ही।"

एक ओर चांगदेव यह सब सुना रहा था और वह बीच-बीच में बात-बात पर खिलखिला रही थी। बोली, "बहुत इंटरेस्टिंग है यह परिवार। बल्कि अच्छा होता है ऐसे एकत्र कुटुम्ब में। बूढ़ी स्त्रियाँ रसोई का काम देखती होंगी, फिर उस स्त्री के लिए बचता ही क्या होगा बच्चों का और पुरुषों का काम? जब आसपास लोग बतियाते, हँसते-खिलखिलाते रहते हैं, तो अच्छा लगता है। पति-पत्नी के विभक्त कुटुम्ब में कैसी खींचातानी होती है! ऊपर से पत्नी भी नौकरी करती हो तो पूछो

मत। एक नौकरानी बच्चे को पालने के लिए, दूसरी रसोई के लिए और तीसरी बर्तन-कपड़ों के लिए। पैसे देकर किराये की स्त्रियाँ रखने के बजाय अपने लोग लाभदायी होते हैं घर में।

"इस तरह बच्चों को पालने के लिए नौकरानियाँ रखकर खुद नौकरी पर जानेवाली स्त्रियाँ मुझे बेवकूफ ही लगती हैं। पैसों के लिए खुद दूसरे की नौकरी करेंगी, स्कूल-कॉलेजों में दूसरों के बच्चों को पढ़ाएँगी और इधर अपने बच्चे गँवार स्त्रियों के हाथों में सौंप देंगी। इस तरह तो बच्चे यकीनन बुद्धू बनते होंगे।"

"बात तो ठीक है...लेकिन इतना पढ़-लिख जाने और पुरुष जितनी ही नौकरी की काबिलियत होने के बावजूद गँवार की तरह बैठे रहने में क्या कोई अक्लमन्दी है? परिवार का पेट पालने का सन्तोष स्त्रियों को भी अनुभव करने दो! नौकरी के कारण स्त्रियों में आजादी का, स्वाभिमान का एहसास जगता है। दरअसल, यह मध्यवर्गीय पैटर्न पुरुषों को ही तोड़ देना चाहिए कि पति ही बाहर गधा-मजूरी करके थककर आए और औरतें घर में आराम से बैठी रहें! इन सुस्त औरतों ने इतने दिनों से पति को बड़प्पन दे-देकर उसे बैल बना दिया है। औरतों की यह चालाकी टिकने नहीं देनी चाहिए। उन्हें नौकरी करने देना चाहिए।"

"केवल पैसों का मोह है इसके पीछे—बाहर पाँच-छह सौ रुपये कमाओ और घर में तीस रुपयों में तीन नौकरानियाँ रखकर बचे हुए पैसों की बचत करो, ऐसा धन्धा है ये!"

"माना कि पैसों के लिए पति-पत्नी नौकरी करते हैं, फिर भी क्या हर्ज है इसमें? इन पैसों के कारण स्त्रियों को आजादी से जीने का ढंग तो पता चलता है।"

"मुझे तो लगता है कि नौकरी के कारण खुद को न केवल बाहरी दुनिया की बनिया पद्धति में ढालने की आदत हो जाती है, बल्कि इसी से गुलामी बढ़ती है।"

"तुमने अभी बेरोजगार लोगों की दुर्गति नहीं देखी है। मेरा एक भान्जा है—बेकार की शून्यवादी बातें करता रहता है, हर बात को निराशावाद से जोड़ता रहता है। बाकी चाहे जो हो, लेकिन काम से हम जैसे लोगों को स्वस्थ, मजबूत मानसिक स्वास्थ्य प्राप्त होता है। मुझे तो लगता है, हर काम का पारिश्रमिक मिलना ही चाहिए। पत्नी खाना बनाए तो उसे इसका भी वेतन दिया जाना चाहिए। पत्नी से मुफ्त में रसोई का काम करवाना पुरानी सामंती प्रवृत्ति की निशानी है। इसी वजह से हमारी स्त्रियों का स्वाभिमान जाता रहा है। प्रजा भी इस कारण दुर्बल उपजती रही है। अपनी सन्तुष्टि के लिए ही सही, स्त्रियों को कमाना ही चाहिए। गुजरात

में तो रोज कई औरतें खुदकुशी करती हैं। जब जिन्दगी ही बोझ बन गई तो क्या करेंगी वे?"

"लेकिन इससे बनिया वृत्ति के पति से केवल पैसों के लिए पत्नी का शोषण होने की सम्भावना अधिक होती है। घर में प्यार, भावनाओं की स्निग्धता ही ज्यादा अहम होती है। घर खास तौर से बच्चों के लिए ही होता है, ऐसी स्थिति में स्त्रियों का नौकरी करना बच्चों के हित में ठीक नहीं है। भोजन से भी ज्यादा माँ का प्यार जरूरी है।"

"मैं मानती हूँ यह बात। मुम्बई में हमारे पड़ोस में एक ऐसा ही परिवार रहता है—पति-पत्नी दोनों प्राध्यापक। पता है अपने बच्चों के लिए वे क्या-क्या सामान लाते रहते हैं—दूध के डिब्बे, बोतलें, विटामिन के ड्राप और सिरप, टॉनिक, मुसम्बी, प्रोटींस के डिब्बे, अंडे और भी न जाने क्या-क्या—दिन-भर बच्चों का एक ही काम, बस खाना। घिन आती है ये देखकर।"

"और दूसरी ओर हमारे ये वैद्यजी : तीन बच्चे, इतने सारे लोग, मेहमान वगैरह, फिर भी केवल एक लीटर दूध लेते हैं। फल तो लाते ही नहीं।"

"लेकिन मुझे लगता है कि पैसा और अपना स्टैंडर्ड वगैरह बढ़ाने के लालच के मुकाबले इनसानियत ज्यादा अहम है। इतने सारे मेहमान आते हैं, मतलब कितने ही लोगों पर एहसान होंगे इनके। देहाती लोग अस्पताल या किसी और काम से शहर आते हैं। उन्हें घर में रहने देना यानी परोपकार ही हुआ न, और ये अच्छी बात है। मुझे लगता है सादा रहे लेकिन गृहस्थ बने। इस तरह जिए बिना इनसानियत नहीं बढ़ती। सफाई, ठाट-बाट और ज्यादा अनुशासन का पालन करनेवाले लोग संकुचित वृत्ति के होते हैं।"

उसकी प्रौढ़ और सर्वज्ञ बुद्धि को देखकर वह चकित हो गया। बोला, "तुम्हारा कहना बिलकुल सही है। वैद्य परिवार बहुत दिलदार है। मेरे पैगाम लेकर रखना, दूध लेकर गर्म करके रखना और मेरे घर आते ही बच्चों को भेजकर मुझे सूचना देना। बीच-बीच में कभी कुछ अच्छा पकवान बनाते हैं तो थाली में परोसकर भेजते भी हैं। जहाँ भीड़ होती है, वहाँ दिल अपने आप विशाल होता जाता है। एक-दूसरे को सहने का अनुशासन भी अहम मानना चाहिए। मैं भी बड़े परिवार में रहने के कारण बचपन में विशाल हृदय था। लेकिन अब अकेला रह-रहकर संकुचित हो गया हूँ। मेरी हालत तो यह है कि एक मेहमान भी आ जाए तो भी मुझसे सहा नहीं जाएगा।"

वह बोली, "गृहस्थ लाइफ मुझे अच्छी लगती है, पर दूसरे की! बच्चे भी भाते हैं, पर वे भी दूसरों के!"

"क्यों? खुद की क्यों पसन्द नहीं?"

वह बोली, "उसमें कोई दम नहीं होता। प्यार, ब्याह सारी कल्पनाएँ होती हैं। हमारे विकारों की ये सुन्दर पोशाक होती हैं। केवल मेकअप, कॉस्मेटिक्स!"

"फिर हम प्यार क्यों करते हैं?"

वह बोली, "करना ही नहीं चाहिए! केवल मानसिक प्यार पागलपन तो लगता ही है, लेकिन ब्याह और पति ये बातें भी मुझे अजीब लगती हैं। खाना बनाओ, हमेशा साथ-साथ रहो—मुझे तो ये मध्ययुग की निशानियाँ लगती हैं और अजीब भी। तुम्हें नहीं लगता?"

वह हँसकर बोला, "मुझे हूबहू वैसा नहीं लगता। सारी औरतें जब तुम्हारे जैसी आधुनिका बनेंगी, तब मध्ययुग का कुछ भी बरकरार नहीं रहेगा।"

फिर उसने कहा, "चाय बनाएँगे।" वह बोली, "मैं बनाती हूँ। मुझे बता दो कहाँ क्या रखा है।"

वह बोला, "नहीं-नहीं, तुम्हारा चाय बनाना मध्ययुगीन हरकत हो जाएगी! मैं ही बनाता हूँ। साथ ही सारी वस्तुएँ तुम्हें दिखाने की झंझट भी बचेगी।"

वह स्निग्धता से मुस्कुराई। वह चाय बनाते-बनाते बिस्कुट का डिब्बा उसके सामने रखता हुआ बोला, "तुम बहुत क्रूर हो। यह बात और है कि क्रूरता मुझे भाती है।"

"वाकई? बहुत थोड़े पुरुषों को मैं पसन्द आती हूँ। फिर भी मुझे मनमानी करने का और वैसे बने रहने का अधिकार मिलना ही चाहिए।"

चाय खत्म होने पर वह बोली, "चलो! आज हम उधर ही भोजन करेंगे। हमें एक नवाब के घर जाना है दोपहर में। मुझे यहाँ से निकलने से पहले डिपार्टमेंट को इसके कलेक्शन की रिपोर्ट देनी है। तभी परसों मैं निकल सकती हूँ।"

फिर वे दोनों बाहर चल दिए।

दूसरे दिन क्लास में पढ़ाते समय वह लगातार लड़खड़ा रहा था। गलतियाँ कर रहा था। लगातार राजेश्वरी सामने आती थी। क्लास में पल्लू लपेटकर बैठी लड़कियों की एक कतार और दूसरी ओर लड़कों की कतारें, एक-दूसरे की ओर हमेशा

चोरी-चोरी देखनेवाले लड़के-लड़कियाँ उसे भयानक गन्दे लगते थे। राजेश्वरी की तरह स्त्रीत्व को पार किए बिना इन लड़कियों की मुक्ति नहीं है। लेकिन हम ऐसा माहौल और ऐसी शिक्षा देने में असमर्थ हैं। हमारे स्कूल-कॉलेज, शिक्षा पद्धति असमर्थ हैं। कल रात भोजन के बाद वे दोनों बगीचे के किनारे घूमते-घूमते काफी दूर तक निकल गए थे। वापस लौटने पर उसे होटल के पोर्च में पहुँचाकर वह घर आया।

आज फिर वह उसकी राह देख रही होगी।

क्लास खत्म होने पर वह मित्रों को टालकर रिक्शा से होटल आया। वह नीचे आई। फिर चाय पीकर तुरन्त वे उसी रिक्शा से गाँव के बाहर खेतों को पीछे छोड़ते हुए पुरानी बस्ती की ओर कहीं दूर चल दिए। रिक्शावाला भी ठीक से रास्ता नहीं जानता था और ऊबड़-खाबड़ सड़क पर गड्ढे से बचाता हुआ वह रिक्शे को जोर से दौड़ा रहा था। रिक्शा का पहिया गड्ढे में जाता और वे दोनों एक-दूसरे से टकराते। जी-जान से कोशिश करने पर भी शरीर से शरीर का स्पर्श टालना असम्भव हो रहा था। ऐसे में हवा में लहराते उसके खुशबू-भरे बाल लगातार चांगदेव के चेहरे से टकरा रहे थे। वह बीच-बीच में बालों को पकड़कर रखती थी। लेकिन गड्ढा आते ही सन्तुलन खो बैठती और मुट्ठी खुल जाती। और फिर उसका चेहरा और उससे हौले-हौले से टकराते मुलायम रेशमी बाल। उसे यह मजेदार लगा। उसने हँसकर उसकी ओर देखा। उसने भी मधुर मुस्कान बिखेरी।

दूर से ही नवाब की गढ़ी नजर आने लगी, तब रिक्शावाला अपने आप से बुदबुदाते हुए बोला, “इसमें एक फिल्म का शूटिंग हुआ था भूतबँगला नाम से। मुश्किल है, ऐसे में नवाब लोग रहा करते थे?”

रिक्शा गढ़ी के आगे पहुँचकर रुका। उसने चांगदेव को रिक्शा का किराया चुकाने से रोका। लेकिन रिक्शावाला उससे पैसे नहीं ले रहा था, उसने चांगदेव से ही लिये। वह बोली, बाद में तुम्हें लेने पड़ेंगे। रिक्शावाला चला गया। फिर गढ़ी का दरवाजा खोलकर एक बूढ़ा नौकर बेहद अदब से सलाम करके उन्हें भीतर ले गया। भीतर का सुन्दर वास्तुशास्त्र, लकड़ी से बने छज्जे, घोड़ों के तबेले, तालाब, हौज, टूटे-फूटे फव्वारे, पुराने विशाल पेड़, सूखा बगीचा, लकड़ी की पुरानी सुन्दर कारीगरी वगैरह देखकर राजेश्वरी खुश हो गई। बैठक में मसनद के पास बैठे ही थे कि थका-हारा, निजामी टोपी पहने नवाब का बूढ़ा दीवान आया। राजेश्वरी अंग्रेजी के अलावा कोई भाषा नहीं जानती थी। इसलिए सारा वार्तालाप चांगदेव को

ही अपनी टूटी-फूटी उर्दू में करना पड़ा। दीवान की किसी भी बात में दिलचस्पी नहीं बची थी। उसने अत्यन्त अदब से झुककर दोनों को सलाम किया। जवाब में राजेश्वरी ने अपना हाथ उठाया और चांगदेव ने दोनों हाथ जोड़कर नमस्ते किया। चांगदेव बोला, "इससे यह साबित हो गया कि हम दोनों की संस्कृति मुसलमानों से निम्न कोटि की है।"

फिर चाय वगैरह होने तक दीवान ने नवाब का हैदराबाद से आया उर्दू पत्र उन्हें दिखाया। राजेश्वरी ने उसका पता लिख लिया। शर्तें वगैरह लिख लीं। दीवान बोला, "नवाब साहब का कहना है कि यदि सारी वस्तुएँ एकमुश्त खरीदते हैं, तभी देंगे।" फिर एक नौकर को चाबियों का गुच्छा देकर ऊपर के तीनों हॉल खोलने के लिए कहकर दीवान वहीं बैठ गया। चांगदेव और राजेश्वरी अँधियारी सीढ़ियों से एक-दूसरे का सहारा बनते-बनते ऊपर आए।

ऊपर राजेश्वरी एक-एक पेंटिंग को ध्यान से देख रही थी। चित्रकार के दस्तखत परखकर, धूल झाड़कर चित्र को साफ कर दूर से देखते-देखते उसने मन लगाकर एक-एक चित्र की सूची बनाने का काम शुरू किया। बीच-बीच में चांगदेव भी सहायता कर रहा था। कुछ ब्रिटिश अफसरों के चित्र थे। कुछ उन्नीसवीं शती के यूरोपीय मुसाफिरों के चित्र थे तो कुछ रविवर्मा के। टीपू सुलतान का एक सुन्दर पोर्ट्रेट था। रविवर्मा द्वारा बनाया नल-दमयन्ती का भी। वह बोली, लोगों की धारणा है कि रविवर्मा का बनाया नल-दमयन्ती का ओरिजिनल चित्र बड़ौदा के गायकवाड़ों के पास है। लेकिन दरअसल यह यहीं है। मतलब हमारे म्यूजियम का आकर्षण बढ़ेगा।"

चांगदेव उस चित्र को दीवार से टाँगकर पीछे दूर जाकर देखता हुआ बोला, "सुन्दर है।"

वह भी पीछे खिसककर चित्र पर नजरें गड़ाती हुई बोली, "खास कुछ भी नहीं है। सोयी हुई दमयन्ती का चित्र है। हमारे लोग सांस्कृतिक आदर्श के कारण नग्नता को टालने के लिए चित्र को भी कितना खराब कर देते हैं! रोमन लोग यही चित्र कितना सुन्दर बनाते। यहाँ भी योनि, स्तन वगैरह ढकने की रविवर्मा की कैसी जद्दोजहद है। दमयन्ती का सीना भी ढक दिया है।"

चांगदेव बोला, "भारतीय चित्रकार चित्र को ऐसा ही बनाएँगे। तुम जैसी औरतें भी केशभूषा, रंग वगैरह सब कुछ अमेरिकन अपनाएँगी, लेकिन साड़ी-चोली इंडियन। अमेरिकन नग्नता को टालने के लिए।"

वह दूसरा चित्र देखते-देखते हँसकर बोली, "वैसा रहन-सहन न अपनाएँ तो तुम जैसे मेरे पास फटकेंगे भी नहीं!"

वह बोला, "दरअसल, तुम्हारे नाटक के लिए नल-दमयन्ती एक अच्छी कहानी है।"

"एक पूरा नाटक बन पाएगा इस कहानी पर? शायद मुझे वह कहानी पूरी मालूम नहीं है।"

"मैं सुनाऊँगा पूरी कहानी। ये मेरी अत्यन्त प्रिय कहानी है।"

चित्रों की सूची खत्म कर उसने पड़ोस के हॉल की अनेक सुन्दर वस्तुओं के ब्योरे तेजी से तैयार किए। जापानी पार्टीशन का स्टैंड, शीशम से बना पुराना सुन्दर फर्नीचर, चीनी मर्तबान, बर्तन, शस्त्र—सब कुछ अनचाहा-सा कोने में धूल खाता पड़ा हुआ था। नौकर ऊबने तक बता रहा था कि नवाब साहब ने किस देश से, कब और कैसे उसे इकट्ठा किया, यहाँ लाने में कैसी परेशानी हुई वगैरह। नौकर यह भी अचूक बताता था कि उस समय उसकी अपनी उम्र क्या थी। हर बार आखिर में निचले सुर में वह कहता, चले गए वो दिन बाईसाब। अब क्या रह गया, क्या रहेगा? वहाँ एक काँच से बनी अलमारी में पुराने बड़े-बड़े जेवर थे। उन्हें देखकर राजेश्वरी दीवानी हो गई। उसने चांगदेव से पूछा, "इस तरह के जेवर अब कहाँ मिलेंगे?"

चांगदेव बोला, "पुरानी चीजें तुड़वाने की दुकान में मिलेंगे। देहात में ऐसे गहने अभी भी कभी-कभार पहने जाते हैं।"

वह उत्साह से बोली, "आज ढूँढ़ेंगे हम? यहाँ से चलने के बाद?"

सारी सूची पूरी होने पर उबासियाँ लेती हुई और कागज समेटती हुई वह बोली, चलो। दुबारा सीढ़ियों पर एक दूसरे का सहारा बनते-बनते वे नीचे आए। नवाब के दीवान से उसने कह दिया कि हम जल्द ही पत्राचार करेंगे। फिर दीवान उन्हें बाहर तक पहुँचाने के लिए आया और बोला, "गाँव से रिक्शा बुलवाऊँ?" वह चांगदेव से बोली, "नहीं चाहिए न? हमें धातुओं की वस्तुएँ तुड़वाने की दुकानें भी तो देखनी हैं। पैदल ही जाएँगे।"

ड्योढ़ी पर बैठा बूढ़ा नौकर बोला, "किधर जाना है? ऐसे तल्ले के बाजू-बाजू से सीधे उस पार चले जाना। उधर रिक्शा नहीं तो ताँगा रहता ही है। बस भी मिलेगी।"

तालाब के किनारे-किनारे वे पैदल ही चल दिए। बीच में टीले की तेज चढ़ान आई। धीरे-धीरे धूप से चेहरे जलने लगे। ऊपर आने तक वह थक गई। चेहरे पर लगे रंग पसीने के कारण बिगड़ गए। इससे वह और मजेदार दिखने लगी। वह आगे जाकर थम जाता और अपनी ओर धीरे-धीरे कदम बढ़ाती आती उसे देखता रहता। पास आने पर वह मोहक-सी मुस्कुराती और वे फिर चल पड़ते। बबूलों के बीच से रास्ता निकालते-निकालते वे टीले की चोटी पर पहुँचे। नीचे का तालाब देखते हुए वहीं खड़े रहे। दूर एक पंछी पंखों को तिरछा बनाकर चक्कर काट रहा था। वह बोली, "बैठेंगे थोड़ी देर। गाँव बहुत सुन्दर है। यू आर लकी। मैं दुबारा यहाँ नहीं आ पाऊँगी।"

आसपास घास के विशाल मैदान, एक-सी चटक धूप और असीम फासले के कारण वह अन्यमनस्क-सी हो आई। अत्यन्त खिन्नता से घुटने पर गर्दन टिकाए वह तालाब की ओर देखती बैठी रही। वह आध्यात्मिक होने लगी।

उसमें उत्साह भरने के लिए चांगदेव बोला, "चित्र इतने सारे थे कि देखकर ही थकान हो गई। ऊपर से ये रास्ता। पर खत्म हो गया, उस पार वो सड़क ही दिख रही है।"

फिर भी वह आध्यात्मिक मुद्रा में वैसी ही बैठी रही। उसे लग रहा था कि वह बोलता रहे। चांगदेव बोला, "नल-दमयन्ती की कहानी इतनी उथली नहीं है जितनी लगती है। तुम्हें पसन्द आएगी।"

उसमें थोड़ा-बहुत जोश आया। वह बोली, "नल एक गैम्बलर था—ऐसी ही शुरुआत है न?"

"उससे भी पहले काफी कुछ है। चलो, हम चलते-चलते बात करेंगे। तुम्हारी वो धातु तुड़वाने की दुकान भी ढूँढ़ेंगे।"

फिर पैदल चलते और बीच में ही रुकते-रुकते उसने नाटकीय तकनीक की दृष्टि से उसे पूरी कहानी कही : नाटक का आरम्भ यहाँ से भी ठीक रहेगा कि नल द्यूत खेल रहा है और लगातार हारता जा रहा है। पूरा राज्य हार जाता है, सम्पत्ति हार जाता है और अन्त में अपनी पत्नी पर भी दाँव लगाता है। उधर महल में सभी डावाँडोल हो रहे हैं। दमयन्ती बार-बार आकर खेलने से उसे विमुख करने का प्रयास करती है, पर वह खेलता ही रहता है। आखिरकार यह देखकर कि उस पर ही दाँव लगा है, उसे उठाने के लिए वह सभी अमात्यों को बुलाती है...दरअसल

इसके पहले अपने स्वयंवर में उसने इन्द्र, अग्नि, वरुण तथा यम जैसे लोकपालों को ठुकराकर नल को वरमाला पहनाई थी। जब वह वरमाला लेकर आई थी, तब ये चारों देवता यह सोचकर कि वह नल को ही वरेगी, सभी नल का रूप धारण करके बैठे थे। परन्तु दमयन्ती क्रुद्ध होकर उनकी ओर देखने लगी और डर के मारे वे अपने असली रूप में आ गए। फिर दमयन्ती ने नल को वरमाला पहनाई। देखो, और ये नल, उसी पर दाँव लगाता है। इस कहानी में कलि के उसके शरीर में प्रविष्ट होने के कारण यह घटित होता है। क्योंकि कलि भी दमयन्ती के स्वयंवर के लिए चल पड़ा था, लेकिन उसके पहुँचने से पहले ही स्वयंवर समाप्त हो चुका था। इसलिए वह नल से प्रतिशोध लेना चाहता था। आगे चलकर नल को मात्र शरीर पर पहने वस्त्रों के साथ राज्य का त्याग करना पड़ा। दमयन्ती अपने बच्चों को अपने पिता के पास भेज देती है। नल को लगता है कि दमयन्ती उसके साथ न आए, पर वह उसे अकेले नहीं जाने देती। वह कहता भी है कि मैं पति के रूप में नालायक साबित हुआ हूँ, इसलिए तुम मुझे त्याग दो। लेकिन वह उसके साथ ही रहती है। इससे उसकी परेशानी और बढ़ती है। आगे चलकर भूख से परेशान होने पर नल पंछियों को पकड़ने के लिए अपना एकमात्र वस्त्र उन पर फेंकता है, लेकिन पंछी उसे भी लेकर उड़ जाते हैं। फिर थकी-हारी दमयन्ती नल को भी अपने वस्त्र में लपेटकर सो जाती है। तब उसके थके-हारे मासूम चेहरे की ओर देख और अपने जैसे अधम मनुष्य पर भी उसकी निष्ठा देख नल और उद्विग्न हो जाता है और उसका आधा वस्त्र काटकर उसे अकेला छोड़ निकल जाता है। जाग जाने पर दमयन्ती आक्रोश करते-करते उसे ढूँढ़ती हुई एक व्यापारी टांडे में फँस जाती है। इस टांडे के हाथी को देखकर जंगली हाथियों का एक झुंड उन पर हमला करता है और सभी लोगों समेत तम्बू को कुचल देता है। लेकिन दमयन्ती बच जाती है। फिर वह जैसे-तैसे अपने पिता के पास पहुँचती है। इधर नल एक नाग कर्कोटक को दावानल से बचाता है। इस उपकार का बदला चुकाने के लिए कर्कोटक उसे जोर से काट लेता है और अपने जहर से उसका सारा रूप बिगाड़कर उसे बदसूरत बना देता है। फिर नल से कहता है, इससे कोई भी तुम्हें एक राजा के रूप में नहीं पहचान पाएगा। तुम मामूली कामधाम करके सुख से रहोगे और तुम्हारे शरीर का कलि मेरे विष से हलाकान होकर तुम्हें त्यागकर चला जाएगा। फिर इस तरह यह पूरी तरह से कायापलट हुआ नल, बाहुक नाम धारण कर ऋतुपर्ण राजा के यहाँ सारथि और रसोइया बनकर रहता है। इधर म्लान हुई

दमयन्ती उसे फिर पाने के लिए अपने पिता के यहाँ दुबारा अपना स्वयंवर रचाती है और ऋतुपर्ण राजा के सारथि के रूप में नल वहाँ पहुँचता है। फिर नल को पहचानने पर उसके शरीर को पूर्ववत बनाने के लिए कर्कोटक दुबारा उसे काटकर अपना विष निकाल लेता है। ये कहानी है।

इतनी देर में वे गाँव के बाहर की विरल बस्ती तक पैदल पहुँच गए। वहाँ से रिक्शा लेकर वे पुराने बाजार आए। बीच की एक दुकान से बंजारा लोग पुराने ढंग का कपड़ा खरीद रहे थे। राजेश्वरी ने वहाँ काफी समय बिताकर पुरानी डिजाइनों का काफी सारा कपड़ा खरीद लिया। बीच-बीच में वह पूछ रही थी, आर यू टायर्ड? चांगदेव उदारता दिखलाता हुआ और उसके पुलिंदों को हाथ में, बगल में सँभालता हुआ उसे गो अहेड कह रहा था। यू आर वेरी नाइस कहते हुए वह अपनी टूटी-फूटी हिन्दी में सौदा कर अलग-अलग कपड़ा खरीद रही थी।

वे वहाँ से बाहर निकले तब आठ बज चुके थे। चांगदेव बोला, "पुरानी वस्तुएँ तुड़वाने की दुकान तुरन्त ढूँढ़नी चाहिए, रिक्शा से जाएँगे।" फिर रिक्शा से पुराने बाजार आने पर ढूँढ़-ढूँढ़कर उन्हें सुनार की पुराने गहनों की एक दुकान मिली। वहाँ गाँव के लोगों द्वारा गिरवी रखे चाँदी के काफी गहने थे। सुनार बार-बार अन्दर जाकर पुराने से पुराने अलग-अलग अजीबोगरीब गहने लाकर दिखाता। ये बड़े-बड़े महाकाय गहने गले में पहनकर वह कहती, कैसा लगता है ये? वह कहता, अच्छा है। धीरे-धीरे वह उसे देवी जैसी अद्भुत मूरत ही लगने लगी। उसने बड़ी-बड़ी निम्बौरियों जैसे मणियों के एक हार को पसन्द किया। फिर पैरों में मोटे-मोटे तोड़े पहनकर देखे। वह बोली, "कैसे लगते हैं?" चांगदेव बोला, "बढ़िया, तुम यही खरीदना। लेकिन सौदा करने से पहले बहुत ज्यादा जोश मत दिखाना। यही ले लो।"

फिर सारी खरीदारी में अपना पर्स लगभग पूरा खाली कर वह बोली, "हो गया। लेकिन अच्छा हुआ लौटने का टिकट खरीदकर रखा था। वरना तुमसे पैसे उधार लेने पड़ते मुझे। अभी पचासेक हैं। भूल जाने से पहले हमें कहीं बैठकर हिसाब करना चाहिए। तुमने कपड़ेवाले को दस रुपये दिए, यहाँ कितनी रेजगारी दी? रिक्शावाले के भी तुम्हीं ने चुकाए।"

वह बोला, "फरगेट इट।"

वह बोली, "नहीं-नहीं, चलो, सामने के होटल में हम कुछ पेटपूजा करेंगे। तुम्हें भी भूख लगी होगी, नहीं? चलो, कुछ खा लेंगे।"

फिर सामने पंजाबी होटल के फैमिली रूम में जाकर उसने पुलिंदे के कागज पर छोटा-बड़ा सारा हिसाब उकता जाने तक लिख डाला। वहाँ के बिल के आधे पैसे भी उसने जबरदस्ती चांगदेव की जेब में डाल दिए।

वहाँ से सारे पुलिंदे सँभालते हुए वे पैदल एक बगीचे के सामने आए। बाहर फलों के रस का एक ठेला लगा हुआ था। वह बोली, "पंजाबी के खाने में तेल बहुत ज्यादा था। चलो हम टमाटर जूस पीते हैं।"

चांगदेव बोला, "गन्दा होगा। तुम ले लो।"

ठेलेवाला टमाटर जूस बना रहा था। शायद राजेश्वरी के जेहन में अभी तक दमयन्ती की कहानी रेंग रही थी। वह बोली, "दमयन्ती नाम का कोई मतलब भी है? क्या तुम्हें संस्कृत आती है? हमें तो स्कूल में अंग्रेजी के अलावा कुछ भी नहीं पढ़ाया गया।"

वह बोला, "दमयन्ती का खास प्राचीन आर्यन अर्थ है सेक्सी...दमयन्ती यानी जो थकाती हो।"

वह हँस दी। इतने में ठेलेवाले ने टमाटर जूस बनाया। उसमें नमक-मिर्च डाली, दो गिलासों में उसे कई बार ऊपर-नीचे किया और गिलास को बाहर से साफ करके बड़े प्यार से उसके हाथ में दे दिया। पास की आधी दीवार पर बैठकर उसने एक घूँट लिया और फुर्ती पाकर बोली, "वाह, बहुत बढ़िया है। इसी में से एक घूँट लेकर तो देखो। सच में, देखो।"

वह बोला, "नहीं।"

वह बोली, "क्यों? जूठा है इसलिए?"

"वो बात नहीं है...अच्छा चलो दे दो..."

उसके गिलास से एक घूँट लेकर वह बोला, "अच्छा है, मैं भी एक लूँगा।"

वहाँ से रिक्शा से वे होटल आए। वह बोली, "यू लुक टायर्ड। चलो ऊपर, जरा हाथ-मुँह धो लेना। मेरे पास अच्छा तौलिया तो मिलेगा। नीचे का तौलिया बहुत गन्दा होता है।"

चांगदेव ऊपर गया। उसके टेबल पर सारे पुलिंदे रखकर वह खटिया पर बैठ गया। कमरे में किताबें ही किताबें, कपड़े ही कपड़े, ड्रेसिंग टेबल पर बोतलें ही बोतलें, डिब्बे ही डिब्बे पड़े थे। कुर्सी पर साड़ियों का, चोलियों का बड़ा-सा ढेर था। अन्य कहीं भी गन्दगी नहीं, दाग नहीं। कुँआरे लोगों की तरह सुन्दर सूखा और दमकता वजूद। कल किसी दूसरे गाँव में, इसी तरह। हर कहीं मुक्त, आजाद

और अबाध निवास। वजूद ऐसा मानो एक ही अवयववाला जलचर हो। तैरते हुए कहीं भी चाहे जैसे चले जाओ।

फिर उसने फोन पर कमरे में ही चाय मँगाई और उसे आराम करने के लिए कहकर वह बहुत सारे कपड़े लेकर बाथरूम चली गई। तब तक देखते ही देखते उसने उसकी नाटक की सारी किताबों के उनके आकार के हिसाब से तीन अलग-अलग ढेर बना डाले। बाहर निकलने पर वह हँसकर बोली, "थैंक्यू सो मच। तुमने मेरा एक काम तो कर दिया। सारी पैकिंग रात में पूरी करनी है।" फिर आईने के सामने बैठकर उसने चेहरा रँगने में काफी समय लिया। कमरे में सुन्दर-सी खुशबू गमक रही थी। बीच-बीच में वह उसकी विमुख आकृति की ओर देख रहा था। उँगली में लाल पत्थर की अँगूठी। हाथों में रंग-बिरंगी बहुत सारी खनकती चूड़ियाँ। पैरों की दूसरी उँगलियों में चाँदी के अनवट। एड़ी पर लटकती पाजेब। आहिस्ता-आहिस्ता उसने काले, पीले, हरे, नीले रंगों का मेल बिठाया। आँखों में काजल लगाया। कुंकुम की कोर माथे पर लगाई और आईने में देखती हुई अपने आप से ही बोली, 'ओ.के.? इट्स ओवर!'

चांगदेव ने सोचा, किसके लिए ये इतना सज रही है? मेरे सिवा अब कोई इससे मिलनेवाला नहीं है। फिर किसके लिए? मेरे लिए? या अपने आप के लिए?

चाय पीकर तेजी से वह सारे कपड़े, किताबें बक्से में ठूँसती रही। उसकी रफ्तार कमाल की थी। पाँच मिनट में कमरे में एक बक्सा, अटैची और बिस्तर, बस यही उसका सामान दिखने लगा। फिर कमर पर हाथ रखकर पूरे कमरे का मुआयना करती हुई बोली, "बहुत कम गाँव ऐसे हैं, जिन्हें छोड़ते वक्त मुझे इतना अफसोस होता है।"

थोड़ी देर बाद वे भोजन के लिए नीचे उतरे। खाना खाते समय वह फिर दमयन्ती के बारे में पूछने लगी, "यह कहानी क्यों तुम्हें इतनी पसन्द है?"

वह बोला, "कर्कोटक द्वारा काटने के बाद नल का हमेशा बाहुक नामक बदसूरत सारथि, रसोइया बनकर विचरना बहुत ग्रेट है। इस तरह कर्कोटक द्वारा कटवाकर पूरा कायापलट कर डालना ग्रेट है। अपना विकृत रूप देखकर नल बहुत दुखी हुआ था। तब कर्कोटक नल से कहता है, लोग तुम्हें इस विपन्नावस्था में पहचान न पाएँ, इसीलिए मैंने यह किया है। जिस दुष्ट कलि ने तुम्हें ऐसे घोर संकट में धकेला है, तुम्हारे शरीर में भी वही रहता है। तुम्हारे शरीर

में मेरे इस भयानक जहर से उसे असहनीय यातनाएँ होंगी। हे नल, इस तरह के क्लेश भोगने के लिए तुम सर्वथा अयोग्य एवं निरपराध हो। अत: जिस कलि ने तुम्हें इस स्थिति में धकेला है, मैंने उससे तुम्हारी रक्षा ही की है। अब तुम्हें किसी बात का भय नहीं है। क्योंकि मेरे जहर से भयानक कुछ भी नहीं है!"

वह बोली, "गॉड, इजंट इट स्यूपर्ब?"

जरा देर बाद वह बोली, "फिर भी वह उसके साथ रहना क्यों चाहती थी? क्यों उसे दुबारा ढूँढ़ निकालती है?"

"यह इस बात का प्रमाण है कि इस देश में परित्यक्ता स्त्रियों का जीवन अभी भी कितना त्रासद होता है। अकेली युवा स्त्री को किसी का सहारा नहीं मिलता। किसी का प्यार नहीं मिलता। पति चाहे जैसा हो, परन्तु वह एक मजबूत सुरक्षा होती है। हमारे देश में रामायण से लेकर सभी यही ढाँचा व्याप्त है।"

वह थाली घुमाती हुई पगली-सी सुनती रही।

चांगदेव बोला, "इसकी भी नल को घिन हो गई थी। दमयन्ती जैसी सुन्दरी द्वारा उसे चुने जाने और अपने ही अपराध से अपना सारा ऐश्वर्य गँवाकर उस पर दुर्दिन लादने से उसे भयानक मानसिक क्लेश हो रहे थे। इस कारण उसे दमयन्ती से नफरत हो रही थी। लेकिन जब वह उसे नहीं छोड़ती, तब वह अपने आप से खफा होकर अकेला निकल जाता है। यह वनवास उसे अकेले ही भुगतना है। अपनी करनी का बोझ खुद ही ढोना है।"

वह नाखून चबाती बैठी रही। फिर चांगदेव उठकर बोला, "उधर बाहर ही बैठेंगे...लेकिन तुम नाटक जरूर लिखना। हमारे अच्छे मिथक अंग्रेजी के जरिये संसार के सामने आने चाहिए।"

बाहर आने पर वह खिन्न हो गई। फिर कोने की एक बेंच पर बैठकर हरियाली के उस पार देखती हुई बोली, "यह नाटक मैं दिल से लिखूँगी। दरअसल, ये मेरी ही कहानी है।"

जरा देर बाद होटल की लाइटें बन्द होती गईं। ऊपर छाया बादल भी निकल गया और सितारे साफ-साफ जगगगाने लगे। फिर अचानक पिछले बगीचे में शेर दहाड़ने लगे। फिर उससे जब्त नहीं हुआ। वह बोला, "तुम दुबारा इधर कभी नहीं आओगी।"

वह बोली, "वैसे तो कोई सम्भावना नहीं है, लेकिन मैं कोशिश करूँगी। या तुम ही मुझसे मिलने आया करना।"

वह बोला, "मुम्बई को मैं टालता रहता हूँ...अच्छा है, या तो जान-पहचान होनी ही नहीं चाहिए, और हो ही गई तो हमेशा...।"

वह शरारत से हँसकर बोली, "तो हमेशा साथ-साथ रहने की इच्छा होती है, है न?"

और अपनी हँसी को रोकने की कोशिश करती हुई वह अचानक जोर-जोर से हँसने लगी। जोर से उसका कन्धा झिंझोड़ता हुआ वह बोला, "बन्द करो ये। स्टॉप इट।"

लेकिन वह और भी जोर से हँसती रही। फिर उसका हाथ नीचे करते-करते और अपनी हँसी को रोकते हुए वह बोली, "यह क्या शुरू किया है तुमने, विदाई के दिन?"

वह गुस्से से बोला, "जो दिल में था, मैंने कह दिया।"

वह धीरे-धीरे निढाल होती हुई बोली, "इसमें कोई शक नहीं है...मुझे कुछ और ही लगा। और पाँच-सात सालों के बाद तो मैं ऐसी दिखने लगूँगी कि इस तरह हमेशा साथ रहना तुम्हें भी संकट लगने लगेगा! तुम्हारे स्पिरिचुअलिज्म की मैं कद्र करती हूँ। इससे सम्बन्ध अत्यन्त स्वच्छ रहते हैं...मैं समझ रही हूँ, तुम क्या कहना चाहते हो।"

फिर उठकर वह बोला, "चलो, चलते हैं। गुट बाग।"

फिर बाल पीछे सँवारकर वह तेजी से उठी और उसके गाल को जोर से काट खाती हुई बोली, "गुडबाय डियर, गुडबाय।"

छुट्टियाँ खत्म होने से पहले ही चिपलूनकर पुणे से लौट आया था। हर छुट्टी में वह पुणे जाता और ब्याह के लिए पाँच-दस लड़कियाँ देखकर गुस्से से लौट आता। तीन सालों में उसने अब तक लगभग सौ लड़कियाँ देखी थीं। सौन्दर्य की अवधारणा से उसे ऐसा लगाव हो गया था कि प्रत्यक्ष में कोई लड़की उसे सुन्दर लगती ही नहीं थी। या फिर उसके अध्यापक होने के कारण सुन्दर लड़कियों के पिता ही इनकार कर देते और वह खिसियाकर पुणे से लौट आता। दो दिन कमरे में लगातार लेटा रहता और रट लगाता कि ये अध्यापक की नौकरी छोड़कर जल्द ही इंडस्ट्री वगैरह में एग्जिक्यूटिव जॉब देखना चाहिए। भोले वगैरह मित्र समझाते, अरे चिपलिया, पढ़ाना तुम्हारा शौक है। तुम एक

अच्छे प्राध्यापक हो। जब जॉब सैटिस्फैक्शन ही नहीं होगा तो क्या करोगे ज्यादा तनख्वाह पाकर भी...।

चिपलिया झल्लाकर कहता, "खूबसूरत पत्नी के लिए मैं कुछ भी करूँगा। जब तक आप लोग समाज को अच्छे प्राध्यापक की कद्र करना नहीं सिखाते, तब तक हम जैसों को इस धन्धे से कैसे प्यार होगा?"

दरअसल, चिपलूनकर दिखने में प्यारा था, लेकिन प्रकृति से डरपोक था। हर बार छुट्टियों में वह मित्रों को साथ लिए और बेहतर मकान के जुगाड़ में लगा रहता था। मकान में दो दरवाजे होने चाहिए, बाहर पेड़ भी होने चाहिए, ऊपर से किराया भी कम होना चाहिए और ऐसी जगह मिल भी जाए तब भी वह किराये के लिए पाँच-पाँच रुपयों से चखचख शुरू करता और वह जगह भी हाथ से निकल जाती।

उस सुबह इसी तरह चिपलूनकर के लिए जगह ढूँढ़ने का एक नाकाम अभियान समाप्त कर देसाई, अच्छा देशपांडे और चिपलूनकर दूर के ऊँचे टीलों पर घूमने जाने का प्लान बनाकर चांगदेव के पास आए। वे सभी चांगदेव के बरामदे का दरवाजा पीटकर जोर-जोर से उसे पुकारते रहे, चांगदेऽव, चांगदेवराऽऽव, अजी, चांगदेव पाटीऽल, पाटीऽल सऽर, उठिए जी, टीलों पर जाना है, मालिक।

लेकिन ऊँचे तकिए पर गर्दन और कन्धा टिकाए शेषशायी नारायण की मुद्रा में सो रहा चांगदेव उठने का नाम नहीं ले रहा था।

तब तक बीच के चौक की तरफ के दरवाजे से भोले के साथ शेंडे और देसाई भी भीतर आ गए। बाद में चिपलूनकर वगैरह भी शोर मचाते हुए आ पहुँचे। सुबह-सवेरे इतने सारे मित्रों को जगानेवाली आवाजें उसे अच्छी लगीं।

आँखें मलते-मलते उठता हुआ वह बोला, "अरे, इतनी सुबह-सुबह और आप लोग यहाँ?"

अच्छा देशपांडे बोला, "हमेशा का अभियान, इस चिपलिया के लिए जगह ढूँढ़ना! चार घर देख चुके हैं, लेकिन साले को एक भी पसन्द नहीं। और अब कहता है, जो है वही ब्लॉक अच्छा है।"

चिपलूनकर बोला, "साले, वे क्या घर थे? बनवाते समय कोई कुछ सोचता ही नहीं।"

अच्छा देशपांडे बोला, "इसके साथ जगह देखने जाना मतलब बोरियत ही बोरियत। मकान को भीतर से देखने की बजाय ये साला बाहर खड़ा होकर इधर से

उधर आता-जाता रहता है, खिड़कियों की ऊँचाई और पड़ोस के घरों के फासले नापता रहता है! ...आया कुछ समझ में? अरे यह कल्पना करता रहता है कि चोरी-चोरी लड़की को लाने पर उसे गुपचुप से कमरे के अन्दर कैसे लाया जाए! मुझे तो यह भी लगता है कि रात में ये अकेला खुद चोरी-छिपे कमरे में घुसने का ड्रेस रिहर्सल भी करता होगा। इसके साथ पचासों मकान देखे मैंने, लेकिन अभी तक समझ नहीं पाया कि आखिर कैसा मकान चाहिए इसे? पोफले के बँगले जैसा चाहिए, पर किराया पचास से ऊपर न हो! और मान लो कि मिल गई मनचाही जगह, फिर भी एक लड़की तक लाने की हिम्मत नहीं है साले की!"

शेंडे बोला, "इसने ब्लॉक तो ऐसे सजाकर रखा है कि बस पत्नी की दरकार है! यहाँ चौका-बेलन समेत सब कुछ तैयार! यहाँ तक कि डबल बेड भी सजा हुआ है!"

भोले बोला, "चिपलिया यानी बिलकुल रेडीमेड दूल्हे राजा! बना-बनाया गृहस्थ।"

शेंडे बोला, "और किसी भी दोस्त की शादी हो, ये साला सबसे पहले हाजिर! शादी में भी दोस्त के बिलकुल साथ-साथ रहता है, मानो सारी विधियाँ यही करता हो! और बाकी समय दूसरों की बीवियों में नुक्स निकालता रहता है।"

"ये तो इसका पसन्दीदा दिल-बहलाव है। हमारे कुलकर्णी पति-पत्नी हमेशा स्कूटर पर आते-जाते रहते हैं। विश्वविद्यालय से आते-जाते श्रीमती अय्यर का पति भी पत्नी को स्कूटर से कॉलेज छोड़ जाता है। लेकिन स्कूटर पर आगे पति और पीछे हमेशा पत्नी का दृश्य देखकर चिपलिया यूँ ही झल्ला जाता है! कहता है, देखो, ये साले ऐसे दिखते हैं मानो शंकर-पार्वती हमेशा नन्दी पर सवार हों। जैसे पुराणों में विष्णु और लक्ष्मी हमेशा गरुड़ पर सवार, वैसे ये स्कूटर पर हमेशा साथ-साथ! आज जिस तरह वेस्पा-लंब्रेटा जैसे स्कूटर हैं, उस जमाने में नन्दी, गरुड़ वगैरह वैसी ही सवारियाँ होंगी! ह ह ह। मैंने कहा, तुम क्यों ध्यान देते हो उन पर? उनसे तुम्हें क्या परेशानी है?"

"लेकिन साला मोजे कभी नहीं धोता! कैसी भयानक बदबू आती है मोजों से? एक बार कहो यार कोई उसे।"

"वह कहता है, जूते में ही तो रहते हैं मोजे दिन-भर!"

उधर चिपलूनकर चांगदेव के डिब्बों से बिस्कुट, मूँगफली खाते-खाते बीच का दरवाजा खोलकर बाहर आया और ध्यान से देखते हुए बोला, तीन लहँगे सूख रहे हैं और तीन ब्रेसियर्स—लगता है स्नान हो गया पोफले की लड़कियों का।"

देसाई बोला, "बहुत अच्छा लागे है का तुझे ऊ सीन?"

शेंडे बोला, "ऐसे धुले और रस्सी पर सूख रहे लहँगा-ब्लाउज देखकर अचानक खलबली मचने लगती है उसके दिल में!"

चिपलूनकर बोला, "अपनी प्रतिक्रियाएँ मुझ पर मत लादो!"

फिर सभी ठहाका मारकर हँस दिए। फिर देसाई बोला, "रेडियो भी बहुत जोर से बजाय हैं ऊ लोग। अच्छा गाना लगे है। खोलो यार दरवज्जा। सुनने दो।"

ऊपर से घर के मालिक की छोटी लड़की इधर से उधर चहलकदमी कर रही थी। फिर वह जोर-जोर से बातें करती हुई इन नए लोगों की ओर देख-देखकर आँख-मिचौनी खेलने लगी। चिपलूनकर अचानक बेचैन हो गया और ऊपर से सुनाई देनेवाला गाना खुद भी गुनगुनाने लगा : जहाँ मैं जाती हूँ वहींऽ चले आते होऽऽ, चोरी चोरीऽ मेरे दिल में समाते हो, ये तो बता दो कि तुम, मेरेऽ कौन होऽ...। अच्छा देशपांडे भी खुश होकर चुटकियाँ बजाने लगा। वह बोला, "अरे अपना रेडियो भी लगाओ यार, उन्हीं के पास है क्या रेडियो? उस छैल-छबीली को देंगे करारा जवाब। क्यों?"

फिर चिपलूनकर ने जल्दी से चांगदेव का रेडियो लगाकर दूसरे स्टेशन पर उससे भी जोरदार गाना ढूँढ़ा और वॉल्यूम बढ़ाया। पोफले का बँगला इस जुगलबन्दी से गूँज उठा। तब तक ऊपर के रेडियो पर तलत महमूद का ऊबाऊ गाना आया और इधर ढोलक की तालवाला गाना : मुझे मिल गया बहाऽना तेरे दीद का, कैसी खुशी लेके आया चाँद...! फिर अच्छा देशपांडे झुक-झुककर नजरों की आँख-मिचौनी खेलनेवाली कनिष्ठा की ओर देखकर चिल्लाया, हेऽहेऽऽ! कैसे हराया?

चांगदेव हाथ-मुँह धोकर बाथरूम के बाहर आया और चिल्लाया, "अबेऽ सालो, क्या मुकाबला शुरू किया बे? लड़कियों की माँ चिल्लाएगी न बाद में मुझ पर।"

अच्छा देशपांडे रेडियो की आवाज धीमी करता हुआ बोला, "बोलो उसे कि तुम्हारी ही लड़कियाँ उफान पर आई हैं, उन्हें रोको। अरे वाऽह!"

ऊपर मझली लड़की बाहर आई और चहलकदमी करती हुई अपना स्टाइल दिखाने के लिए जान-बूझकर सुर लगा-लगाकर अपनी मधुर आवाज की प्रस्तुति करने लगी। झगड़े के सुर में वह जेष्ठा से कुछ निरर्थक-सा कह रही थी : मैं कुऽच्छ भी नऽहीं करूँगी, माँ के आने तक तरकाऽरी भी नहींऽ छाँटूँगी...मैं कऽह

रही थी कि बिलकुऽल हवा नहीं आती है इधर से...और बड़ी लड़की इन चारों नए युवाओं की ओर पागल की तरह टुकुर-टुकुर देखती हुई एकदम उदास, दुखी और मौन खड़ी थी। वह समझ नहीं पा रही थी कि कैसे आत्मप्रस्तुति करें।

भोले चिपलूनकर से बोला, "इस जेष्ठा के लिए पन्द्रह हजार रुपये नकद दहेज देने को तैयार हैं पोफले। बोल, करेगा ब्याह? अपने दामाद को कोई ऊँचा पद भी दिलाएगा!"

चिपलूनकर बोला, "छोटी से ब्याहेगा तो मैं अभी तैयार हूँ। लेकिन ये हैं कौन? देशस्थ या यजुर्वेदी? यजुर्वेदी हों तब भी...।"

भोले बोला, "ये तो यजुर्वेदी ही चाहते हैं। और क्यों रे, लाइब्रेरी में कभी न जानेवाला, वो चमचमाते बालोंवाला बुद्धू कुलकर्णी यजुर्वेदी ही है न? पोफले पूछताछ कर रहा था एक बार।"

"उस पगलैट की? उसके हिसाब से ये लड़की बहुत ही अच्छी है! एम.ए. हो गई है न ये?"

भोले बोला, मझली भी एम.ए. हो चुकी है भाई! बड़ी की उम्र भी काफी होगी। उसका चक्कर भी था किसी मुसलमान लड़के से। पोफले बुढ़ऊ साला गाँव-गाँव चक्कर काटता रहता है लड़कियों की जनमपत्री लिये। हमारे देश का दुर्भाग्य है कि जवान लड़के-लड़कियाँ पड़ोस-पड़ोस में रहते हैं, लेकिन जाति और शाखाओं के चक्रव्यूह में सभी गरगर घूमते रहते हैं। देशपांडिया, बोल, करेगा ब्याह बड़ी से? पोफले कहते हैं, ऋग्वेदी हो तो भी चलेगा।"

अच्छा देशपांडे बोला, "हमारे पिताजी के लिए बढ़िया रहेगी! पूछें क्या! ऋग्वेदी भी चलेगा? पर साले ऋग्वेदी को यजुर्वेदी चलनी चाहिए न? माँ का जना!"

भोले बोले, "अच्छा ये मझली? सुन्दर है। सोच ले।"

"हमारे ये कोढ़ देखकर कौन देगा हमें लड़की?"

चिपलूनकर बोला, "शेंडिया, तू कौन है बे?"

शेंडे कुर्सी पर चढ़कर परछत्ते पर रखी किताबें देख रहा था। उसने अनदेखा किया।

अच्छा देशपांडे बोला, "शेंडे की जाति कुछ और ही है। लेकिन ये साले खुद को ब्राह्मण ही बताते हैं!"

शेंडे बोला, "बहन का ब्याह हुए बिना मैं अपने ब्याह की बात नहीं कर सकता। और तो और, पोफले जैसा दहेज भी नहीं है हमारे पास।"

ऊपर देखता हुआ देसाई बोला, "ई मझली वाकई स्मार्ट दिखे है! उसमें कोई झंझट नहीं होगा। चिपलूनकर, देख, सोच ले!"

चिपलूनकर बोला, "नाक बहुत नाटी है उसकी। ऐसी लड़की से ब्याह करने से अच्छा है कि कुँआरा रह जाऊँ! आप लोगों को मैं कितनी बार समझाऊँ कि मुझे पत्नी खूबसूरत ही चाहिए? एक तो हिन्दुस्तान के बदसूरत लोगों ने शादी-ब्याह करके पहले ही इतनी सारी कुप्रजा पैदा कर रखी है कि खालिस इंडियन खूबसूरती नष्ट होती जा रही है।"

अच्छा देशपांडे बोला, "क्यों बे, तुम साले चितपावन लोग, अपने आपको फरिश्तों की औलाद समझते हो? दूसरी जातियाँ तो गन्दी ही लगती हैं तुम लोगों को।"

शेंडे बोला, "लेकिन देशपांडे, अन्तर्जातीय विवाह चितपावनों में ही ज्यादा दिखाई देते हैं।"

ऐसे बखेड़े चितपावनों की केवल लड़कियों के होते हैं! पुणे वगैरह में अमीर मराठा खानदान का कोई बुद्धू लड़का भाँपकर इनकी लड़कियाँ उसे फाँसती हैं। अपनी जाति के दो कमरेवाले दरिद्र चितपावन के मुकाबले ऐसे अमीर कुर्मी के लड़के अच्छे हैं न! बड़े होशियार होते हैं ये साले। लेकिन चितपावन लड़का भूलकर भी कभी दूसरी जाति की लड़की नहीं ब्याहेगा।"

"ये बात बिलकुल सही है। जब किसी कोकणस्थ की बदसूरत लड़की को कोई पसन्द नहीं करता है, तब वे कहते ही हैं, ब्याहेगा इसे कोई देशस्थ! देशस्थ भी साले गोरे रंग पर मरते हैं! वे कहते हैं, नकटी-भैंगी चाहे जैसी हो, बस गोरी चाहिए।"

फिर चांगदेव द्वारा बनाई पतीली भर चाय पीकर वे सभी माठूराम वगैरह के मजेदार किस्से सुनाते हुए चल पड़े। देसाई चुलबुले के एक्स्टेंशन के लिए माठूराम द्वारा आयोजित परसों के विरोध-प्रदर्शन के किस्से सुना रहा था। "इधर से ब्राह्मण लड़के चुलबुले को एक्स्टेंशन मिलना ही चाहिए के नारे लगा रहे थे कि तभी उधर से गैरब्राह्मण लड़के—बेरोजगारों को जगह दो, सफेद बाल हकाल-हकाल—के नारे लगाते हुए आए। फिर मारपीट ही शुरू हुई। पुराणिक के लड़के भाग खड़े हुए। वाइस-चांसलर मिलने पहुँचे तो एक भी आन्दोलनकारी नहीं था जगह पर।"

शेंडे बोला, "लेकिन सभी अखबारों में कुछ और ही खबरें आई हैं। वाइस-चांसलर द्वारा माफी माँगना वगैरह। खुद वी.सी. ने माठूराम को वचन दिया है कि चुलबुले को एक्स्टेंशन देता हूँ।"

भोले बोला, "सरासर झूठी खबरें हैं, मालिक! इन भटों के अखबारों से समझ में आता है कि पुराने जमाने में पुराण कैसे लिखे गए होंगे। वी.सी. ने चुलबुले का सामान बाहर फेंककर क्वार्टर खाली कराना तय किया था, लेकिन ऐन समय पर मंत्री का फोन आया कि इस साल वैसे भी अकाल की स्थिति है, ऐसे में इस इलाके में विरोधी पार्टी की फुटकल चखचख भी नहीं चाहिए। और वी.सी. ने माठूराम से इतना ही कहा है कि जो कानूनन होगा, मैं करूँगा।"

देसाई बोला, "कुल मिलाकर बुढ़ऊ गोगटे देवी को कूटता रहेगा और तीन साल।"

शेंडे बोला, "कूटना! बिलकुल सही शब्द का इस्तेमाल किया है उस भैंस के लिए! सालों की जवानी पी-एच.डी. वगैरह में जाया हो जाती है। करियर के पीछे तमन्नाएँ अधूरी रह जाती हैं।"

चिपलूनकर बोला, "शुरू में बदसूरत औरतों से ब्याह करके बड़े-बड़े पदों पर चढ़ते हैं और सत्ता की बागडोर हाथ में आते ही ये कारनामे...।"

दरअसल, चांगदेव कल रात से ही भयानक थकान महसूस कर रहा था। आजकल भोजन में भी बार-बार नागा होता था। बीच-बीच में उसके सीने में दर्द उठता। पसीना-पसीना हो जाता। जागना भी जारी था। इसलिए आज टीले पर जाने की उसकी बिलकुल इच्छा नहीं थी। लेकिन जब से इस गाँव में आया है, तभी से इन टीलों को रौंदने की सोच रहा था और आज सभी दोस्त भी आ गए थे। इसीलिए इच्छा न होने के बावजूद वह चल दिया था। घर से बाहर कदम रखते ही उसे मतली-सी होने लगी। अचानक उस पर निष्ठुरता हावी हो गई कि जो होना है हो जाए। और वैसे भी जो हो रहा था, सारा सपने जैसा ही था। यदि अन्त होना ही है तो अचानक हो जाए।

आधा टीला चढ़ने के बाद सभी थककर गप्पें लड़ाते बैठ गए। केवल शेंडे उसके साथ ऊपर तक टिक पाया, लेकिन आगे चढ़ान शुरू होते ही वह दूसरे रास्ते से चला गया। चांगदेव सीधा ऊपर टीले के माथे की ओर हाँफते-हाँफते चढ़ता रहा। बीच में उसे लगा भी कि पीछे लौट जाना चाहिए, लेकिन आँखों के आगे अँधेरा छा जाने के बावजूद वह ऊपर माथे पर आ ही गया। फिर अचानक भयानक खाँसी। बाद में सीने में बिजली-सी थर्राहट और वहीं-के-वहीं वह ढह जाना।

सीने पर हाथ रखकर उलटा-पुलटा होते हुए उसने नजर घुमाई। उस पार हरी-भरी मुलायम ढलान, आकाश में विरल हो रहे बादल, बादलों के पीछे लकालक उजाला। मुट्ठी से घास को नोचते-नोचते वह रेंगता रहा। तेज बहनेवाली हवा। चारों दिशाओं की यह सुनसान दुनिया देखते-देखते उसका दिल भर आया। मैं रहूँ या न रहूँ, लेकिन यह दुनिया, ये घास यूँ ही बनी रहेगी। यह धरती घूमती रहेगी। और वाकई उसे लगा, सारा आकाश स्थिर हो गया है और शरीर समेत धरती उड़ रही है। भाँय-भाँय करती घुमरी को महसूस करता हुआ अपरिमित झटकों से वह फिर अचेत होकर उलटा-पुलटा हो गया। हाथों से घास फिसलती गई। वह निश्चेष्ट पड़ा रहा।

होश आने पर उसने पाया कि सभी मित्र मिलकर जैसे-तैसे उठाते हुए उसे टीले से नीचे ले जा रहे हैं। वे जैसे-तैसे उसे नीचे के एक खेत में ले गए। वहाँ के किसान की मदद से गाड़ी जोतकर उसे नीचे की सड़क तक ले आए। फिर रिक्शा से अस्पताल।

वहाँ काफी देर तक परीक्षण होता रहा। वहाँ के अधिकांश डॉक्टर भोले के परिचित थे। चांगदेव अपनी हथेली को खोलकर उसे उलटा-सीधा करते हुए सहमी हुई आँखों से अस्पताल की ऊँची छत आजमाता हुआ पड़ा था। आँखों के सामने मुम्बई के पुराने अस्पताल, पुराने डॉक्टर, दिल की धड़कनों की उस समय ऊपर-नीचे हो रही रेखा।

डॉक्टर से वह बोला, "इसमें कुछ भी नया नहीं है। एक बार सब भुगत चुका हूँ। पल्मनरी व्हेंस हाइपरटेंशन। डिस्निया जैसा कुछ। बीच में पूरा ठीक भी हो गया था। अभी भी वही होगा।"

डॉक्टर बोले, "बोलिए नहीं। बोलिए नहीं। कम्पलीट रेस्ट।"

इसके बाद चांगदेव महीना भर अस्पताल में ही था। तरह-तरह के परीक्षण हुए। शारीरिक तथा मानसिक सम्पूर्ण विश्राम के सिवा दूसरा उपाय नहीं था। और फिर वही परिचित दवा।

भोले का पूरा महीना अत्यन्त व्यस्तता में बीता। छुट्टियाँ शुरू होते ही पत्नी को मायके भेज दिया था ताकि कुछ लिख सके, लेकिन छुट्टियाँ खत्म हुईं फिर भी वह उसे लिवाने जाना कल-परसों पर धकेलता रहा। मुरलीमोहन वगैरह की सद्भावनाओं का आह्वान कर उसने और अन्य सभी ने चांगदेव के लिए महीने-

भर की मेडिकल लीव मंजूर करवाई थी। सभी लोग बीच-बीच में अस्पताल जाकर उसे मिल आते, लेकिन भोले रोज जाकर डॉक्टरों से मिलना, चांगदेव से बतियाना आदि को कर्तव्य की तरह निबाहता रहा। अन्य मित्र भी उससे चांगदेव का हालचाल पूछा करते।

एक बार भोले अपने मित्रों से बोला, "हमारी हिन्दू संस्कृति में ऐसे अकेले, टूटे हुए मनुष्य के लिए कोई व्यवस्था नहीं है। हमारा सौभाग्य है कि अंग्रेजों ने यहाँ अस्पताल बनवा दिए। ईसाई धर्म का इतना स्नेह इस समाज को प्राप्त हुआ, जहाँ जाति, धर्म, वंश के बजाय केवल मनुष्य होना एकमात्र शर्त है। कोई भी मनुष्य भीतर आ सकता है।"

फिर सहसा बेचैन होकर वह बोला, "ऐसा आदमी छोटे बच्चे की तरह बिस्तर पर असहाय पड़ा हुआ है, न जाने क्यों, पर मुझसे ये देखा नहीं जाता। छोटा बच्चा माँ का प्यार पाने की खातिर कम-से-कम उसके आगे हाथ तो फैला सकता है। पर इस आदमी से प्यार करनेवाला कौन होगा? बस बिस्तर पर हाथ सीधे रखकर लेटे-लेटे टुकुर-टुकुर ताकते रहना। इसीलिए हमारे गाँव के पास एक मिशनरी अस्पताल के बाहर एक बोर्ड पर लिखा वचन बचपन में मुझे बहुत अच्छा लगता था :

"जिसका कोई नहीं है, उसे वह प्रभु प्यार करेगा। ईसा मसीह आपके आँसू पोंछेगा।"

भोले अस्पताल में नियमित रूप से चांगदेव के पास घंटा-भर बैठता और उलटी-सीधी सांस्कृतिक गप्पें लगाकर पान खाता हुआ घर लौट आता और लिखता रहता।

वह चांगदेव से कहता, "कल मैं अस्पताल आ रहा था। वहाँ बगल की गन्दी बस्ती में डफ-खँजड़ी का काम करनेवाले एक मुसलमान घर के सामने खड़ा था। वहाँ हमेशा शराब पीकर चीख-पुकार, मारपीट करनेवाला वह आदमी बीवी को लाठी से पीट रहा था। यह देखकर मेरा तो दिल ही बैठ गया। बीवी भी रो-रोकर उतने ही गुस्से से मार खा रही थी। गालियाँ दे रही थी। दो छोटी-छोटी लड़कियाँ जोर-जोर से चीख रही थीं। दुकान की यानी घर की तख्ती पर बैठा उनका दस-बारह साल का लड़का गुस्से से घरवालों पर चीख रहा था : तुम सब लोग दुश्मन हो। मुझे तुम सबसे नफरत है, नफरत हैऽऽ। लेकिन सबसे घृणा करके भी बच्चा क्या करेगा? इस तरह दुकान की तख्ती पर बैठकर आँसू पोंछ-पोंछकर लाल हुई आँखों से सारी दुनिया पर, सारी संस्कृति पर गुस्से से फुत्कारनेवाले बच्चों के लिए

भी हमारे पास कुछ नहीं है। उसके सामने हमारा सारा जीना ही बेमानी है। इस देश में ऐसा कितने अनुपात में होता होगा? मैं तो इस देश से ही ऊब गया हूँ। आजकल मेरा जी चाहता है कि सभी बातों पर एक इनसान के रूप में बिलकुल बुनियादी ढंग से सोचूँ।"

एक बार भोले चांगदेव से बोला, "तुम्हें याद है, हमारे गोरे रोमांटिक जोशी का ब्याह हुआ था और बाद में तुरन्त उसकी बड़ी बहन का भी ब्याह आनन-फानन निबटाया गया था। बहन के ब्याह में पाँच हजार रुपये दहेज नकद दिया था जोशिया ने। बाकी बचे दो हजार रुपये के लिए उसने बहन के ससुर को राजी कर लिया था कि जल्द ही नया वेतनमान लागू होनेवाला है, उसका जो कुछ बकाया मिलेगा, उससे चुका दूँगा। दरअसल, कितनी सुन्दर लड़की है वह! लेकिन कैसी दुर्गत हो गई बेचारी की। हमारा नया वेतनमान सरकारी लालफीताशाही में फँसा पड़ा है। ससुर को लगा कि ये लोग दहेज की रकम खा जाएँगे। उसने तकाजा किया। सास भी बहू को लगातार परेशान करने लगी। उसी में उसके दिन चढ़े। सास फिर भी परेशान करती रही। गर्भावस्था में भूखा रखना, जल्द जगाना, कुएँ से पानी भरवाना, कभी जलती लकड़ी से पीटना—यह सब शुरू हुआ। इसी में उसका बच्चा गिर गया। इधर दहेज की बाकी रकम का जुगाड़ नहीं हो रहा था। जोशी अकेला सारा घर चलाता है, बेचारा देता भी कहाँ से? फिर एक दिन ससुर ने बहू का टिकट कटाकर बस में बिठा दिया और चेतावनी दी कि बिना पैसे लिये मायके से लौटना नहीं। जब वह बस अड्डे पर पहुँची तब पाँच पैसे तक नहीं थे उसके पास। घर तक पैदल आई और आते ही बेहोश हो गई। दो दिन से खाना नहीं मिला था उसे, ऊपर से ये पैदल चलना। फिर भी जोशी के बाप ने क्रुद्ध होकर उसी दिन दुबारा उसे ससुराल पहुँचा दिया। लड़की मेरी थी, अब आपकी है, कहकर ये महाशय वहाँ से पानी तक पिए बिना अकेले लौट आए! जोशी ने बताया, ससुराल जाते समय उसकी बहन थरथर काँप रही थी।"

फिर भयानक गुस्से से भोले बोलने लगा, "पुराने जमाने से गुलामों का देश है ये। यहाँ के सारे रस्मो-रिवाज गुलामी की बुनियाद पर ही टिके हुए हैं। जोशी की और चार बहनें हैं, एक के बाद एक, ब्याहने लायक! ऊपर से यह डर कि बड़ी को पति ने छोड़ दिया है यह पता चलने पर बाकी लड़कियों को ब्याहने के लिए कौन राजी होगा? जोशी की माँ भी साली बेटी से कह रही थी

कि मारपीट हुई तो क्या हुआ? मेरी और चार लड़कियाँ हैं। चुपचाप चली जा अपने बाबूजी के साथ।"

चांगदेव आँखें मीचकर बोला, "फिर क्या हुआ?"

भोले बोला, "परसों ही जोशी का तार आया कि बहन डूबकर मर गई। जोशी खुद गया था छुट्टी लेकर। कल रात ही लौटा है वहाँ से। उसके वहाँ पहुँचने से पहले ही उसकी बहन की चिता को आग दी जा चुकी थी। बाड़े में सभी कानाफूसी कर रहे थे कि सास ने लड़की को कुएँ में धकेलकर मार डाला। सभी को लड़की की चीख सुनाई दी थी।"

चांगदेव दो उँगलियों से आँखें बन्द किए पड़ा रहा।

भोले बोला, "हम हमेशा सुना करते हैं कि अमुक स्त्री स्टोव से जलकर मर गई, अमुक स्त्री ने खुद को आग लगा ली, तमुक स्त्री ने खुदकुशी की। दरअसल, ये सभी अत्याचार होते हैं, हत्याएँ होती हैं। लेकिन इनके अलावा हम तक न पहुँचनेवाली ऐसी घटनाएँ भी देश भर में कितनी बड़ी मात्रा में होती होंगी? दुख पर गौर करने तक की परम्परा नहीं है हमारे यहाँ। जोशी को देखना अब तुम। बिलकुल बूढ़ा लगने लगा है। उसकी अपनी शादी की जिम्मेदारियाँ अलग ही रहीं, माँ-बाप की ही गृहस्थी ढोएगा वह, बुढ़ापे तक। अपनी शादी से ही उसकी रूमानियत खत्म हो गई थी, ऊपर से ऐसी वारदातें।"

चांगदेव बोला, "शादी से पहले रूमानियत थी इसलिए कम-से-कम उसकी बलि चढ़ाई जा सकी। रूमानियत भी नहीं होती तो मुश्किल हो जाता।"

भोले बोला, "स्टाफ मीटिंग में जोशी कभी माठूराम का विरोध नहीं करता बल्कि हमेशा माठूराम का पक्षधर बनता है। हमारे दोस्त उसे बुरा-भला कहते रहते हैं।"

चांगदेव बोला, "विरोध करने का अर्थ यही ले सकते हैं कि इन विरोध करनेवालों पर इस तरह गृहस्थी चलाने की और बहनों के लिए दहेज जुटाने की जिम्मेदारियाँ नहीं होतीं।"

भोले बोला, मैंने भारतीय स्त्रियों पर अपना लेख पूरा किया है। मेरे इकट्ठा किए खुदकुशियों और यंत्रणाओं के आँकड़े बोलने लगे तो सोच भी नहीं सकते कि क्या चित्र उभरेगा। आजकल ऐसा लगता है कि ये एक नई इन्द्रिय ही मुझे प्राप्त हुई है...तुमने हमारे बँगले के पास पम्प के इर्द-गिर्द घूमती वो हड़ियल गोरी मुसलमान औरत देखी है न कई बार? छोटी-सी, बाल बिलकुल सफेद।"

चांगदेव बोला, "अच्छा, हाँ, वो पगली? हमेशा बड़बड़ाती रहती है वो।"

भोले बोला, "हाँ, वही। कैसी सूख गई है वो? मैंने ध्यान से सुना है कई बार कि वह क्या बड़बड़ाती है। वह ऊँचे सुर में ऐसे बोलती रहती है, मानो किसी को समझा रही हो—अरे घर में जो कुछ था, सब तुम्हारे सामने रखा। एक अंडा था, वो भी बच्चों को नहीं दिया लेकिन तुझे दिया, दुश्मन! पप्पड़ दिया और क्या चाहिए मेरे बैरीऽऽ ह ह हऽ अरे क्या खाने को चाहिए और तुझेऽऽ—हमेशा ऐसे ही बड़बड़ाती रहती है। पागल हो जाने पर भी किसी को समझा रही हो जैसे। परसों एक पुरानी घटना याद आई और तुरन्त इसका मतलब मेरी समझ में आया...इसका पति शराब पीकर रात-बेरात घर आता होगा, और तकाजा करता होगा खाने को लाओ और घर में पेट भर खाने को कुछ नहीं मिलने से इसे रोज पीटता होगा। रोज की इसी चिन्ता और मार से वो पागल हो गई होगी। वह प्रेशर उसके दिल पर इस कदर हावी रहा होगा कि बेचारी अभी तक उससे मुक्त नहीं हो पा रही है। यह औरत हमारी भारतीय स्त्री का प्रतीक ही है। गरीबी, भूख, फाकाकशी, दुर्गत, असुरक्षा, पति के अलावा दूसरे किसी आधार का न होना, बच्चों का लेंहड़ा, गलत रिवाज, दानवीय सहिष्णुता, प्रेशर, अपरिमित यातनाएँ।"

"किस घटना से तुम्हें यह पता चला?"

फिर भोले ने यह घटना बताई : दो साल पहले मैं येवला में था। वहाँ हमारे कॉलेज में खानाबदोश गुसाईं जाति का एक हट्टा-कट्टा प्यून था। कुँआरा ही था वह। उसका कहना था कि पाँच-सात सौ रुपये लड़की के बाप को दिए बिना हमारी जाति में कोई लड़की देता ही नहीं। इस बात से शायद ऐसा लगेगा कि पुरुषों के मुकाबले स्त्रियों की संख्या अधिक होने के कारण भारतीय स्त्री की असहायता, पराधीनता में वृद्धि हुई है। लेकिन यह सिद्धान्त अर्द्धसत्य ही है। हाँ, तो ये तीसी की उम्र का कुँआरा प्यून अपने भाई के झुग्गीनुमा घर में रहता था। भाई की शादी हो चुकी थी और इस शादी में कुछ रुपये इस प्यून ने भी भाई को दिए थे। शायद इसी कारण वह इसे अपने घर में रहने देता था। भाई के तीन बच्चे थे। भाई गल्ला मंडी में अनाज के बोरे ढोने जैसा कुलीगीरी का काम करता था। बिलकुल जानवरों जैसा काम। शायद ऐसे काम केवल जवानी में ही किए जाते हैं। बाद में ये लोग किसी काम के नहीं रह जाते। इधर फाकाकशी और उधर धूप में बोरे ढोकर गाँव में ले जाना। तो इस भाई को और हमारे प्यून को भी रोज शराब पीने की लत थी। दोनों भाई भट्टी की शराब पीकर खूब मस्त हो जाते। घर में बाल-बच्चों के लिए खाने के लिए कुछ है या नहीं, कोई फिक्र नहीं। वह औरत

सूत कातने जाती, जिससे उसे बारह-एक आने पैसे मिल जाते। ये हरामी देर रात नशे में धुत्त होकर घर आते और लातों से उसे जगाते, जो कुछ खाने के लिए रखा होता, गाली-गलौज करके खा जाते। लेकिन उनके लिए रखा खाना हमेशा कम पड़ता। फिर ये दोनों मिलकर उस औरत को गालियाँ देते, और खाना माँगते। बच्चे और वह खुद भी भूखी सोती और डर के मारे सारा खाना इनके लिए बचाकर रखती। कभी-कभी घर में कुछ भी नहीं होता, मिट्टी का तेल भी नहीं। चाहे तो बीमार हो, पर बिना उसकी परवाह किए ये उसे जगाते और कुछ-न-कुछ खाना दो, कहकर जो चीज हाथ आए उससे जानवर की तरह उसे पीटते। जब कभी घर में कुछ भी नहीं होता, तब वे कहते, काट मुर्गी और पका। मुर्गी के पकने तक भी गाली-गलौज और मारपीट। सोए बच्चों को भी झुग्गी के बाहर फेंक देते। अकेली स्त्री ऐसी यातनाएँ कहाँ तक सहती? एक बार ये दोनों इसी तरह रात एक बजे घर आए। घर में कुछ नहीं था। मुर्गियाँ भी खत्म हो गई थीं। स्त्री भी चार दिनों से घर पर खाली हाथ बैठी थी। दो दिन पहले की पिटाई से फूला हुआ उसका हाथ दर्द कर रहा था। एक बच्चा मलेरिया से जल रहा था। रात दो बजे नशे में धुत्त ये दोनों चीखते हुए कुछ खाना बना कहकर हाथ में लकड़ी लिये उसे मारने को झपटे। घर में कुछ भी नहीं बचा था। बेचारी ने रो-रोकर घर के सारे खाली मटके उन्हें उलटे कर दिखाए। मुझे काम नहीं मिला है। मेरा पूरा बदन मार से दर्द कर रहा है। बच्चे भी भूखे हैं, वगैरह सब हो गया। पर ये दोनों शराब में धुत्त लकड़ी से पीटते-पीटते स्टोव जलाने के लिए उसे धमकाने लगे। फिर एक हाथ से लकड़ी की मार से बचते हुए जैसे-तैसे वह स्टोव के पास गई। स्टोव का मिट्टी का तेल बदन पर उड़ेला और साँकल लगा ली। दूसरे दिन हम वहाँ पहुँचे तो जलकर मरी वो औरत, डर के मारे एक शब्द भी न बोलनेवाले झुग्गीवाले पड़ोसी, सौ रुपये माँगनेवाली पुलिस, बीमारी में रो-रोकर थककर सो गई एक लड़की, माँ की लाश के इर्द-गिर्द रेंगनेवाला एक साल का बच्चा और कोने से ये सब गुस्से से देख रहा पाँच साल का सफेद पड़ा एक लड़का।

चांगदेव आँखें मीचे पड़ा रहा।

थोड़ी देर बाद डॉक्टर आए। बोले, "अब कभी भी आप चांगदेव को ले जा सकते हैं। लेकिन बहुत सावधानी बरतनी होगी। भोजन वगैरह का ध्यान रखना होगा।" सब ठीक-ठीक बताकर डॉक्टर चल पड़े।

भोले उससे बोला, "एक-दो दिन के लिए मैं पत्नी को लिवाने जा रहा हूँ। फिर कुछ दिनों तक हमारे घर ही तुम्हारे भोजन का प्रबन्ध होगा। परसों-तरसों गाँव से लौटने पर इधर आता हूँ। तब तक यहीं रुको।"

एक-दो दिन में पत्नी को लाना था, इसलिए भोले ने गृहस्थी के सामान की सूची बनाई और बाजार चला गया। एक बड़े स्टोर में डबलरोटी, बिस्कुट वगैरह खरीद रहा था कि तभी एक बहुत सुन्दर भरी-पूरी स्त्री की ओर उसका ध्यान गया। वह बड़ी शान से अलग-अलग अंग्रेजी नामों के डिब्बे, चॉकलेट, बादाम वगैरह, सूखे मेवे की नई-नई महँगी चीजें धड़ल्ले से खरीद रही थी। दुकानदार भी बाकी ग्राहकों की अनदेखी करके जान-बूझकर उसकी ओर ज्यादा ध्यान दे रहा था। उसका एक-एक सामान छाँटकर अलग रखता हुआ 'अदब से लाया मैडम' और 'क्या देवीजी', 'अच्छा बहन जी' कहते हुए शीघ्रता बरत रहा था। उसने बादाम खरीदे, तभी पास खड़ी एक दूसरी स्त्री ने बादाम हाथों में लेकर दाम पूछे। दुकानदार उपेक्षा भरे सुर में रूखेपन से बोला, साठ रुपया। वह साधारण-सी स्त्री बोली, सात रुपये? सात रुपये में कितना? दुकानदार डिब्बा बन्द करता हुआ बोला, साऽठऽ सिक्स्टी पर किलोऽऽ...। सुनते ही उस गरीब औरत ने निराश होकर हाथ खींच लिये। दूसरी ओर उस सुडौल भरी-पूरी स्त्री ने अपने सभी पुलिंदे, डिब्बे, बोतलें थैली में डालीं, पर्स से काफी नोट निकाले। थैंक्यू बहऽन जी कहकर दुकानदार ने उसके थैले में सारा सामान ठीक से रखा और बाहर खड़ी उसकी गाड़ी तक थैला खुद पहुँचा भी दिया।

जाते-जाते स्त्री ने भोले की ओर गौर से देखा और हँस दी। और अब तक की अपनी ठसक को भूलकर आश्चर्य से अचानक वह चिल्लाई, "भोलेजी आप...?"

भोले भी मुक्त हँसी बिखेरता हुआ बोला, "हाँ, और आप यहाँ गुर्जर!"

वह बोली, "हाँऽ, लेकिन अब माईणकर। लेकिन आप यहाँ कहाँ भई? अमरावती को तो तभी त्याग दिया था न आपने?"

फिर दोनों एक-दूसरे की तरफ देखते हुए मिनट भर के लिए स्तब्ध हुए। दोनों ने अपने बीच उठा-पटक करनेवाले समय की कारस्तानी को लेकर विवश प्रतिक्रिया व्यक्त की और पुराने सम्बन्धों को दुबारा सामने लाने का प्रयास किया। भोले को आज पहली बार लगा कि उसे अच्छे कपड़े पहनकर आना चाहिए था।

कम-से-कम दाढ़ी तो...खैर छोड़ो। एक जमाने में उसकी प्रतीक्षा में बेचैन खड़ी रहनेवाली, अपनी मीठी वाणी से प्यार उड़ेलनेवाली, उस विपन्नावस्था के दौरान भी उसमें पुरुषार्थ का एहसास जगानेवाली—यह लड़की। बाढ़ में बहते-बहते इनसान पास आते हैं, दूर चले जाते हैं...यथा काष्ठं च काष्ठं च...।

यदि यही औरत उसे दूर से दिखाई दे जाती तो चौंककर वह अपना रास्ता बदल लेता। लेकिन अब बिलकुल सामने पड़ गई तो उसने भी उतनी ही तत्परता से उसका कुशलक्षेम पूछा। फिर सहसा वह धँसता गया। लेकिन वह पहले-सी ही समझदार थी। उसने तुरन्त सारी स्थिति को सँभाल लिया। अपना छह-सात सालों का इतिहास बयान कर बातों-ही-बातों में उसने अपने पुराने सम्बन्ध सार्वजनिक कर डाले। वैसे पुरानी बातें भी ऐसी थीं, जो अब बचकानी-सी लगतीं। वह बोली, "मेरे दो बच्चे हैं। घर चलेंगे? गाड़ी है। वापस छोड़ देंगे आपको...गवर्मेंट क्वार्टर्स पर...चलिए न...बहुत दूर है, बाद में आपकी आने की इच्छा हुई भी तो आना सम्भव नहीं होगा। बहुत पिछड़ा हुआ गाँव है ये। उधर अभी तक बस वगैरह कुछ भी नहीं है। आपके बच्चे वगैरह...बस एक? ब्याह कब किया? इतनी देर बाद? वाह, वैसे आप ही यह बन्धन नहीं चाहते होंगे। आखिरकार हो गया न? बढ़िया।"

फिर गाड़ी में सामने देखकर ड्राइविंग करते-करते और स्टेयरिंग घुमाते-घुमाते बातों-ही-बातों में उसने उसकी सारी जानकारी निकाल ली। वैसे उसके पास सुनाने लायक अधिक कुछ था भी नहीं। इस गाँव से उस गाँव। वेतन भी ऐसा कि बताया न जा सके। उसकी ओर से भी सुनाने लायक कुछ खास नहीं था। वही हमेशा का, बी.ए. में शादी, फिर तबादले के तीन-चार बड़े-बड़े गाँव, फिर प्रमोशन पर मिला यह पुराना, पिछड़ा हुआ गाँव, पति की सरकारी नौकरी की परेशानी, बच्चों की आदतें, परेशानी वगैरह। सब कुछ पति, अपना कुछ भी नहीं। वह काँच से सामने लम्बोतरी सड़क की ओर देखती हुई बोली, "कैसे-कैसे संजोग होते हैं, नहीं?"

बस यही उसने अपने बारे में बताया! तब उसने गर्दन घुमाकर उसके चेहरे का इस ओर का पूरा हिस्सा देखा। यह कठोर सत्य था कि शादी के बाद लड़कियाँ इतनी ऊबड़-खाबड़ हो जाती हैं। मरद साले औरतों के सारे शरीर को कोंचते रहते हैं क्या? उसके इस तरह लगातार निहारते रहने से वह कुछ बेचैन-सी हुई। उसने यूँ ही हॉर्न बजाया।

क्वार्टर्स आ गए। पड़ोस में एक गुलमोहर के पेड़ तले बच्चे खेल रहे थे। उसने गाड़ी रोकी और उतरकर दोनों पास के कम्पाउंड में दाखिल हुए। तभी

कम्पाउंड के फाटक के पास महाराष्ट्र शासन की तख्ती लगी एक जीप भी आकर रुक गई और उसमें से उसका पति भी उतर आया। जीप मुड़ेगी इसलिए भोले जल्दी-जल्दी में सड़क की उस ओर गया, तो जीप भी उसी ओर पीछे खिसकी। फिर वह बौखलाकर बाईं ओर खिसका, तो जीप भी गर्र से उसकी ओर खिसक आई। भोले को तीन बार बिना वजह ऊटपटाँग हरकतें करनी पड़ीं। फिर पति से परिचय हुआ। पति माईणकर चालीस की उम्र का, पीछे से झाँक रहे कुछ-कुछ सफेद बाल, सरकारी ओहदे के कारण बातों में दर्प और संक्षिप्तता, टेढ़ा-मेढ़ा, मोटा, ओरांग उटांन जैसा। भोले को लगा, बीस की उम्र में अपनी सहपाठिनियों से प्यार करनेवाले बेवकूफ लड़कों को उनके असली पतियों का यह चित्र शायद पता भी नहीं होता। हमउम्र लड़कियों के साक्षात ओरांग उटांन जैसे बड़े-बड़े पति पहले ही अपनी नौकरियों-प्रमोशन के झमेलों में उलझे रहते हैं। उनके लिए बीवियाँ बस अपनी गृहस्थी बसाने की मशीन मात्र होती हैं।

भोले ने अपने भयानक बड़े थैले से बिस्कुट का पुलिंदा बाहर निकाला और उसके डेढ़ साल के बच्चे के हाथ में रख दिया। बच्चा यूँ ही इधर-उधर रेंग रहा था। फिर उसी ने उस गुलगुले बच्चे को उठाकर गुड्डे की तरह टीपॉय पर रखा। बच्चे की आँखें माँ जैसी ही बड़ी-बड़ी थीं। भोले ने सहसा उस लड़के की ओर टकटकी बाँधे अजीब ढंग से उसमें भीतर तक देख लिया। उसकी आँखें, भौंहें, ठोड़ी, माथा—माँ जैसा था। लेकिन आँखों की पुतलियों का रंग माँ की तरह बादामी नहीं था। वह बाप की ओर से आया था। नाक तो बाप की ही थी। बालों का रंग माँ की तरह। भोले उस लड़के की हर बात को मानो आधा-आधा काटकर माँ की ओर का आधा हिस्सा अलग निकालता हुआ बचा हुआ बाप का हिस्सा ईर्ष्या से फेंके जा रहा था। फिर होश में आकर उसने बच्चे को गोद में लिया। उसे खेलने के लिए अपनी जेब में पड़ी चाबियों का गुच्छा दिया। बच्चा खुश हो गया। भोले भी खुश हुआ। श्री माईणकर सारे कपड़े उतारकर बाथरूम में इधर-उधर कुछ कर रहे थे।

इस दौरान वह उसे बता रही थी कि दिन-भर बच्चों को कितने सूत्रबद्ध ढंग से खाने को देना पड़ता है। एक नौकरानी केवल इन बच्चों के खाने-पीने की मदद के लिए ही रखी थी। मतलब जब भोले रसोई में आया, तब वह मुसम्बी का रस निकाल रही थी और सहपाठिनी विटामिन नम्बर अमुक-अमुक से शुरू होनेवाले या खत्म होनेवाले ड्राप्स डालकर वह रस बड़े लड़के को पिला रही थी। उसका पति यानी (सहपाठिनी के रिश्ते से) भोले का बहनोई सन्तुष्टि से यह सब देख

रहा था। भोले को इस बात का बुरा लगा कि प्राध्यापक होने के कारण इतने सारे पदार्थ वह अपने बच्चे को नहीं दे सकता।

वह बोला, "क्वार्टर्स बहुत ही सुन्दर हैं।"

उसका पति बोला, "लेकिन पड़ोस ठीक नहीं है। बच्चों को घर में ही खेलना पड़ता है। पड़ोस के बच्चों में कोई संस्कार नहीं हैं। हमारी कोशिश चल रही है ब्लॉक बदलवाने की। लेकिन सभी इमारतों में उन्होंने एक-एक शेड्यूल कास्ट रखा है और बाकी तीन अन्य।"

सहपाठिनी बोली, "वैसे हम छुआछूत नहीं मानते। उनके घर आना-जाना भी है। लेकिन संस्कार महत्त्वपूर्ण होते हैं, नहीं?"

सहपाठिनी के रिश्ते से भोले का बहनोई बोला, "शुरू में तो यही समझ में नहीं आ रहा था कि हम चारों में कौन शेड्यूल कास्ट है! मुझे लगता नीचे के जाधव हैं, लेकिन वे निकले मराठा! और नीचे रहनेवाले पुंड देशस्थ ब्राह्मण!"

भोले बोला, "और उनको लगा होगा आप शेड्यूल कास्ट होंगे!"

सहपाठिनी जोर से ठहाका मारकर हँस पड़ी। उसे अपने पति के काले-कलूटे रंग पर यह ठिठोली ही प्रतीत हुई। सहपाठिनी बहनोई बिलकुल पस्त हो गया। पर भोले का यह मतलब नहीं था। फिर भी वे महाशय बिना वजह बोले, "हम ब्राह्मण हैं।"

इस पर दुबारा सहपाठिनी और भोले एक साथ हँस पड़े। इससे भी महाशय का चेहरा बिना वजह लटक गया।

बाद में उसने बड़े लड़के से दो-तीन वाक्य अंग्रेजी में शुरू किए : व्हॉट इज दैट व्हिच यू आर ईटिंग? लड़का अमरूद की फाँक खाता हुआ बोला, "दिस इज पाइनएप्पल डैडी!" महाशय क्रुद्ध होकर बोले, "गधे, कितनी बार समझाया है...ग्वावा। अमरूद यानी ग्वावा। पाइनएप्पल यानी अनन्नास।" लड़का जरा-सा सही अंग्रेजी बोलता तो बाप खुश हो जाता। तब भोले ने हमेशा की तरह बताना शुरू किया कि शिक्षा मातृभाषा में देनी चाहिए वगैरह। परन्तु इस पर माईणकर महाशय भड़ककर अंग्रेजी की अहमियत का बखान करने लगे। यह भी बोले कि अंग्रेजी के कारण ही सरोजिनी नायडू, जवाहरलाल नेहरू जैसे लेखक संसार भर में विख्यात हुए हैं।

भोले बोला, "कौन मानता है इन्हें संसार भर में विख्यात? हिन्दुस्तान के बाहर कोई पूछता नहीं इनको। हमारे संसार भर में विख्यात लेखक यानी मातृभाषा में लिखनेवाले ही हैं—तुकाराम, बंकिम, प्रेमचन्द वगैरह।"

अपने पति का अधूरा ज्ञान प्रकट होता देखकर सहपाठिनी खुश हो रही थी। इससे भी माईणकर परेशान हो गए। वे बोले, "अंग्रेजी अच्छी नहीं होगी तो नौकरी कौन देगा इन्हें?"

भोले बोला, "लेकिन नौकरी के लिए पढ़ाना भी ठीक नहीं है।"

बाद में विषयांतर के लिए भोले ने सहपाठिनी के साथ कॉलेज के अपने पुराने दिनों के विषय छेड़ दिए। नाटक, सैर, कैसा मजा आता था वगैरह। अब माईणकर की कनखी इस बात पर केन्द्रित हुई कि उनकी बातों में क्या कुछ सन्देहास्पद हाथ आता है।

बाद में जलपान पर पूरा ध्यान केन्द्रित कर और चाय पीकर भोले चलने को तैयार हुआ। सहपाठिनी दिल से बोली, "आते रहना। भाभीजी को भी साथ ले आना एक बार। यहाँ कोई भी मेरा परिचित नहीं है। ये तो हमेशा दौरे पर होते हैं।"

लेकिन माईणकर महाशय ने एक बार भी उससे दुबारा आने का आग्रह नहीं किया। फिर सहपाठिनी अपने पति से बोली, "इन्हें जरा गाँव तक छोड़ आएँगे आप? बस भी नहीं है। इतनी दूर...।"

भोले अपना भयानक बड़ा थैला उठाए खड़ा हुआ।

माईणकर बहाना बनाते हुए बोले, "अरी...मैंने...मेरा फोन के पास रुकना जरूरी है। अर्जेंट ट्रंक बुक किया है, सात बजने से पहले एक्स्पेक्टेड है।"

सहपाठिनी का चेहरा शर्मिंदगी से लटक गया। वह बोली, "मैं छोड़कर आऊँ इन्हें?"

माईणकर बोले, "और...मैंने कानेटकर को बुलाया है। अभी आएँगे वो। नाश्ते के लिए बनाओ कुछ!"

भोले तुरन्त बोला, "नहीं-नहीं, गाड़ी वगैरह की कोई जरूरत नहीं है। ऐसी सुहावनी हवा में पैदल चलते जाना बहुत अच्छा लगता है मुझे। तकल्लुफ मत कीजिए आप। अच्छा मिस्टर माईणकर।"

एक हाथ में सामान से भरा भयानक बड़ा थैला होने के कारण भोले ने विदा लेने के लिए माईणकर की ओर अपना दूसरा हाथ बढ़ाया। लेकिन उन्होंने रूखेपन से दोनों हाथ जोड़कर नमस्ते किया और पीठ फेर ली। फिर उसने भी केवल हाथ ऊपर किया और दनदनाते हुए सीढ़ियाँ उतरकर चलना शुरू। थैले को इस हाथ से उस हाथ में लगातार बदलते हुए और लम्बे डग भरते हुए वह चला जा

रहा था। पाँच-छह मील चप्पलें घिसता हुआ पूरी तरह मरियल होकर वह पोफले के बँगले पर पहुँच गया। फिर झल्लाकर ताला खोलने के लिए चाबियाँ ढूँढ़ने लगा तो चाबियाँ नहीं थीं! जेबों को उलटा करके देख लिया पर चाबियाँ नदारद थीं। माईणकर के पास रह गईं। अब इसके लिए माईणकर के पास दुबारा नहीं जाना। फिर एक मिनट के लिए पूरा ध्यान लगाकर वह दुबारा पम्प तक पैदल आया। वहाँ से रिक्शा से गाँव पहुँचे चौक में हमेशा का चाबीवाला बूढ़ा सौभाग्य से अभी सामान समेट ही रहा था। भोले उसे रिक्शा से पोफले बँगले पर लाया, वैद्य से मोमबत्ती ली और ठोका-पीटी करके एक चाबी बनवाकर ताला खोला। फिर झल्लाकर भीतरी दरवाजा धकेलते हुए वह अन्दर आया और जरा देर लेटा रहा। आज इस माईणकर-प्रकरण के कारण चांगदेव के पास जाना रह गया। चिन्ता और लगातार लेटे रहने से बेचारा और परेशान होता होगा। वैसे भी वह कुछ ही दिनों का साथी है।

इतने में दो-तीन साथी भोले को पुकारते हुए वहाँ आए। चिपलूनकर जोश में बोला, उठिए! सुना है, कल आप भाभीजी को लाने जा रहे हैं। सोचा, आज मेरे यहाँ पीने बैठेंगे। गोपिया बोतलें लाने गया है। वह इधर ही आएगा। देसाई डाक बँगले में नांनवेज खाने का ऑर्डर देने डाक बँगला गया है। चलिए, तैयारी कीजिए। मत भूलिए कि पूरी छुट्टी में हमने आपको डिस्टर्ब नहीं किया है। खैर, आपका लिखना हुआ या नहीं इस छुट्टी में? शायद नहीं हुआ होगा!"

शेंडे बोला, "भारतीय प्रजातंत्र पर इसका आर्टिकल लेखन भाभीजी को मायके भेजकर अकेले रहने का बहाना बन गया है! ये हजरत हैं तो शादीशुदा, लेकिन वृत्ति से कुँआरे ही हैं।"

भोले हँसकर बोला, "अकेले रहना मुझे अच्छा लगता है। लेकिन इन छुट्टियों में दो बड़े-बड़े लेख पूरे किए हैं, मालिक! अभी टाइप करके भेजनेवाला हूँ। तीसरा अभी पूरा हो रहा है। भारतीय स्त्रियों पर लिखा लेख बहुत बढ़िया बन पड़ा है। चांगदेव स्वस्थ होता तो उससे लेख की अंग्रेजी जँचवाकर अब तक उसे इंग्लैंड भी पहुँचा दिया होता। दूसरा लेख मराठी अखबारों का ब्राह्मणीय ढाँचा भी पूरा हो गया है। अठारह सौ पचास से लेकर अब तक के कैसे-कैसे अखबार पढ़ने पड़े साले! ऐसे आठेक आर्टिकल प्रकाशित होते ही देखेंगे आप कि मेरी ख्याति कैसे सभी तरफ फैल जाती है।"

शेंडे बोला, "ठेंगा नाम होगा तुम्हारा! जब अखबार ही हमारे हाथों में हैं, तब तुम्हें कौन ख्याति दिलाएगा साले! ब्राह्मणों की बदनामी करना महँगा पड़ेगा तुझे। लेकिन चलो अच्छा हुआ, तुमने लिखना शुरू तो किया!"

"ये छुट्टी किसी काम तो आई, मालिक। पिछले साल गर्मी में पैसों का मोह त्यागकर परीक्षा का काम नहीं लिया था। ये सोचकर कि कुछ लिखेंगे, लेकिन मेहमान आकर बैठ गए महीना भर। बीती दीवाली में साली का ब्याह रचाया सालों ने। उधर जाना पड़ा—आने-जाने में पन्द्रह दिन बरबाद हो गया। तीन-चार सालों से हर छुट्टी में यही हो रहा है। बीती छुट्टियों में लिखने का जरा मूड बना कि माँ गुजर गई। अब मैंने तय किया है कि न तो किसी की शादी में जाना है और न किसी की अंत्येष्टि में। इसके आगे कितनी शादियाँ हो सकती हैं, इसकी सूची तैयार की है मैंने। भाई, बहनें, साले, सालियाँ, बहनों के लड़के, भानजियाँ, भतीजे, भतीजियाँ—डेढ़ सौ होंगे। और मरनेवाले भी कम-से-कम उतने ही, पिता समेत। कभी-कभी लगता है कि कहीं जिन्दगी भी इसी में गँवाने के लिए तो नहीं मिली है, साली। मैंने तय किया है, कहीं भी नहीं जाना है।"

गंगातीरकर बोला, "और हमारा प्रिंसिपल भी कुछ-न-कुछ काम आपके पीछे लगाता ही रहता है। मैगजीन, गैदरिंग का नाटक, पुरस्कार वितरण समारोह, प्रतियोगिता और उपस्थिति, कुछ मत पूछो। धत् उसकी एमएएन की सीएचयूटी! आप हाथ खींच लीजिए अपना।"

भोले बोला, "अरे भाई, कैसे हाथ खींच लें? इतने सारे काम करता हूँ तभी तो कॉलेज में हमारा कोई कुछ उखाड़ नहीं सकता। इस लेखन-वेखन से भी नौकरी ज्यादा अहम है। चांगदेवराव का यह कहना ग्रेट है कि जिसके बल पर हमारा पेट स्वाभिमान से पलता है, उस काम को बैल की तरह खटकर भी ठीक-से करना चाहिए।"

शेंडे बोला, "बिलकुल दुरुस्त है। हमारा कुलकर्णी उपन्यास लिखता है, लेकिन जिन्दगी-भर जितनी रॉयल्टी नहीं मिलेगी, उतनी एक परीक्षा के काम से वसूल करता है। नौकरी ठीक-से ही करनी चाहिए भाई। पैसे की बात छोड़ दो, लेकिन इस तरह लिखनेवाले की भी कोई इज्जत होती है? आधे पैसे देकर किताबें छपवाता है वो कुलकर्णी। बार-बार प्रकाशक के पास जाना, किताबों को पाठ्यक्रम में बतौर टेक्स्टबुक लगाने के लिए चुलबुले जैसों के पैर पकड़ना, जद्दोजहद।"

गंगातीरकर बोला, "इससे भी आगे, खुद ही प्रकाशक को सारे पैसे देकर कविता-संग्रह छपवानेवाले हमारे जोशी की कविताओं का क्या?"

शेंडे बोला, कविताओं के बारे में तो कुछ मत कहो गंगिया। मुझे नहीं लगता कि कविताओं को लेकर कोई संजीदगी से सोचता भी है। सभी विख्यात कवि केवल मसखरेपन पर जी रहे हैं। चार दोस्त मिलकर वाहवाही करते हैं, इससे ज्यादा कविता में कोई अर्थ नहीं बचा है। कहीं भी कूड़े के ढेर पर उगनेवाले सैकड़ों जंगली फूलों जैसा कवियों का हाल हो गया है। और ऐसा भी नहीं लगता कि आज की मजबूत विशाल दुनिया कवियों से सँभाली जाएगी।

भोले बोला, "वैसे मुझे एक चिन्तनात्मक पुस्तक तुरन्त लिखनी थी, भारतीय प्रजातंत्र के भविष्य को लेकर। पर बाद में लगा कि मुफ्त में खींचातानी करके पत्नी को बच्चे समेत मायके भेजो, नौकरी के फालतू काम सँभालो, ऊपर से अध्यापन और अध्ययन की तकलीफ अलग—इस तरह सब कुछ करके छुट्टियों में भी परीक्षा के पैसों से हाथ धोकर बैठक जमाओ, रात-रात भर जागते रहो, सिगरेट पर सिगरेट पियो, चाय पर चाय पियो, घंटे-घंटे में तम्बाकू का तोबड़ा भरो—रात-रात भर यही सब करते रहो! और ऐसा करते-करते कहीं टी. बी. या कैंसर हो गया तो इस भारतीय प्रजातंत्र की पुस्तक से दवाइयों तक के लिए पैसे नहीं आएँगे! आराम से करेंगे पुस्तक पूरी। अलबत्ता इससे पहले इस देश का प्रजातंत्र समाप्त नहीं हो।"

सभी लोग जोर से हँस दिए। गंगातीरकर बोला, "मतलब, कोई किताब लिखना यानी अपनी जिन्दगी के दस साल घटा लेना ही है! इससे तो अच्छा है कि हमारी तरह रहो—अच्छे से खाओ-पियो, मौज करो।"

भोले बोला, "अभी-अभी मैं अपनी एक सहपाठिनी के घर से आ रहा हूँ—बड़ा सरकारी नौकर, मतलब क्या ऐश होती है सालों की। मुफ्त का घर, गाड़ी, भत्ते, ऊँचा वेतन, घर में सारी प्राप्य वस्तुएँ, बच्चों को तेज-तर्रार बनाने के सभी खेल, पत्रिकाएँ, खाना-पीना—यही है आजकल का सुखात्मक भौतिकतावादी प्रवाह। हम तो बस एक हाथ में ध्येयवाद का परचम लेकर दूसरे हाथ में मिट्टी के तेल का कनस्तर लिये घूम रहे होते हैं इस दुकान से उस दुकान में।"

चिपलूनकर बोला, "मैं तो इस चिन्ता में हूं कि कब छूटेगा ये धन्धा। जब पैसा ही नहीं मिलता है, तो और क्या मिलेगा प्राध्यापकों को? बहाव के खिलाफ तैरने जैसा।"

भोले बोला, "अधिक पैसा न कमानेवाले हम जैसे बुद्धिजीवी मनुष्यों की एकमात्र भोली-भाली चाहत होती है अपनी ख्याति या प्रशंसा! लेकिन अब इस

समाज में अखबारों के जरिये पोंगापंथी लोगों की भी ऐसी ख्याति हो जाती है कि उसमें हम जैसे सुबुद्ध मनुष्य की प्रवेश करने की इच्छा नहीं होती।"

शेंडे बोला, "क्या तुम्हें ये कहना है कि मनुष्य एस्टैब्लिशमेंट में ही रहे।"

भोले बोला, "शेंडिया! एस्टैब्लिशमेंट और एंटी-एस्टैब्लिशमेंट जैसे खोखले शब्दों को इस्तेमाल दुबारा मत करो। कहा जाए तो सब कुछ एस्टैब्लिशमेंट होता है और कहा जाए तो कुछ भी नहीं।"

शेंडे बोला, "और साले आप जैसे लोग ही जब ऐसे फालतू बुद्धिहीन लोगों को आदर्श मानने लगेंगे, तो क्या विशाल और उदात्त लिख पाएँगे? दरअसल, इतने दिनों तक भुखमरी की जिन्दगी जी है आपने, इसलिए आपसे आशा है कुछ अच्छा लिखने की। लेकिन आप जैसों को भी वह उम्दा दुख-भरा जीवन अब रास नहीं आ रहा है। कितना बड़ा ह्रास है ये सृजनशीलता का!"

भोले बोला, "प्रजातंत्र सम्बन्धी मेरे चिन्तन का आरम्भ ही यहीं से होता है शेंडे भइया! बचपन में भाई और मैं दोनों आठ आने पैसों के लिए दिन-भर बागबानों के बगीचों की क्यारियों में पानी देते। कमर में दर्द उठने तक एक पैसे में एक के हिसाब से केले का घौद सिर पर ढोते। बारह आने पैसों में मील के पत्थर रँगाते, धूप में पैदल और पैसों की लालच में आठ-आठ मील दूर तक चले जाते और गाँव वापस लौटने में रात हो जाती। घर में जवार नहीं होता। उस समय पिताजी को अपनी मेहनत के ये आठ-बारह आने पैसे देने में भी गर्व प्रतीत होता। रविवार के दिन स्कूल में लिपाई करके मैं चार आने पैसे कमाता था। वह उत्साह अभी भी मुझे पता है। लेकिन इसी का ठीक से विश्लेषण किया जाए तो ये शोषण साबित होता है। कभी बिना वजह बिगड़कर भाई मेरे मुँह पर सट्-सट् तमाचे लगाता और उसकी शिकायत माँ से करने के लिए आँखें पोंछकर मैं शाम को सड़क पर माँ की प्रतीक्षा में बैठा रहता, लेकिन शाम तक यह भी भूल जाता। फिर सिर पर जलावन का गट्ठर लिये आती माँ दूर से दिखाई देती, लेकिन कुछ भी याद नहीं आता। बस थकान से चूर उसकी गोद में सिर रखकर मासूम रुदन। माँ की धोती की वह मेहनती गन्ध अभी भी मुझे याद है। मैं पढ़ाई करता था, तब मेरा भाई मेरे चाय की उबली हुई पत्ती से ही अपनी चाय बनाता और फिर उसकी उबली पत्ती से मैं। वह स्वाद मैं भूला नहीं हूँ। इसीलिए गरीबी की बुनियाद पर टिका यह खोखला प्रजातंत्र उखाड़ देना चाहिए। परसों हमारे माठूराम ने अपने लड़के को मेडिकल में दाखिला दिलाने के लिए पचास हजार रुपये का चन्दा दिया।

हमारे गोयंका सेठ की लड़की का ब्याह हुआ, उसमें केवल पैसों का लेन-देन ही दो-ढाई लाख के स्तर पर हो रहा था! प्रत्येक बाराती स्त्री को एक-डेढ़ तोले का लॉकेट! कहाँ से सामाजिक समानता का आरम्भ करेंगे आप? एक ओर गरीबी को इस तरह सृजनशील अहमियत देना और दूसरी ओर पैसे का पानी जैसा इस्तेमाल करना, प्रजातंत्र कैसे टिकेगा?"

चिपलूनकर बोला, "भोले साहब, आपकी किताब का जल्द पूरा होना जरूरी है। चार लोगों तक इन नए विचारों का पहुँचना आवश्यक है। लेकिन अब ये अगली छुट्टियों में हो पाएगा। हमारे यहाँ लिखनेवालों के लिए कोई छुट्टी वगैरह भी नहीं होती साली।"

भोले बोला, "क्या करें, कुछ समझ में नहीं आता। अब कल पत्नी आएगी तो बच्चे को डायरिया, पिनपिन और ये लाओ और वो लाओ। ऊपर से हमारा सुबह आठ से शाम के छह-साढ़े छह तक का हमेशा का टाइम टेबल, कोलाहल, पढ़ाना, गैदरिंग, ऑफिस और भल्ला के हजारों क्लर्की काम, ऊपर से माठूराम की स्टाफ मीटिंगें। फिर आनेवाली गर्मी में पत्नी मायके जाने के लिए राजी नहीं होगी। उसकी भावजों को उसका वहाँ रहना नहीं सुहाता। हमारा घर तो अब टूट ही चुका है। छुट्टियाँ पत्नी को भी संकट लगती हैं कि कहीं मेरे आग्रह की खातिर जाना न पड़े।"

शेंडे बोला, "भोले, दरअसल मुझे लगता है कि जिन्दगी से तुम्हें इतना ज्यादा प्यार है कि तुमसे लिखना होगा ही नहीं। कुछ भी लिखना हो तो पहले जिन्दगी से तटस्थ हो जाना पड़ता है। तुम अपनी पत्नी और बच्चे की छोटी-छोटी बातों में इतनी दिलचस्पी लेते हो कि पूछो मत। गृहस्थी में तुम्हें जरूरत से ज्यादा दिलचस्पी है। असल दार्शनिक, चिन्तक, कलाकारों का हाल तो यह होता है कि चाहे बीवी-बच्चे भूखे मर जाएँ, उधर ध्यान नहीं देते।"

तभी अच्छा देशपांडे बोतलें लेकर आया। बोला, "अच्छा तो भोले का लेखन प्रकरण चल रहा है। साला, इस देश में लिखकर और पढ़कर कभी कुछ हुआ है? बिना वजह ये किताबों के भूत सिर पर लादे जाते हैं कुछ लोग। युग बीत गए लेकिन इनसान नहीं बदला, यह यथार्थ है। दुनिया भर की सारी किताबें जला देनी चाहिए। किताबें नष्ट होने से मनुष्य कम-से-कम इस चिन्ता से मुक्त तो होगा। सुधार के लिए किताबें काम की नहीं हैं। थप्पड़ चाहिए ऊपर से। ऐसे देशों में

कमाल पाशा और माओ और स्तालिन जैसे ही चाहिए। भोलेजी, एक युवा, शिक्षित, प्राध्यापक, चिन्तक, बुद्धिजीवी वगैरह एक मनुष्य के तौर पर ये मेरे विचार भी आपकी किताब में आने चाहिए।"

इतने में देसाई भी आ गया। बोला, "चलो, रास्ते में आपको एक खास खबर देनी है। ऊ जैस्वाल लड़की है न?...अरे परसों जिन लड़के-लड़कियों ने ज्ञानप्रकाश मंडल नाम से कुछ शुरू नहीं किया था, वो...हाँ...ऊ! बाकी लड़के इन बावले लड़के-लड़कियों का हमेशा मजाक उड़ाते। ज्ञानप्रकाश मंडल द्वारा कॉलेज के लड़के-लड़कियों को हम ध्येयवाद की प्रेरणा देंगे, वगैरह भाषण ठोंके थे उन्होंने उद्घाटन के दिन! तब माठूराम ने भी शुभकामनाएँ दी थीं कि ऐसी ही पीढ़ियाँ हमारे कॉलेज से तैयार हों! चार-पाँच बेवकूफ-से लड़के भी बिना वजह इन दो-तीन बेवकूफ लड़कियों के आसपास मँडराते रहते थे। लेकिन इनमें दो-तीन अमीर लड़के भी थे, जो रुपये-पैसों से इनकी मदद करते थे। व्याख्यान आयोजित किए थे। एक इंटर कॉलेज प्रतियोगिता के लिए शील्ड भी खरीदे थे अपने पैसों से। ई जैस्वाल हर कार्यक्रम में हमें अँधेरे से उजाले की ओर जाना है, जैसा कुछ पागल की तरह बके थी। तो सुना है कल साम को ई जैस्वाल और ऊ दो-तीन बदमास लड़के—बागड़े, छल्लानी वगैरह घूमने गए कॉलेज से बाहर और उधर दूर खेत में ले जाकर सीधा बलात्कार किए ऊ जैस्वाल का। बहुत हायतौबा मची! बाद में लड़की बेहोसी की हालत में मिली। कल पुलिस आई थी कॉलेज में। जैस्वाल का बाप आज ही उसका नाम कॉलेज से काट लेवे है। उधर राजस्थान में सादी निबटाकर ही लौटे है उसका बाप अब!"

"हा हा हा। मतलब, अँधेरे से उजाले की ओर जाना किसे कहते हैं, समझ गई वो! हा हा हा।"

"लेकिन अब इस अनुशासनहीनता वगैरह पर माठूराम स्टाफ मीटिंग लेंगे हर रोज, मतलब हमारा बलात्कार! हम सबने लिखकर दिया था कि इन बागड़े, छल्लानी वगैरह बदमाश लड़कों को इस साल दाखिला मत दीजिए, लेकिन फिर भी वे कॉलेज में ही! बेवजह दुश्मनी। बागड़े ने तो भल्ला को स्कूटर दिलवाया है अपने बाप से। भल्ला क्या निकालेगा उसे?"

सभी चिपलूनकर के ब्लॉक में पहुँच गए। तीन कमरों का शानदार ब्लॉक था उसका—फ्रिज, कूलर, सभी कमरों में पंखे, फर्नीचर, बड़ा पलंग, रैक भरकर

ग्रामोफोन रिकॉर्ड, टेपरिकॉर्डर, रेडियो, सूट वगैरह से भरा बड़ा वार्डरोब, कई प्रकार की पोशाकें, कोच पर दस-पन्द्रह पत्र-पत्रिकाएँ, टीपॉय पर प्लेबॉय के अंक। चिपलूनकर लम्बे समय से कुँआरा था, शायद इस कारण घर पर ही ज्यादा खर्च करता था। दीवारों पर कहीं एक खरोंच तक नहीं थी। उसने पाजामा भी पहना था तो दीवार के ही रंग का! अब उसने तीस की उम्र पार कर ली थी। सिर गंजा होता जा रहा था, लेकिन शादी की उम्मीद अभी भी पहले जैसी बुलन्द थी। हर साल वह यहाँ की लड़कियों को पिछड़ी हुई कहता और कॉलेज की कोई आधुनिका लड़की देखकर येन-केन-प्रकारेण उस पर डोरे डालता रहता। बीते सात-आठ सालों में तीन कॉलेजों में उसने बैडमिंटन खेलने से लेकर नाटक में काम करने तक सभी प्रयास किए थे। लेकिन बहुत शर्मीला, डरपोक और यौन मामले में अनभिज्ञ होने के कारण उसे अभी तक कहीं भी सफलता नहीं मिल रही थी। लेकिन ब्लॉक इतना बढ़िया था कि बस पत्नी की कमी थी।

उसने बर्फ वगैरह लाकर दिया और देसाई से दुबारा जैस्वाल का विषय छेड़कर बोला, "लेकिन ये बता, क्या सचमुच बलात्कार हुआ था? क्यों?"

देसाई ताली देता हुआ बोला, "हममें से कोऊ उहाँ उपस्थित था नहीं, सो सचमुच का कुछ नहीं कह सकते, लेकिन ऊ लड़की के साथ टेनिस खेलकर भी तुमसे जो नहीं हो पाया, ऊ सब किया उन लड़कन ने! हू हू हू हू।"

"लेकिन ऐसे कैसे हुआ?"

"कैसे यानी? अरे ऊ ले गए इस पगलैट को अकेले में और फिर उनके अन्दर का आदमी जाग गया! जबरदस्ती संभोग! आसान है! हू हू हू!"

"लेकिन दोनों लड़कों ने किया? मतलब लड़की ने इतना कैसे सहा होगा? शुरू में ही क्यों नहीं चिल्लाई?"

देसाई बोला, "चिपलिया, मुँह में चीनी चाहे जबरदस्ती ही डाल दो, ऊ कड़वी थोड़े ही लागे है। क्यों? हू हू हू हू।"

"साले देसाई, तेरी वो ट्यूशनवाली लड़की! उसके बारे में बता न जरा। अभी भी आती है वो?"

"अरे आके बैठ जाती थी ऊ तोंदुल, साली माँ की जनी, शाम की बैच में भी फिर आती। रोज आती, मैं परेशान कि कैसे खदेड़ दूँ इस पनौती को। और जैसे-जैसे मैं दिलचस्पी से पढ़ाने लगता, वैसे-वैसे ऊ मेरी ओर ही टुकुर-टुकुर ताकती रहती! मैंने सोचा, साली क्या पसन्द है उसकी भी! हू हू हूऽऽ अब हमारे

इस थोबड़े में होवै है कुछ देखने लायक? हमको अपना थोबड़ा मालूम नहीं पड़ता क्या आईना देखकर? हू हू हूऽ फिर मैंने उसकी ओर ध्यान देना ही छोड़ दिया। फिर बन्द हो गई। ...और ट्यूशन के दो महीनों के पैसे?...पैसे दिए ही नहीं दो महीनों के! मैंने भी सोचा, चलो कोई तो प्यार किया मुझसे, जाने दो चालीस रुपया इसकी खातिर! हू हू हू हू हू हूऽऽ होऽऊऽपलेऽऽस!"

ठहाका मारकर सभी ने हाथ में गिलास थामा और एक साथ बोले—चिअर्स। भोले अचानक संजीदा होकर बोला, "चिअर्स टू अवर फ्रेंड चांगदेव पाटील्ज हेल्थ!"

देसाई बोला, "बहुत सीरियस होवै है का पाटील का मामला?"

भोले बोला, "लगता तो है। अगले साल उसे कोई दूसरा धन्धा ढूँढ़कर देना होगा यारो। किस्मत अच्छी थी जो बच गया। ऐसा उम्दा आदमी ढूँढ़कर भी नहीं मिलेगा।"

सभी बोले, "अरे...जो चाहे करेंगे...चांगदेव इन पाँच-छह महीनों में ही अपना जिगरी दोस्त बन गया है...बेस्ट आदमी...लेकिन साला हमेशा बेचैन लगता है... करेंगे कुछ-न-कुछ।

देसाई बोला, "सुने हैं इस दौरान किसी खूबसूरत औरत के साथ दिखाई दिए हैं गाँव में कहीं-कहीं। का ई सच है?"

"होटल में रहता था, तब से पहचान थी उसकी। मैंने देखा है उस औरत को। बिलकुल क्लियोपेट्रा की ही याद दिलाती है। बहुत सेक्सी औरत थी, मालिक। चांगदेव के पास आती थी कभी-कभी। पर चली गई।"

चिपलूनकर अत्यन्त बेचैन हो गया था। बोला, "कुछ चक्कर था उनका?... नहीं? धत्। फिर क्या फायदा?...लेकिन क्यों रे देसाई, *दैनिक समाजवाद* में क्यों नहीं आई वो जैस्वाल की खबर?"

"अरे पुराणिक की ऐसी खबरें छापे है का दैनिक हनमंतराव? उधर मराठों के कॉलेज में किसी लड़की को किसी ने छू भी लिया तो भी मोटे हरफों में खबर छापे है ऊ! ब्राह्मण कॉलेज है ये! कल्चर है हियाँ! हू हू हू हू।"

"चिपलिया को लगता होगा, उन लड़कों के बजाय मैं ही चला जाता उसके साथ खेत में, तो कितना अच्छा होता। हे हे हेऽ।"

शेंडे बोला, "शराफत बीच में आती है प्राध्यापक होने से। वरना हम भी चले जाते, और क्या!"

भोले बोला, लेकिन अब तो यह होता ही रहेगा, मालिक। कितने दिनों तक इस तरह लड़के-लड़कियों को अलग-अलग रख पाओगे? ये कप और लिप के

बीच का फासला ज्यादा दिन टिकनेवाला नहीं। उधर लड़कियों का कॉलेज खुला है, पर चार सालों में सौ के ऊपर संख्या नहीं गई कभी लड़कियों की। लड़कियाँ कहती हैं अपने बाप से कि लेडीज कॉलेज में दाखिला कराएँगे तो नहीं जाऊँगी!"

"हमारा चिपलिया तक नहीं जाता कभी उस कॉलेज की ओर। लेकिन मेडिकल कॉलेज में जाने लगा है आजकल वो।"

"सुन्दर लड़की से ही ब्याह करने की बात करे है, तो फिर मेडिकल कॉलेज काहे जावे है बे तू भड़ुवे? पता नहीं तुझे कि मेडिकल की छोरियाँ केवल पहले साल सुन्दर दिखे हैं, लेकिन एम.बी.बी.एस. होने के बाद तो देखा तक नहीं जाता उनकी ओर। हमारे लिंगायत में तो वचन ही है कि लड़की सुन्दर नहीं होवे, उसकी उम्र सुन्दर होवे है। सोलह-सत्रह की कोई भी लड़की सुन्दर ही होती है। पचीसी पार होने पर चाहे जो हो, उसे सुन्दर नहीं कहा जा सकता। हमारा भी वही हाल है। हम भी तीसी के बाद बूढ़े हो जाते हैं, समझा।"

दूसरे शब्दों में, "जैसे सूरज डूब जाने पर छाते का उपयोग नहीं होता, वैसे ही तीसी के बाद पत्नी का क्या फायदा?"

चिपलूनकर बोला, "मतलब, सोलह-सत्रह की लड़की से मुझ जैसा सत्ताइस की उम्र का पुरुष ब्याह करे? क्यों?"

भोले बोला, "वैज्ञानिक दृष्टि से दस सालों का फासला बेस्ट होता है, मालिक। देखो न, चालीसवें साल में स्त्री बूढ़ी हो जाती है। फिर उसमें और तुममें दस साल का फासला, यानी तब तू पचास का होगा। ये ठीक है। लेकिन फासला कम होगा तो पत्नी चालीस की होकर बुढ़ियाकर बैठ जाएगी और उसी दौरान तू उलटा जोर में होगा! मतलब बूढ़ा होने में पन्द्रह-बीस साल और बचेंगे तेरे और फिर परेशानी! फिर तो तेरा चुलबुले ही हो जाएगा!"

हा हा हा, हू हू हू चिपलिया ये भी मान गया!

देसाई बोला, "अब तो इसकी ये हालत होवे है कि चाहे जैसी हो, बस लड़की चाहिए।"

शेंडे बोला, "चिपलिया उलझन में फँस गया है। मुझे तो बड़ी सुन्दर स्त्री लगती है, बाढ़िया मोटी, गुलगुली, प्रशस्त। बीसी की लड़की में क्या रखा है, खींचातानी?"

"ह ह ह हू हू हू! आप लोग साले, उलटा-सीधा कुछ भी बताकर चिपलिया को और ज्यादा उलझन में डाल रहे हो।"

भोले बोला, "चिपलिया, तू खुद ही अपनी ब्यूटी की अवधारणा क्लियर कर ले। वरना ये भी नहीं और वो भी नहीं, और इसी में तू पैंतीसी में पहुँच जाएगा। फिर अपने अरमानों को सामाजिक कार्य द्वारा विख्यात वगैरह होने में कनवर्ट करेगा! जॉनसन ने कहा है कि शादी में ज्यादा सुख नहीं होता, लेकिन ब्रह्मचर्य में तो बिलकुल भी नहीं होता। चल बता, सुन्दरता क्या है?"

चिपलूनकर बोला, "ये तो हम सब जानते हैं।"

"ऐसे नहीं, इससे कुछ भी बोध नहीं होता। साले तेरे मन में प्यार और ब्यूटी को लेकर बहुत कोलाहल मचा है। ये भी तुम्हारा मुगालता है कि सौन्दर्य केवल शारीरिक ही होता है। मैं दूसरों को बहुत खूबसूरत लगनेवाली लड़की से पाँच मिनट बातें करूँ तो मुझे वो बिलकुल बदसूरत लगने लगती है। सुन्दर पत्नी के बारे में भी हमारे भीतर उलझन पैदा करनेवाली कल्पनाएँ भरी हुई हैं। सब कुछ रोमांटिक जमाने का है। रोमांटिक प्रेम भी अब इतिहास में दफन हो गया है। घुँघराले बालों के कारण प्यार होना भी कैसी बेवकूफी थी पुराने जमाने में! इसके बजाय पुराने जमाने के बाल-विवाह सुन्दर थे। जिससे इन जानलेवा झंझटों से मुक्त होकर लोग कामतृप्ति को केवल एक विहित कर्म के रूप में देखा करते थे। वे पश्चिमी कल्पनाएँ इधर आईं और सारा गुड़गोबर हो गया।"

देसाई बोला, "बिलकुल राइट कहता है।"

चिपलूनकर बोला, "यानी, माँ-बाप द्वारा जोड़े गए रिश्तों को अभी भी सुन्दर मानता है तू?"

भोले बोला, "यही मैं कह रहा हूँ कि यदि हम सभी पश्चिमी कल्पनाओं के शीशे से अपनी सभी गतिविधियों की ओर देखने लगेंगे, तो कुछ भी सुन्दर नहीं लगेगा। अपनी उँगलियों से खाना भी सुन्दर नहीं लगेगा! और जब कोई किसी यूरोपीय स्त्री को अपनी पत्नी बनाता है, चाहे वो बदसूरत ही क्यों न हो, हम उसे रूमानियत से सुन्दर ही समझते हैं। कोई भी विदेशी चेहरा आकर्षक लगता है! बाहरी, विजातीय शारीरिक सम्बन्धों में अभी भी साहस का अंश आता है और रूमानियत से हम उसे सुन्दर ही समझते हैं। मराठा लोगों में कोई ब्राह्मण लड़की से ब्याह करता है तो वह सुन्दर! मुम्बई जैसे शहर में अन्तर्जातीय विवाह अच्छे लगते हैं लेकिन देहातों में ऐसे विवाहों की खातिर कितने झंझट सहने पड़ेंगे? जो बात शहर में सुन्दर होती है, वह देहात में क्यों नहीं होती?

एक जमाने में एक लड़की मुझे खूबसूरत लगती थी, अब इस स्थिति में वही लड़की मुझे बिलकुल बदसूरत लगेगी और शादी तो एक बार ही होती है! बात बिगड़ी कि बिगड़ी।"

"जो कहना है, सीधा-सीधा बोल न!"

"सीधी बात यही है कि सुन्दरता यानी सभी बातों का सन्तुलन। केवल सूरत और बाल और स्कर्ट, स्नोपाउडर—नहीं। आप जिस सतह पर होते हैं, उस सतह से यह तय होता है कि सुन्दर कौन है। मुझे तो बुद्धिमान लड़कियाँ भी सुन्दर लगती हैं।"

चिपलूनकर बोला, "मतलब मेरे लिए—मेरी सतह से—कौन सुन्दर होगी?"

भोले बोला, "तू बुद्धि से भी तेज और बाहर से भी सुन्दर, इस तरह दो अक्ष बनाकर आलेख बना ले और बीच की रेखा को देखते हुए चलता जा। इसमें एक ही बिन्दु पर हजारों लड़कियाँ मिलेंगी, जिनमें से कोई भी तुम्हारे लिए ठीक रहेगी। मुझे लगता है कि तुम्हें केवल बाहर से सुन्दर लगनेवाली लड़की नहीं चाहिए।"

शेंडे बोला, "अरे भाई, लेकिन यह तय करनेवाला एक दूसरा आलेख भी तो समाज में होता है कि ये खुद किस बिन्दु पर है? धर्म, जाति, आमदनी—हजारों अक्ष हैं। इसी कारण हमारे देश में लड़के-लड़कियों के हमेशा झमेले होते रहे हैं। वैसे भी शादी के बाद यह सब धुल जाता है और दो ही अक्ष बचते हैं—आदमी और औरत। शिवलिंग की खोज करनेवाला हमारी तरफ का कोई प्राचीन आदमी वाकई फ्राइड का बाप रहा होगा।"

चिपलूनकर बोला, "हम चर्चा करनेवाले भी बस गांडू लोग हैं। हमारे कॉलेज में जुओलॉजी की वो लड़की, कितनी सुन्दर थी। एक बार हम ट्रिप में साथ-साथ गए थे। तो जब मैं नदी में नहा रहा था, उसने सीटियाँ मारी थीं मुझे! बहुत उफान पर आ गई थी वो उस समय। मैंने सोचा नजदीकी बढ़ाएँगे, लेकिन दो दिन बाद वह गोआ के प्लेयर्स के साथ रात में जो गायब हुई कि सुबह ही छोड़ा उन्होंने उसे। और मैं डरपोक, देखें आपका हाथ कहकर हाथों पर उँगलियाँ टिकाने से आगे बढ़ ही नहीं पाया।"

गंगातीरकर बोला, "वही एक सुन्दर लड़की थी हमारे यहाँ। वो भी गई छोड़कर। खूबसूरत थी। कैसी जाँघें थीं उसकी, बेस्ट।"

चिपलूनकर बोला, "काहे की बेस्ट बे साले। किसी को भी सुन्दर कहता है? पाँच मिनट बात करो तो बेजार हो जाता था उससे। बिलकुल निर्बुद्ध घोड़ी।"

देसाई ठहाका मारकर हँसता हुआ बोला, "दो ताली! औरत में क्या देखना चाहिए, ई भी नहीं पता इसको अभी तक! क्यों बे, औरत की परख उसकी बुद्धि से होवे है का कभी? इस भोले की मत सुन यार। होऽऊऽपलेऽऽस।"

गोपाल देशपांडे बोला, "चिपलिया, शायद इसीलिए तू मेडिकल कॉलेज के चक्कर काट रहा है आजकल! लेकिन इस तरह केवल चक्कर काटने से कुछ नहीं होगा पगलेऽ। इसके लिए तो एकदम हाथ डालने का साहस चाहिए बच्चा, जवाहर जैसा।"

"और ऐसा करते-करते कभी चप्पलें पड़ीं, तो बेशर्मी से अपमान पी जाने का भी साहस चाहिए! ह ह हऽ।"

परसों जवाहरलाल मुझसे बोला, "इस साल भी करेगा या नहीं शादी? या तेरे बदले मैं करूँ दूसरी शादी इस उम्र में? ह ह ह ह।"

"जवान लड़कियाँ बेवकूफ ही होवे हैं। ऊपर से आजकल घर से बाहर घूमने-फिरने की आजादी मिले है। फिर ई पट्ठा जवाहर होटल में खिला-पिला करके कॉपी-किताबें देकर हाथ सहलाते-सहलाते साल-भर में एकाध तो पटा ही लेवे है। बातें भी भयानक करता है साला कुछ का कुछ...। एक बार बता रहा था कि उसकी पत्नी रूठ गई रात में। बोली, आप दूसरी औरतों पर इतना खर्च करते हैं, दस-दस रुपये होटल के बिल चुकाते हैं, आज मुझे भी दस रुपये चाहिए। वरना मैं हाथ भी नहीं लगाने दूँगी। तो पता है जवाहर क्या बोला? ऊ बोला, तुझे? और दस रुप्ये? तुझे पता नै, दस रुप्ये में क्या माल मिले है! ह ह ह। बहुत हरामी है साला।"

"मैं यह कह रहा था कि चाहे जो हो, लेकिन किसी-न-किसी को फाँस ही लेता है वह।"

"इसमें क्या शक है? यह भी एक कला है। बीते साल हम ट्रिप पर गए थे साथ-साथ। तब साले जवाहर ने शुरू से ही लड़कियों को अच्छे लगनेवाले कामुक किस्से सुना-सुनाकर पूरा माहौल धीरे-धीरे रोमांटिक बनाना शुरू किया और फिर किले में जाने पर बहक चुकी दो लड़कियों पर निशाना साधा। शाम को हम तालाब वगैरह देखकर तय समय पर बस के पास इकट्ठा हुए तो पाया कि बस जवाहरलाल ही गायब है! फिर एक तेज लड़की बोली, अब यह ढूँढ़िए कि हमारी लड़कियों में से कौन नहीं आई है, पता चल जाएगा! सारी लड़कियाँ एक-दूसरे की तरफ देखती हुई बड़े उत्साह से यह जता रही थीं कि मैं गायब नहीं हुई हूँ।

और अचानक लड़कियाँ चिल्लाईं, दीक्षित! दीक्षित नहीं है। फिर ठीक आधे-एक घंटे के बाद एक ओर से जवाहरलाल सीटी बजाता हुआ आया, मानो कुछ हुआ ही न हो और जरा देर बाद दूसरी ओर से दीक्षित, यह जताती हुई कि रास्ता भटक गई थी! सभी ने जोरदार तालियों से उनका स्वागत कर बस शुरू की।"

"कौन, वो थर्ड इयर की दीक्षित? कमाल है। कैसे हमेशा गर्दन झुकाए चलती थी वो और कोई सीटी भी मारे तो शिकायत लेकर आती थी साली।"

"लेकिन जवाहर इस मामले में वाकई उस्ताद है। यूनिवर्सिटी की लाइब्रेरी की ताम्हणे मैडम को भी बराबर फाँसा था साले ने। दरअसल ताम्हणे मैडम प्रौढ़ और बड़ी सज्जन महिला थी। लेकिन जवाहर यह जानता है कि तीस-पैंतीस की औरत लगातार एक ही पति से बोर हो जाती है। शादी के दसेक सालों में पति और पत्नी भी एक-दूसरे से बोर हो जाते हैं। पार्टनर बदलने की व्यवस्था ही नहीं है हमारी इस शादी की नैतिकता में।"

"बिलकुल सही निरीक्षण है भोले का। इसीलिए हमारे मराठी नाटकों के मंचन में सभी शादीशुदा वयस्क जोड़े हाउसफुल भीड़ से इकट्ठा होते हैं भड़ुवे! ठहाके लगा-लगाकर हँसते रहते हैं अश्लील मजाकों पर।"

कुछ भी मत हाँक। ताम्हणे मैडम का पति घर में उसे बहुत परेशान करता था। ऊपर से बड़ा शक्की भी था। मारपीट भी करता था। बाहर से ताला लगाकर उसे भीतर बन्द कर देता था। जवाहर को यह मालूम हुआ होगा।"

अच्छा देशपांडे बोला, "अच्छा? हमारा एक पड़ोसी भी ऐसा ही राक्षस है साला। पत्नी पर हमेशा चिल्लाता रहता है—ये साफ नहीं है, वो धोया नहीं है, ये फीका है, तो खारा है—बेचारी औरत चुपचाप सहती रहती है। लेकिन इस तरह जानवर की तरह बर्ताव? ऊपर से उसके लगातार पाँच लड़कियाँ हुईं। इसमें वह बेचारी क्या करती? उसे रसोई में केवल टाट पर सुलाता है साला। कुल मिलाकर भट साले निर्दय ही होते हैं। भट भटनी को पीटे, कहावत यूँ ही नहीं बनी है।"

भोले चुटकी लेता हुआ बोला, "साथियो, आप लोग कुँआरे हैं, इस कारण आपको रोजमर्रा के बर्ताव में भी बिना वजह स्त्रीत्व का अपमान नजर आता है। यह तो घर-घर की कहानी है। बाहर नौकरी करते समय पुरुषों को इससे कहीं ज्यादा मेहनत, अपमान और अवहेलना सहनी पड़ती है।"

अच्छा देशपांडे चिढ़कर बोला, "तो क्या इसका बदला वे स्त्री से लेंगे? हमारा यह पड़ोसी तो खास हिन्दू है भड़ुवा। बस आर्यपुरुष! चढ़ने का लाभ

नहीं होता न, तो हमारे हिन्दू लोगों ने औरतों को बिलकुल गोठ में बाँध दिया होता भोले सर! पौर्वात्य सभी हरामी ही हैं। स्त्रियाँ जाग उठेंगी तब साले माथा पीटते बैठेंगे।"

"हमारी ऊपरी वर्ग की स्त्रियाँ तो बेवकूफ ही हैं साली! निचले वर्ग की औरतें पति को लात मारकर बाहर खदेड़ देती हैं। खुद कमाती हैं, खटती रहती हैं, आजाद होती हैं। पूरे संसार में किसी भी समाज की औरतों की तुलना में हमारे गाँव की महारन-चमारन ज्यादा आजाद और तेज होती हैं। ग्रेट हैं। इन ऊपरी वर्गों की स्त्रियों में है कहीं कोई स्वाभिमान? कोई आग? आधी स्त्रियाँ तो इस चिन्ता में जीती रहती हैं कि शादी क्यों की? बाद में तो पति को भी छोड़ा नहीं जा सकता।"

चिपलूनकर बोला, "इसका समाधान है, लव मैरिज।"

देसाई चिढ़कर बोला, "डैम साला लव! लव यानी पूरा न्यूसंस होवे है। फालतू समय जावे है और ऊपर से सादी। और सादी के बाद फिर दोनों का स्वभाव कैसा निकले है, इसकी भी अनसर्टेन्टी। निन्यानबे प्रतिशत अनसर्टेन्टी। भोले कहता है ऊ सही है कि चाइल्ड मैरिज बुरा नहीं था। भड़ुवे अंग्रेज हमें गँवार मानते थे और उनमें तेरहवें साल से ही लड़के-लड़कियाँ एक-दूसरे पर चढ़ते हैं खुलेआम। बीस से पहले वहाँ सभी की शादियाँ हो जावे हैं। यहाँ इंडिया में ऊ अगर किसी चीज का सुधार किए हैं तो बस सेक्स टार्वेशन का। हमारे सारे बच्चों की एनर्जी उसी में बरबाद हो जावे है। हम अपने सुधार खुद कर लेते न। हमारा रेस भी कोई बुद्धू रेस ना होवे है।"

अच्छा देशपांडे बोला, "खैर छोड़ो, लेकिन आप लोगों में से किसी को बताया शेंडे ने अब तक कि उसका ब्याह तय हो रहा है?" दो ताली।

शेंडे हिचकिचाते हुए बोला, "किसका? मेरा? नहीं नहीं! मेरी बहन की बात चल रही है। लगभग तय हो गई है। लेकिन पैसे बहुत माँगते हैं साले। एक तो हमारी बहन दिखने में ऐसी। पर इतना दहेज कहाँ से जुटाएँ, यही सवाल साल रहा है हमें।"

अच्छा देशपांडे बोला, "सच बता! तेरी शादी तय हो रही है! तू लड़की देखकर भी आया है पिछले रविवार को! चोर कहीं का!"

अब शेंडे झेंपकर बोला, "कौन बोला? ऐसा कुछ निश्चित—मतलब पिताजी बस बोले मुझसे कि जो दहेज मिलेगा वो हम बहन के लिए इस्तेमाल कर सकते हैं—मेरी इच्छा तो बिलकुल...।"

"हाँ! तो ये बात! अब आया ऊँट पहाड़ के नीचे! अब बता, कौन है लड़की? मैंने तो यहाँ तक सुना है कि इसी महीने में निबट रहा है तेरा! क्यों?"

शेंडे खिन्न होकर बोला, "मेरी बात कोई सुनता भी है घर में? पिताजी बोले, जबान दी है मैंने, अब मुँह दिखाऊँ या नहीं बिरादरी में? अपनी बिरादरी जात में ऐसी सुन्दर लड़की दुबारा नहीं मिलेगी। ऊपर से पाँच हजार रुपया कैश...पर ये सब तुम्हें कैसे पता चला?"

"सारी लड़कियों में चर्चा है बेटा! और तेरे साथ लैब में प्यार की खुसुर-फुसुर करनेवाली स्कर्टवाली पटाखा तो अचानक सिनेमा की तरह दिल टूटने जैसा बर्ताव करने लगी! अरे अरे!

"शायद इसी कारण शेंडे का चेहरा लटक गया है। इस रोमांटिक पटाखे के सामने अपनी बिरादरी की साधारण-सी शालीन लड़की तुम्हें बेस्वाद ही लगती होगी। क्यों सही है ना?"

"मेरी बात कोई नहीं मानता है भाई घर में। मुझे ही शर्म आती है इस तरह शादी करने में। घर में पहले से भाई-बहनों का यों जमावड़ा, मेरे अकेले की तनख्वाह पर बारह लोग जीते हैं जैसे-तैसे। रोज दाल-रोटी ही खाते हैं। रुपये भर की तरकारी भी पूरी नहीं पड़ती सभी को। महँगाई बेतहाशा बढ़ गई है। हमारी तनख्वाह ही ऐसी। ऊपर से ट्यूशन भी नहीं करने देते हैं हमारे कॉलेजवाले। पाँच पैसे तक कहीं फिजूल खर्च नहीं करता हूँ मैं।"

"इतना करने के बावजूद तेरे माँ-बाप हमेशा तुझे गालियाँ ही देते हैं?"

"हमारे पिताजी भी बेवकूफ हैं। रेवेन्यू में पूरी जिन्दगी बिताई पर एक पैसा नहीं खाया! और बच्चे जने हैं आठ। मुझे तो कई बार लगता है कि घर में तनख्वाह लाता हूँ, इसीलिए मेरी थोड़ी-बहुत इज्जत है घर में। मनुष्य की उतनी नहीं, पर पैसों की जरूरत यकीनन ही होती है। और ऐसी हालत में दहेज देना सम्भव हो इसलिए मेरी ही शादी रच रहे हैं साले।"

भोले बोला, "शेंडिया, तेरे पिता सही हैं। कर डाल ब्याह। बहन का भी हो जाएगा तुरन्त। फिर दो-दो साल बाद एक-एक बहन आ ही रही है ब्याहने को। तू कर डाल। प्यार शौक समझकर करना चाहिए और शादी व्यवहार समझकर। लेकिन हमारे जोशी की बहन जैसा हाल मत करना अपनी बहन का। सारा दहेज कैश दे देना।"

गंगातीरकर बोला, "लेकिन उस स्कर्टवाली, मिलने को बेकरार छबीली का क्या होगा?"

अच्छा देशपांडे बोला, "वह अपना-अपना देखेगी। शेंडे को भी बीच-बीच में किसी बदली से घिरी दमघोंटू शाम को याद करने के लिए काम आएगी वह छबीली! ह ह ह! या ओवी छंद में कोई कविता करने के लिए—

आऽसऽमाऽन भऽरऽ आऽया बऽदऽलीऽ सेऽ
दिल मेरा रोएऽ फूट-फूटकर

शेंडे बोला, "बहन के लिए...एक तो हमारी बिरादरी इतनी-सी...सोचा, कर डालें।"

गंगातीरकर बोला, "जाति कौन-सी है रे तेरी? मेरी तो अभी तक समझ में नहीं आ रहा है। तिरगुल या ऐसी ही कुछ है न? फिर तू काहे का ब्राह्मण?"

शेंडे बोला, "अरे हम ब्राह्मण ही हैं। तैत्तिरीय अपस्तंभ कहा जाता है हमें। आद्य शंकराचार्य हमारे ही हैं। सम्पूर्ण वैदिक धर्म को हमने ही दुबारा खड़ा किया है सालो।"

भोले बोला, "मतलब सोचो, देश का कितना नुक़सान किया तुमने। अच्छा था कि बौद्ध धर्म फैल गया था।"

अच्छा देशपांडे बोला, "फिर भी हम इन्हें ब्राह्मण नहीं मानते। चितपावन और कह्राड़े-फिह्राड़े शाखाओं को तो हम महापूजा में भी नहीं बुलाते। लेकिन ये साले जनेऊ पहनकर खुद को ब्राह्मण ही समझने लगे तो कोई क्या करे? इन शेंडे के लोगों ने अलग-अलग शंकराचार्यों से सर्टिफिकेट इकट्ठा किए हैं, अपने ब्राह्मण होने के सबूत! हू हू हू हू।"

गंगातीरकर बोला, "ये तो अपनी जीएएनडी पर गोबर मलकर खुद को बैल कहलवाने जैसी बात हो गई। ह ह ह!"

भोले बोला, "हाँ, बिलकुल सही कहावत ढूँढ़ी है तुमने! गाँड़ पर गोबर मलिए और मुझे बैल कहिए! ये चितपावन भी साले कोंकण से टपक पड़े बीच में और अचानक खुद को ब्राह्मण कहलवाने लगे! इनका ब्राह्मण बनना मतलब विधवा लड़कियों को दुबारा शादी करने से रोकना, घर में विधवाओं की संख्या बढ़ाना, औरतों के पीछे मुटके का झंझट लगाना जैसे धन्धे करना है। मुझे तो कोई फरिश्ता बना दिया जाए तो भी नहीं करूँगा ऐसे ओछे धन्धे। इनके उपन्यास भी कैसे, घूम-फिरकर वही विषय—विधवाओं का केशवपन! सनातनी भी ये और समाज सुधारक लोग भी इन्हीं के! मतलब—मिल और स्पेंसर वगैरह पढ़कर—केशवपन

मत करो पर लेख पर लेख लिखने के लिए आजाद। सारा मसखरा साहित्य लिखा है भटों ने! नहीं तो हमारे महात्मा फुले देखिए, केशवपन को रोकने के लिए नाइयों से हड़ताल करवाई थी फुले जी ने। पर ये भट ऐसे लोगों का उल्लेख भी नहीं करते ठीक से!"

अच्छा देशपांडे बोला, "ठीक है, आज ब्राह्मण कहलवाने में हानि है, लेकिन पेशवाओं के जमाने में तो फायदा ही फायदा था!

भोले बोला, "शेणवी लोग भी तो पेशवाओं के जमाने में खुद को जबरदस्ती सारस्वत ब्राह्मण कहलवाते थे? नाना फड़नीस ने यंत्रणाएँ दी थीं कि आप ब्राह्मण नहीं हैं, फिर भी शेणवियों को बड़ा शौक था गाँड़ पर गोबर मलने का! जान-बूझकर ब्राह्मणों की तरह बर्ताव करते थे!

भोले बोला, "अपने दोस्त कामत के लिए मैं यहीं पड़ोस में दामले के घर ब्लॉक देखने गया और कहा कि हमारे कामत ब्राह्मण ही हैं, मकान देने में हर्ज नहीं। तो पता है दामले बुढ़ऊ क्या बोला, कामत? मतलब सारस्वत? ये काहे के ब्राह्मण? सारस्वत को मकान दो तो कूड़ाघर बना डालते हैं मकान को!"

अच्छा देशपांडे बोला, "सारस्वत की बात छोड़ दो। लेकिन चाँद्रयानी कायस्थ प्रभु यानी सी.के.पी.! परसों मैं मुम्बई में पिताजी के साथ उनके दोस्त के घर पर रुका था। वे बोले, यहाँ काफी सी.के.पी. ब्राह्मण रहते हैं! हमारे पिताजी बोले, ये परभू कब से खुद को ब्राह्मण कहलाने लगे? ये बात और है कि सी.के.पी. चतुर हैं और उन्होंने कभी खुद को ब्राह्मण नहीं कहलवाया।"

भोले बोला, "दरअसल इस तरह जाँच-पड़ताल करते-करते पीछे जाएँ तो हिन्दुस्तान में दस-बीस गोत्र भी असल ब्राह्मणों के नहीं मिलेंगे। सभी धूर्त लोग अर्जियाँ दे-देकर ब्राह्मण बन बैठे होंगे ब्राह्मनिज्म के दौर में!"

गंगातीरकर बोला, "अब कुछ दिनों बाद महारों का राज्य आएगा तो ये सारी बदमाश जातियाँ अपने आप को महार कहलवाएँगी!"

भोले बोला, "पर शेंडिया, तू अपनी शादी जल्द से जल्द निबटा ले। ये चिपलिया, गोपिया और चांगदेव जैसा रहना कुछ ठीक नहीं। इनसान का यूँ अकेले जहाज की तरह भटकते रहना ठीक नहीं। अपनी जिन्दगी का शून्य भरने का यही एक तरीका होता है। शादी के बाद पत्नी हमारा सारा घर भर देती है। जमीन के जाँते से लेकर दीवारों के सामान तक घर भरकर सामान ही सामान। कमरे के बीच में भी लटकनेवाला पलना। फिर पत्नी की तरफ से काफी बड़ी दुनिया जुड़ जाती

है। सास-ससुर, साले-सालियाँ, आने-जानेवाले, पास-पड़ोस की औरतें, बच्चे, छोटे शिशु, ये-वो, जचगी, उसकी दौड़धूप, डॉक्टरों से परिचय, दूर-दूर से बच्चे को देखने के लिए आनेवाले रिश्तेदार, दवाइयों के दुकानदार, बोतलें, दूध, फिर बच्चों के स्कूल, किताबें, पेंसिलें, कॉपियाँ, स्कूल लाना-ले जाना, बच्चों के छोटे-छोटे मित्र, खेल, गोलियाँ, भँवरे, बच्चों को घुमाने या सर्कस दिखाने ले जाना—बहुत-सी घटनाएँ, वस्तुएँ और व्यक्ति। कुल मिलाकर, केवल पत्नी के कारण पुरुष सम्पूर्ण बाहरी दुनिया का एक अंग बनकर निश्चिन्त हो जाता है।"

अच्छा देशपांडे बोला, "ह ह ह और बढ़ता खर्च, डायरिया, पिनपिन...।"

भोले बोला, "क्यों नहीं? लेकिन इससे भी जिन्दगी ठोस बनती है। किसी के लिए कुछ करने का जज्बा कुटुम्ब से ही पैदा होता है। हमारी आध्यात्मिक ऊँचाई कुँआरेपन के मुकाबले शादी से ही बढ़ती है। कुँआरे लोगों में यदि दूसरे के लिए मेहनत करने की आदत कभी पनपेगी ही नहीं, तो पचास-साठ सालों तक जिन्दगी का ये बुलबुला कैसे भरेंगे, मालिक? बिलकुल मृत्यु तक कुछ-न-कुछ बनते रहने का यही एक तरीका है।"

अच्छा देशपांडे बोला, "अच्छा यह बताओ कि हस्तमैथुन और मैथुन में कोई फर्क है?"

"बिलकुल है। चाहे टेक्निकल ही सही, लेकिन फर्क है। वैसे प्यार से किसी को आगोश में लेने में सुख तो है ही। हस्तमैथुन में यही शरीर सुख आप कल्पना से प्राप्त करते हो।"

अच्छा देशपांडे बोला, "लेकिन इससे हम बच्चे पैदा करने की प्रकृति की सतत परम्परा में मात्र दानवीय वासना के वीर्य रूपी अन्धे जन्तु बन जाते हैं—कमजोर, कुलबुलानेवाले। अपने बच्चों को प्यार से अपनाने को विवश। तुम्हारी शब्दावली में 'गृहस्थी का सुख' मतलब केवल जबरदस्ती है प्रकृति की। काहे का वात्सल्य और काहे की प्रीति। अपने बच्चे मतलब केवल तानाशाही है। मान लो कि गायों के कृत्रिम गर्भाधान केन्द्र की तरह सुन्दर, बुद्धिमान तथा कर्तृत्वशाली बच्चों के कृत्रिम बीज भी सरकारी केन्द्रों में उपलब्ध कराए जाएँ, तो मेरा विश्वास है कि अनेक स्त्रियाँ अच्छी सन्तान के लिए ऐसा गर्भाधान स्वीकार करेंगी। दरअसल पिता दोयम है, माँ प्राथमिक है। पति नामक संस्था को नष्ट करना मुक्त समाज का लक्ष्य होना चाहिए। दरअसल बने-बनाए गुड्डे-गुड़िया की तरह स्वस्थ बच्चे भी मिलने चाहिए। दूध वगैरह के लिए जैसे घर-घर भैंस पालते हैं, यह आपका

बच्चों के लिए पत्नियों को पालना वैसा ही है। और अगली सारी खिचखिच तो बस घिनौनापन है।"

भोले अत्यन्त चिन्तातुर होता हुआ अपने आप से बोला, इन लोगों को राह पर लाना बहुत कठिन है। अच्छा हुआ मुझमें माँ के धार्मिक संस्कार हैं, वरना मेरा बुद्धिवाद भी शायद इसी स्तर तक जा पहुँचता।

भोले पत्नी को लाने गया। दूसरे दिन सभी मित्र चांगदेव को अस्पताल से पोफले बँगले पर ले आए। फिर भोले भाभी के आने पर भोले के घर पर ही चांगदेव के भोजन का प्रबन्ध हो गया। उसे डॉक्टरों ने बीड़ी पीना, मानसिक तनाव, अनियमितता सब बन्द करने की चेतावनी दी थी। आते ही तुरन्त उसने कॉलेज पैदल जाना शुरू किया। दिसम्बर-जनवरी में सभी लोग काम में जुट गए। चांगदेव ने भी महीने-भर की डूबी कक्षाएँ ज्यादा लेनी शुरू कीं। उसकी बीमारी को किसी ने बहुत तवज्जो नहीं दिया। नौकरी करना जरूरी था। शरीर पोषण के लिए काम जरूरी है, काम के लिए शरीर जरूरी है और यह चक्र सँभालना भी जरूरी है। हर दिन डरावना सपना।

काम की आपाधापी में आजकल मित्र भी बहुत ज्यादा नहीं मिलते थे। कॉलेज की मैगजीन का काम भोले और चांगदेव दोनों के पास था। इसके सभी लेख जाँचना, अंग्रेजी लेखों की स्पेलिंग, व्याकरण ठीक कर छात्रों का परेशान होने तक बार-बार उनसे लिखवा लेना पर खुद परेशान न होना, ऊपर से स्कॉलरशिप, गैदरिंग में नाटक की तैयारी करवाना, लाइब्रेरी के लिए सूचियाँ बनाना वगैरह काम भी चांगदेव के जिम्मे थे। भोले के पास गैदरिंग के खेल, प्रतियोगिताएँ, पुरस्कार—साथ ही पूरी प्रीलिम परीक्षा, उसका हिसाब-किताब, मैगजीन के लिए छापाखाने के चक्कर काटना आदि सब काम थे। आजकल दोनों थकान से चूर होकर घर लौटते। भोजन के समय कुछ गप्पें लगाते और दूसरे दिन के अध्यापन की तैयारी कर सो जाते। अन्य मित्र भी पाठ्यक्रम समाप्ति की दौड़ में लगे होने के कारण प्राय: कोई किसी के पास आता-जाता नहीं था। इस कारण स्टाफरूम में एक-दूसरे की बुराई करने के कार्यक्रम में कमी आई थी।

आजकल माठूराम के भी ऊपरी सियासत में मशगूल होने के कारण स्टाफ मीटिंगें कम हो गई थीं। लेकिन इस दौरान उन्होंने एक मीटिंग ली और यह बखेड़ा खड़ा किया कि आप लोगों के कन्फर्मेशन के लिए कक्षा में बैठकर हमें यह देखना

है कि हर प्राध्यापक पढ़ाता कैसे है। सौभाग्य से इस मीटिंग में गोपाल देशपांडे इतना गर्म होकर बरसा कि अकेले ने ही सारा मामला रफा-दफा कर दिया। अन्य लोगों पर नाराजगी मोल लेने की उसने नौबत ही नहीं आने दी। वह माठूराम से बोला, "यदि विशेषज्ञ यह देखते कि हम कैसे पढ़ाते हैं, तो हमें कोई आपत्ति नहीं है। लेकिन इसे हम कभी स्वीकार नहीं करेंगे कि आप जैसे अधकचरे लोग हमारा पढ़ाना देखें। और वैसे भी आपको जिसे बर्खास्त करना है, उसके अध्यापन के लिए आप औसत ही रिमार्क देंगे और आपके निजी काम करनेवालों को ही कन्फर्म करेंगे। तो फिर ये तमाशा किसलिए?"

मीटिंग समाप्त होने पर सभी ने सच्चे दिल से देशपांडे की पीठ थपथपाई। क्षीरसागर बोले, "हर मीटिंग में एक-एक को इसी तरह आगे आना चाहिए।" माठूराम गुस्से से तमतमाते हुए चले गए। भल्ला उन्हें समझाता हुआ घर तक गया।

बाद में एक मीटिंग इसलिए बुलाई गई कि पूर्वलक्ष्यी प्रभाव से लागू होनेवाले नए वेतनमान के तीन वर्षों की बकाया की राशि प्राध्यापकों को मिलनेवाली थी और माठूराम वगैरह चाहते थे कि सभी प्राध्यापक ये राशि चन्दे के तौर पर संस्था को दे दें। यह प्रस्ताव माठूराम-ठोसर के पिट्ठुओं ने ही रखा। माठूराम, ऋग्वेदी, ठोसर, मुरलीमोहन—सभी इस मीटिंग में इस तैयारी से आए थे कि यदि कोई विरोध करता है तो उसका बन्दोबस्त किया जा सके। यह प्रस्ताव नाटे कुलकर्णी ने रखा और तिकड़मी ने उसका अनुमोदन किया। माठूराम ने प्रस्ताव का अभिनन्दन करते हुए पौना घंटा भाषण किया कि ऐसे निःस्वार्थ प्राध्यापक हमारी संस्था में हैं, इसका हमें गर्व है। ऋग्वेदी बोले, यह चन्दा एकत्रित किया जाए तो एक साल के भीतर हम कॉलेज की इमारत पूरी करेंगे। प्राध्यापकों को दिन-भर कॉलेज में रुकना नहीं पड़ेगा।

जिन्हें ऊपरी ग्रेड देना तय हुआ था, ऐसे सिफारिशी टट्टुओं ने सुनियोजित ढंग से इसके समर्थन में भाषण शुरू किए। भोले, चिपलूनकर, देसाई भी पूरी तैयारी के साथ आए थे। उन्होंने सूत्रबद्ध ढंग से एक-एक मुद्दा उपस्थित कर सभी को समझा दिया कि चन्दे का अभी विचार भी नहीं किया जा सकता। देसाई ने अपनी बढ़िया अंग्रेजी में सबको समझाया कि ऐसा करने पर चैरिटी कमिश्नर से ऑब्जेक्शन आएगा। पैसे मिल जाने के बाद वालेन्टेरली चन्दे पर सोचा जाए। गंगातीरकर जो कभी अंग्रेजी ठीक से नहीं बोल पाता था, गुस्से की रौ में वह भी

एक-दो वाक्य बिना गलती किए बोल गया। लेकिन सभी को आश्चर्य हुआ, जब शेंडे ने माठूराम के पक्ष में मत दिया।

फिर माठूराम, ठोसर वगैरह संस्था के पदाधिकारियों ने विरोध करनेवालों को बेईमान, सरजोर जैसे शब्दों से अलंकृत किया। तब भोले, गोपाल देशपांडे, याज्ञिक इस माँग पर अड़ गए कि पदाधिकारी माफी माँगें। आखिरकार गुस्से से तमतमाते हुए माठूराम दुबारा मीटिंग छोड़कर चले गए। यह मीटिंग भी कोलाहल में खत्म हो गई। बाद में ऋग्वेदी बोले हमारी संस्था में ये इलिमेंट हम नहीं रहने देंगे। इन सभी को आनेवाले जून में यहाँ से उठाकर बाहर फेंक देंगे। इसके बाद कई दिनों तक स्टाफ मीटिंग नहीं हुई।

माठूराम के ग्रुप ने तय किया था कि माठूराम को वाइस-चांसलर बनाया जाए। साथ ही इलेक्शन का टिकट भी उन्हें को दिलवाने की कोशिशें हो रही थीं। अत: मंत्री बनने की धुन में सामाजिक कार्यों में वे बहुत ज्यादा अगुवाई कर रहे थे। उन्होंने एक जाति-निर्मूलन संस्था की स्थापना की और *दैनिक समाजवाद* के जरिये उसका खूब प्रचार शुरू किया। इस संस्था के प्रचार के लिए पुराणिक कॉलेज के हमेशा के सफल कलाकार प्राध्यापक काफी काम कर रहे थे। ये लोग आजकल अपनी रोज की कक्षाएँ भी नहीं ले रहे थे। जाति-निर्मूलन संस्था का अखबारों के जरिये बहुत ज्यादा प्रचार करने के लिए माठूराम जोश में चर्चा, व्याख्यान, संगोष्ठियों आदि का आयोजन कर रहे थे। संस्था के सभी ब्राह्मण कहने लगे थे कि वाइस-चांसलर पद की माला इस बार उन्हीं के गले में पड़ेगी। इस अवसर के चूकने पर बढ़ती उम्र के चलते माठूराम को दुबारा अवसर मिलना मुश्किल था। भीतरी सूत्रों से यह खबर भी फैल गई थी कि अन्य किसी मराठा व्यक्ति को वाइस-चांसलर बनाना तय हुआ है। इससे चिढ़कर माठूराम बीच-बीच में सरकार की भी आलोचना करने लगे। फिर चलते-चलते वे यह भी कहने लगे कि इस साल छात्रों को परीक्षा फीस में माफी मिलनी चाहिए, क्योंकि अनेक जिलों में अकाल पड़ा है। बाद में माठूराम द्वारा भड़काए छात्रों ने सभी कॉलेज बन्द करवाकर बड़ा जुलूस निकाला कि परीक्षा फीस में माफी मिलनी ही चाहिए। पुराणिक के काफी प्राध्यापक इसमें अगुवाई कर रहे थे। जो प्राध्यापक इस मामले से नहीं जुड़े थे, संस्था के लोग उन पर भी कड़ी नजर रखे हुए थे।

आगे चलकर ऐसा अस्थिर माहौल पैदा हुआ कि जहाँ-तहाँ कॉलेज बन्द, छात्रों के बहिष्कार, जवाबी बहिष्कार, हड़ताल, भाषण, प्रदर्शन, पत्थरबाजी, नेताओं के भाषणों के विज्ञापन, पर्चे, जवाबी पर्चे, विश्वविद्यालय में विरोध-प्रदर्शन, पुलिस की चौकसी—हंगामा। माटूराम के कॉलेज के दफ्तर में ऐसे छात्र नेताओं की भीड़ लगने लगी जो कभी पढ़ाई नहीं करते थे। माटूराम रोज स्वयं मार्गदर्शन करते कि कल कहाँ और क्या करना है। *दैनिक समाजवाद* के हर अंक में माटूराम की तसवीर और उनके भाषण का इतिवृत्त देकर उन्हें ऊँचा उठाने का हनमंतराव ठोसर का कार्यक्रम भी जोरों से शुरू हुआ। संस्था के सभी ब्राह्मणों को माटूराम के वाइस-चांसलर बनने के सपने आ रहे थे। फिर ब्राह्मण नेताओं ने महार नेताओं से साँठ-गाँठ कर वाइस-चांसलर हटाओ का जोरदार आन्दोलन शुरू किया। वर्तमान वाइस-चांसलर मराठा थे, इसलिए उन्होंने मराठा नेताओं की ओर दौड़ लगाई। मराठा नेता बोले, बीते तीन साल तो आप बिलकुल हवा में उड़ रहे थे! मैं जात-पाँत नहीं मानता जैसे भाषण झाड़ रहे थे। हमारे लोगों को छोड़कर ब्राह्मणों की भर्ती कर रहे थे! अब एक टर्म और चाहिए इसलिए आपको जाति की याद आई, क्यों? इससे वाइस-चांसलर पेसोपेश में पड़ गए। विश्वविद्यालय में ब्राह्मण और मराठा बदमाश लड़कों के बीच मारपीट होने लगी।

ऐसे में ठोसर ने *दैनिक समाजवाद* में एक बड़ी खबर छाप दी कि वाइस-चांसलर शराब पीकर सड़क पर पड़े हुए पाए गए थे। बाद में इस पर पाठकों के पत्र आने लगे। फिर आठेक दिन बाद हरिजन महिला के बलात्कार की बड़ी खबर छपी। नीचे यह स्पष्ट सूचना भी कि बलात्कार एक पाटील ने किया। इस कारण हरिजनों के विरोध-प्रदर्शन होने लगे। गाँव में अस्थिरता पैदा करने के लिए सभी ने माटूराम और ठोसर की तेज बुद्धि की भूरि-भूरि प्रशंसा की। मुम्बई-पुणे के अन्य अखबारों ने भी अपने जातिप्रेम का प्रमाण देते हुए इसी तरह के समाचार छापना शुरू किया। कुल मिलाकर इस आतंक के माहौल में सुसंस्कृत मनुष्य के पास चुपचाप बैठने के अलावा और कोई चारा नहीं था।

वाइस-चांसलर को पूरा बदनाम करने के लिए माटूराम और अन्य ब्राह्मण नेताओं ने तय किया था कि चाहे जो हो, इस साल परीक्षा होने ही नहीं देनी है। इससे छात्रों का पढ़ाई से ध्यान हट गया। धीरे-धीरे यह रोग संक्रामक बीमारी की तरह सभी छात्रों में फैल गया और अलग-ही माहौल पैदा हुआ। लड़के पूरे कॉलेज भर में उत्पात मचाते घूमने लगे। रोज बखेड़े होते। इस दौरान मैनेजमेंट की भी

खुफिया मीटिंगें होतीं और उसके निर्णय उनके पिट्ठू प्राध्यापकों तक पहुँचाए जाते। फिर ये प्राध्यापक अन्य प्राध्यापकों से कहते कि अमुक-अमुक करना पड़ेगा। फिर स्टाफ मीटिंगों में वही निर्णय बहुमत से पास होते।

मसलन, माठूराम वगैरह ने तय किया कि इस साल पाठ्यक्रम जल्द समाप्त न किया जाए, क्योंकि मार्च के दरमियान आन्दोलन करना है और इस दौरान छात्र अपने घर नहीं जाने चाहिए। उसमें छात्रों की जरूरत पड़ेगी।

तिकड़मी देशपांडे और हमेशा सूट पहनकर आनेवाले शिंगरू ने यह निर्णय तुरन्त सभी तक पहुँचाया। कुछ प्राध्यापक बोले, हर साल तो उलटा आदेश आता है कि प्री-डिग्री का सारा लेंहड़ा फरवरी से पहले कॉलेज से खदेड़ देना चाहिए। इस साल मार्च तक कैसे क्लास लेते रहेंगे? आधे बच्चों का क्लास में आना तो अभी से बन्द हो गया है। कॉलेज में आकर उत्पात मचाते हैं, लेकिन क्लास में आना कोई नहीं चाहता।

कभी बिल न चुकानेवाला यजुर्वेदी बोला, "अजी लड़कियाँ आती हैं इसीलिए तो लड़के आते हैं। क्लास बन्द कर देंगे तो लड़कियाँ भी नहीं आएँगी और लड़के भी। इसीलिए ऑफिशियली क्लास बन्द नहीं करने चाहिए।

मराठी का प्राध्यापक जोशी, जिसने आज तक एक भी किताब नहीं खरीदी थी, उसने और तीन-चार संजीदा प्रकृति के माठूराम के ही कृपापात्र प्राध्यापकों ने इस बारे में माठूराम से बात की। माठूराम उखड़कर बोले, "जल्द क्लास खत्म करने का क्या मतलब? दो हजार में से डेढ़ हजार छात्र प्री-डिग्री के हैं। इन प्री-डिग्री की आठ डिवीजनों की लाखों रुपये फीस आती है, तभी कॉलेज चलता है। आपकी नौकरियाँ इसी पर टिकी हुई हैं। उन्हें ठीक से पढ़ाना हमारा कर्तव्य है। प्राध्यापकों को दूर की सोचवाला सामाजिक दृष्टिकोण अपनाना चाहिए।"

यह सुनकर कि अब मार्च तक क्लास जारी रखनी है, कुछ प्राध्यापकों को अपनी नानी याद आ गई। गंगातीरकर वगैरह ने अतिरिक्त क्लास लेकर पाठ्यक्रम पूरा किया था। उन पर सब कुछ दुबारा पढ़ाते रहने की नौबत आई। आगे चलकर कुछ लोग कहने लगे कि क्लास में एक ही पाठ छठी बार पढ़ा रहे हैं। फिर सभी बेसब्री से परीक्षा-बन्द आन्दोलन की प्रतीक्षा करने लगे।

बाद में तय हुआ कि गैदरिंग भी देर से ली जाए। गैदरिंग के कार्यक्रम लगभग पन्द्रह दिन आगे धकेले गए। ये कार्यक्रम सम्पन्न करने के लिए अलग-अलग प्राध्यापकों पर जिम्मेदारियाँ डाली गईं।

फिर गैदरिंग भी खत्म हुई। गैदरिंग हमेशा की तरह बस हंगामा थी। भल्ला ने तय किया कि इस बार सभी प्राध्यापक छात्रों के बीच बैठेंगे, ताकि हंगामा कम हो। लेकिन इसके बावजूद अश्लील फब्तियाँ कसी गईं। अधिकांश प्राध्यापक शर्म से गर्दन झुकाए चले गए। कुछ खुद्दार प्राध्यापकों की छात्रों के साथ तू-तू मैं-मैं भी हो गई। भल्ला बोला, गैदरिंग होने दो फिर इन लड़कों पर कड़ी कार्रवाई करेंगे। लेकिन बाद में हमेशा की तरह कुछ नहीं हुआ। खुद्दार प्राध्यापक बोले, अब हम भी दूसरों से सबक लेंगे।

भोले को इनमें से किसी गतिविधि में दिलचस्पी नहीं थी। बीते चार सालों से वह सभी तरफ यही देख रहा था। इसी कारण सौंपा गया काम ठीक-ठाक पूरा करके वह भूल भी जाता। मैगजीन का काम भी वह समापन तक लाया। प्राचार्य ने अपना और माटूराम का फोटो मैगजीन के लिए दिया था। अपना फोटो—टेबल पर कुछ लिखते-लिखते ऊपर देखकर मुस्कुराते हुए और माटूराम का फोटो नेहरू जैसा, ठोड़ी हाथ पर टिकाए चिन्तन की मुद्रा में। भोले ने दोनों फोटो मैगजीन में नहीं डाले।

भल्ला बोला, "प्रोफेसर साब, हमारा और चेयरमैन का फोटू हर साल आता है। ट्रैडिशन है। आपने क्यूँ ड्रॉप कर दिए? सेक्रेटरी का भी नहीं डाला?

भोले बोला, "जब हर साल आता ही है, तो इस साल फिर क्यों? कौन बदलता है हर साल यहाँ कि फोटो छापना ही चाहिए? संस्था की बचत की पॉलिसी है। उसी के अनुसार ये फोटो न डालकर मैंने करीब पाँच सौ रुपये की बचत की है।"

मैगजीन में अपनी तस्वीरें न देखकर मैनेजमेंट के लोगों द्वारा मुँह बनाए जाने की रिपोर्ट आई।

उसी दौरान अचानक एक भयानक शीत लहर आई। ऐसी कड़ाके की ठंड में तड़के एक मदारी बन्दर का छोटा-सा बच्चा लिये भीख माँगता हुआ पोफले के बँगले के दरवाजे पर आया। पोफले के बँगले में आजकल एक बीमार कुत्ता दिन-रात बैठा रहता था। इस कुत्ते को ठिकाने लगाने की कई अर्जियाँ भोले और स्वयं पोफले म्यूनिसिपैलिटी में दे चुके थे लेकिन अभी तक कुछ नहीं हो पाया था। यह कुत्ता मदारी को देखते ही गुर्राकर बन्दर पर झपटा। बन्दर कुछ ऐसी भयानक अजीबोगरीब आवाज में चीखा कि सुनकर चांगदेव भी चौंक गया और घबराकर बाहर आया। मदारी कुत्ते को लाठी से दूर खदेड़ रहा था, लेकिन कुत्ता था कि बन्दर को काटने

के लिए बार-बार झपट रहा था। उसके दौड़कर झपटते ही बन्दर बदहवास होकर झट से मदारी से चिपक जाता। बन्दर के होश उड़ गए थे। एक तो कड़ाके की ठंड से हाथ-पैर सिकुड़े हुए बन्दर के दाँत बज रहे थे, चेहरा मुट्ठी जैसा छोटा हो गया था। ऊपर से इस बाल झड़े घिनौने कुत्ते के डर से वह थरथर काँप रहा था।

चांगदेव को देखते ही मदारी ने कुत्ते को लाठी से दूर भगाया। अपना फटा-पुराना कम्बल सँभालते हुए बन्दर के गले की रस्सी को झटका दिया और उसे जमीन पर खड़ा कर बोला, "सलाम कर बेटा साब को। सलाम हैऽ हैऽ अरे सलाम कर!"

बन्दर ने जाँघों के बीच पेट से कसकर सटाए अपने काँप रहे अजीबोगरीब नन्हे-नन्हे हाथ बाहर निकाले और चांगदेव को जैसे-तैसे उतावला सलाम किया और दाँत दिखाकर गुर्रानेवाले कुत्ते की ओर दुबारा सहमी नजरों से देखते हुए शरीर की तह बना सिकुड़कर जमीन पर बैठ गया। फिर चांगदेव भीतर गया और अपना एक अच्छा ढीला कुरता ले आया। फिर मदारी से बोला, "ये इसके लिए है। पहनाओ इसको।"

मदारी भी हँस दिया। उसने बन्दर का हाथ पकड़कर उसे वह बड़ा-सा कुरता पहनाया। बटन लगाने पर फटेहाल बन्दर भी बिलकुल इनसान जैसा शानदार लगने लगा। अब कुत्ते का भी उस पर झपटना बन्द हुआ।

चांगदेव मदारी से बोला, "इसके ही बदन पर रहने दो। उतारना नहीं।"

"नहीं साब, हमारा पेट भरता है इससे। ठंड से मर गया तो फिर जंगल में घूमना।"

"सुबह-सुबह ऐसी सर्दी में घूमना क्यों शुरू किया तुमने?"

मदारी आजिजी से बोला, "दो दिन से न मेरे पेट में कुछ गया है न इसके, क्या करता साब। शहर आते ही ये ठंड पड़ गई। कोई देखने को भी घर से बाहर नहीं आ रहा।"

फिर उसने मदारी को आठ आने दिए और कुरता बन्दर के लिए ही रखने की चेतावनी देकर लौट आया। सर्दी में कँपकँपाते, कुरता सँभालते, गर्दन की रस्सी के झटके सहते-सहते कभी दो कभी चार पैरों से सड़क पर चल रहे बन्दर के बच्चे को चांगदेव अत्यन्त ताज्जुब से देख रहा था।

इतने में सर्दी से कँपकँपाता हुआ भोले घर से बाहर आया और बोला, "क्या शोर मचाया है, मालिक, और वह भी इतनी सुबह-सुबह? ये कुत्ता साला परेशानी बन गया है यहाँ। नगर निगमवाले आने का नाम नहीं लेते और पोफलेबाई भी हमसे झगड़ती रहती है कि हम ही इसे खाने को देते हैं, जिससे यह यहाँ से हिलने का नाम

नहीं लेता। लेकिन हम खाने को नहीं देते इसे। किसी को काटेगा तो मुश्किल होगी। इसे ठिकाने लगाने का कार्यक्रम भी किसी दिन हमीं को सम्पन्न करना पड़ेगा। ऐसे सार्वजनिक काम भी हमारे बिना कोई नहीं करता। कानून है, स्वास्थ्य विभाग है, चुनकर दिए गए लोग हैं, वेतनभोगी स्टाफ है—फिर भी हर साल सैकड़ों लोगों को पागल कुत्ते काटते हैं। फिर लगाते रहो इंजेक्शन या मरो एड़ियाँ रगड़-रगड़कर।"

फिर चांगदेव को चाय के लिए बुलाकर बोला, "लगता है आज सुबह-सुबह दान-धरम किया आपने।"

चांगदेव बोला, "बस कुरता पहना बन्दर देखने के लिए ही आठ आने दिए मैंने। उस कपड़े पहने बन्दर को देखकर अचानक मुझे इतिहास का सार समझ आया।"

भोले चकित होकर बोला, "किसी भी बात को चिरन्तन सन्दर्भ देने की तुम्हारी ये शैली खास भारतीय हिन्दू पद्धति है—जो मुझे बिलकुल पसन्द नहीं, लेकिन एक पद्धति के रूप में यह ग्रेट है।

चांगदेव बोला, "मैं अपने तक ही सीमित सोच रखनेवाला आदमी हूँ। मेरी कोई पद्धति वगैरह नहीं है। ये सामाजिक वगैरह सब तुम जानो। मनुष्य को चाहिए कि खुद ठीक से रहे, फिर किसी चीज की जरूरत नहीं रहती।"

"आजकल तुम कुछ ज्यादा ही अपने आप में सिमटने लगे हो। इस तरह तो तुम्हारे जीने की सार्थकता ही नष्ट हो जाएगी। एक तो इस सड़ी हुई दुनिया में जीना यानी...।"

चांगदेव बोला, "फिर भी ये सब मुझे बहुत अच्छा लगता है। शायद पहले जैसा ठोस नहीं रह गया हूँ मैं...क्योंकि डॉक्टर ने तुम्हें बताया ही होगा परसों कि मैं कभी भी झट से खत्म हो सकता हूँ?"

भोले उसकी नजरें टालता हुआ दुखी होकर बोला, "नहीं, नहीं। बिना वजह कुछ भी मत बोल।"

चांगदेव अपने आप प्रसन्नता से हँसता हुआ बोला, "धीरे-धीरे समाधि लगाकर प्राण त्यागने की पुराने जमाने की कला यदि कोई सिखा दे तो मैं तैयार हूँ। दहलीज पर बैठे हुए आदमी के लिए इधर क्या और उधर क्या, एक ही बात है।"

फिर भोले ने विषय बदल दिया और परीक्षा वगैरह की बातें शुरू कीं कि "अब परीक्षाएँ शुरू होंगी और हम दोनों को परीक्षा के काम में जोतने का भल्ला का इरादा है। लेकिन हम दोनों इनकार कर देंगे।"

विश्वविद्यालय से इस साल की परीक्षा की सूचनाएँ और टाइम-टेबल आया। कॉलेज के सभी प्राध्यापकों को यह पता था कि इस साल की परीक्षा में हंगामा, पत्थरबाजी और मारपीट होने की पूरी सम्भावना है, इसलिए पुराणिक कॉलेज के केन्द्र पर भल्ला का सहायक बनने के लिए कोई भी तैयार नहीं हो रहा था। हर साल गरीब भोगीशयनम और याज्ञिक दोनों भल्ला के सहायक हुआ करते थे, और भल्ला परीक्षा के सारे जानलेवा कामों में इन दोनों को खूब रगड़ता और खुद आराम से केन्द्र प्रमुख के नाते वेतन के अलावा रोजाना पच्चीस रुपये मुफ्त में पा लेता। लेकिन इस बार भोगीशयनम को अन्दर से विश्वसनीय सूचना मिली थी कि संस्था ने अंजनगाँव की अपनी ही शाखा के किसी फालतू कॉलेज में उसका तबादला करना तय किया है। भोगीशयनम बोले, "इतने सालों तक जी-तोड़ मेहनत करवाके भी क्या सिला दिया इन्होंने मुझे? साउथ इंडियन को गुलाम समझ रखा है क्या? और वैसे भी इस साल हमारे सेंटर पर ही सबसे ज्यादा हंगामा हो सकता है। मैं परीक्षा का काम नहीं करूँगा।" इसी प्रकार ऊपरी ग्रेड पानेवालों की सूची में अपना नाम न होने से याज्ञिक तो कॉलेज ही छोड़ जाने की तैयारी में थे।

फिर भल्ला ने चांगदेव और भोले की जोड़ी को बुला लिया। खुलकर हँसते हुए बोला, "आइए, चाय वगैरह मँगाऊँ? बैठेंगे, जरा गपशप करेंगे।"

भोले हँसकर बोला, "लगता है आपको कोई काम निकलवाना है हमसे!"

"हा हा हा! तुम बड़े शैतान हो, हमेशा बुरा ही सोचते हो यार!"

फिर भल्ला ने हौले से विषय छेड़ा, "इस साल आप दोनों मेरे असिस्टेंट सुपरिंटेंडेंट का काम सँभालिए। अच्छा होगा, दोनों का अच्छा समय कटेगा।"

भोले बोला, "मेरा बहुत सारा लेखन बाकी है। आप जानते हैं कि दो सालों से मैं पेपर जाँचने का काम भी नहीं कर रहा हूँ। पैसा भी नहीं चाहिए, मेरा काम छुट्टियों में ही होता है।"

"पैसे का सवाल नहीं है भोलेसाब। ये हम सबके प्रेस्टिज की बात है। इस साल तो तुम जैसे सिंसियर, सच्चे दिल के आदमी का मेरे साथ रहना बहुत जरूरी है।"

चांगदेव ने दूसरी तरकीब निकाली। बोला, "परीक्षा मुझे बहुत घिनौना कर्म लगता है। ऐसा भ्रष्टाचार चलता है इन परीक्षाओं में कि...।"

"इसीलिए तो तुम्हारे जैसे अपराइट आदमी की सख्त जरूरत है पाटीलसाब! हमें ही ये गन्दगी साफ करनी चाहिए।"

भोले चिढ़कर बोला, "साहब, पहले हमारी संस्था की गन्दगी साफ करनी चाहिए।"

भल्ला बेवकूफ-सी सूरत बनाकर बोला, "वो भी तुम्हारे जैसे टीचर कर सकेंगे भोलेसाब...तुम समझदार आदमी हो। आखिरकार तुम्हें भी और मुझे भी क्या फ्रीडम है इस सिस्टम में, बोलो? जैसे तुम वैसे मैं—फिर हाँ कह दो इग्जाम के लिए। प्रोफेसर साब, तुम भी हाँ कह दो। इग्जाम ही हमारे आज के सिस्टम की रियलिटी है। इसको एक्सेप्ट करना चाहिए। भागने से क्या होगा? आखिर सार्त्र और कामू भी यही कहते हैं! घर पर बैठकर क्या लिखते हो? ये जो रॉ लाइफ है, किताबों में इससे ज्यादा क्या हो सकता है?"

फिर भल्ला उन्हें अन्दर की बात समझाते हुए बोला, "माठूराम का कहना है, चाहे जो हो, लेकिन हमारे कॉलेज की परीक्षाएँ ठीक से सम्पन्न होनी चाहिए। हमारे यहाँ हंगामा हो गया तो माठूराम के दुश्मन बात का बतंगड़ बना देंगे। हमें परीक्षाएँ ठीक-ठाक ही लेनी चाहिए वगैरह।"

भोले बोला, "लेकिन हमारे ही लोग दूसरी तरफ हंगामा करेंगे, इसका क्या? बदमाश छात्र नेताओं को इन्होंने ही उकसा दिया है कि करो हंगामा। रोज इन छात्रों के फोटो और नाम *दैनिक समाजवाद* में छपते हैं, इसका क्या?"

"वो अलग बात है। दैट इज द पार्ट ऑफ द गेम। पॉलिटिक्स इज पॉलिटिक्स प्रोफेसर साब। हम अपना काम करेंगे, वो उनका करेंगे।"

डेढ़ घंटा यही जारी था। आखिरकार भोले और चांगदेव थक गए। जाते-जाते भोले बोल आया कि परीक्षा का काम करने की हम दोनों की इच्छा नहीं है। फिर भी यदि आप जबरदस्ती करते हैं तो हम अंडर प्रोटेस्ट काम करेंगे।

स्टाफरूम में क्षीरसागर बोले, "अजी ये भल्ला चीफ सुपरिंटेंडेंट काम के बस पैसे लेना जानता है। काम सारे असिस्टेंट सुपरिंटेंडेंट को ही करने पड़ते हैं। सजा है ये। भयानक काम होता है। रोज सुबह छह बजे आकर खड़िया से नम्बर डलवाओ, परीक्षा कार्यक्रम के हिसाब से हॉलवाइज प्रश्नपत्र लगाओ, उत्तर पुस्तिकाएँ भी एक-एक गिनकर हॉलवाइज लगाओ, विषय के अनुसार लड़कों के बैठने का प्रबन्ध करो। जरा कहीं कुछ चूक हुई नहीं कि लड़के आकर हमारा ही गला पकड़ते हैं। भल्ला हमारी तरफ उँगली करके साफ छूट जाता है। उसमें भी कभी कोई इन्विजिलेटर समय पर नहीं आया, कहीं गलत प्रश्न आ गया, कहीं प्रश्नपत्र ही कम आए तो अलग झंझट। बाद में भी गट्ठर बाँधिए, ठीक से चार-चार बार गिनकर नम्बर टैली कीजिए। एक भी पेपर कम-ज्यादा हुआ तो रात भर नींद नहीं

आती। पार्सल कीजिए, पते लिखिए। बदमाश बच्चे परीक्षकों के पते माँगते हैं, और नहीं दो तो अलग झमेला, धमकियाँ, दुश्मनी, झूठे इल्जाम, गालियाँ। नकल करते पकड़े गए लड़कों के अलग बखेड़े। अजी, रात के बारह-बारह बजे तक लाख गर्म करके सील करने का काम चलता रहता है। असल में इसका अधिकांश काम भल्ला का ही होता है। लेकिन वो आता है ग्यारह बजे और जाता है छह बजे। पान खाते-खाते बस पूछता रहता है, गिनके बाँधे न?"

याज्ञिक बोले, "इस साल तो बच्चे गुस्से में हैं। एक तो विरोध-प्रदर्शनों के कारण कक्षाएँ हुई नहीं हैं, बच्चे परीक्षा में क्या लिखेंगे? पीटेंगे हमें। मुख्यमंत्री तक बहुत बड़ी राजनीति है इसमें! मैं तो ऐन समय पर मेडिकल सर्टिफिकेट देकर इन्विजिलेशन के लिए भी मना करनेवाला हूँ। पहले ही माठूराम हमें खदेड़ने पर तुला हुआ है! कुछ गलती हुई तो बहाना ही मिल जाएगा उसे!"

क्षीरसागर बोले, "जिस तरह भल्ला ने आप दोनों को बुलाया है, इससे एक बात तो साफ है कि आप दोनों पर माठूराम की कड़ी नजर है। भल्ला को इसका बराबर सेंस है। देखिए न, कैसे पत्नी को एक साल के भीतर पेपरसेटर और मॉडरेटर बना दिया। आराम का आराम हुआ और पैसा भी। पत्नी के पैसे, ऊपर से एफ.वाय. का चेयरमैन भी यही होता है, फिर एस.वाय. के पेपर्स, इधर चीफ सुपरिंटेंडेनशिप के रोजाना पच्चीस रुपये डेढ़ महीना। तीन-चार हजार रुपये आराम से कमा लेते हैं ये पति-पत्नी।"

विद्यासागर बोले, "और कुलीगीरी के काम भोले, पाटील और हमारे सिर पर। मैगजीन, गैदरिंग, खेल, लाइब्रेरी के हिसाब, स्कॉलरशिप, टाइमटेबल, फीस में रिआयत, फ्रीशि५—क्या-क्या काम नहीं सौंपता हमें। और पाटील सर की तबीयत ठीक नहीं है, साले को पता नहीं? फिर? और वे जी. डी. देशपांडे, नाटा कुलकर्णी, जोशी और वे सारे पिट्ठू साल-भर ऐसा क्या तीर मारते हैं जी? उन्हें क्यों नहीं बुलाया आज?"

क्षीरसागर बोले, "उनके पास गैदरिंग के फिशपॉड का काम होता है न हर साल। अपने लोगों पर अच्छे-अच्छे फिशपॉड चुनेंगे, पर आपकी-हमारी बदनामी करनेवाले फिशपॉड भी सेंसर नहीं करेंगे।"

याज्ञिक बोले, "अजी खुद ही डालते हैं ये ऐसे फिशपॉड्स। उस ऋषि पाठक को हर साल भला आदमी और मुझे?...अपनी अंग्रेजी सुधारिए। हर साल कौन लड़का डालेगा ऐसा?"

क्षीरसागर बोले, "अब चले जाना चाहिए। बहुत हो गया। चाहे जैसे मेमो देता है। चाहे जब घर से बुला लेता है। बेगार कराने जैसी फीलिंग दिलाता है ये भल्ला। ये भी क्या करेगा, ऊपर से ही कहा जाता है इसे। लगता है इस उम्र में बोरिया-बिस्तर समेटकर किसी नए कॉलेज में प्रोबेशन पर दिन गुजारना बदा है हमारी किस्मत में। आपका हो रहा है कहीं काम?"

याज्ञिक बोले, "किसी से कहना मत, लेकिन इसी महीने पता चलेगा। जोर से मत बोलिए।"

क्षीरसागर बोले, "हमारे लिए भी देखिए कहीं। बूढ़े बैल जैसी हालत हो गई है यहाँ हमारी। क्यों पाटील जी, बनेंगे भल्ला के सहायक परीक्षा के लिए? क्यों भोले जी?"

चांगदेव बोला, "अब अवज्ञा करने का उत्साह मुझमें नहीं है।"

भोले बोला, "मैं करूँगा काम, लेकिन भल्ला से भी दोगुना काम कराऊँगा। देखता हूँ कैसे वह ग्यारह बजे आकर छह बजे जाता है। उसके दस्तखत लूँगा जहाँ-तहाँ। यदि वह नहीं आया तो परीक्षा नहीं होगी! पछताएगा मुझे सहायक बनाकर वो। देखेंगे आप। और एक-एक कर सभी को इन्विजिलेशन दूँगा। देखेंगे आप। प्रिंसिपल की पत्नी को भी दूसरों की तरह और सुबह भी। आप बस देखते रहिए। ऐसा परेशान करूँगा उसे कि अगले साल पूछेगा तक नहीं मुझे वह।"

याज्ञिक बोले, "भोले कसेंगे उसके पेच!"

भोले बोला, "बार-बार कॉलेज बदलना और दुल्हन जैसा इंटरव्यू देते-देते घूमना, इससे उकता गया हूँ, मालिक। नए-नए कॉलेज अब नहीं देखने हैं। कहीं कोई फर्क नहीं होता। अब या तो ये धन्धा ही छोड़ दें या जैसा है वैसा चलाते रहें। मामूली झगड़ों में अपना सुकून गँवाने से कोई लाभ नहीं।"

आखिरकार आसार दिखाई देने लगे कि माठूराम वाइस-चांसलर नहीं बन सकते। क्योंकि चांसलर को यकीन हो गया था कि माठूराम जातिवाद की राजनीति करता है। नतीजा यह हुआ कि माठूराम के बजाय अन्य जातियों के प्रत्याशी चर्चा में आए। इस कारण आजकल नवसमाज कॉलोनी में गुप्त मंत्रणाएँ लगातार जारी थीं। विश्वविद्यालय में हंगामा खड़ा कर राज्य सरकार को ही पलट देने का षड्यंत्र कुछ नाराज कांग्रेसवालों ने शुरू किया था। उनसे हाथ मिलाकर माठूराम-ठोसर

भी कमर कसकर अखाड़े में कूद पड़े थे। विश्वविद्यालय के भ्रष्टाचार की अनेक बातें इकट्ठा की गईं। इस काम के लिए विश्वविद्यालय के ब्राह्मण अधिकारियों का सुनियोजित ढंग से प्रयोग किया गया। मुम्बई के एक कट्टर ब्राह्मण सम्पादक को सारी जानकारी पहुँचाई गई। इस कट्टर ब्राह्मण ने वचन दिया कि इधर छात्रों का हंगामा शुरू होते ही उधर मुम्बई से वह विश्वविद्यालय पर एक कॉलम चलाएगा। येन-केन प्रकारेण सरकार को बदनाम करना इस मंडली का सामूहिक लक्ष्य था। लेकिन इस बात पर किसी ने गौर नहीं किया कि इससे विश्वविद्यालय की व्यवस्था कितनी तहस-नहस होगी, छात्रों में गुंडों की अगुवआई की परम्परा शुरू होगी, जातिवाद का जहर नई युवा पीढ़ी में भी फैलेगा, परीक्षाएँ आगे धकेली जाने से हजारों छात्रों का जिन्दगी-भर का नुक़सान होगा।

यह आग भी एक मामूली प्रकरण से लगी। गैरब्राह्मण छात्रों ने एक पर्चा निकाला कि प्रोफेसर चुलबुले छात्रों से पक्षपातपूर्वक बर्ताव करते हैं। साथ ही चुलबुले जी ने अपने विभाग में उचित योग्यता न होते हुए भी एक स्त्री को पहले बतौर अनुसन्धान सहायक और बाद में लेक्चरर नियुक्त किया था। उस पर्चे में यह भी लिखा था कि इस स्त्री के साथ उनके रत होने की तसवीरें हमारे पास हैं। इसी तरह के अनेक इल्जाम लगाकर छात्रों ने वाइस-चांसलर से माँग की थी कि इस मामले की जाँच होनी चाहिए। मामले की जाँच के लिए वाइस-चांसलर ने एक समिति गठित की।

जिस दिन यह समिति नियुक्त हुई, उसी दिन विश्वविद्यालय के ब्राह्मण अधिकारियों ने ठोसर तक यह बात पहुँचाई। तुरन्त दूसरे दिन *दैनिक समाजवाद* में वाइस-चांसलर की जातीय भेदभाव की नीति पर विस्तार से सम्पादकीय छपा। फिर विश्वविद्यालय में किस प्रकार किसी के अंक बढ़ाए जाते हैं, किस प्रकार किसी को गैरकानूनी तरीके से मेडिकल कॉलेज में दाखिला मिला वगैरह पत्र अलग-अलग नामों से नियमित आने लगे। इसके साथ ही प्रोफेसर चुलबुले की पहले पन्ने पर करुण मुद्रा में तसवीरें छापकर *दैनिक समाजवाद* में ऐसे लेख भी छपने लगे कि विश्वविद्यालय को ऐसे विद्वान की कद्र नहीं है।

आखिरकार चुलबुले जाँच समिति ने अपना खुफिया प्रतिवेदन अत्यन्त खुफिया पद्धति से विश्वविद्यालय को प्रस्तुत किया। इस प्रतिवेदन की एक प्रति शाम ढलने से पहले ठोसर को भी मिल गई! कमेटी ने सुझाया था कि चुलबुले पर लगे अधिकांश आरोपों में सचाई है और उन्हें बरखास्त किया जाए।

इससे पहले कि वाइस-चांसलर चुलबुले को बरखास्त करते, माठूराम अचानक पंडाल लगाकर बीच चौक में अनशन पर बैठ गए। उन्होंने अखबारों में बयान दिया कि वाइस-चांसलर को हटाए बिना वे अनशन नहीं तोड़ेंगे। पुणे-मुम्बई के अखबारों में भी वाइस-चांसलर के विरोध में लेख छपकर आए।

पुराणिक के हमेशा के सफल प्राध्यापक कलाकार तैयार ही थे। उन्होंने अलग-अलग समितियाँ स्थापित कर माठूराम को अपना समर्थन दिया। एक छात्र कार्य समिति ने *दैनिक समाजवाद* प्रेस में पहले से छपकर तैयार परीक्षा के बहिष्कार के हजारों पर्चे बाँट दिए। फिर अलग-अलग जाति के छात्र संगठनों ने भी परीक्षा का बहिष्कार किया। नाराज कांग्रेसवालों ने भी परीक्षा का बहिष्कार करने के लिए अपने-अपने गुटों को सुझाया। *दैनिक समाजवाद* में आमरण अनशन—वाँ दिन की तख्ती लगा पंडाल और उसमें महात्मा गांधी की मुद्रा में बैठे माठूराम की तसवीरें रोज आने लगीं।

इसी दौरान गाँव के कुछ चिन्तक-विचारक लोगों ने छात्रों से आह्वान किया कि विश्वविद्यालय के प्रबन्धन में राजनैतिक तत्त्वों का हस्तक्षेप अनुचित है, परीक्षा का बहिष्कार किसी के लिए हितकारी नहीं है वगैरह। लेकिन इस पर्चे पर किसी अखबार ने ध्यान नहीं दिया। जिस दिन ये पर्चे बँटे उसी दिन इस पर्चे पर हस्ताक्षर करनेवालों के घरों पर छात्रों ने पत्थरबाजी करके बड़ा हंगामा किया। इसमें भोले का भी नाम होने के कारण पोफले बँगले के शीशे टूटे और बिना वजह पोफले का रक्तचाप बढ़ गया। चुलबुले को बरखास्त मत कीजिए, कुलपति को हटाइए के नारे लगाते-लगाते छात्र आवारागर्दी करते घूमने लगे। विश्वविद्यालय का अहाता होली में तब्दील हो गया। कुलपति मुख्यमंत्री से मिलकर आए। मुख्यमंत्री बोले, यह मुझे ही हटाने की साजिश है। आप परीक्षा से ठीक से निबटिए। पुलिस की कड़ी चौकसी रहेगी। बाकी बातें मैं देखता हूँ।"

फिर मुख्यमंत्री ने अपने प्यादे हिलाए। दो दलित नेताओं को पद देने का वादा किया और दलित छात्र खामोश हो गए, दो नाराज कांग्रेसवालों को जल्द ही मंत्री बनाने का आश्वासन दिया और मराठा समुदायों के गुट नारे लगाने लगे कि परीक्षा होनी चाहिए। किसी ने गुमनाम पर्चा निकाला कि माठूराम रात में चोरी-छिपे दूध पीता है।

अब माठूराम का गुट सकपका गया। यह ध्यान में आते ही कि अनशन के आठ दिन गुजरने के बाद भी हमेशा की तरह निराशा ही हाथ आ रही है, माठूराम कुछ ज्यादा ही बौखला उठे। फिर भी ठोसर ने हर रोज *दैनिक समाजवाद* में अनशन

की खबरें छाप-छाप कर आग को जलाए रखा। *दैनिक समाजवाद* में माठूराम से मिलकर गए लोगों की लम्बी सूची रोज छपती थी। उसमें माठूराम से हमेशा मिलनेवाले बीस-पच्चीस लोगों के—अधिकांशतः पुराणिक के प्राध्यापक, क्लर्क, प्यून, बढ़ई, राज वगैरह के ही नाम होते थे। अब कई नेतागण इस कोशिश में जुटे थे कि माठूराम अपना अनशन किसी तरह तोड़े। लेकिन जिन्दगी-भर राजनीति में मुँह की खाए इस गुट को अपने आत्मगौरव का यह आखिरी अवसर प्रतीत हो रहा था। ठोसर आदि ब्राह्मण नेता भी इस मुकाबले को निर्णायक बनाने के लिए अपनी पूरी ताकत के साथ माठूराम का समर्थन कर रहे थे।

आजकल भोले, चांगदेव और भल्ला विश्वविद्यालय की परीक्षा का क्लर्की काम करने लगे। भल्ला को कोई भी काम ठीक से समझ नहीं आता था, इसलिए वह केवल वक्त गुजारता रहता। उधर माठूराम-ठोसर गुट विश्वविद्यालय में चाहे जितना हंगामा करे, उस पर अपनी राय न देना भल्ला की नीति थी।

अन्य प्राध्यापक बीच-बीच में झाँककर गप्पें लगाकर चले जाते। गुंडेचा हमेशा की तरह रोज एक बजे आते, नमस्ते प्रिंसिपल साब, कैसा है भोले साब—कहते हुए फोन पर कब्जा करते और गाँव के सभी थोक व्यापारियों को फोन लगाकर प्रत्येक से अनाज की दरें मारवाड़ी में पूछकर दर्ज कर लेते। सभी कुलकर्णी-देशपांडे-जोशी वगैरह प्राध्यापक स्टाफरूम में आकर किसी की बुराई करते हुए चाय, आलूबड़े वगैरह पर हाथ साफ करते-करते परीक्षाओं के भविष्य पर, विश्वविद्यालय पर, नए वेतनमान पर, प्रमोशन पर और *महाराष्ट्र टाइम्स* पढ़कर विश्व राजनीति पर बातें करते, भद्दे मजाक करते और एक-दूसरे से ऊब जाने पर उबासियाँ लेते लेते धूप बढ़ने से पहले अपने-अपने घर लौट जाते। फिर दोपहर में भरपेट भोजन, पूरी दोपहर लेटना और शाम को इसके-उसके पास जाकर गप्पें लगाते हुए समय गुजारना। फिर रात में *दैनिक समाजवाद* की कचहरी में ठोसर के सामने दिन-भर गाँव में घटित गतिविधियों का इतिवृत्तात्मक दरबार लगाकर देर रात घर पहुँचते। उनमें तीन-चार लोग ही ऐसे थे जो अपना समय अध्ययन या पढ़ने में गुजारते थे। अच्छा देशपांडे आजकल विश्वविद्यालय की लाइब्रेरी में जा बैठता था। चिपलूनकर की भी पढ़ाई जारी थी।

यह अनिश्चित होने के कारण कि परीक्षाएँ होंगी या नहीं, विद्यार्थी त्रिशंकु मनोदशा में थे। अब अचानक परीक्षा होगी सुनने पर आधे छात्रों की नींद हराम हुई। जिनकी तैयारी ठीक से नहीं हुई थी, वे भी अब कहने लगे कि परीक्षा का

बहिष्कार करो। जिनकी रटाई तैयार थी, वे भी झल्ला गए। क्योंकि यदि ऐन समय पर परीक्षाएँ रद्द की गईं तो इस बात की गारंटी नहीं थी कि दुबारा उनकी ऐसी रटाई हो पाएगी। सारा माहौल कोलाहल से भर गया। किसी की समझ में नहीं आ रहा था कि क्या होगा। इसके अलावा इस साल के हंगामे के कारण छात्रों की पढ़ाई ठीक से नहीं हुई थी, इसलिए खबरें आने लगीं कि यदि परीक्षा होती है तो बच्चे बड़े पैमाने पर नकल करेंगे। प्राध्यापक डर गए और यह दर्शन बनाकर काम में जुट गए कि हम भी आखिरकार कहाँ-कहाँ भ्रष्टाचार को रोकेंगे?

भल्ला पूरी तरह से सकपका गया था और कैसा होगा, कैसा होगा कहने लगा था। जैसे ही विश्वविद्यालय से प्रश्नपत्रों के गट्ठर आए, भल्ला पसीना-पसीना हो गया। वह लगातार बेचैनी से विश्वविद्यालय में फोन लगाकर पूछता कि यदि परीक्षा में हंगामा हो गया, तो क्या करेंगे? भोले बोला, "सभी अभिभावकों की इच्छा है कि परीक्षा होनी चाहिए। सभी अध्ययनशील छात्रों को परीक्षा देने की इच्छा है। लेकिन हमारे खोखले प्रजातंत्र का यह यथार्थ है कि चार गुंडे छोकरे पूरा परीक्षा केन्द्र बरबाद कर सकते हैं। प्रत्येक व्यक्ति जब तक निर्भय नहीं बनता, तब तक चार गुंडों के डर से ध्वस्त होनेवाला यह कागजी प्रजातंत्र निरर्थक है।"

चांगदेव बोला, "हम अध्यापक इस पद्धति के महत्त्वपूर्ण अंग हैं, लेकिन इन बच्चों पर हमारी क्या धाक बची है? हम अध्यापक बस पढ़ानेवाले टेपरिकॉर्डर और पेपर जाँचनेवाले कम्प्यूटर बन गए हैं। कोई भी फालतू मैनेजर या नेता चार लड़कों को नौकरियाँ दिला सकता है। हम किताबें पढ़-पढ़कर केवल ज्ञानदान करनेवाले हिजड़े बन गए हैं।"

कॉलेज में परीक्षा के पहले ही दिन सुबह से ही हंगामा शुरू हुआ। परीक्षा देने आए गरीब लड़के डरते-डरते क्लास में जा बैठे। भोले खुद कॉलेज के गेट पर खड़ा होकर बहिष्कार की तख्तियाँ लिये नारे लगानेवाले छात्रों को समझा रहा था। मध्यवर्गीय अध्ययनशील, शान्त लड़के-लड़कियाँ और बचे हुए पैसों में परीक्षा के दिन गुजारकर तुरन्त गाँव चले जाने का बजट बनानेवाले देहाती गरीब छात्र धीरे-धीरे भीतर जा बैठे। बहिष्कार करनेवाले लड़के भोले के इर्द-गिर्द इकट्ठा होकर भोले को रास्ते से हटिए-हटिए कहकर ठेला-ठेली करने लगे। आखिरकार भोले बिगड़कर चिल्लाया, "जिन्हें परीक्षा देनी है उन पर आप गुंडागर्दी से दबाव

बना रहे हैं। तुम्हारी तरह इन गरीब बच्चों के यहाँ शहर में घर नहीं हैं। परीक्षाएँ आगे धकेली गईं तो घर जाकर परीक्षा के लिए दुबारा लौट आने के लिए इनके पास पैसे नहीं हैं। इन्हें बर्तन वगैरह बेचकर यहाँ शहर में पढ़ाई के लिए आना पड़ता है। अब दुबारा इन्हें यहाँ भेजने के लिए खून जलेगा इनके माँ-बाप का। बहिष्कार की ये राजनीति केवल स्वार्थपूर्ण और जातीय है। आप लोग भी उससे दूर रहिए।"

इस पर एक छात्र नेता बोला, "पहले ये बताइए कि कुलपति की नियुक्ति जाति के आधार पर होती है, सच है या नहीं? और ये जानकर भी आप विश्वविद्यालय में क्या करते हैं?" दूसरा बोला, "परीक्षा में विश्वविद्यालय के अफसरों के बच्चों के अंक हमेशा बढ़ाए जाते हैं, इस पर आप क्या करते हैं?" एक बोला, "आपको पेपर जाँचकर पैसे कमाने होते हैं, इसीलिए आप चाहते हैं परीक्षा होनी चाहिए?"

भोले ने कहा, "क्या आपको ये लगता है कि परीक्षा का बहिष्कार करके ये भ्रष्टाचार खत्म होगा? आप परीक्षा पद्धति में सुधार के लिए आन्दोलन कीजिए। नारा लगाइए कि शिक्षा पद्धति में बदलाव किए बिना हम परीक्षा नहीं देंगे! फिर हम प्राध्यापक भी आपका समर्थन करेंगे।"

छात्र नेता बोला, "हम शुरुआत करेंगे! और फिर आप हमारा समर्थन करेंगे? सर, क्या ये आपको शोभा देता है? आप ही क्यों नहीं शुरुआत करते? हम आपका समर्थन करेंगे!"

भोले से आगे कुछ नहीं बोला गया। वह समझ गया कि नई पीढ़ी कुछ ज्यादा ही तेज हो रही है। वह केवल तर्क देता हुआ लड़कों से हुज्जत करता रहा। बचपन में हम जंगल से गोंद इकट्ठा कर परीक्षा की फीस भरते थे, अब तो सरकार आपको पढ़ा रही है—ऐसा ही कुछ-कुछ कहता रहा। तभी परीक्षा की घंटी बजवाकर उसने पेपर शुरू कर दिया और विश्वविद्यालय में भी फोन किया कि "हमने परीक्षा ठीक-ठाक शुरू कर दी है। दूसरे केन्द्रों पर भी यह सन्देश पहुँचाइए ताकि उन्हें भी सहारा मिलेगा।"

जवाब में विश्वविद्यालय का अफसर बोला, "आप कौन होते हैं हमें यह आदेश देनेवाले कि दूसरे केन्द्र को सन्देश दीजिए?"

भोले ने मन-ही-मन हरामखोर कहकर फोन रख दिया।

आधा घंटा सब कुछ ठीक-ठाक चलता रहा। लेकिन बाद में गाँव के अन्य केन्द्रों से छात्रों की जो भीड़ पुराणिक पर उमड़ी उससे पूरी सड़क भर गई।

पुराणिक में पेपर लिखनेवाले काफी छात्र जिन्हें प्रश्नपत्र मुश्किल लग रहा था, इसे अच्छा अवसर समझकर अचानक उठ खड़े हुए। जिन्हें फेल होने का यकीन था, वे पहले ही बाहर आ चुके थे। फिर बाहर से पत्थरों की बौछार शुरू हो गई। चार पुलिसवाले थे, पता नहीं वे कहाँ गायब हो गए। कुछ बदमाश लड़के कॉलेज की पिछली गली से भीतर आए और खिड़कियों में खड़े होकर अन्दर पेपर लिख रहे बच्चों को धमकाने लगे—उठो बे भड़ुवोऽ, उठ बे ऐ ढक्कनऽ, अरीऽ ए चल आ बाहर, अबे दुबारा परीक्षा देनी पड़ेगी! आ जाओ बाहर!—सभी ओर से शोर शुरू हुआ। चारों ओर से टूटे इस छत्ते को रोकना मुश्किल हो गया। कुछ लड़के फिर भी लिखते रहे। फिर कोई चिल्लाया, क्या लिखते बे चूतिए माँ के लवड़ेऽ। एक-दो छात्रों के पेपर खिड़की में से ही हाथ डालकर छीन लिये गए। फिर सभी बच्चे बाहर आ गए।

भल्ला ने तुरन्त विश्वविद्यालय में फोन किया—पुलिस भेजो। हंगामा हो गया है। उधर से जवाब आया—सभी ओर परीक्षा केन्द्र बरबाद किए गए हैं। समझिए कि परीक्षा रद्द हो गई।

परीक्षा विफल करने की खुशी में माठूराम ने अपने आमरण अनशन को कुछ दिनों के लिए स्थगित करने की घोषणा की। उधर मुख्यमंत्री ने सी.आई.डी. रिपोर्ट पर दो दिन सोचकर कुलपति से कहा कि आप परीक्षा को कुछ दिन और आगे धकेल दीजिए। जब तक मैं इस कुर्सी पर हूँ, आपको नहीं हटाऊँगा।

इस सफलता के मौके पर कि परीक्षाएँ आगे धकेली गईं, माठूराम ने अपना अनशन तोड़ दिया।

ऐसे में खबरें आने लगीं कि मुख्यमंत्री ही बदला जाएगा। राजनीति में अचानक मोड़ आया। *दैनिक समाजवाद* में भी सम्पादकीय छपने लगे कि परीक्षाएँ बहुत आगे धकेली गईं तो छात्रों का जबरदस्त नुक़सान होगा। किसी ने कहा, सरकार ने ठोसर-माठूराम को आठ-दस लाख रुपये की रिश्वत दी है। दूसरा बोला, सरकार बेवकूफ नहीं है ऐसों को इतनी रिश्वत देने के लिए। बस कागज का कोटा बढ़ा दिया है *दैनिक समाजवाद* का।

दैनिक समाजवाद में अभी भी भ्रष्टाचारी कुलपति को जल्द हटाइए की खबरें, पत्र, सम्पादकीय छप ही रहे थे। साथ में ये धमकी भी थी कि माठूराम दुबारा आमरण अनशन पर बैठेंगे।

दुबारा होनेवाली परीक्षाओं के लिए भी दुबारा बहिष्कार का खतरा था। इसीलिए पुलिस की कड़ी चौकसी में परीक्षा लेना तय हुआ। कुलपति ने घोषणा की कि पुलिस की एक टुकड़ी हर परीक्षा केन्द्र के बाहर अन्त तक तैनात रहेगी।

तब भोले बोला, "इसके बाद हर साल पुलिस ही परीक्षा ले तो कितना अच्छा हो। पेपर जाँचने का काम भी पुलिस ही करे, रिजल्ट भी पुलिस स्टेशन के बाहर घोषित किए जाएँ। ये है हमारा प्रजातंत्र।"

अप्रैल-मई की गर्मी की तल्खी में दुबारा परीक्षा लेना तय हुआ। बीच में मुख्यमंत्री बदल जाने के कारण पुराने वाइस-चांसलर चले गए और उनके स्थान पर नए आ गए। अब माठूराम-ठोसर का उत्साह खत्म हो गया था। फिर भी सरकार को खुफिया सूचना मिली थी कि माठूराम को वाइस-चांसलर न बनाने के प्रतिशोध के लिए वे परीक्षा में हंगामा करनेवाले हैं। इसलिए इस बार पुलिस की कड़ी चौकसी रखी गई थी। परीक्षा शुरू होने के एक दिन पहले पुराणिक पर हथियारों से लैस बीस पुलिसकर्मी हाजिर हुए। इसके अलावा माठूराम के कॉलेज में ही अचानक हंगामा शुरू करने का खुफिया इरादा सी.आई.डी. द्वारा पता चलने के कारण जाधव नामक एक उम्दा इंस्पेक्टर को विशेष रूप से पुराणिक केन्द्र पर तैनात किया गया। रिवॉल्वर वगैरह लटकाकर उन्होंने भल्ला के दफ्तर में अड्डा जमाया।

इसके अलावा विश्वविद्यालय की ओर से जॉइंट चीफ सुपरिंटेंडेंट के रूप में बढ़िया अंग्रेजी लेकिन जोरदार मातृभाषा बोलनेवाले प्राध्यापक गेंगाने की नियुक्ति की गई थी। बतौर प्राध्यापक सत्ताइस साल का प्रदीर्घ अनुभव, प्रकृति से शान्त, नसवार के आदी और बातूनी गेंगाने जी खुशमिजाज, मोटे और नाटे सज्जन थे। उनके चेहरे पर किसी प्रकार की चिन्ता नजर नहीं आ रही थी।

गेंगाने जी ने आते ही सुचारु ढंग से भल्ला, चांगदेव, भोले और इंस्पेक्टर जाधव सभी से घर-परिवार के बारे में पूछा। बच्चे कितने हैं, तनख्वाह, घर का किराया, रोज कितना दूध लेते हैं, पत्नी, ससुराल अमीर है या कैसे—वगैरह सारी जानकारी लेते-लेते आइसक्रीम वगैरह मँगवाकर दफ्तर का सारा माहौल ही बदल डाला।

फिर गेंगाने जी नसवार चढ़ाते-चढ़ाते सीधे गोटेराव प्यून से बोले, "अरे हॉस्टल से कोई खटिया ले आना तो जरा, हियाँ इस्टोर रूम में बिछा देना। गद्दा है हमरे पास। और एक नया मटका भी ले आइयो। रोज भरकर रखियो, का? हमका तो बस खटिया और मटका हो तो कोनो फिकर नाहीं महीना भर। अच्छा

है कॉलेज गाँव में ही है। उठते ही गली में जाकर चाय पियो और दुबारा खटिया पर लेटे रहो! लाइब्रेन से बोल दो कि आज से पेपर भी हियाँ डालें। मैं पढ़कर रखा करूँगा।"

फिर गेंगाने जी भल्ला से बोले, "अब तक हमने जगह-जगह के कॉलेजों में बयालीस जाइंट चीफ सुपरिंटेनशिप की हैं। सभी जगह अपना यही ढंग रहा है। आदमी परीक्षा केन्द्र के बाहर जाना नहीं चाहिए। तभी परीक्षा ठीक-ठाक चलती है! लॉज और फॉज का कुछ ठीक नहीं। सच है या झूठ?"

परीक्षा के पहले दिन भल्ला इतना डर गया था कि सुबह सात बजे ही कॉलेज में हाजिर हो गया। शायद उसे खबर मिली थी कि आज उसके कॉलेज में कुछ भयानक वारदात होनेवाली है। वह बार-बार विश्वविद्यालय में फोन लगाकर उन्हें बता रहा था कि हमारे यहाँ सब कुछ ठीक चल रहा है। बाहर पुलिस खड़ी थी फिर भी चार-पाँच बदमाश लड़के मासूम बनकर अन्दर-बाहर आ-जा रहे थे। इससे भी भल्ला पसीना-पसीना हो रहा था। एक बार उससे रहा न गया और वह भोले के कान में बोला, "ये बदमाश बच्चे कुछ कर गुजरेंगे। सावधान रहना। तुम्हारा कोई भरोसा नहीं। बिना सोचे-समझे पकड़ोगे तुम इन्हें!"

चांगदेव बोला, "इंस्पेक्टर जाधव से कहूँ?"

भल्ला डरकर बोला, "अरे नहीं-नहीं बाबा, व्हेन-व्हेन देअर इज फिजिकल थ्रेट, देन-देन ओनली यू शुड लुक आफ्टर यूवर ओन सेफ्टी! तुम बच्चे हो भोले! किसी ने अँधेरे में एसिड फेंका, छुरा मार दिया तो क्या करोगे पागल? तुम कुछ मत करो। आखिर तुम मेरे असिस्टेंट हो! चुप रहो।"

फिर वे दोनों उत्तर-पुस्तिकाएँ गिनते-गिनते उन्हें हॉलवाइज सजाने लगे। इंस्पेक्टर को भी कोई विशेष काम न होने के कारण वे सुबह-सुबह उबासियाँ ले रहे थे। प्राध्यापक गेंगाने इंस्पेक्टर जाधव के साथ मजाकिया गप्पें लगाते हुए शान्ति से नसवार चढ़ा रहे थे। वे जाधव से बोले, "क्यों जी, ये आपकी कमर से बँधा पिस्तौल असली है या केवल चमड़े का कवर लगा है?"

जाधव ने हँसकर अन्दर से असली रिवॉल्वर निकालकर दिखाया! रिवॉल्वर देखते ही गेंगाने एक नई अद्‌भुत चीज देखने के कुतूहल में उठकर खड़े हो गए। जाधव बोले, "दूर से क्यों देखते हो जी? वह बम थोड़े ही है। देखिए, ले लीजिए न हाथ में।"

गेंगाने ने आश्चर्य से रिवॉल्वर हाथ में लिया और बोले, "हम ठहरे अर्धमागधी के लेक्चरर! ई सब नया है जी हमका। कैसे मारना होता है इसके अन्दर का? केवल सर पर मारा तो भी बेहोश होकर गिर जाएगा चोर इससे! ही ही ही ही!"

जाधव प्रैक्टिकल के साथ उन्हें समझाने लगे कि कैसे गोली चलाते हैं, हाथ को कैसे समकोण में मोड़कर निशाना लगाते हैं, वगैरह।"

गेंगाने बोले, "अभी तो गोलियाँ नहीं हैं न इसमें?...फिर ठीक है! गोली मतलब जोर से ही जाती होगी भइया इसमें से! भारी है!

कहकर गेंगाने ने वह खाली पिस्तौल उठाया और जाधव ने चलाने का जो तरीका बताया था, वैसा निशाना लगाने लगे। एक आँख बन्द कर सामने इधर-उधर खिड़की से, दरवाजे से देखते हुए बोले, "मतलब ई नीचे का घोड़ा दबाते ही छूटती होगी गोली! वाह! क्या खोज की है जाधव साहब! वाह! जनरल नॉलेज बढ़ गया न हमरा आज। हम अपने मझले छोकरे को सैनिकी स्कूल में डालने की सोच रहे हैं। बहुत बदमाश है हमरा वो मझला। साला, देखो, हम बस अर्धमागधी पढ़ाते रहे सत्ताइस साल। ऐसा कुछ होता है, पता ही नहीं था। अच्छा हुआ अब महीना-भर आप हमरे पास होंगे। जनरल नॉलेज के लिए कह रहा हूँ!"

कहकर गेंगाने पैंतरे में खड़े होकर तोंद अधिक से अधिक सीधी कर दरवाजे की तरफ पिस्तौल तानकर खड़े हो गए। वे खुद को हिटलर वगैरह ही समझने लगे।

इतने में दरवाजे के बाहर कुछ हाथापाई की सुगबुगाहट हुई और दरवाजे से दो पुलिसवाले और गोटेराव प्यून एक तगड़े बदमाश लड़के को लेकर दफ्तर में दाखिल हुए। अन्दर आने तक यह बदमाश लड़का गाली-गलौज करता हुआ मगरूरी में चिल्ला रहा था।

लेकिन जैसे ही उसने दफ्तर में कदम रखा, संयोग से उसे सामने पिस्तौल तानकर एक आँख से निशाना साधे गेंगाने दिखाई दिए और वह अपने होश-हवास खो बैठा। चेहरा सफेद पड़ गया, तुतलाने लगा और आँखें सफेद कर हकलाता हुआ कहने लगा, "नहीं...नहीं सर...मैं नहीं...मैं तो बस...।"

गेंगाने को और औरों को भी इस मामले की कोई खबर नहीं थी। वे तो एक आँख से पिस्तौल की नोक पर ही देखे जा रहे थे। सामने ये लड़का ऐसा क्यों कर रहा है, देखने के लिए उन्होंने आँखें खोलीं। गोटेराव भल्ला से कह रहा था कि यह लड़का हॉल में पटाखे फोड़ रहा था। ऊपर से बोला भी कि परीक्षा होने नहीं देंगे! पकड़ा तो माँ-बहन की गालियाँ बकने लगा। बहुत बदमाश है ये।

और अब अचानक ये लड़का थरथर काँपता हुआ खड़ा था। फिर भी सारा मामला समझने में गेंगाने को दो मिनट लगे। फिर और थोड़ा मजाक करने के लिए वे पिस्तौल आगे तानकर जोर से गरज उठे, "हाऽ! हैंड्स अप! वॉट्ट डू यू मीन? अँऽ? आयऽ शूटिंग यू! हैंड्स अप! हाऽ! जैसे थे! हाथ ऊपर!"

सहमे हुए लड़के ने अचानक हाथ ऊपर उठा लिये।

गेंगाने पिस्तौल ऊपर-नीचे करते हुए बोले, "हाऽऽ! क्या करने आया था? सच बोऽल! नहीं तो गोली मार दूँगा। हाऽ! हैंड्स अप, शट अप! ये नीचे का घोड़ा दबाया तो सूँऽऽ से गोली छूटती है! हाऽ!"

लड़के की आँखें भर आईं। बोला, "नहीं सर, मैं—मैं बस—नहीं, नहीं, नहीं—बचाइए सर मुझे—मैं...नहीं, नहीं, नहीं, मुझे छोड़ दीजिए सर। मैं दुबारा कभी नहीं आऊँगा...नहीं नहीं...।"

गेंगाने पिस्तौल तानकर बोले, जैसा है वैसा ही पीछे लौट जाओ। गेट आउट! चलो, हाथ ऊपर उठाकर ही पीछे चले जाओ। दुबारा हियाँ दिखाई दिया तो—ठाँऽय—चल पीछे। हाऽ!"

बदमाश लड़का हाथ ऊपर उठाए पीछे खिसकने लगा। दरवाजे में लड़खड़ाया, बीच-बीच में पिस्तौल की ओर घबराई दृष्टि से आगे-पीछे देखता हुआ वह बाहर निकल गया। और कॉलेज के बाहर आते ही वह जोर से भाग खड़ा हुआ।

फिर तोंद सँभालते हुए गेंगाने बुलन्द सुर लगाकर इस तरह हँसने लगे कि हँसते-हँसते ही जाधव साहब पर ढह गए। जाधव साहब भी ठहाके मारकर हँस रहे थे। गेंगाने को हँसते-हँसते बाद में साँस लेना भी मुश्किल हो गया और वे बेहोश होकर नीचे ढह गए।

उन्हें होश में लाने के लिए दोनों पुलिसकर्मी, भोले, भल्ला, गोटेराव, और एक प्यून सभी जी-जान से कोशिश करने लगे। किसी की समझ में नहीं आ रहा था कि क्या करें? उधर पौने दस बजने को आए और एक-एक इन्विजिलेटर पेपर लेने जल्दी-जल्दी में दफ्तर में आने लगा। छात्र भी जमा हो गए। पूरा दफ्तर आदमियों से भर गया। बिल न चुकानेवाला यजुर्वेदी बोला, "इन्हें डॉक्टर के पास ले जाओ।" मुँह धोते समय जोर से आवाज निकालनेवाले शास्त्री बोले, "प्याज लाइए जी प्याज।" गोटेराव बोला, "यहाँ किसी का घर है जो प्याज मिलेगा?"

इतने में चिपलूनकर भीतर आया और बोला, "बाहर बच्चे शोर मचा रहे हैं। जल्दी से बेल दो गोटेराव। आँ, ये क्या हुआ?"

भोले ने झट से चिपलूनकर का जूता निकाला और गेंगाने की नाक से लगाया। साँसें तुरन्त खुल गईं और गेंगाने उठ बैठे। फिर भल्ला बोला, "दस बज गए भोले! चलो-चलो! पेपर उठाओ, देर हो गई!"

पल भर में सारा माजरा गेंगाने की समझ में आ गया और वे बोले, "घड़ी पीछे कीजिए। सबसे पहले घंटी बजवाइए! घबराने की कोई बात नहीं। मैं हूँ! घड़ी पीछे कीजिए। हाँ! पौने दस बजाइए और पहले घंटी बजवाइए।"

बहरहाल, यह शुरुआती शोर-शराबा छोड़ दें, तो परीक्षा में महीना भर कुछ भी अनुचित नहीं घटा। इसके विपरीत इस प्रकरण की जब भी याद आती, गोटेराव समेत सभी पेट पकड़-पकड़कर हँस लेते।

प्राध्यापक गेंगाने हास्यरस का पुतला थे। इसके विपरीत जाधव शान्त रस के द्योतक थे। उन्हें प्रमोशन नहीं दिया था इस कारण वे सामाजिक मूल्यों पर कुछ ज्यादा ही बोलने लगे थे। अभी वे एक कुँआरी लड़की के कत्ल के केस की छानबीन कर रहे थे। उन्हें कुछ सुराग भी मिले थे और ऐन समय उन्हें परीक्षा केन्द्र पर भेज दिया गया। इससे वे बहुत नाराज थे। वे कहते, "भागदौड़ मैंने की और अब कत्ल की छानबीन का सारा क्रेडिट मिलेगा सिफारिश के टट्टू इंस्पेक्टर को! सबसे भ्रष्ट और घिनौना विभाग यदि कोई है तो बस इंडियन पुलिस! बस करप्शन ही करप्शन। कांस्टेबल से लेकर ऊपर तक हफ्ते। करप्शन।"

गेंगाने बोले, "आप हमारे शिक्षा विभाग का अपमान कर रहे हैं इंस्पेक्टर जाधव। आज के पेपर परीक्षकों के पास जाने से पहले इनमें से कौन-कौन फर्स्ट क्लास पाएगा, सब पहले से तय है, क्या ये पता है आपको?"

फिर इसी पर गेंगाने और जाधव के बीच गम्भीर बहस होती। बीच-बीच में वे हाथापाई तक उतर आते। फिर गेंगाने गोटेराव से कहते, "चाय ले आओ भाई सभी के लिए, साला।" फिर नसवार चढ़ाने पर दुबारा वे शान्त और मजाकिया बन जाते। दुबारा जाधव साहब से मजाक करते-करते दूसरी गप्पें शुरू करते। गेंगाने बढ़िया अंग्रेजी बोलते थे और समय-समय पर बातों-ही-बातों में भल्ला की गलतियाँ भी ठीक करते थे। गेंगाने को ज्ञान की हर बात संग्राह्य लगती। बार-बार वे अपने आप से कहते, जनरल नॉलेज चाहिए।

हजार रुपये देकर पुणे के प्रकाशक से कविता-संग्रह छपानेवाला कवि जोशी एक बार ऑफिस में बैठा था, तभी गेंगाने से उसका सम्पूर्ण परिचय हुआ। गेंगाने

बोले, हमका भी अपनी छात्रावस्था में लगता था कि कविता-संग्रह लिखें, कहानी संग्रह लिखें।"

जोशी बोले, "इस तरह एक साथ पूरा कहानी-संग्रह या कविता-संग्रह नहीं लिखा जाता गेंगाने साहब!"

गेंगाने बोले, "आँ? ऐसा? लेकिन ऐसे कैसे? जनरल नॉलेज के लिए पूछ रहा हूँ—हमरा पूरा जनम बॉर्डर के एक देहाती कॉलेज में बीत गया, पुणे और मुम्बई का फर्क तक ठीक से पता नहीं हमका। अच्छा तो बताइए कविजी, कैसे लिखे संग्रह?"

जोशी बोले, "अजी एक-एक कविता या कहानी लिखी जाती है, समय-समय पर छपती है। बाद में उन सबको एकत्रित करना होता है।"

गेंगाने ताली देकर बोले, "लो! हम तो पूरी पुस्तक ही एक साथ देखते हैं जी! ये अगर पहले से पता होता तो क्या हम भी नहीं लिखते थोड़ी-थोड़ी कविता, कुछ-कुछ कहानी! जनरल नॉलेज चाहिए!

इस तरह गेंगाने का हमेशा कुछ-न-कुछ चलता रहता। धीरे-धीरे यह बात सब जान गए कि गेंगाने महाशय जितना लगते हैं, उतने बेवकूफ हैं नहीं। पास ही भोले, चांगदेव और भल्ला परीक्षा का काम करते रहते। अब परीक्षा सुचारु ढंग से शुरू हो गई थी और पुलिस को भी कुछ काम नहीं था। बीच-बीच में स्टाफ के प्राध्यापक भी वहाँ गप्पें लड़ाने आ जाते। चाय-सिगरेट पीकर अपनी-अपनी क्लास पर चले जाते। गेंगाने बार-बार हरेक को आदर से नसवार पेश करते और सभी तुच्छता से नसवार को मना करते।

भोले अपना काम तो ठीक से करता ही था, लेकिन भल्ला से भी वह काम करवाता था। भल्ला कामचोर के रूप में विख्यात था। उदाहरणार्थ, पेपर इकट्ठा होने के बाद गिनते समय और गट्ठर बनाते समय वह गोटेराव को तेजी से खदेड़कर पान मँगाता, मुँह में गिलौरी ठूँसकर चांगदेव को सभी उत्तर पुस्तिकाओं का गट्ठर सौंपता और खुद केवल सूची देखता हुआ हूँ-हूँ करता रहता। दो-तीन दिन में यह ध्यान में आने पर भोले जान-बूझकर पेपर का नम्बर गलत पढ़ता और पेपर पलटकर रख देता। तब भल्ला विवश होकर उसे हाथ से रुकने का इशारा कर झल्लाकर कुर्सी से उठता और खिड़की से बाहर थूककर कहता, गलत है, गलत है, फिर से बोलो! भोले फिर पिछला पेपर दुबारा निकालकर बराबर नम्बर पढ़ता! इस तरह हर पाँच मिनट बाद शरारत कर वह भल्ला को बार-बार जगह से उठाता

और आखिरकार भल्ला को ही पेपर सौंपकर आजाद हो जाता। भल्ला के आए बिना प्रश्नपत्र की अलमारी न खोलने का नियम भी उसने अन्त तक निभाया। इस कारण भल्ला को झुँझलाते हुए साढ़े नौ बजे आना ही पड़ता। भल्ला झल्लाया।

एक बार चिपलूनकर ने एक लड़की को नकल करते हुए पकड़ा और पेपर भल्ला के पास भेज दिया। भल्ला ने उसे 'ऐसा नहीं करते बेटा' कह, पुचकारकर पेपर लिखने के लिए दुबारा हॉल में भेज दिया। इससे चिपलूनकर बिगड़ गया। पेपर खत्म होने के बाद गट्ठर जमा कर वह भोले और चांगदेव को चाय के लिए बाहर ले गया। शोभा में तीनों बहस करने लगे कि भल्ला कितना पोंगापंथी है। इतने में पिछले टेबल पर तीन छात्र आकर बैठ गए।

चाय मँगाकर एक छात्र बोला, "परीक्षा देता तो यूनिवर्सिटी में कुछ जुगाड़ करके पास होने का चांस था। अब परीक्षा ही नहीं दी, मतलब खत्म। वैसे पढ़ाई भी कहाँ की थी मैंने! मूड ही नहीं था पढ़ाई का।"

दूसरा बोला, "पढ़ाई! पढ़ाई करके भी कहीं अंक मिलते हैं भड़ुवे! एफ.वाय. में मैंने साल-भर अठारह-अठारह घंटे पढ़ाई की थी, लेकिन फर्स्ट क्लास नहीं मिला। और पिछले साल एस.वाय. में बस आखिरी पन्द्रह दिनों की पढ़ाई और पैंसठ प्रतिशत अंक!"

तीसरा बोला, "ह ह ह, अबे पागल, लिखने से और पढ़ाई करने से अंक मिलते हैं कभी? पिछली परीक्षा में मैंने किताब सामने रखकर पेपर लिखा था। तब भी पैंतीस अंक आए थे मेरे! पेपर ठीक से पढ़ा होगा क्या इक्जामिनर ने भड़ुवे? केवल पन्ने देखकर अंक देते हैं मादरचोद। लेकिन शिकायत करें भी तो किससे? मेरा बाप साला मुझे ही कोसता रहता है।"

पहला बोला, "मेरे भाई ने प्री-डिग्री के पाँच पेपर ठीक-ठाक दिए और आखिरी छठे पेपर में अचानक बीमार हो गए, इसलिए पेपर दिया ही नहीं। फिर भी छठे पेपर में उसके तीस अंक आए थे मार्कशीट पर! अब बता? हम शिकायत लेकर गए तो बोले, ऊपरी नम्बरवाले छात्र के अंक गलती से आ गए होंगे! साला, ये है हमारी परीक्षा पद्धति।"

दूसरा बोला, "लेकिन तीस ही अंक आए इसलिए कम्प्लेंट करने गए आप! चालीस आ जाते तो जाते ही नहीं न!"

पहला बोला, "जाहिर बात है!"

तीसरा दूसरे से बोला, "हमारे देशपांडे सर ने पचहत्तर अंक दिए हैं, तूने ही कहा था न! फिर तेरा फर्स्ट क्लास कैसे चूक गया उस समय?"

दूसरा बोला, "जुओलॉजी में गच्चा खा गया यार उसकी माँ का। बहुत कोशिश की सभी ओर से, लेकिन तुम्हें तो पता है न वो भावे, कितना खड़ूस आदमी है। बोला, एक भी अंक नहीं बढ़ाऊँगा। और साले ने उधर चालीस-चालीस अंक बढ़ाए, उसका क्या? उस ऋषि पाठक ने।"

तीसरा शू-शू करता हुआ बोला, "अबे पीछे टीचर बैठे हैं। धीरे बोलो। चलें यहाँ से—पता नहीं यहाँ भी किसलिए मरने आते हैं साले भड़ुवे? साल-भर क्लास में थोबड़े दिखते ही हैं, ऊपर से यहाँ भी?"

तीनों के चले जाने के बाद चांगदेव बोला, "ये भी क्या कम है कि बच्चे हमें इतना सम्मान दे रहे हैं और कह रहे हैं कि हमारे सामने ऐसा नहीं बोलना चाहिए। क्या धन्धा है साला हमारा भी! इसके बजाय बूट-पॉलिशवाला लड़का ज्यादा खुद्दारी से पेट पालता है।"

भोले चांगदेव को रोककर बोला, "और कितने साल करेगा तू ये धन्धा?"

चांगदेव कप को घुमाता हुआ बोला, "असल में दूसरी कोई भी नौकरी मिल जाए तो तुरन्त छोड़ दूँगा। लेकिन अगले साल यहाँ नहीं रहूँगा।"

"पक्का?"

"बिलकुल।"

भोले सन्तुष्ट होकर चिपलूनकर से बोला, "अब कुछ ही दिनों में हमारे गवर्निंग काउंसिल की मीटिंग होनेवाली है। वैसे भी किसे निकालना है, किसे प्रमोशन देना है, तय ही होगा।"

चिपलूनकर चाय खत्म करता हुआ बोला, "चलो, साले भल्ला को झाड़ता हूँ जरा। हम जोखिम उठाकर बच्चों को नकल करते हुए पकड़ते हैं और ये बदमाश उन्हें बेटा-बेटा पुचकारकर छोड़ देता है! फिर ये बच्चे अकड़ते चले आते हैं पेपर लिखने हॉल में, हमारे सामने।"

फिर वे कॉलेज आए। भल्ला हमेशा की तरह डाक का ढेर लिये बैठा था और टर्र-टर्र फाड़कर ऊपर नाम लिख रहा था। गुंडेचा उधर पेपर शुरू कर भल्ला के पास बैठा फोन पर परचून के माल की दरें मारवाड़ी में पूछ रहे थे। गेंगाने गुंडेचा की ओर मजाकिया ढंग से देखते हुए पैर फैलाकर लेटे थे। आने के साथ ही

चिपलूनकर ने भल्ला पर धावा बोल दिया। भल्ला समझदारी के सुर में हँसते-हँसते उसे समझा रहा था कि भई ये सब सिस्टम ही सड़ गया है। हम लोगों को थोड़ा लीनियंट अॅटिट्यूड अपनाना चाहिए। बच्चे आजकल कंट्रोल से बाहर हो गए हैं। पूछो अपने गेंगाने साब से।"

गेंगाने कह रहे थे, "चिपलूनकर साहब, लड़कियों को नकल करते पकड़ना आसान होता है का? हियाँ कोई लेडीज इन्विजिलेटरनी लाओ, चोली जाँचो, साड़ी उतारो—धत् उसकी माँ की। अगर बच्चे बिगड़ गए तो बहुत बुरा होता है, हाँ! पहले ही हम गर्म तवे पर बैठे हुए हैं...अब यही देखिए, आज सुबह के प्रश्नपत्र में चार-पाँच गलतियाँ हैं। पहला ही प्रश्न देखिए, बस पैसेज दिया है। उसकी समरी करनी है, काम्परीहेनशन करना है या टरांसलेशन करना है, का करना है—का समझेंगे बच्चे?"

विश्वविद्यालय में थोड़ी देर पहले भोले ने फोन लगाया। कॉल का समय खतम हो गया पर उत्तर नहीं आया। वाइस-चांसलर गए हैं मीटिंग के लिए मुम्बई, कंट्रोलर गया है दौरे पर, असिस्टेंट कंट्रोलर चला गया है घर—और क्लर्क कहता है मैं क्या करूँ? ऐसा है। हम ही काहे अनुशासन और नियम पालें? सच है या झूठ?

इंस्पेक्टर जाधव भी वहाँ का भाषा का एक प्रश्नपत्र पढ़ते हुए समय काटते बैठे थे। प्रश्नपत्र को चिपलूनकर के सामने पकड़ाकर बोले, पढ़िए...

प्रश्न 1. ससन्दर्भ व्याख्या कीजिए :

(क) बिन घरनी घर भूत का डेरा!

"क्या लाभ इसका? क्या व्याख्या करेंगे एफ.वाय.के कच्ची उम्र के बच्चे?"

गुंडेचा लिखे हुए कागज समेटते हुए बोले, "जाधव साहब, आजकल बच्चे भी पढ़ाई नहीं चाहते। कहते हैं, बस नोट्स उतारकर दो। देहात में बारह सौ से कम आमदनी के झूठे सर्टिफिकेट मिलते हैं सरपंच को दस-बीस रुपये खिलाकर।"

जाधव बोले, "और ये सरपंच जिला परिषदें चलाते हैं और ये जिला परिषदें हमारा देश। आप कुछ भी कहिए भोलेसाहब, एक बार आर्मी द्वारा कब्जा किए बिना इस देश में सुधार मुश्किल है।"

गुंडेचा बोले, "मैं इतनी अतिवादिता की बात नहीं करूँगा। लेकिन ऐसी शिक्षा देनी चाहिए जिससे युवाओं में ध्येयवाद, स्टैंडर्ड की कद्र पनपे, जैसा हमारे जमाने में था।"

भोले बोला, "पढ़नेवाले की योग्यता के अनुसार ही शिक्षा देनी पड़ती है, मालिक। देहातों से, झुग्गियों से आनेवाले बच्चों को ध्येयवादी कहलवाना भी पसन्द नहीं है। उन्हें तो बस जैसे-तैसे डिग्री पाकर छूटना होता है। मामूली-सी नौकरी मिल जाए तो भी इनके कर्तव्य की इतिश्री हो जाती है। वे अखबारों में केवल इसके-उसके नाम पढ़ते रहते हैं। किताबें कोई नहीं पढ़ता। टेक्स्टबुक तक कोई नहीं खरीदता। सरकार ने मुफ्त शिक्षा का प्रबन्ध किया है इसलिए झुंड के झुंड आते रहते हैं। वैसे होशियार बच्चे भी होते हैं थोड़े-बहुत, लेकिन उन्हें सही मायने में पढ़ाया नहीं जाता। सरकार कितना सारा पैसा दक्षिणा की तरह खर्च करती है, लेकिन उसकी भी यह जानने की इच्छा नहीं होती कि इस पैसे का कुछ लाभ होता भी है या नहीं। सरकार की नीति है—फीस में माफी, पढ़ते रहो, कहीं भी रहो, डिग्रियाँ लो और चुप बैठो। लड़के आन्दोलन करेंगे लेकिन सभी तरफ जाति पर आधारित ही आन्दोलन हो रहे हैं। लड़कों के हाथों में काम ही नहीं हैं कोई! क्या करेंगे वे दूसरा! अखबार पढ़ो, उकसानेवाला मिल जाए तो उत्पात मचाओ। देखना, देश खाई में जा रहा है धीरे-धीरे! ऐसे ये युवा लड़के आठ-आठ साल शहरों में रहकर बेकार हो जाते हैं, नौकरियों की आस पर जैसे-तैसे परीक्षाएँ देते रहते हैं, और आखिरकार न खेती के लायक रहते हैं, और न ठीक से शिक्षा पाते हैं। न खुदा ही मिला, न विसाले सनम। न इधर के रहे, न उधर के। ऐसे ही एम.ए., एम.एस-सी. पास हो रहे हैं बोरे भर-भर के।"

गेंगाने बोले, "और बाद में नौकरी नहीं मिलती इसलिए प्रदर्शन और पर्चे निकालते हैं, साले।"

भोले बोला, "लेकिन ये क्या कम लाभ है कि अब शिक्षा आसानी से उपलब्ध होने से झुग्गी-झोंपड़ियों से भी खुद्दारी फूटने लगी है, गेंगाने साहब? असल दुर्गत तो हम पढ़ानेवालों की है। चाहे जैसा पढ़ाकर पेट भरना!"

जाधव बोले, एक कॉन्फिडेंशियल बात सुनाऊँ आपको? परीक्षा शुरू होने के एक दिन पहले हमने चार-पाँच स्टूडेंट लीडर को गिरफ्तार किया था। मैं खुद था ऑपरेशन में। लेकिन किस दशा में रहते हैं हमारे ये ग्रेजुएट छात्र! कहीं भी गन्दे कमरों में रहते हैं। घर से बाजरे के बोरे भरकर ले आते हैं, और हाथ से खाना बनाते हैं। बाथरूम-संडास तो छोड़ ही दीजिए, मिट्टी के तेल के लिए भी कतार में खड़ा रहना पड़ता है इन बच्चों को। कैसे शिक्षा पर भरोसा करेंगे ये, बताइए?"

चिपलूनकर को इस चर्चा में कोई दिलचस्पी नहीं थी। मुद्दा छोड़कर ये लोग दार्शनिक बहस करने लगे, इसलिए तमतमाकर वह भल्ला से बोला, "लेकिन सर, मैं रिस्क उठाकर उस बदमाश छोकरी को यहाँ लाता हूँ और आप उसे छोड़ देते हैं, मतलब बीच में मेरी फजीहत, क्या ये ठीक है?"

गुंडेचा बोले, भल्ला साहब, "चिपलूनकर ठीक कह रहे हैं। गरीब बेचारे लड़के, साल-भर दौड़धूप करते रहते हैं, यह रिआयत उन्हें भी क्यों न मिले?"

गेंगाने आत्मविश्वास से बोले, "अजी उधर फिजिक्स का पेपर आठ दिन पहले लीक हुआ है, उसका क्या? छपकर आया है अखबार में!"

चिपलूनकर बिगड़कर बोला, "गेंगाने साहब, मेरी बात का और इस बात का क्या सम्बन्ध?"

गेंगाने हड़बड़ाए, लेकिन फिर आत्मविश्वास से बोले, "ऐसा नहीं है प्रोफेसर, मैं मतलब आपको एक किस्सा सुनाता हूँ। मतलब इस्टोरी है—उन्नीस सौऽ कौन-सा साल था वो—हाँ, इंटर फेल बेरोजगार था मैं तब। तब हमरे जत रियासत में—हाँ, जत रियासत के रहनेवाले हैं हम—चली गई रियासतों की ऊ शान अब ...हाँ, तो महाराज के बगीचे में तीन महीने के लिए हमें हमरी—क्या कहते हैं आपकी तरफ उसे—हमरी लुगाई की बहन की जोरू—ह ह ह—क्या बोल रहा हूँ हम भी! माफ कीजिए जाधव साहब, मतलब उसकी पत्नी और हमरी घरवाली सगी बहनें जी...हाँ साढ़ू! तो हमरा साढ़ू बड़ा नेता था जत रियासत का—नेता मतलब वही जो नौकरी दिलवाता है जी!—तो रियासत के हमरे साढ़ू ने महाराज से सिफारिश की और नौकरी मिल गई बगीचे के गेटकीपर की। बाद में हमरा बी.ए. करना तय हो गया और वो नौकरी भी छोड़ दी...हाँ, तो हमरी ड्यूटी थी महाराज के बगीचे में— आने-जानेवालों को पूरी तलाशी लेना। क्या अंगूर होते थे जाधव साहब, पाटील साहब! माटी ही अलग है जी हमरे जत की...हाँ, तो बाद में धत् तेरी, होने यूँ लगा कि अंगूर ही चुराने लगे जी लोग! हमरे लोग बहुत सच्चे होते हैं का? सड़क पर कुछ भी लावारिस पड़ा दिखाई दे तो इधर-उधर देखकर चुपके से जेब में डालते हैं स्साले!...हाँ तो हमका वार्निंग मिली चिपलूनकर साब। फिर हम हरेक की पूरी तलाशी लेने लगा...एक शाम को एक औरत गेट छोड़कर जल्दबाजी में बाड़ के नीचे से जाने लगी उधर के उधर! ऊपर से जल्दी-जल्दी, धोती का झोल सँभाले। अह! लेकिन मैं गेट तक जाकर जोर से चिल्लाया, ओऽय, ठैरो! हियाँ आव! औरत आई फिर गेट के पास। हम बोला, जो भी है तेरे पास

कबूल कर। रख नीचे! औरत बोली, कुछ नहीं है भैया, काम पर जाने में देर हुई इसीलिए जा रही थी मैं उधर से। हमने कहा, वो कुछ नहीं चलेगा, बता क्या है तेरे पास। फिर भी औरत नहीं मान रही थी। उलटा भागने की कोशिश करने लगी। अरे स्साला! फिर मैंने घेर लिया उसे। बोला, दिखा! और इसी के साथ वह औरत बिगड़कर बोली, देख ले जो देखना है भड़ुवे! और अचानक धोती खोलकर यूँ कर दी उसने ऊपर! हू हू हू हू! तब से कान पकड़ लिये मैंने कि किसी को दिखा करके बोलना नहीं! हू हू हू! का नकल पकड़ेंगे चिपलूनकर साहब आप लड़कियों की! हू हू हू!"

चिपलूनकर समेत सभी ठहाके मारकर हँस पड़े।

गेंगाने फिर बोले, "अभी जाधव साहब ने जो कहा का वह झूठ है? जरा-सा भी जनरल नॉलेज है उस प्रश्नपत्र में? बताइए। किसी क्रिटिक का एक वाक्य, और आगे डैश लगाकर डिस्कस! पाँच मिनट में प्रश्न तैयार हो जाएँगे ये सभी। धत्! मुफ्त में पैसा कमाते हैं जी हमारे प्राध्यापक भी।"

जाधव बोले, "हमारे सर इस तरीके को डिस्कस थ्रो कहते थे!"

जोर से हँसते हुए गेंगाने खुश होकर चिल्लाए, वाह, चाय मँगाइए भल्ला साहब! दूसरे कॉलेजों में जॉइंट चीफ की कैसी खातिरदारी होती है—मुरगी, शराब... आपको चाय के लिए भी बोलना पड़ता है। क्या है ये? ह ह ह। कितना जनरल नॉलेज बढ़ रहा है! वाह! डिस्कस थ्रो! हू हू हू!"

गुंडेचा बोले, "मुर्गी-शराब मतलब कहीं खंडेलवाल के कॉलेज के बारे में तो नहीं बोल रहे हैं आप गेंगाने साहब? विश्वविद्यालय में पर्चियाँ बाँटी हैं बच्चों ने परसों खंडेलवाल के कारनामों की!"

गेंगाने चौंककर सीधा बैठते हुए बोले, "कौन? अपना ऊ प्रिंसिपल गोविन्ददास खंडेलवाल? क्या हुआ? पर्चे बाँटे? अच्छा हुआ साला। किसने बाँटे? का लिखा है उनमें?"

गुंडेचा बोले, "पढ़ने लायक है वो पर्चा। ये बात तो सही है कि बच्चे बहुत होशियार हो गए हैं! 'गोल्डन चांस' हेडिंग देकर नीचे खंडेलवाल कॉलेज में क्या-क्या धाँधलियाँ चलती हैं, सब लिखा है। स्टाइल बहुत बढ़िया लगी उस पर्चे की।"

भल्ला बोला, "मेरे नाम पे भी आया था वो पैम्फलेट। था इधर-किधर।"

भोले बोला, "मुझे बताया नहीं भल्ला साहब आपने?"

गुंडेचा आँख मारकर बोले, "भल्ला साहब के जिगरी दोस्त हैं वो! फिर? कैसे दिखाते?"

भल्ला घबराकर बोला, "अरे नहीं यार। कुछ भी बकवास मत करो।"

गुंडेचा बोले, "वो खंडेलवाल हमेशा चेयरमैन होता है। और मीटिंग में जब भी आता है, जेब में नम्बरों की चिट्ठियाँ डालकर ही आता है। अंक बढ़ाने का काम शौक की खातिर करता है वो। ऐसे लोग विश्वविद्यालय में कैसे पावरफुल बन गए, ताज्जुब है।"

गेंगाने ने पूछा, "पर्चे में का-का लिखा है?"

गुंडेचा बोले, "चार हजार रुपये लाइए और खंडेलवाल कॉलेज में परीक्षा दीजिए...पहला प्वाइंट है विज्ञापन का! एक्सपर्ट सुपरविजन में नकल की सुविधा! परीक्षा से दो घंटा पहले प्रश्नपत्र उपलब्ध! पेपर घर ले जाओ और रात में लिखकर ले आओ! इस तरह के पन्द्रह प्वाइंट हैं। अब इसमें काफी अतिशयोक्ति भी होगी, पर थोड़ी-बहुत तो सचाई होगी न!"

गेंगाने बोले, "कोई अतिशयोक्ति नहीं है! डिट्टो सही है। हम थे भैया दो साल पहले वहाँ—बतौर जाइंट चीफ सुपरिंटेन! मुझे तो भैया ऐसा हुआ था कि कब उस खंडेलवाल के गाँव से छूटता हूँ। देखिए चिपलूनकर साहब, उधर ऐसी भी परीक्षाएँ होती हैं, हमने खुद देखा है! और आप तो यार यहाँ उँगली भर चिट्ठी मिली नहीं कि रिपोर्ट करने को कहते हैं! ई का न्याय है? बताओ?"

गुंडेचा बोले, "सुना है जॉइंट चीफ को धमकाकर ताले में बन्द करते हैं वो? क्या ये सच है गेंगाने साब—आप थे वहाँ, सो सच-झूठ आप ही बता सकते हैं?"

गेंगाने बोले, "अजी, वहाँ बस से उतरते ही खंडेलवाल एक प्यून को आपके सीने पर बिठा देता है। बिलकुल परीक्षा खत्म होने तक! रात में सोते समय भी ऊ बगल की खटिया पर! का हम शराब पीनेवाला आदमी लगता हूँ आपको, लेकिन उन्होंने हमका भी पिलाई जी जबरदस्ती। यूँऽ कै कर दी मैंने। राम-राम-राम। ऊपर से बस दस्तखत लेता है आपके घर पर! कॉलेज में आने की तकलीफ क्यों उठाते हैं साहब—मीठा बोलता है ऊपर से! फिर भी एक बार मैं गया हिम्मत करके! वाह-वाह क्या नजारा था, क्लास-क्लास में लेक्चरर लोग बता रहे हैं और बच्चे लिख रहे हैं! एक क्लास में तो एक भी बच्चा नहीं था! मैंने पूछा खंडेलवाल से, तो साला बदमाश कहता है, बच्चे घर पर पेपर लिख रहे हैं, रात में पैक हो जाएँगे! ऊपर से बोला, देख लिया न आपने? जाइए अब!—आ गया मैं चुपचाप कमरे में। उसी

रात प्यून मुझे बता रहा था कि असली रिपोर्ट करने से पिटाई हुई थी एक की। धत् उसकी माँ का साला प्रिंसिपल खंडेलवाल! हमने इतने सारे कॉलेज देखे लेकिन ये तो बहुत भयानक मामला था भैया। मैं ठहरा गरीब आदमी, पीछे चार बच्चे—कान पकड़ लिये, दुबारा नहीं जाना ऐसे दूर के कॉलेजों में। बाप रे! माना कि पैसों के लिए ही ये धन्धे करने पड़ते हैं, लेकिन पैसा भी जरा कायदे से मिले तो अच्छा है।"

गुंडेचा बोले, "सुना है उसे निकाल रहे हैं अब वहाँ से। इतने दिनों तक बापूराव को वोट दिलवाने में काम आता था। अब तो बापूराव को ही टिकट नहीं मिल रहा है, मतलब खंडेलवाल अपने आप ही खत्म।"

चिपलूनकर बोला, "पेपर में नहीं छपता ये?"

गुंडेचा बोले, "अब तक पचास बार छपकर आया है *दैनिक समाजवाद* में। लेकिन इन अखबारों ने पहले ही झूठी खबरें छाप-छापकर अपनी इज्जत मिट्टी में मिला ली है। अब हाल यह है कि सचमुच किसी गुंडे पर भी लिखते हैं ये तो भी लोग कहेंगे कि ब्राह्मणों का धन्धा ही है दूसरों के कॉलेजों की बदनामी करना। इस जातिवाद के कारण बदमाश लोगों का लाभ होता है। हाँ।"

चिपलूनकर बोला, "अब जब हमारे छात्र ही आग लगाएँगे कॉलेज और यूनिवर्सिटियों में, तभी यह समस्या हल होगी।"

गुंडेचा बोले, "छात्र? कोई दम नहीं है जी हमारे छात्रों में। आमदनी के झूठे सर्टिफिकेट देकर फीस में माफी पानेवाले छात्र अस्सी प्रतिशत! बचे हुए छात्र नौकरी की खातिर पढ़नेवाले। ऐसे छात्र सुधारेंगे इस गटर को? छाँव में बैठने के काम चाहिए इन्हें। जिसे देखो उसे बस कुर्सी पर बैठने का शौक चढ़ा है!"

चिपलूनकर बोला, "ऐसे कॉलेजों में भोले जैसों को भेजना चाहिए। फिर सीधा हो जाएगा खंडेलवाल।"

गुंडेचा बोले, "दूर से ऐसा ही लगता है। लेकिन एक बार वहाँ चले गए न तो टेरर होता है टेरर! आज तक कितने ही लोग जाकर लौट आए, लेकिन खामोश बैठ गए न! पैसा मिल जाता है न विश्वविद्यालय से, बस!"

भोले बोला, "टेरर! किसकी मजाल जो मुझे धमकाए। और क्या करेगा खंडेलवाल, कत्ल करेगा ज्यादा-से-ज्यादा! लेकिन उसे सबक सिखाकर ही रहूँगा!"

भल्ला बोला, "यार भोले, तुम तो इधर बैठे-बैठे काम करना भी नहीं चाहते थे! समाज को क्या ठीक करोगे? ह ह ह! परीक्षा के पेपर जाँचने को मना करते हो! तुम क्या करोगे ऐसे काम! आइवरी टावर में रहनेवाले!"

भोले बोला, "आपकी बात भी सही है भल्ला साहब। जब तक हर आदमी मजबूत नहीं बनता, तब तक ये समस्याएँ सुलझनेवाली नहीं। अब तो कायर लोगों की ही संख्या बढ़ रही है। एक आदमी क्या-क्या करेगा, बताइए!"

जाधव बोले, "मॉस एजुकेशन के कारण होने लगा है ये सब। क्वालिटी बची ही नहीं—डेढ़-डेढ़ सौ के क्लास यानी...।"

चिपलूनकर बोला, "आज की शिक्षा पद्धति ही ऐसी बन गई है कि क्लास में बीस छात्र बिठा दो या डेढ़ सौ, आज की शिक्षा की क्वालिटी में कोई खास फर्क नहीं पड़ेगा! यह तब थमेगा जब टैक्स भरनेवाले लोग ही सरकार से कहेंगे कि ये सारा गुड़गोबर हमारे ही पैसों पर चल रहा है, इसे बन्द कीजिए। या फिर ये ग्रेजुएट शैतान ही सरकार की गर्दन पर सवार होंगे। आपने ही पढ़ाया है न, अब दो नौकरियाँ! तब क्या करेगी भड़ुवी सरकार?"

जाधव बोले, "हमारे जमाने में फेल होनेवाले सीधे खेतीबाड़ी में जुट जाते थे। बाप भी रद्दी लड़कों को खेती में जोत देते थे। अब एटीकेटी, ग्रेस मार्क्स और रियायतें, यानी मैट्रिक पास होते ही सीधा एम.ए. तक पहुँचता है हर कोई। शिक्षा की कोई कीमत नहीं चुकानी पड़ती। हमारे जमाने में मैट्रिक की परीक्षा भी देनी हो तो बैलगाड़ी से जिले के गाँव में जाकर कहीं सराय में आठ दिन पड़ाव डालना पड़ता था। अब तो सब कुछ सस्ता हो गया है। सरकार भी अच्छी नहीं मिल रही है हमें। वरना होना तो यूँ चाहिए कि पढ़ाई नहीं करनी है न, चलो बाँध के काम पर मिट्टी ढोने, चलो सड़क के काम पर गिट्टी तोड़ने! युवा लड़कों के पीछे बस ये डिग्रियों का भूत छोड़ दिया है सरकार ने। सरकार अच्छी चाहिए।"

"अच्छी सरकार कहाँ से आएगी जी? लड़कों को ही नक्सलवादी बनना चाहिए अब।"

जाधव बोले, "ये मराठी लड़के और नक्सलवादी बनेंगे? पुलिसवालों का टॉर्चर शुरू होते ही पैर झाड़कर गिड़गिड़ाने लगते हैं ये साले! यहाँ पत्थर चलाना और शीशे तोड़ना ही ठीक है इनके लिए। हिम्मत है इनमें अपनी जिन्दगी बरबाद कर लेने की? इन सालों को इस्त्री किए कपड़े, हिन्दी सिनेमा और कुर्सीवाली नौकरियाँ चाहिए जिन्दगी-भर क्लर्की करने के लिए। शहर चाहिए, दहेज चाहिए। इसी आशा पर ही तो जीते हैं हमारे लोग। भुक्खड़ साले।"

भोले बोला, "जाधव साहब की बात सही है। हमारे समाज में महानगरीय जिन्दगी के प्रति ऐसा भयानक आकर्षण घर किए बैठा है, जो किसी तरह कम

नहीं होगा। इतने दिनों से देहातियों के झुंड के झुंड शहर में घुस आए और शहर पैक हो गए। लेकिन ये झुंड कम नहीं हुए। शहर में पढ़ाई के लिए आनेवाले ये झुंड दुबारा देहात की ओर न लौटने की तैयारी से ही आते हैं। एक तो उधर के सारे मोह-बन्धन तोड़कर आते हैं और अब यहाँ शहर में भी अवसर नहीं। फिर शहर के बारे में इन लड़कों में विचित्र प्रेम और द्वेष पैदा होता है। पढ़-लिखकर देहात में लौट जाना इन्हें भी और इनके माँ-बाप को भी कलंक लगता है। आजकल तो पढ़ाई के दौरान ही भविष्य में बेरोजगार होकर गाँव लौट जाने की सम्भावना दिखाई देने लगती है, जिससे ये देहाती झुंड बौखला उठे हैं। इस कारण जरा-सी सम्भावना पाते ही ये लोग शहर में हंगामा करने के लिए तैयार हो जाते हैं। देहात में कभी आन्दोलन नहीं करते ये लड़के!"

गुंडेचा बोले, "फिर भी हमारे बच्चे बहुत सहनशील हैं जी। बस अड्डे पर कन्सेशन के लिए चार-चार घंटे धूप सहते हुए कतार में खड़े रहते हैं टिकट खिड़की के पास। भीड़ के दिनों में एक ज्यादा खिड़की क्यों नहीं खोलते हैं ये एस.टी.वाले? इसके लिए चाहे तो एक क्लर्क टेम्परेरी नियुक्त करना चाहिए। उसे भी नौकरी मिलेगी और लोगों की परेशानी भी कम होगी।"

चिपलूनकर बोला, "कल्पनाशक्ति ही नहीं है इन लोगों में, और वैसे भी जनसंख्या इतनी बढ़ गई है कि इनसान की कद्र ही नहीं बची है अब। इससे भी भ्रष्टाचार बढ़ गया है। अत्यधिक जनसंख्या के कारण दरिद्रता बढ़ती है, फिर भ्रष्टाचार भी आता है।"

गुंडेचा बोले, अजी, ऐसा नहीं है कि जनसंख्या और गरीबी के कारण ही भ्रष्टाचार बढ़ा है। मंत्रियों के बच्चों को पास कराने के लिए हम पर दबाव आता है या नहीं? मान लो कि मंत्रियों के बच्चों को नहीं मिलते हैं ज्यादा अंक, फिर भी क्या बिगड़ेगा उनका? हमारे खून में ही भ्रष्टाचार है। गन्दी रेस है हमारी।"

जाधव बोले, "इसके विपरीत मैं तो यही कहूँगा कि इन ऊपरवाले लोगों की वजह से ही भ्रष्टाचार बढ़ गया है। कभी देखा है आपने कि किसी मंत्री या प्रधानमंत्री का लड़का दर्जी की दुकान खोलकर बैठा है? किसी प्रोफेसर का या डॉक्टर का लड़का प्राइमरी टीचर क्यों बने? सभी ऊपर गए लोगों को लगता है कि अपनी सन्तान और भी ऊपरी सतह पर रहे। इसी कारण भ्रष्टाचार बढ़ता गया है। नया चातुर्वर्ण्य शुरू हो गया है, पहले से भयानक। आजकल तो जन्म से ही श्रेष्ठत्व मिलने लगा है।"

चांगदेव बोला, "मुझे तो बाप की सिफारिश से क्लास वन बने साहबजादे लड़कों के मुकाबले सड़क पर गन्ने का रस बेचनेवाले, गाड़ी ढोनेवाले फटेहाल गरीब मुसलमानों के बच्चे ग्रेट लगते हैं। हम बुद्धिजीवी प्राणियों के मुकाबले उनमें ज्यादा डिग्निटी होती है।"

चिपलूनकर बोला, "इसमें क्या डिग्निटी है? उलटा ये गन्दा क्लास खत्म होना चाहिए। हर किसी को स्वाभिमान भरा रहन-सहन तो कम-से-कम नसीब हो। यानी आप दुबारा पुराना ब्राह्मनिज्म बरकरार रखेंगे। खरहरा चलानेवाला, चमड़ा सीनेवाला मनुष्य शूद्र ही रहेगा और ये नए ब्राह्मण ऊपर ही रहेंगे। इन ऊपरवाले लोगों को सीधे नीचे खींच लाना चाहिए।"

भोले बोला, "इसके लिए बहुत कठोर बनने की आवश्यकता है।"

गुंडेचा बोले, "लेकिन हर किसी में अपनी सन्तान के प्रति प्रेम होता ही है। अपनी सन्तान के लिए छल-कपट करना मनुष्य का प्राकृतिक धर्म ही है। मान लीजिए कि चिपलूनकर के लड़के ने आगे चलकर बी.ए. की परीक्षा दी और उसके पेपर आपके पास जाँचने के लिए आ गए और मान लीजिए कि चिपलूनकर आपसे बोले कि लड़के का ध्यान रखिएगा, तो आप क्या करेंगे, बताइए!"

भल्ला भी बोला, "वी लिव इन सच ए सोसायटी प्रोफेसर साहब कि तुम्हारे बच्चे भूखे मरेंगे—कोई नहीं पूछेगा। उधर इंग्लैंड-फ्रांस में ठीक है कि तुम्हारा पैर टूट गया तो सरकार तुम्हें पेंशन देगी। ऐसे देशों में एक्जिस्टेंशियलिज्म वगैरह सब चलता है। इधर क्या रखा है?"

भोले बोला, "लेकिन हम जैसे शहरी नौकरियाँ करनेवालों की जिन्दगी की ओर भी देखा नहीं जाता जी। देखिए न, इन देहातियों में भी साफ-सुथरे कपड़े पहनकर नौकरी पर जाने की कैसी छटपटाहट है! देहात की ये स्वस्थ लड़कियाँ भी नौकरीपेशावालों से ब्याह कर शहर में पीली होकर जीती रहती हैं। इनकी तुलना में देहातों के दो बीघा जमीन पर जी-तोड़ मेहनत करनेवाले किसान ज्यादा सम्मान से रहते हैं। यह दर्शन हमें चांगदेव पाटील ने सिखाया है। इस मामले में ये ही हमारे गुरु हैं।"

उधर गेंगाने चांगदेव से कान में बोले, हम अपने बचपन में अपनी माँ से कभी-कभी कहते कि काहे रोज-रोज जाती हो खेत में? तो हमरी माँ बिगड़कर कहती, बामनों की बीवियों की तरह हम कुर्मी भी बैठेंगे दिन-भर फोते को हवा करते!...आजकल इस तरह हवा करने के लिए ही सबकी जद्दोजहद चल रही है, नहीं! दो ताली।"

गुंडेचा बोले, "इसी को ब्राह्मनाइजेशन कहते हैं।"

भोले बोला, "देखिए, कैसी एक लहर आती है और सभी उसमें फँसकर रह जाते हैं। जिसे देखो उसे सफेद कॉलर चाहिए। कभी-न-कभी इस लहर को पलटाना चाहिए। शहरी पति, शहरी जादू...।"

चिपलूनकर बोला, "शुरू-शुरू में यह स्थानान्तर रूमानी लगता है। बाद में जब इनके बच्चे भी कहते हैं कि हम भी शहर में ही रहेंगे, तब सन्तान-प्रेम के सिद्धान्त के अनुसार ये पिता अपनी औलादों के सुख के लिए उन्हें और भी ऊपरी नौकरियाँ दिलाने हेतु किसी भी हद तक गिरने से नहीं हिचकते। सिफारिश, रिश्वत, चन्दा, भ्रष्टाचार—कुछ भी। यह ऊपरी जॉब पाने का मुकाबला कहाँ खत्म होगा? बहुत बेचैन करनेवाली बात है।"

भोले बोला, "अब तू आया मुद्दे पर। लेकिन इसकी चिन्ता मत कर। सियासी लोग इसका सही-सही उपाय ढूँढ़ निकालते हैं। ऐन समय पर घटियंत्र को पलट डालने की ताकत इन्हीं लोगों में होती है। यह सिद्धान्त मुझे बड़ा महत्त्वपूर्ण लगता है कि सत्ता के सामने होशियारी व्यर्थ है।"

एक दिन दोपहर का पेपर शुरू करने के बाद चांगदेव रोज की तरह चक्कर लगाने के लिए सीढ़ियाँ उतर रहा था। एक पुलिसवाला सीढ़ियों की दीवार से टेककर नीचे छाँव में फर्श पर अपनी लाठी को दोनों हथेलियों से हूबहू रोटी बेलने जैसा आगे-पीछे घुमा रहा था! गर्दन तिरछी कर और लाठी को खड़ी, आड़ी, तिरछी घुमाकर—बिलकुल औरत की तरह। पुलिसवाला रोटी बेलने में इस कदर तल्लीन हो गया था कि चांगदेव की वहाँ मौजूदगी भी उसे महसूस नहीं हुई। पुलिसवाला एकदम युवा, मजबूत और रोबीली मूँछोंवाला था। और उसकी नुकीली टोपी उसके जनाना अभिनय में मजेदार लग रही थी।

कदमों की आवाज किए बिना चांगदेव धीरे से सीढ़ियाँ उतरकर दफ्तर में आ गया।

दफ्तर में भल्ला के सामने कोट, टोपी, धोती पहने सफेद बालवाले एक सज्जन बड़े अदब से खड़े थे। चांगदेव के आने पर उन्होंने उसे भी दोनों हाथ जोड़कर नमस्ते किया। भल्ला चांगदेव से बोला, "ये भाईसाब शिल्पकार हैं। देखिए तो जरा ये क्या कहना चाहते हैं। मैं ये पेपर गिन रहा हूँ। ये भोले साला मुझे काम से मार डालेगा। हऽ।"

चांगदेव ने उस सज्जन से बैठने को कहा। वे अपने चेहरे पर लाचारी, आशा दिखलाते हुए पीछे खिसककर बैठ गए। ये सज्जन यह अनुरोध करने यहाँ आए थे कि कॉलेज से उन्हें प्रतिमा बनाने का कोई काम मिले। हाथों में कपड़े की बड़ी थैली, रबड़ की चप्पलें, पैरों पर धूल।

उन्होंने सभी की ओर बारी-बारी से विनम्रतापूर्वक देखा और विनम्रता से एक-एक वाक्य कहने लगे, "मैं बहुत अच्छी प्रतिमा बनाता हूँ साहब। अब अपने मुँह से कैसे कहूँ...बिलकुल हूबहू—गांधी, सुभाष, आंबेडकर, सरस्वती—कोई भी।"

भल्ला बीच में ही हँसते हुए मजाक में बोला, "मेरा स्टैच्यू बनाओगे? ह ह ह।"

चांगदेव को भल्ला पर बहुत गुस्सा आया। पर वह शान्ति से शिल्पकार से बोला, "कैसी प्रतिमा बनाते हैं आप?"

"मैं स्वयं पत्थर खोदता हूँ साहब। धुलिया में लक्ष्मीबाई झाँसीवाली की घोड़े पर सवार प्रतिमा मेरी ही बनाई हुई है। या कभी आप इन्दौर गए हों...वहाँ खुटाल चौक में सुभाषचन्द्र की प्रतिमा...मैंने ही बनाई है वो भी, ब्रांज में!

जाधव, गेंगाने दोनों बोले, हमने तो नहीं देखे भई ये गाँव।

"स्कूल, कॉलेज मदद करेंगे तभी ऐसे काम होंगे साहब। मैं बहुत बढ़िया प्रतिमा बनाता हूँ। कोशिश कीजिए कुछ ऑर्डर दे सके तो—गांधी, नेहरू, पटेल कोई भी!"

भल्ला फिर मजाक से बोला, किसका स्टैच्यू बनाएँगे पाटील साब हम? तुम्हारा बनाएँगे? हा हा हा।"

अब चांगदेव भल्ला पर उखड़ गया और शिल्पकार से बोला, "अजी यहाँ प्रिंसिपल के हाथों में कुछ नहीं होता है। मामूली गोंद की बोतल खरीदनी हो तो भी माटूभाई की अनुमति लेनी पड़ती है! माटूराम के पास ही जाना चाहिए था आपको। लेकिन पता नहीं उन्हें भी आपकी कला पसन्द आएगी या नहीं।"

भल्ला चुप हो गया। जाधव बोले, "क्यों जी, लेकिन हम कैसे जानें कि आप अच्छे पुतले बनाते हैं?...कैसे मानें?"

शिल्पकार सज्जन अभी इसी उधेड़बुन में थे कि क्या जवाब दें कि तभी चांगदेव बोला, "कमाल करते हैं जाधव साहब आप भी! क्या आप यह चाहते हैं कि मेडिकल रिप्रेजेंटेटिव या पापड़ बेचनेवालों की तरह भारी-भरकम बड़ी-बड़ी प्रतिमाएँ अपने साथ लेकर ये घूमते फिरें?"

यह दिक्कत ध्यान में आते ही जाधव बोले, "नहीं-नहीं, मुझे सचमुच इंटरेस्ट है। हमारे एक मित्र नगर निगम के अध्यक्ष हैं। एक बार वे बोले थे छत्रपति

शिवाजी की प्रतिमा लगानी है। वे पुणे में देखकर आए थे और बाद में बोले थे कि चौक-चौक में सजावट के लिए कुछ तो रखें...।"

शिल्पकार महोदय हाथ जोड़कर बोले, "कहिए साहब उनसे! आज तक मैंने सौ के करीब प्रतिमाएँ बनाई हैं। लेकिन आजकल कहाँ घूमें हम जैसे लोग अपने ही मुँह मियाँ मिट्ठू बनके? प्रतिमाओं की शोभा भी कैसे बयान करें किसी के सामने? वैसे मुझे पेट की चिन्ता नहीं है। मेरे लड़के की अब नौकरी लग गई है। लेकिन हाथों में हुनर है पुराने जमाने का। सोचा कुछ घूमकर देखूँ कहीं मनपसन्द काम मिल जाए तो...।"

चांगदेव को उसके आजिजी के सुर बिलकुल नहीं सुहाए। लेकिन लग रहा था कि वह पेट-पोसुवा कलाकार नहीं है। वैसे भी शिल्पकला मर रही है, इसलिए असली कलाकार की किस्मत में ऐसे दिन आना असम्भव नहीं है। जब कई कलाएँ मर गई हैं, तब इसमें क्या आश्चर्य है कि शिल्पकला भी मर रही है? आज के विशाल जनसमुदायों को रिझानेवाली कलाओं के जमाने में ऐसे कलाकार को कौन पूछता है? भोले ने और उत्सुकता से शिल्पकार से पूछा, "क्या आप केवल प्रतिमाएँ ही बनाते हैं?"

शिल्पकार सज्जन चकित होकर भोले की तरफ देखते हुए बोले, "और क्या चाहते हैं लोग बोलिए? शिवलिंग और नन्दी हर साल! बहुत हुआ तो हनुमान और विट्ठल-रुक्मिणी की मूर्तियाँ बनाने का अवसर मिलता है। लेकिन यह भी बहुत बड़ी बात लगती है। राजा-महाराजा गए, नवाब भी चले गए। अब कौन बुलाएगा हमें? अब ये शिवलिंग और नन्दी बनाना रह गया है किस्मत में। और साहब, अगर हाथ चलता नहीं रहेगा तो खाक सुधार होगा इसमें? बताइए।

जाधव ने शिल्पकार को पता दिया और कहा, "शाम को आइए, हम जाएँगे।" फिर शिल्पकार सज्जन ने सभी को प्रणाम किया और चल दिए।

जाधव बोले, "सचमुच ऐसे कलाकारों के लिए स्कोप ही नहीं बचा है अब। एलोरा-अजंता बनानेवाले कलाकार मुसलमानों के आने के बाद कहाँ गायब हो गए या सिलबट्टे बनाने लगे, पता नहीं। हमारे देश में कुछ भी ठीक से ऊँचा नहीं उठता। आज तो स्थिति यह है कि यदि कोई ऐसी कलाओं के सहारे जीना चाहे, तो समझो मर ही गया।"

भोले बोला, "आजकल दो धन्धे रखने चाहिए ऐसे लोगों को। एक पेट पालनेवाला धन्धा और दूसरा अपने असली शौक का, घर में।"

चांगदेव बोला, "या जिस तरह सभी औरतों के वेश्या बन जाने पर पातिव्रत्य की अवधारणा ही गलत हो जाती है, उसी प्रकार सभी कलाओं को वास्तुकला जैसा बनाना चाहिए—जो केवल उपयोगी हों।"

सब हँस दिए। लेकिन हमेशा हँसते रहनेवाले गेंगाने अचानक संजीदा होकर अत्यन्त दुखी स्वर में बोले, "नासिक के पास वणी की सप्तशृंगी माँ देखी है आपमें से किसी ने? कैसी भव्य मूरत है। रौद्र, गम्भीर, वत्सल समेत सभी भाव देवी माँ की मुद्रा पर बस थिरकते रहते हैं। प्राचीन काल में न जाने किस अज्ञात जंगली कलाकार ने बनाकर रखी होगी? पंढरपुर का विठोबा देखा है किसी ने? कमाल करते हैं आप भी? या तुलजापुर की भवानी माँ? नहीं? जिन्दगी व्यर्थ है आप लोगों की! जिस महान कला को देखने लाखों लोग हर साल जाते हैं, आप पढ़े-लिखे लोगों ने नहीं देखी! धत्ऽ कुछ तो गड़बड़ है हमारे समाज में। अजी, ऐसी मूर्तियाँ हैं कि नजर नहीं हटती।"

उस दिन शाम को परीक्षा खत्म हुई। गेंगाने और जाधव ने चांगदेव, भोले और भल्ला को सीने से लगाकर आलिंगन दिया। जाधव बोले, "कैसा बढ़िया कट गया देखिए पूरा महीना। आप कुछ भी कहिए लेकिन आपका शिक्षा क्षेत्र ऊँचे दर्जे का ही है। अब कल से हमारा पुलिस महकमा।"

गेंगाने बोले, "सचमुच, इन सबके कारण कितना कल्चरल लगता था जी हियाँ। जनरल नॉलेज भी कितना। ऐसा माहौल नहीं मिलता जी कहीं और। भल्ला साब, आपके स्टाफ के प्रति दिल में सम्मान जग गया है। नमस्ते भोले साब। नमस्ते पाटील साब, जान-पहचान बनाए रखें।"

बाद में वे दोनों चले गए। भल्ला, भोले और चांगदेव परीक्षा के बचे हुए सभी फार्म्स, स्टेशनरी आदि का हिसाब रात के बारह बजे तक करते रहे। काम खत्म होने पर उन्हें लगा कि सीने से पत्थर हट गया। फिर दोनों घर आए।

बाद में भोले महीना भर लेखन-पठन में डूब गया। पत्नी को उसने दुबारा मायके भेज दिया।

चांगदेव ने पहले तो महीना भर पढ़ने के लिए अलग निकालकर रखी हुई किताबें दिन-रात एक करके पढ़ डालीं। अच्छी पुस्तकें खत्म हुईं तो वह सिहर उठा। गर्मी के लम्बे और गर्म दिन, और बरसनेवाला अकेलापन। इसके बाद उसने दुबारा रात-बेरात गाँव के बाहर जाकर घूमना शुरू किया। वह अपनी हथेली को

उलटा-सीधा करते हुए कहता, ये हाथ अपने मूल रूप में कितने हिंसक लगते हैं? कुछ कला का सृजन यदि छोड़ दें, तो हिंसा के लिए ही इनका इस्तेमाल हो सकता है। हाथों को खाली रखना ठीक नहीं।

एक बार भोले उससे बोला, "जब देखो तब तू अपने हाथ को उलटा-सीधा देखता रहता है। इसकी बजाय इस कुत्ते का कुछ करो, जो हमें परेशान करता रहता है। अब ये बिलकुल पागल हो गया है। कल ही इसने बर्तनवाली को काटा। इसका काम तमाम करना ही पड़ेगा, मालिक। नगर निगमवाले साले हरामी हैं। हमारे देश में नागरिक ही टैक्स भरें और अपनी समस्याएँ भी खुद ही सुलझाएँ? सरकार को नागरिकों से कोई लेना-देना नहीं है।"

चांगदेव बिगड़कर बोला, "नागरिकों की सभी समस्याएँ हल करनेवाली सरकार नागरिकों पर ही अपना शिकंजा कसेगी, तो क्या ये इस देश के नागरिकों को अच्छा लगेगा?"

भोले बोला, "तुम पहले ये बताओ कि इस कुत्ते की समस्या को कैसे हल करोगे? पागल कुत्ते द्वारा काटे गए मनुष्य को शायद तुमने मरते हुए देखा नहीं है। भयानक।"

चांगदेव बोला, "मुझे इस कुत्ते से कभी कोई परेशानी नहीं होती। उलटा जब भी मैं बाहर से आता हूँ, ये दुम हिलाता हुआ दूर भाग जाता है। रही बात किसी और को काटने की, तो जिसके जो जी में आए सो करे। दूसरे की चिन्ता हम क्यों करें? भोले साहब, यदि आपने तय किया है कि सारी समस्याएँ सरकार ही हल करेगी, तो आप ठीक से जी भी नहीं पाएँगे। पोफले कभी हमारे बारे में सोचता है? खाद्यमंत्री कभी भुखमरी पीड़ितों के बारे में सोचता है? यहाँ समाज नाम की कोई चीज मौजूद ही नहीं है। हमारे देश में केवल अपना उल्लू सीधा करने के लिए समाज को खड़ा किया गया है। आप कब तक इस समाज के लिए पीड़ा सहेंगे।"

"अपनी ये हिन्दू सोच अपने पास ही रखो। यह घेरा हमीं को तोड़ना पड़ेगा। तुम इस कुत्ते की समस्या को हल करके दिखाओ। बाकी बहस नहीं चाहिए।"

"मुझे इसमें इंटरेस्ट नहीं है।"

"यदि कल इसने मेरे ही बच्चे को काट लिया तो? मैं कहता हूँ मेरी मदद करो। ये जहर देने का कार्यक्रम अकेले सम्पन्न करना मुझे अच्छा नहीं लगता। यहीं मार डालेंगे तो बदबू फैलेगी। दूर ले जाना पड़ेगा साला। फिर?"

चांगदेव ने फिर अपने हाथ को उलटा-सीधा करके देखा और पंजे को बड़ा करते हुए विवश होकर बोला, "ठीक है। चलो। क्या करेंगे?"

भोले बोला, "वाह, तुम बहुत उम्दा इनसान हो। अच्छा तो मैं गाँव से जहर ले आता हूँ। तुम अपने इस लाड़ले कुत्ते को बाहर निकालो। गाँव के बाहर ले जाकर मारेंगे। केक भी लेना साथ में।"

"ठीक है, तुम उधर से सीधे नाके पर चले आना। मैं इधर से कुत्ते को ले आता हूँ। जल्दी निकलो। केक में जहर ठीक से मिला देंगे। फिर तुम कुत्ते से कहना, ब्रेड नहीं है तो केक खाओ।"

भोले ने गाँव में साइकिल दौड़ाई। तब तक चांगदेव कपड़े पहनकर तैयार हो गया। कुत्ता हमेशा की तरह खिड़की से दिखाई दे रहा था। चांगदेव हमेशा उसे बचा-खुचा ब्रेड दे देता। अब वह अपने अगले लम्बे पैरों पर अपना सड़ा हुआ थूथन टेककर ह ह करता हुआ लार टपकाता बैठा था। धूप से और कुत्ते के इस तरह बैठने से चांगदेव का दिमाग भन्ना उठा। वह जोर से बोला, "चल, कुछ भी हो, आज तेरा काम तमाम कर ही देंगे। रोज का दिन एक-सा ही होता है, जीकर भी क्या करेगा पट्ठे?"

कुत्ते ने मिचमिची आँखों से ऊपर उसकी ओर देखकर उसकी बात पर हामी भरी। चिचड़ों को काटते समय जख्मी हुई लाल दुम दर्द से हिलाई।

फिर साइकिल निकालकर वैसी आग उगलती धूप में चांगदेव बाहर आया। बगल का केक कुत्ते को दिखाकर बोला, "चल, उठ।"

कुत्ता केक की तरफ देखते-देखते बदन झाड़कर उठ खड़ा हुआ और उसके पास आया। फिर जरा-सा टुकड़ा उसके सामने डालकर बचा हुआ केक उसने अपने हाथ में ही रखा। कुत्ते ने जमीन पर पड़ा टुकड़ा जबान से मिट्टी समेत उठाकर निगल लिया और अपनी भारी दर्द करती दुम तेजी से हिलाने लगा। फिर चांगदेव ने एक हाथ में केक रखकर साइकिल चलाना शुरू किया। केक की आस में कुत्ता यथाशक्ति उसके पीछे दौड़ने लगा। बीच में ही वह जमीन को सूँघता और खाँसता हुआ रुक जाता और दुबारा साइकिल की तरफ दौड़ा आता। बीच-बीच में पेशाब भी करता। बाद में उसका पेशाब करना बन्द हो गया। वह बहुत पीछे छूट जाने पर चांगदेव पैर टिकाए हल्की-सी धूप सहते हुए पीछे देखकर चिल्लाता, "लिवलिव, चऽल, दौड़।"

कुत्ता शरीर में ताकत न होने के बावजूद दौड़ने लगता। इस तरह नाके तक चलता रहा। नाके पर हाथ का केक जेब में डालकर चांगदेव एक पैर नीचे टिकाए साइकिल पर ही खड़ा रहा। कुत्ता भी अदब से, विश्वास से आस लगाए बगल मे बैठ गया। थोड़ी देर बाद भोले आया। फिर बिना कुछ बोले दोनों साइकिल से

सड़क पर आ गए। कुत्ता भी धीरे-धीरे उनके पीछे आता रहा। अब तक वह शायद केक को भूल चुका था। केवल अपने एक हितैषी के पीछे-पीछे विश्वासपूर्वक चलते रहना, यही एक विचार उसके दिमाग में रहा होगा।

शहर की हद समाप्त हुई और रेल की पटरी आ गई, उसके बाद फैक्टरियों की कतार से होकर दोनों बाहर आए। चेहरे पर धूप की लहरियाँ सहते हुए दोनों आगे और उनके पीछे चार पैरों से घिसटता आ रहा धूल का बादल। बित्ते भर जबान बाहर निकालकर वह दौड़ने की कोशिश कर रहा था। फिर भी उसके थककर ढह जाने के आसार नहीं दिख रहे थे। चार पैरों के कारण पशुओं में आत्मविश्वास कुछ अधिक ही होता है।

आगे एक पगडंडी आई। आसपास बबूल के पेड़ थे। एक ओर फैक्टरियों के लोगों के लिए बनाया गया झुग्गीनुमा होटल। उसका आदमी बेंच पर सोया हुआ था। बाकी सभी ओर सुनसान था। धूप के अलावा कुछ भी नहीं।

भोले बोला, "अब बस हो गया न, मालिक। क्या इस तरह काशी तक ले जाओगे कुत्ते को मारने के लिए?"

चांगदेव बोला, "इसे मारने की दौड़धूप करने के बजाय वो सामने दिखनेवाले देहात में इसे छोड़ दें तो कैसा रहेगा?"

भोले झल्लाकर रुक गया। उसे यह पसन्द नहीं था। चांगदेव बोला, "तुम रुको यहाँ होटल में। मैं सब ठीक करता हूँ।"

भोले तमतमाकर झुग्गी की तरफ मुड़ गया। चांगदेव सीधा आगे चल दिया। कुत्ता भी उसके पीछे-पीछे। फिर दोनों आँखों से ओझल हो गए। भोले दाँतों में तिनका ठूँसता हुआ होटल की बेंच पर बैठा रहा। आधा-पौना घंटा बीत गया, भोले बीच-बीच में उस पगडंडी की ओर नजर गड़ाए दाँतों में तिनका घुमाता रहा। फिर दूर किसी और ही दिशा के खेत से साइकिल पैदल ही दौड़ाता हुआ आता चांगदेव दिखाई दिया। लड़खड़ाता हुआ साइकिल के साथ वह पगडंडी पर आया और पसीना-पसीना होकर हाँफते हुए भोले के पास पहुँचा।

भोले झल्लाकर बोला, "साँस फूल जाने तक कुछ भी करने से मना किया है डॉक्टर ने तुम्हें, साला।"

चांगदेव साँस लेते हुए बोला, "छोड़कर आ गया साले को। वहाँ के कुत्तों ने घेर लिया उसे और मैं टेढ़ी-मेढ़ी गलियों से बिलकुल उधर घूरे की तरफ से भाग आया हूँ। अच्छा हुआ, तड़पाकर मार डालने की बजाय...।"

"यानी वहाँ के लोगों को काटने के लिए छोड़ आया तू वो कुत्ता। क्या फायदा हुआ?"

जरा देर बाद भोले ने पगडंडी की ओर सन्देह भरी निगाह से देखा और उठ खड़ा हो गया। बोला, "देखो! ये इधर। देखो। आया वो लौटकर!"

चांगदेव ने देखा, कुत्ता धीरे-धीरे रास्ता नापता हुआ धूप में ठीक उन्हीं की तरफ वापस लौट रहा था। भूत जैसा लग रहा था वह। फिर तयशुदा की तरह वहीं आकर वह हाँफते हुए चांगदेव की ओर सन्तोष से देखता बैठा रहा।

भोले बोला, "निकाल अपना केक। तुमसे नहीं होगा ये।"

फिर चांगदेव के पास से केक लेकर वह अन्दर गया। जेब की पुड़िया का जहर चुपचाप केक में भर दिया और बाहर आकर केक कुत्ते के सामने रखते हुए बोला, "अब देखना।"

कुत्ते ने अपनी थकी हुई कमर को बड़ी मुश्किल से उठाया और केक को मुँह लगाया। जरा-सा सूँघकर चेहरे पर सन्देह दिखाता हुआ वह केक को बिना छुए दुबारा अपनी जगह पर बैठ गया और जबान निकालकर चांगदेव की तरफ देखने लगा। अब तो भोले अन्दर से पूरी तरह पस्त हो गया। बोला, "केक में इतनी सावधानी से जहर डाला है कि बाहर से बिलकुल पता न चले। लेकिन देखो न साले क्या अक्ल होती है जानवरों में। चांगदेव भाई, अब तू ही दे भैया। तेरे ही हाथों से खाएगा वह। उठ।"

चांगदेव बोला, "मेरा इस तरह उसे धोखे से खिलाना इनसानियत नहीं है। उसका विश्वासघात करना ठीक नहीं।"

"तो फिर? ले चलें इसे वापस घर?"

"नहीं, मारेंगे न इसे? अब देखना। हम इनसान हैं, मतलब कुछ भी क्रूरता कर सकते हैं। ये अपना हाथ देखो न। इस ओर से हथेली कुछ रेखाओं के कारण जरा अद्भुत नजर आती है। लेकिन पीछे से देखो कितनी हिंसक लगती है। ये मनुष्य की बर्बरता की ही निशानी है। हमारी मनुष्य जाति का इतिहास ही है। पंजा। क्रूरता।"

कहकर वह हाथ को उलट-पलटकर देखते हुए उठ खड़ा हुआ। फिर अचानक बगल में पड़ी मोटी-सी लकड़ी लेकर उसे दोनों हाथों से ठीक से तौलता हुआ कुत्ते के पास आया। कुत्ता अब थक जाने के कारण ग्लानि से पड़ा हुआ था। आँखें बन्द थीं। उसे लकड़ी लिये पास आता देख वह लड़खड़ाकर उठा और दो

कदम पीछे खिसक गया। फिर गुस्से से दाँत पीसते हुए उसने लकड़ी को सिर के ऊपर से घुमाते हुए कुत्ते की पीठ पर जोर से प्रहार किया। एक ही प्रहार में कुत्ता भयानक भर्राई आवाज निकालकर चक्कर काटते हुए दौड़ने की कोशिश करने लगा। फिर दूसरे प्रहार में वह अपने ही इर्द-गिर्द चक्कर लगाता हुआ ढह गया। कुत्ते के मुँह से झाग निकलने लगा। फिर उसने पास पड़ा एक बड़ा-सा पत्थर उठाया और उसके सिर पर दे मारा। हाथ-पैर झाड़ते हुए कुत्ता लोट गया और एक मिनट में आँखें खुली रखकर खामोश हो गया। फिर वहीं थूककर वह वापस लौटा और भोले से अधिकार भरे स्वर में बोला, ठीक है?

भोले चकित खड़ा था। वह उसके पैर पकड़कर बोला, "मान गए भाई तुझे। तू मेरा गुरु ही है। खतरनाक है। चांगदेवो गुरुमाऊली।"

इस अजीबोगरीब शोरगुल के कारण काफी देर से उठ बैठा वह होटलवाला आदमी बोला, "वाह! कैसे एक झटके में लम्बा कर दिया जी! इसे कहते हैं आदमी! वाह! चाय बनाऊँ?"

भोले थूकता हुआ बोला, "चाय? राम राम, दो दिन कुछ भी खाया नहीं जाएगा। चाय क्या पिएँगे? मुझे तो उलटर हो रही है। मितली-सी हो रही है।"

चांगदेव जोर-जोर से साँसें भरता हुआ बोला, "क्यों, खाया-पीया क्यों नहीं जाएगा? क्या वैज्ञानिक सम्बन्ध है इसके मरने का और तुम्हारे खाने का?"

भोले शरणागत भाव से बोला, "कुछ-न-कुछ सम्बन्ध अवश्य होगा गुरु महाराज!"

"भाई मेरे, जीव इस संसार से इस कदर जुड़ जाता है कि हिंसा से उसको नष्ट करना नीचता होती है। इसका तुम्हें एहसास हुआ है, इसीलिए तुम्हारे जीव ने भी तुमसे युद्ध ठान लिया है। अब इस घटना को पूरी तरह से भूलने तक तुम्हारे जीव और तुम्हारे शरीर दोनों के बीच शत्रुता बनी रहेगी।"

फिर दोनों धूप को चीरते हुए साइकिल से लौट आए। आने के साथ ही भोले को लगातार उल्टियाँ होने लगीं। दो दिन उससे खाया नहीं गया। और चांगदेव वैसे भी छुट्टियों में दो-दो दिन भोजन नहीं करता था। वह कहता था, "भोजन बन्द करने से काफी आध्यात्मिक महसूस होता है।"

इसी बीच में अचानक गाँव में भयानक दंगा शुरू हुआ। ऐसी चिलचिलाती धूप में सभी के माथे भड़क जाते हैं। फिर हमेशा की तरह दंगे।

उस दोपहर में अचानक सभी ओर भागमभाग सुनाई दी। सड़क से गाड़ियाँ, रिक्शा तेजी से भाग रहे थे। पोफले बँगले में सभी लोग शोर करते हुए उठे और धड़ा-धड़ा दरवाजे बन्द होने की आवाजें सुनाई दीं। पोफले ने बाहरी दरवाजे पर ताला लगा दिया था। ऐसे में एक अजनबी दरवाजे के ऊपर से कूदकर सहारा माँगने के लिए भीतर आया। वह बता रहा था कि गाँव के मुसलमान मुहल्ले में अचानक छुरेबाजी शुरू हो गई है। पोफले ने भीतरी दरवाजा खोलकर हिचकिचाते हुए ही उसे भीतर ले लिया। सभी डरे-सहमे लोग ऊपर छज्जे पर गए। गाँव की एक बस्ती की तरफ उँगली दिखाकर अजनबी बोला, "उधर सारे झुंड जमा हो गए हैं। एक मुसलमान ने गाय काटी है। मुसलमान गुंडे घर-घर में घुसकर हिन्दुओं को मार रहे हैं। कयामत की रात!"

जरा देर बाद उस बस्ती से धुएँ के बादल उठने लगे। अजनबी बोला, "मुसलमानों की बस्ती सुलग गई। शायद कपड़े के दुकानों की कतार ही सुलग गई है। शाबाश! ऐसे ही सबक सिखाना चाहिए इन देशद्रोहियों को।"

पोफले छज्जे पर आते हुए बोले, "सभी पुलिस चौकियाँ एंगेज्ड, कहीं भी फोन नहीं लग रहा है। हमारा घर इस तरह अलग-थलग है कि पास की बस्ती से लोग आ गए तो पाँच मिनट में हमें काट डालेंगे।"

श्रीमती पोफले आँखों से पल्लू लगाकर बोलीं, "तुम्हें एक लाख बेल चढ़ाऊँगी भगवान, हमारी रक्षा करो। शुभा, भगवान को पानी में डाले रखना री बेटा। हे ईश्वर!"

गाँव से शोरगुल सुनाई दे रहा था। फिर जैसे-जैसे अँधेरा होने लगा वैसे-वैसे और जगहों पर भी आग लग गई। सभी काँप उठे। गाँव में गोलियाँ चलने की आवाजें सुनाई दे रही थीं। बीच में ही पुलिस की गाड़ियों की तेज रफ्तार की आवाजें और दूर से सुनाई देनेवाला कोलाहल। बँगले में किसी ने दीया नहीं जलाया। पोफले ने बँगले के सारे दरवाजे भीतर से बन्द कर ताले लगाए और लाठियाँ, हँसिए, छुरियाँ लेकर सभी को अपने पास आ बैठने के लिए बुला लिया। फिर उन्होंने हमेशा की तरह जातिवादी गप्पें शुरू कीं। चागदेव को अब इसमें कोई दिलचस्पी नहीं थी। सब कुछ हमेशा की तरह। रात भर कोई नहीं सोया। हवा से भी जरा-सी कुछ आवाज होती, तो डर के मारे सब जाग जाते।

बाद में हमेशा की तरह शुष्क और झूठी बहस। मारे गए लोगों के समाचार। झूठी खबरें। अशुभ माहौल। इसके बाद लगातार आठ दिन कर्फ्यू। होटल, भोजनालय बेमियादी बन्द। दूधवाले का आना बन्द। घर का खाने-पीने का सारा राशन खत्म हो गया। गेहूँ, ज्वार उबालकर घुघरी बनाकर खाना शुरू हो गया। भोले आग्रह करता तभी चांगदेव जरा-सा खा लेता। बाकी समय कड़ा व्रत। बाद में धीरे-धीरे कर्फ्यू हटा, लेकिन केवल भोजन के लिए बाहर जाना टालकर चांगदेव घर में क्षुब्ध-सा पड़ा रहता। धीरे-धीरे गाँव पटरी पर लौट आया।

बाद में दिन-ब-दिन धूप बढ़ती गई और चांगदेव भी अधिकाधिक बेचैन होता गया। फिर वे स्तब्ध लोहे की दोपहरें भड़क उठीं। वस्तुओं के अर्थ छूटने लगे। अकेलेपन के कारण माहौल में महसूस होनेवाली थर्राहट। खाली पेट निरुत्साह। खटिया, तकिया, छत। निरन्तर बहता समय का विकराल स्रोत, रात और दिन के फर्क को मिटा देनेवाला। दोपहर की चिलचिलाती धूप में अकेले कहीं बाहर जाकर और सड़कों को रौंदकर पैरों को थकाना। अदल-बदलकर उन्हीं सड़कों पर घूमना फिर घर। चाँदनी में बरगद के नीचे से रेंगते हुए फिर घर। अँधेरे में ताला टटोलकर फिर भीतर। जेब की सारी वस्तुएँ बाहर निकालना और कपड़े उतारकर आखिर में यह एहसास कि शरीर को उतारा नहीं जा सकता। केवल संवेदनाओं की लपटें मन से निसृत कर उन्हें मन के ही इर्द-गिर्द दसों दिशाओं में फेंकते हुए सम्पूर्ण निराकार होते-होते खुद भी शून्य में रूपान्तरित होते जाना।

कभी बाहर सीढ़ी पर बैठे-बैठे दीवाना बना देनेवाले आसमान के तारों को निहारती रातें। और इस पीड़ा में भीतर-ही-भीतर झरनेवाली अज्ञेय झीलें कि इस शरीर और मन को किसी भी आकांक्षा की जयमाला नहीं है।

एक दोपहर वह गाँव के बाहर दूर चरागाहों को रौंदते-रौंदते चलता रहा। चलते-चलते टूरिस्ट होटल के पिछले नाले से रोशन बाग में आया। बगीचे का आखिरी छोर देखने के लिए वह पहाड़ तक जा पहुँचा। वहाँ से मुड़कर फिर दुबारा उधर के छोर तक। सभी ओर घास, झंखाड़, बीच-बीच में विशाल वल्मीक, पंछी, बीच में ही पहले कभी पनपा घना जंगल—यह सब मन में भर जाने पर उसे सहसा आनन्द प्रतीत होने लगा। पेड़ों से झरनेवाली सूरज की किरणों की ओर देखते वक्त उसे लगा, दुनिया साफ है। आसमान साफ है। पंछी साफ हैं। आनन्दोत्सव

मनाओ। क्योंकि इसके अलावा तुम्हारे सामने दूसरा कोई विकल्प नहीं है। ये सब अच्छा है, इसको स्वीकार करो। सारा आनन्द तुम्हारी ओर छलाँग लगाता हुआ आ रहा है...हृदय से आनन्द की बुलबुली लहरें फूटकर ऊपर आ रही थीं और उस पर मीठी मदहोशी छा गई।

वह उठा तब शाम हो चुकी थी। पेड़ पूरे के पूरे हिल रहे थे मानो दिल में प्यार उमड़ आया हो।

फिर रास्ता ढूँढ़ते हुए अन्दाज से वह कहीं चला आया। दूर से बगीचे के कोने पर बच्चों के खेलने की मधुर आवाजें सुनाई दीं। वह उधर मुड़ गया। पक्षियों के बहुत सारे पिंजड़े शुरू हुए। उनका कोलाहल। फिर बन्दरों के पिंजड़े शुरू हुए। बच्चों की ओर देखकर छोटे-छोटे बन्दर मस्ती कर रहे थे। आगे घने ठप्पोंवाला एक बड़ा सा चीता अपना सिर अगले पैरों पर रखकर इनसान की तरह एक करवट पर लेटा पड़ा था। दूसरा एक और चीता बार-बार अपना बड़ा-सा लाल जबड़ा खोलकर ऐसे खाँस रहा था मानो गले में कुछ फँसा हो। आगे हिरनों के लम्बे-लम्बे जालीदार घर। बाद में बहुत चलते जाने पर एक-दो मजबूत खाली पिंजड़े। उसके आगे सुन्दर काली पट्टियों वाला एक बाघ यूँ ही इधर से उधर चहलकदमी कर रहा था। उसके आगे दूसरा बाघ गहरी नींद में सोया। उसके मुँह पर मक्खियाँ भिनभिना रही थीं।

वहाँ कोने में एक कर्मचारी बैठा बीड़ी पी रहा था। चांगदेव उससे बोला, "ये बाघ इतने कमजोर क्यों हो गए जी? यदि ठीक से देखभाल नहीं कर सकते इनकी तो क्यों रखते हो इन्हें यहाँ?"

उस कर्मचारी की बगल में एक झाड़ूवाली औरत भी बीड़ी पीती हुई बैठी थी। चांगदेव की ओर देखकर वह बोली, "दो को तो मार डाला इन भड़ुवों ने, अब इसे भी मार डालेंगे! म्युनिसिपैलिटी से रोज चार किलो गोश्त मिलता है, उसे भी चपरासी लोग घर ले जाते हैं, और बेचकर पैसा खा जाते हैं। गरीब जानवरों को कुछ भी सड़ा-गला गोश्त खिलाते हैं।"

कर्मचारी बस मुस्कुराया। बोला, "अरी हियाँ आदमी को खाने को नहीं—जानवरों की क्या बात करती हो!"

आगे एक छोटे-से पेड़ पर बहुत सारी काली चिड़ियाँ चहचहाती हुई फड़फड़ा रही थीं। इतनी-सी जगह में उनकी जानलेवा चीं-चीं चल रही थी। सुर्ख लाल आकाश

की पृष्ठभूमि में काली चिड़ियों को हमेशा अपने ऊपर उड़ानेवाला ये पेड़ अजीब लग रहा था। फिर कहाँ-कहाँ से रास्ता छोड़, फिर दुबारा पकड़, गाँव तक आने के बाद सामने पड़े गली-कूचे से टेढ़ा-मेढ़ा हो दोनों तरफ भीड़ भरे घरों से कलरव सुनता हुआ वह एक 'घरेलू भोजनालय' बोर्ड लगे घर में घुस गया। कई दिनों के अन्तराल के बाद भोजन कर वह फिर बाहर घूमता रहा। गाँव को घेरती बरगद के पेड़ोंवाली बड़ी सड़क पर उसके कदम पड़ते ही उसे भयानक आभास हुआ कि इसी सड़क का वह छोर, वहाँ से एक कदम की दूरी पर ही उसका मकान है। चलते-चलते एक दीये के नीचे एक आदमी टाँगों को घुटने में मोड़-मोड़कर पम्प से साइकिल में हवा करता हुआ दिखाई दिया। थोड़ी देर बाद धड़ाधड़ बन्द हो रही दुकानें, होटल। एक खुले होटल में चाय का ऑर्डर देकर वह बाहर की विरल आवाजाही की ओर देखता रहा। जरा देर बाद यह होटल भी बन्द होने को आया। दुबारा सामने बहुत दिनों से उसकी साथी बनी जगमगाती परिचित सड़क। परिचित मोड़। फिर लगातार लम्बी सड़क। सड़क से घूँ-घूँ करता एक भारी-भरकम ट्रक उससे बिलकुल सटकर एक-दो इंच से धड़धड़ाता हुआ निकल गया। सामने पेट्रोल पम्प पर ऊँचे आसमान को दबोचता न्यूऑन का भक्-भक् करता भव्य विज्ञापन। ऊपर विरल बादलों से जल्दी-जल्दी में खिसकती और फिर भी वहीं-के-वहीं बनी रहनेवाली चन्द्रकला। हवा में खदबदाती गर्मी। धकेलते कदम। लम्बी विशाल रोशन सड़क।

बँगले के सामने उसे दिखाई दिया कि अन्दर बगीचे के आँगन में उसके दरवाजे के सामने ही बहुत-सी लड़कियाँ झिम्मा-किकली और अलग-अलग खेलों का हुड़दंग मचा रही हैं। फिर भी वह सीधा अन्दर घुस गया। उसे देखकर गाना गानेवाली, गोल-गोल नाचनेवाली लड़कियाँ एक-एक करके खामोश होती गईं। दरवाजे में बैठी दो बड़ी-सी लड़कियाँ भी यूँ ही उठकर बगल में पल्लू सँवारती खड़ी हो गईं। बिलकुल खामोश स्तब्धता। जेब में पहले से टटोलकर रखीं चाबियाँ निकालकर उसने हमेशा का परिचित ताला खोला, लात से दरवाजा धकेला, दरवाजा बन्द कर सिटकनी चढ़ाई और भीतरी अँधियारे कमरे में दाखिल हुआ।

इसके साथ ही बाहर लड़कियों की इतनी देर दबाए रखी निश्छल युवा हँसी अचानक उछल पड़ी। फिर उसने अँधेरे में ही अपनी जेबें खाली कीं। बहुत नींद आने के कारण वह वैसे ही लेट गया। आँखें अन्दर ही अन्दर चरमराईं। आँखों के सामने सहसा जुगनू चमक उठे और वह सो गया।

बीच में कभी उसकी नींद टूटी। दरवाजे-खिड़कियाँ धड़धड़ाती हुई बज रही थीं। वह उठा और दरवाजे-खिड़कियाँ बन्द करने लगा, पर बाहर तूफान का भीषण कोहराम देखकर उसे अच्छा लगा। जरा देर उसकी ओर देखता रहा। फिर गड़गड़ाहट शुरू हुई। फिर बिजलियाँ। कड़ककर कहीं बिजली गिरी। तूफान कम हो गया। फिर सभी ओर से तड़-तड़ बूँदें बजने लगीं। फिर अचानक सभी तरफ बिजली कट गई। पूरा अँधेरा। दूर कहीं दिशाएँ सुलग उठने जैसी बिजली की लपटें।

दरवाजा खोल बाहर बरसात में खड़ा होकर वह मिट्टी की गन्ध सूँघता रहा। छींटों से शरीर बिलकुल सर्द हो गया था। फिर उस पर झड़ी ही लग गई। मिट्टी की और उग्र गन्ध। सामने रह-रहकर बिजली की अलग-अलग आड़ी-खड़ी, नीचे-ऊपर जाती जगमगाती रेखाएँ। सारा आसमान बादलों से ढका। शरीर पर बारिश बरसती ही रही। वह आत्मविस्मृत बन गया। उसे लगने लगा कि सारी खोखली जिन्दगी लबालब भरकर बह रही है।

बाहर हो रही बरसात के थर्रानेवाले भीषण नाद को पूर्णतः शरीर के भीतर रिसाते हुए वह बोला—इस घनघोर सृष्टि तत्त्व के एक अंग के रूप में हमारा अस्तित्व है। ये पूरी पहाड़ी खोखली है, यहाँ कोई आना-जाना नहीं जानता। मैं अनादि बेचैन हूँ। हे माता, बेचैन को चैन प्रदान करो। इस संकुचित, खंडित समाज के जीवन में मुझे अपना सम्पूर्ण अस्तित्व उड़ेलना नहीं आता। मैं किसी का बँधा हुआ नहीं हूँ। मेरा कोई घर-बार नहीं है। जाति-धर्म नहीं है। खूँटा-रस्सी नहीं है। माँ-बाप का, स्वग्राम का, स्वसम्बन्धियों का मैंने त्याग किया है। हे घनघोर उग्र सृष्टि तत्त्व, मुझे शुद्ध जीव बना दो, जिससे मैं खालिस जीव तत्त्व बन जाऊँगा।

फिर उसे गोल-गोल घुमाती घुमरी अनुभव हुई और वह खुद को सँभालते-सँभालते उठता-बैठता जमीन पर ढह गया। फिर उसकी आँखों के सामने सरकते रहे सभी अगले-पिछले चेहरे, अपने-पराए सभी। सुबह, शाम, धूप, चाँदनी, घर, गाँव, सड़क, वर्ष सभी एक-दूसरे से जुदा होकर दुबारा एकत्रित होते रहे। आँखों के सामने एक बार अँधेरा, फिर एक बार प्रखर उजाला। मानो आज तक के सभी दिन एकत्र और सभी रातें भी एकत्र। बार-बार लपकते नए बादल और बार-बार सिर से गुजरते आखिरी बादल। हवा में दिन-भर जगमगाते उजाले। आसमान में अदृश्य सूर्य के लम्बे-लम्बे पट्टे। अद्भुत शान्त अकेलेपन की रातें, चन्द्रकलाएँ घर-घर, पेड़-पेड़ पर झुकी हुईं। सुखी, स्थिर, स्तब्ध गति विरोधी पेड़। पेड़ों की छायाओं

के बार-बार हिलनेवाले गुब्बारों के भीतर की ऐयाश सड़कें। ढेरों जैसे रे
अँधेरे। बार-बार मिट्टी के भीगने से उगती चिरन्तन घास। घनघोर बरसते ब
बचपन के खेल के सुर : बरस रेऽ बरस रेऽ मेघराया बरस रेऽ। फिर गड़ग
तुरही की हृदयभेदी ललकारें। हमारे हृदय में एक और जगह होती ही है ज
जाना होता है। दीवार में अन्दर-बाहर बारूद बिछे होते हैं, कोई एक दिन अ
जब बारूद फटने लगते हैं और शरीर का विस्फोट हो जाता है। सारी चीजें
छूटनेवाली होती हैं। ये भी क्या कम है कि ये प्रिय चीजें हमारे बिना यहाँ ऐ
बनी रहेंगी। जमीन परायी होकर पैर अपने आप ऊपर उठ जाते हैं। फिर भ
उलटफेर। हृदय चीरती बिजलियों की भीषण कड़कड़ाहट।

और फिर इस कोलाहल में उस पर अघटित का घनघोर अँधेरा टूट
देशकाल द्वारा भी फेंक दिए जाने के बाद मैं अब किसी का कोई नहीं। कि
कुछ नहीं। मुक्ति का असल आनन्द। हम अन्तरिक्ष में स्थिर हो गए हैं। अ
अस्तित्व की धुरी के इर्द-गिर्द ये होना अघटित समेत चर्राते घूमता है। सूर्यमाला
नक्षत्रों से भरे आसमान समेत यह समूचा अन्तरिक्ष अपनी ही धुरी के इर्द-गि
ही हैं ये असीम फासले, हम ही हैं इस फासले को पकड़े प्रखर बिजली के